Aux Éditions J'ai lu

SCANDALES À NEW YORK

1 – Drôles de fiançailles
N° 13024
2 – Miss Catastrophe
N° 13129
3 – Le jardin des secrets
N° 13168

CINQUIÈME AVENUE

1 – L'imposteur des beaux quartiers
N° 13253

Le prince de Broadway

Joanna
SHUPE

CINQUIÈME AVENUE - 2

Le prince de Broadway

Traduit de l'anglais (États-Unis)
par Agnès Girard

J'AI LU

POUR elle

Si vous souhaitez être informée en avant-première
de nos parutions et tout savoir sur vos auteures préférées,
retrouvez-nous ici :

www.jailu.com

Abonnez-vous à notre newsletter
et rejoignez-nous sur Facebook !

Titre original
THE PRINCE OF BROADWAY

Éditeur original
Avon Books, an imprint of HarperCollins Publishers

À celles pour qui le jeu en vaut la chandelle.

1

La Maison de Bronze,
angle de Broadway et de la 33e rue,
New York, 1891

Il existait en enfer un endroit réservé aux tricheurs.

Debout dans une petite pièce à l'arrière de son casino, Clayton Madden regardait avec mépris l'homme qui, agenouillé devant lui, implorait sa pitié, le visage trempé de larmes et la morve au nez. Sa prière résonnait entre les murs en ciment et laissait Clay totalement indifférent. Un rat piégé suppliait toujours qu'on lui laisse la vie sauve. Il avait l'habitude.

On disait de lui qu'il était un monstre froid et dénué de sentiments, et cette réputation n'était pas usurpée. Né pauvre dans une ville où seuls comptaient l'argent et le prestige, Clay avait depuis longtemps tourné le dos à la bonté d'âme. À l'école de la corruption et de la violence, il avait beaucoup appris… et il avait prospéré, grimpant les échelons de la voyoucratie jusqu'à jouir d'assez de pouvoir. L'obscurité des ténèbres régnait depuis longtemps sur son âme lorsqu'il avait ouvert le casino le plus chic de la ville.

Il adorait la Maison de Bronze. C'était sa fierté, sa joie, l'aboutissement d'années de vaches maigres passées à mettre le moindre sou de côté. Les hommes les plus riches et les plus privilégiés de la ville venaient ici chaque soir parier des sommes énormes que Clay empochait avec plaisir. Mais certains d'entre eux se croyaient plus intelligents que lui, pensaient pouvoir l'escroquer et s'en tirer sans dommage.

Clay détestait par-dessus tout ces types-là.

Il s'en occupait rapidement, et de manière radicale. Il leur laissait la vie sauve, bien sûr – mais tout juste. Un homme mort ne pouvait plus mettre en garde d'autres tricheurs potentiels, leur dire que les casinos de Madden n'étaient pas un terrain de chasse pour eux. Sans parler du fait que tuer ces hommes aurait soulevé certaines questions auxquelles Clay ne souhaitait pas répondre.

— J-je v-vous en p-prie, monsieur Madden, dit l'homme en tremblant. Ne me faites pas de mal, par pitié. Je ne reviendrai plus jamais, je vous le jure.

Les rats changeaient, mais la chanson restait la même. Pensait-il réellement que Clay était stupide au point de le laisser partir sans le corriger ?

Clay secoua la tête.

— Vous avez raison sur un point : vous ne remettrez jamais les pieds ici. Surtout quand j'en aurai terminé avec vous.

L'homme écarquilla les yeux.

— Non, je vous en prie. J'ai une famille…

— Qu'est-ce qu'on fait, alors ?

Clay se tourna vers l'homme qui avait posé la question. Son assistant et ami de longue date, Jack le Chauve, attendait dans l'ombre. Jack était un ancien lutteur et un excellent tireur. Il était aussi loyal, intelligent, et savait s'y prendre avec les gens, contrairement à Clay. Ce dernier lui faisait entièrement confiance.

— Combien ? demanda-t-il.

Dans l'esprit de Clay, l'échelle de référence était le dollar.

— Cent vingt quand on a décidé d'intervenir.

— Comme d'habitude, alors.

— On est d'accord. Tu veux lui parler, avant ? demanda Jack avec un petit sourire en coin, comme s'il connaissait déjà la réponse de Clay.

— Évidemment.

Aucun tricheur ne quittait la Maison de Bronze sans avoir eu un petit « entretien » avec Clay.

— Bon, alors avant que tu ne mettes du sang sur ton costume, il faut que tu saches qu'elle est là.

Clay se raidit. Et Jack ne le lui disait que maintenant ? Bon sang !

— Quand est-elle arrivée ?

— Juste au moment où on t'amenait monsieur.

Sapristi. Pourquoi était-elle revenue ? se demanda Clay en passant une main sur sa mâchoire.

D'un mouvement du menton, il fit signe aux deux employés du casino qui se tenaient là.

— Occupez-vous de lui, dit-il en montrant l'homme qui sanglotait toujours. Et faites gaffe à ne pas saloper mes tapis. Ensuite, emmenez-le dans la remise. Je m'occuperai de lui plus tard.

Clay quitta la pièce et se précipita vers la galerie, ne pensant déjà plus qu'à *elle*, oubliant ce qui venait de se passer. Une seule chose lui importait, désormais : rejoindre son perchoir, d'où il voyait toute la salle sans être vu, et l'observer.

Elle n'avait rien à faire ici. Sa famille était richissime et jouissait de tous les privilèges. Vieille fortune et mesquinerie. Exactement le genre de personne que Clay aimait exploiter. Le père de la jeune fille, personnage grandiloquent et imbu de lui-même, écrasait quiconque osait se mettre en travers de son chemin, y compris les familles modestes qui tentaient de s'en sortir honnêtement dans les quartiers populaires de la ville.

Que penserait-il s'il savait que sa cadette passait ses nuits à la Maison de Bronze ? Clay regrettait presque de ne pouvoir le lui dire en face. Il aurait aimé voir sa réaction.

Pourquoi avait-il accepté de la laisser entrer ? Il ne le savait pas vraiment. Après tout, les règles, dans ce domaine, étaient très strictes. La clientèle devait être masculine, d'une certaine classe, avec des poches bien pleines. Aucune femme n'était admise. Il avait donné des ordres précis à ce sujet. Il n'autorisait même pas les prostituées, au contraire de nombreux autres casinos.

Mais elle avait fait fi de son règlement, et à plusieurs reprises. Pour couronner le tout, à chacune de ces occasions, elle avait remporté la mise.

Il admirait cela chez elle et, par conséquent, tolérait sa présence.

C'était irresponsable de sa part – et Clay était pourtant un homme particulièrement responsable. Il répétait souvent avec fierté que le solide jugement qui était le sien lui avait maintes fois sauvé la vie dans cette ville dangereuse. Son instinct sûr l'avait aidé à se faire une réputation dans les bas-fonds new-yorkais, partout où l'appétit pour le vice trouvait à se rassasier. Et, en cet instant, cet instinct lui hurlait de la mettre dehors.

Il grimpa quatre à quatre les marches qui menaient à la galerie, la semelle de ses chaussures claquant sur le bois. Cette fille n'allait pas tarder à devenir un problème, un problème qu'il lui faudrait résoudre. Sa présence troublait les autres clients. La plupart des hommes qui se trouvaient près d'elle la déshabillaient du regard ou cherchaient à attirer son attention. C'était écœurant. Mais le pire était que, lorsqu'ils se comportaient de la sorte, ils ne jouaient plus. Raison de plus pour que les femmes ne soient pas admises entre ces murs.

Arrivé dans la galerie, il s'arrêta pour embrasser du regard la salle de jeu à ses pieds. Son royaume. Un océan d'hommes en costume, leurs cheveux gominés brillant à la lumière des lampes, qui dépensaient leur argent dans des jeux frivoles qu'ils n'espéraient même plus gagner. D'ordinaire, ce spectacle ne manquait jamais de le réjouir.

Mais pas ce soir. Parce qu'elle était ici.

Il la repéra immédiatement, fleur magnifique et seule au milieu d'un champ de mauvaises herbes. La lumière se reflétait sur sa chevelure blonde et sa peau laiteuse. Ses lèvres rouges et pulpeuses révélaient ses dents blanches lorsqu'elle souriait ou riait, c'est-à-dire très souvent. Que diable faisait-elle ici, dans son casino ? Que mijotait-elle ?

Une porte tout près se referma, et des bruits de pas approchèrent. Clay ne prit pas la peine de se retourner. En dehors de lui, une seule personne osait monter dans la galerie.

— Elle est encore venue seule ce soir, dit Jack. Tu veux que je lui montre la sortie ?

— Non, répondit-il.

Il avait répondu vite. Trop vite. Jack eut un petit rire.

— Je vois.

Clay lui jeta un regard noir par-dessus son épaule.

— Tu n'étais pas censé régler notre autre problème, toi ?

— Les gars vont s'en charger, ne t'inquiète pas. Je me disais que tu aurais peut-être besoin d'aide avec elle.

— Je n'ai pas besoin d'aide. J'ai besoin qu'elle arrête de distraire mes clients. Au lieu de perdre de l'argent, ils la reluquent.

Jack s'approcha de la balustrade et jeta un coup d'œil dans la salle.

— On ne peut guère leur en vouloir. Elle est jolie.

« Jolie » ? Non. « Jolie » était un mot beaucoup trop fade pour la décrire. Trop superficiel. Une mésange était jolie. Une pièce d'or, le ciel au crépuscule, une quinte flush royale... ces choses-là étaient jolies.

Elle, elle était rayonnante. Un vrai festin pour le regard, avec des yeux brillants de malice et un sourire espiègle qui recelait bien des secrets. Elle était comme un rayon de soleil dans un ciel d'orage. Elle aurait réchauffé et éclairé le cœur le plus froid et le plus sombre. Le sien.

— Je leur en veux quand même, grommela Clay. On dirait qu'ils n'ont jamais vu de femme. Elle n'a rien de spécial, pourtant.

Jack ne répondit pas. Entre eux, le mot « menteur » resta en suspens dans la pénombre.

— Tu as l'intention de rester ici à la surveiller toute la soirée ? demanda enfin Jack. Ou bien tu préfères que je la fasse monter dans ton bureau ?

— Pourquoi est-ce que je voudrais lui parler ?

— Pour savoir pourquoi elle revient sans arrêt.

— Je suppose que c'est parce qu'elle continue à gagner. Il faut qu'on en parle au personnel. Je veux qu'elle perde de l'argent, moi, pas qu'elle en gagne.

— Qu'est-il arrivé à la devise : « La maison n'a pas besoin de tricher parce que la maison finit toujours par gagner » ?

— Visiblement, la maison se plante en ce qui la concerne.

Il y eut un silence, puis Jack lâcha :

— C'est bon, je leur parlerai.

— Parfait.

— J'en déduis que tu vas continuer à tolérer sa présence.

— Je ne sais pas encore.

C'était faux, et ils le savaient tous les deux.

Tu te comportes comme un imbécile. Dis-lui de ne plus revenir, c'est tout.

Pas tout de suite. Il avait besoin de savoir ce qu'elle avait derrière la tête. C'était la troisième fois en dix jours qu'elle venait à la Maison de Bronze, et à chacune de ses visites, les bénéfices du casino baissaient nettement. Combien de temps cela pourrait-il continuer avant que sa présence ne mette son club en danger ?

Jack avait raison, il était grand temps de se renseigner sur les intentions de la demoiselle.

— Très bien. Amène-la-moi à mon bureau.

— C'est pas trop tôt, soupira Jack. Le personnel n'en peut plus, tu sais.

— C'est moi le patron, rétorqua Clay. Ceux qui ne sont pas contents peuvent aller bosser ailleurs – et cela vaut pour mon bras droit aussi.

Sans chercher à retenir son rire, Jack s'éloigna. Sa réaction agaça Clay, mais il se concentra sur la jeune femme dans la salle plutôt que de chercher une réplique cinglante. Elle avait une prédilection pour la roulette et pariait presque toujours sur le rouge. Drôle de couleur, le rouge. Il évoquait l'amour, les roses, la chair et le sang. Personnellement, il préférait le noir, qui lui rappelait la boue et le charbon, la pourriture et la ruine. La tache sur son âme.

Avait-elle la moindre idée de ce qui avait opposé Clay et son père ?

Sans doute pas. Jamais elle n'aurait osé l'approcher, si elle avait su.

En contrebas, la foule s'écartait devant l'imposante silhouette de Jack, qui s'arrêta derrière la joueuse. Elle leva les yeux avec un air agacé qui céda rapidement la place à une expression polie. Jack lui dit quelques mots. Sans hésiter un instant, elle tourna la tête et regarda en direction de Clay, dans la galerie. Il retint un sursaut, comme si ce regard brun-vert avait été un coup de poing. « Quelle réaction ridicule », se dit-il. Elle ne pouvait pas le voir, il se tenait dans la pénombre. Malgré tout, il recula d'un pas.

Intérieurement, il se ressaisit. Il n'allait tout de même pas se laisser intimider par cette fille. Jamais personne n'avait eu le dessus face à Clayton Madden. Ce n'était pas une débutante, aussi belle fût-elle, qui allait commencer.

Il était grand temps de remettre Florence Greene à sa place.

Florence avait enfin réussi à attirer l'attention de M. Madden.

Elle suivit Jack, le gérant du casino, dans un dédale de couloirs sombres, impatiente de découvrir ce qui allait suivre. Elle n'était pas venue à la Maison de Bronze pour gagner de l'argent, même si elle y était parvenue sans grande difficulté.

Non. Elle était venue ici pour apprendre.

Pas à jouer, bien sûr. Ça, elle savait déjà faire. De même qu'elle savait comment fonctionnait un casino. Non, ce qu'elle voulait, c'était découvrir comment on gérait le plus célèbre casino de la ville et l'apprendre de la bouche d'un seul homme, son propriétaire, l'énigmatique Clayton Madden.

Quiconque avait déjà eu des cartes en main ou jeté des dés sur une piste dans cette ville connaissait son nom. Madden, qui possédait salles de billard et casinos, était le roi du jeu de hasard dans la ville de New York. On disait que tout ce qu'il touchait se transformait en or, et que ni la police ni Tammany Hall[1] n'avaient jamais réussi à freiner son essor.

Mais ce qui avait fait de Clayton Madden une légende, c'était la Maison de Bronze. L'établissement, qui se targuait d'avoir une clientèle triée sur le volet et d'avoir banni les jeux truqués, était l'endroit où l'élite venait boire du champagne, manger du caviar et flamber. Tout se faisait dans la plus grande transparence. Les croupiers étaient bien payés et ne cherchaient pas à détourner des jetons. Madden traitait correctement son personnel et ses clients, sauf s'ils cherchaient à le doubler. Ceux qui l'osaient le payaient cher, et définitivement. Les pires rumeurs couraient sur la façon dont Madden se débarrassait d'eux. Florence avait entendu parler de membres brisés, de maisons incendiées, et même de corps lestés de chaînes et de ciment et jetés dans l'East River.

Elle savait que, en tant que femme, elle attirerait l'attention. Elle l'avait prévu, s'y était préparée, s'était même plus ou moins attendue qu'on la mette dehors dès son arrivée. Et pourtant, on l'avait autorisée à rester. Plusieurs fois.

Et il l'avait observée.

Sans le voir, elle l'avait senti là-haut dans la galerie, qui la regardait. Peu de gens connaissaient le visage de Madden. Apparemment, il ne quittait jamais son casino, sauf absolue nécessité. Et lorsque celui-ci était ouvert, il restait dans l'ombre, Jack s'occupant de régler les problèmes dans la salle.

Et voilà que M. Madden souhaitait la rencontrer. Même si c'était là son objectif, Florence devait reconnaître que cette perspective la terrifiait.

1. À l'origine, organisation d'aide aux immigrants nouvellement arrivés, progressivement devenue machine électorale au service du parti démocrate, pour finir symbole de corruption. (*N.d.T.*)

Duncan Greene, son père, leur répétait souvent, à elle et à ses sœurs : « Ne montrez jamais votre peur. Les hommes craignent les femmes qu'ils ne parviennent pas à intimider. » Alors elle redressa les épaules, se grandit un peu. Elle l'affronterait avec courage.

Au fond du couloir apparut une grande porte en bois sur laquelle une plaque en cuivre proclamait : « Entrée interdite ». Elle réprima un frisson. *Ne pas montrer sa peur.*

Jack s'arrêta et se retourna pour la jauger, la peau lisse et noire de son front légèrement plissée.

— Vous paniquez facilement, mademoiselle Greene ?

— Absolument pas.

Du moins essayait-elle.

Un sourire se dessina lentement sur les lèvres de Jack.

— C'est bien vrai, alors. Il se pourrait que vous soyez exactement ce qu'il nous faut ici.

Elle n'eut pas le temps de lui demander ce qu'il voulait dire, car il avait ouvert la porte et s'inclinait en lui faisant signe d'entrer.

— Après vous.

Florence joua le jeu, répondant d'un hochement du menton tout ce qu'il y avait de royal.

— Je vous remercie, monsieur.

La pièce était généreusement éclairée, et un feu crépitait joyeusement dans la cheminée. Des tapis persans recouvraient le plancher, des lambris de bois sombre montaient à mi-mur. À une extrémité de la pièce se trouvait un grand bureau avec deux petits fauteuils. C'était un endroit confortable, intime.

Mais désert.

Elle regarda Jack par-dessus son épaule.

— Où est-il ?

— Il sera là dans un instant, mademoiselle, dit Jack avant de se retirer, la laissant seule dans le bureau de Clayton Madden.

C'était donc de là qu'il supervisait son empire du jeu. Elle se l'était imaginé plus… décadent. Après tout, Madden était l'un des hommes les plus riches et les plus puissants de New York. Pourtant, ce bureau était la simplicité même. Madden ne jetait pas sa fortune considérable au visage du visiteur.

Sur le bureau, des papiers étaient soigneusement empilés. Elle se retint d'y jeter un coup d'œil, mais elle aurait aimé savoir quels sujets attendaient là d'être traités. Des prêts à des clients qui arrivaient à échéance ? Des factures de ses fournisseurs de champagne et de caviar ? Des rapports sur les croupiers et le fonctionnement du casino ?

Devant un tel éventail de possibilités, son esprit s'enflamma, son cœur se mit à battre de jalousie. *Un jour. Un jour, tu auras un bureau comme celui-ci.*

Derrière elle, la porte s'ouvrit. Elle se retourna. Un homme imposant, tout de noir vêtu, se tenait sur le seuil, sa carrure occupant presque toute la largeur de la porte. Des cheveux noirs encadraient son visage, un peu plus longs que ne le dictait la mode du moment, et deux cicatrices marquaient sa peau, une à l'arcade sourcilière, l'autre le long de la mâchoire.

Il n'était pas beau au sens conventionnel du terme, comme ces nantis qui dormaient toute la journée et faisaient la fête la nuit. Non, si cet homme était beau, c'était d'une beauté brute, implacable. Il affichait une assurance sans faille, comme si l'échec lui était inconnu, comme s'il ne laissait jamais personne lui dicter sa conduite. Un guerrier, marqué par des années de combat, un monarque qui avait bâti son royaume à la force de ses poignets.

Elle aurait aimé ne pas être attirée par cette beauté, ne pas éprouver cette sensation étrange au creux de son ventre... mais c'était tout le contraire. Des hommes aussi dangereux et habiles, aussi intéressants et complexes, elle n'en rencontrait pas tous les jours.

Elle croisa son regard. Apparemment, il attendait avec une pointe d'impatience qu'elle ait terminé son passage en revue. L'avait-elle observé trop longuement ? Les mains nouées devant elle, elle effaça jusqu'à la moindre trace d'expression sur son visage. *Ne réagis pas. Ne lui donne rien*. Après tout, elle la pratiquait depuis bien des années, cette expression neutre, pour cacher ses mésaventures à ses parents. Et cela marchait toujours.

Une étrange moue tordit les lèvres de Madden, comme s'il avait immédiatement vu clair dans son jeu. Impossible. Ce regard vide, elle l'avait mis au point et perfectionné à chaque bal, à chaque dîner, à chaque soirée mondaine depuis qu'elle avait dix-huit ans. Personne ne s'était jamais douté de rien.

— Mademoiselle Greene, dit-il en entrant avant de refermer la porte derrière lui.

Un frisson la parcourut, lui soufflant de rester sur ses gardes. Elle était seule avec cet homme connu pour tutoyer la violence.

Il ne serait pas stupide au point de faire du mal à la fille de Duncan Greene... si ?

Florence n'aimait pas avoir peur. Elle vivait sa vie comme elle l'entendait, faisant fi des limites que la société imposait aux femmes. Le thé et la broderie, très peu pour elle. Elle avait d'autres projets d'avenir, bien plus excitants. Les dés et la roulette. Les cartes et le craps. La peur, elle la laissait aux autres femmes.

— Je suppose que vous êtes monsieur Madden, dit-elle en redressant le menton.

— Asseyez-vous, dit-il en gagnant son fauteuil, derrière son bureau.

— Pas avant que vous n'ayez répondu à ma question.

Il s'arrêta et la fixa juste assez longtemps pour la mettre mal à l'aise. Son regard était sombre, insondable.

— C'était une question, mademoiselle Greene ? Parce que je n'en ai entendu aucune.

— Êtes-vous monsieur Madden ?

— Oui. Ce qui signifie que cet établissement est mon casino. Dans lequel vous êtes entrée sans autorisation.

Il s'assit sans attendre qu'elle ait pris place.

— Personne ne m'a demandé de m'en aller.

— Les femmes ne sont pas admises ici. Vous le savez, mais vous avez bafoué le règlement. Plusieurs fois. Aimeriez-vous m'expliquer pourquoi ?

— Je pensais que le règlement avait changé.

C'était un mensonge. La première fois, elle était entrée par les cuisines. Ensuite, un joli sourire et un gros billet déposé au creux de la main du portier avaient suffi. Maintenant, le personnel la connaissait. Mais elle savait qu'elle ne devait d'être restée entre ces murs qu'au bon vouloir de M. Madden.

— Laissons de côté les faux-semblants, voulez-vous ? Si j'ai toléré votre présence ici, c'est parce que j'étais curieux. Et aujourd'hui, je vous demande de satisfaire cette curiosité.

Son ton était poli, mais sa question avait tout d'une menace.

— Et si je refuse ?

— La plupart du temps, les gens ont l'intelligence de faire ce que je leur demande.

— Vous ne me ferez pas de mal.

Elle avait parlé avec plus d'assurance qu'elle n'en ressentait. Intérieurement, le doute lui nouait le ventre.

Il haussa un sourcil noir.

— Vous croyez ?

— On ne m'intimide pas facilement, monsieur Madden.

Une expression qu'elle ne parvint pas à identifier traversa brièvement le visage de son interlocuteur. De l'approbation, peut-être ? Sa réponse lui avait-elle plu ?

— C'est ce que je vois, en effet. Après tout, quelqu'un a tenté de droguer votre sœur ici, et pourtant, vous revoilà.

D'un geste, Florence lui fit comprendre qu'il s'agissait là d'un incident sans conséquence. Marion n'avait pas été dupe. L'homme qui avait maladroitement tenté de verser un liquide inconnu dans son champagne n'avait pas brillé par sa discrétion. De plus, à chacune de ses visites, Florence avait senti un regard sur elle, une présence protectrice.

Était-il possible que Madden ait cherché à la protéger ?

Elle n'aurait su dire si cette idée l'excitait ou l'inquiétait.

— Je suis en sécurité dans votre casino, je le sais.

Il ne prit la peine ni de confirmer ni de nier, préférant changer de sujet.

— Vous avez un don pour le jeu. Comment une débutante des beaux quartiers a-t-elle appris à jouer ainsi ?

Elle haussa une épaule.

— Question d'entraînement, c'est tout.

Il éclata de rire, un rire profond, franc, et cette hilarité soudaine transforma son visage, le faisant paraître plus jeune. En réalité, elle s'en apercevait maintenant, il ne devait pas avoir plus d'une trentaine d'années. Un délicieux picotement la parcourut, comme si on venait de lui distribuer un as et un roi à une table de vingt-et-un.

Seigneur. Était-elle attirée par Madden ?

Ce sentiment ne lui était pas inconnu. Elle avait déjà eu plusieurs aventures. Elle aimait embrasser, caresser, et faire tout ce que l'on faisait dans ce genre de situation. Rester vierge jusqu'au mariage, non merci. Jeune femme moderne qui entendait prendre son destin en main, elle n'était pas disposée à vivre sous la coupe d'un mari. Elle voulait un égal, pas un geôlier.

Mais être attirée par Clayton Madden risquait de compliquer les choses.

Madden se ressaisit et secoua la tête.

— Je vois bien que vous n'êtes pas une novice en la matière. Chaque fois que vous nous avez rendu visite, vous avez gagné. Mais votre présence trouble les autres joueurs. Mes clients n'ont pas l'habitude de voir une femme parmi eux. Vous les... distrayez.

S'il n'avait pas froncé les sourcils, elle aurait pris cela pour un compliment.

— Ce n'est pas ma faute. Laissez entrer plus de femmes, et ils ne me remarqueront plus.

— Impossible. Même en plein milieu d'une foule, tous les hommes vous remarqueraient.

Ah, ça, c'était indéniablement un compliment. Elle sentit sa gorge se serrer. Mais il ne flirtait pas avec elle, du moins n'en avait-elle pas le sentiment. Non, il était franc, tout simplement. Clayton Madden ne semblait pas être très enclin à flirter.

— Ce règlement est complètement dépassé. Vous devriez autoriser les femmes à jouer.

— C'est hors de question. Si les hommes regardent les femmes, ils ne jouent plus, et ne perdent plus, surtout.

Elle réprima un sourire. Cette position allait tout à fait dans son sens. Qu'il ignore la moitié de la population new-yorkaise, toutes ces femmes qui s'ennuyaient et cherchaient un moyen de se distraire. Bientôt, Florence leur donnerait la possibilité de dépenser leur argent de poche, dans son casino exclusivement réservé aux femmes. Mais elle ne put s'empêcher de remarquer :

— Donc les femmes se retrouvent une fois de plus à devoir supporter les conséquences de la stupidité des hommes.

Il ferma les yeux, les rouvrit, à la fois étonné et admiratif.

— Je vois que vous n'avez pas la langue dans votre poche. C'est une qualité que j'apprécie. Alors venons-en au fait, cette fois. Pourquoi continuez-vous à venir à la Maison de Bronze ? Que cherchez-vous ?

C'est maintenant ou jamais, Florence.

— Je suis ici pour prendre des leçons. Je voudrais que vous m'appreniez à tenir un casino.

2

Clay se figea.

— Je vous demande pardon ?

Elle s'approcha lentement, la soie de ses jupes bruissant à chaque pas, véritable murmure de féminité qu'il sentit glisser sur sa peau. De près, Florence Greene était encore plus ravissante. On aurait dit un ange blond, aux yeux fripons et à la bouche coquine. Elle était élancée, élégante, avait le port fier de ceux qui connaissent dès la naissance fortune et privilèges. Il aurait vraiment voulu la détester… mais c'était le contraire qui se produisait. Elle était à la fois provocante et intelligente – un mélange explosif et terriblement attirant.

Surtout dans la mesure où Clay avait résolu de se venger de son père.

Vingt ans plus tôt, Duncan Greene avait signé son arrêt de mort en faisant raser tout un pâté de maisons dans le Lower East Side pour y construire une usine. Une de ces maisons était celle des Madden. L'indemnité reçue en compensation avait été ridicule et ne leur avait pas permis de se reloger convenablement. La famille avait échoué dans un taudis, où le plus jeune frère de Clay était mort du choléra. Leur père, quant à lui, avait préféré quitter le domicile conjugal.

Une famille avait été détruite, l'existence de ses membres s'en était trouvée bouleversée. Mais Clay s'en était sorti, et il entendait aujourd'hui faire payer à Duncan Greene ce qu'il avait infligé aux siens. En venant perturber ses clients, Florence lui compliquait la tâche. Il devait trouver un moyen de se débarrasser d'elle une bonne fois pour toutes.

Elle s'installa dans un des fauteuils, de l'autre côté de son bureau, et le regarda.

— J'envisage d'ouvrir mon propre casino. J'aimerais que vous m'expliquiez comment je dois m'y prendre.

Un son un peu rugueux s'échappa de la gorge de Clay. Une espèce de petit rire. Bon sang, c'était la deuxième fois qu'elle provoquait son hilarité, et il ne se rappelait même plus quand il avait ri avant ce soir. Décidément, cette fille n'était pas ordinaire.

— Mademoiselle Greene, les jeunes femmes de votre milieu ne se lancent pas dans les affaires. Elles se marient, font des enfants, passent l'été à Newport. Enfin, vous voyez ce que je veux dire. Vous devriez rentrer chez vous et...

— S'il vous plaît, oubliez ce ton condescendant quand vous vous adressez à moi. Croyez bien que je suis consciente du milieu auquel j'appartiens et de ce que les filles de mon âge sont censées faire. Mais, en ce qui me concerne, je n'ai absolument pas l'intention de me marier ni de faire des enfants, et Newport m'ennuie à mourir. Je veux ouvrir un casino réservé aux femmes.

Cette fois, pas de doute, cette fille était folle à lier.

— Les jeux d'argent sont interdits par la loi.

Elle leva les yeux au ciel.

— Tout est autorisé quand on y met le prix.

Ce n'était pas faux. Il tenta un autre argument.

— Les dames de la bonne société ne jouent pas. Les femmes des classes inférieures ne sont pas contre une partie de cartes ou un loto de temps en temps, mais en dehors de ça...

— Vous vous trompez. Les dames de la bonne société aiment les jeux d'argent.

— Non, elles n'aiment pas cela, répliqua-t-il sèchement.

— Vraiment ? Combien en connaissez-vous, exactement ?

Pas beaucoup, d'accord. Bon, aucune, à vrai dire.

— En admettant que vous ayez raison, vous n'êtes pas dans une école, ici. Je n'ai ni le temps ni l'envie d'enseigner mon métier à qui que ce soit.

— Pourquoi ?

— Parce que mon temps est précieux et que je ne dirige pas une œuvre de charité.

— Alors je vous paierai. À l'heure. Votre prix sera le mien.

Agacé, il pianota du bout des doigts sur l'accoudoir de son fauteuil. Était-elle à ce point impatiente de se jeter dans la gueule du loup ? Cet endroit n'était pas fait pour elle. Le jeu rendait les hommes idiots, révélait ce qu'il y avait de pire en eux. Rien que la veille, l'un d'entre eux, qui avait tout perdu, avait tenté d'étrangler un croupier. Un casino était un endroit dangereux, et le personnel était là pour s'assurer que tout se passait bien, pas pour surveiller une demoiselle en mal de sensations fortes.

— Ce serait en pure perte. Jamais vous n'obtiendrez l'autorisation de la police et des élus municipaux pour ouvrir un casino.

— C'est justement pour cela que j'ai besoin de vos lumières. Je veux ouvrir un casino qui ressemble à la Maison de Bronze.

Devant une naïveté pareille, il se retint de lever les yeux au ciel. Il lui avait fallu quinze ans pour parvenir à monter un établissement aussi luxueux que la Maison de Bronze. Il avait passé la moitié de sa vie à se démener, à se bagarrer dans les ruelles et les bars louches pour arriver où il était aujourd'hui. Ses balafres lui rappelaient quotidiennement à quel point le chemin avait été dur. Et elle croyait qu'en un claquement de doigts, elle allait obtenir tout ce qu'elle voulait ?

Cette femme était incroyable.

Il aurait mieux fait de la mettre dehors. De refuser de l'aider et de lui interdire de revenir.

Pourtant...

L'idée d'aider la fille de Duncan Greene à se faufiler dans les bas-fonds était séduisante. Son père détesterait ça. Toute la famille en sortirait humiliée, et socialement ostracisée. Peut-être que certaines relations d'affaires s'en trouveraient menacées, faisant perdre de l'argent à Duncan Greene.

Le désir de vengeance qui animait Clay n'en serait pas complètement satisfait, mais ce serait un bon début.

— Il ne s'agirait que de deux ou trois heures de votre temps, une ou deux fois par semaine, dit-elle d'un ton impatient. Je ne vois vraiment pas en quoi cela vous dérangerait.

Il ne répondit pas tout de suite. Négocier, c'était un peu comme jouer aux cartes. Il fallait de la patience, sinon on n'obtenait jamais ce que l'on voulait.

Or ce qu'il voulait, en l'occurrence, c'était voir jusqu'où elle était prête à aller. Découvrir à quel point elle avait envie de ce casino pour femmes et à quoi elle était prête à renoncer pour l'obtenir. Il décida alors qu'elle lui plaisait suffisamment pour accéder à sa demande. Si elle envisageait de se ruiner, il serait ravi de l'aider à atteindre son but.

— Votre prix sera le mien, monsieur Madden.

Il lança un montant astronomique.

— Cent dollars de l'heure.

— Marché conclu. Quand pouvons-nous commencer ? Ce soir ?

— Vous n'avez même pas tenté de négocier. Je me demande si ce n'est pas une perte de temps d'essayer de vous enseigner quoi que ce soit.

Un large sourire illumina le visage de Florence. Elle le fixa d'un regard scintillant qui lui coupa le souffle. Bon Dieu, elle était tellement belle. Sa joie manifeste lui fit l'effet d'une déflagration, le laissant défait, anéanti, incapable de dire un mot devant un tel spectacle.

— Vous ne le regretterez pas, monsieur Madden, je vous l'assure.

Il ne le regretterait pas, mais il était prêt à parier qu'elle, si. Mais que lui importaient les regrets des autres ? Quelqu'un souhaitait parier sa fortune sur un coup de dés ? Pas de problème. Untel mettait sa maison en gage, pour la perdre dans la foulée ? Avec plaisir. Au bout du compte, Clay était un égoïste qui faisait passer ses intérêts avant tout. Florence Greene assumerait seule les conséquences de ses actes.

Il lui fallait tout de même préciser certains points.

— Avant de commencer votre apprentissage, il y a quelques petites choses que vous devez savoir.

Elle se pencha en avant, impatiente, attentive, suspendue à ses lèvres. Un fantasme traversa alors l'esprit de Clay, qui se vit soudain lui enseigner un peu plus que les jeux d'argent et la tenue des comptes. Des jeux plus sombres, plus passionnés, faits de punitions et de récompenses. Des jeux durant lesquels il la renverserait sur son bureau quand elle se comporterait mal et l'exciterait jusqu'à la…

Bon sang ! Il baissa les yeux et inspira profondément.

— Je vais jouer cartes sur table. Je suis très attiré par vous.

Elle écarquilla les yeux et resta un instant bouche bée.

— Qu… qu'est-ce que vous dites ?

— Je vous trouve très séduisante, mademoiselle Greene. Je suis sûr qu'une femme aussi belle que vous comprend ce que cela signifie.

— Je comprends ce que cela signifie, mais pourquoi me le dites-vous ?

C'était très simple : parce qu'il n'avait rien à cacher. Parce qu'il détestait les tricheurs et les menteurs. Parce qu'elle mettait en danger sa tranquillité d'esprit.

Le mieux, vraiment, était que chacun reprenne son chemin et qu'elle aille chercher un mentor ailleurs.

— Par pure honnêteté, dit-il. Vous devez comprendre que mes motivations ne sont jamais désintéressées. Je suis un égoïste forcené, et si l'occasion se présente de vous mettre dans mon lit, croyez bien que je n'hésiterai pas un instant.

— Je… je n'en crois pas mes oreilles. Vous envisagez de me forcer à…

— Absolument pas. Jamais je ne vous ferai de mal ni ne vous forcerai à agir contre votre volonté. Mais les principes que je respecte ne sont pas toujours conformes aux normes en vigueur dans notre société. Si vous espérez avoir affaire à un gentleman, vous serez amèrement déçue.

Elle le scruta de son beau regard noisette.

— Je sais me servir d'une arme à feu. Si vous me faites du mal, je vous mettrai une balle dans la poitrine.

— Très bien. Mais je ne vous ferai aucun mal. Et personne d'autre ne vous en fera dans cette ville tant que vous serez sous ma protection.

— Y a-t-il autre chose ?

— À vrai dire, oui. J'ai comme projet à plus long terme de provoquer la ruine de votre père.

— La ruine de mon père ? De Duncan Greene ? Vous plaisantez ? dit-elle avec une moue dubitative.

Il croisa les mains derrière sa tête.

— Non, je suis très sérieux. Je ne vais pas vous ennuyer avec les détails, mais il faut que vous sachiez que si j'accepte votre proposition, c'est parce que votre père s'y opposerait. Et tout ce qui le met ne serait-ce qu'un tout petit peu en colère m'est agréable.

— Vous ne l'aimez pas.

Bel euphémisme. Duncan avait tout pris à la famille de Clay. Et, bientôt, Clay prendrait à Duncan une chose à laquelle il tenait beaucoup.

— Non, en effet.

— Je me demande si vous essayez de m'effrayer ou si vous dites la vérité.

— Si la vérité vous fait peur, ouvrir un casino n'est pas pour vous. La vie est faite de décisions difficiles à prendre et laisse peu de place aux sentiments. Que ferez-vous si une amie très endettée vient vous voir en pleurant pour vous dire qu'elle ne peut pas payer ? Vous lui tapoterez l'épaule en lui disant de ne pas s'inquiéter, que vous lui faites confiance et qu'elle vous paiera quand elle le pourra ?

— Je ne vis pas complètement dans une bulle, monsieur Madden. Je sais que gérer une entreprise n'est pas facile.

— Le jeu, c'est plus qu'une entreprise, mademoiselle Greene. C'est un mode de vie. Une obsession, pour certains. Si vous cherchez la sécurité, trouvez-vous un boulot dans un grand magasin.

Florence se massa le front.

— Comprenons-nous bien. Vous acceptez de m'aider non pas parce que cela vous rapporte de l'argent, mais parce que c'est une façon de vous venger de mon père ?

— Non, pas du tout. Tout ce que je fais, je le fais pour l'argent. Dans le cas qui nous intéresse, la vengeance est un plus.

— Un égoïste forcené, murmura-t-elle.

— C'est ça. Et si je peux vous donner un conseil, ne l'oubliez jamais.

Madden entendait ruiner son père ? Que voulait-il dire par là exactement ? Son père gérait sa fortune avec beaucoup de soin, et la famille vivait très confortablement. Personne ne dupait jamais Duncan Greene. Sauf elle, évidemment.

— Comment exactement comptez-vous vous y prendre pour nous ruiner ?

Madden pencha la tête sur le côté comme s'il réfléchissait à la question. Florence l'observa à travers ses yeux mi-clos. Cet homme était surprenant à bien des égards. Intimidant, certes, mais contrairement aux jeunes gens de son âge, il ne la traitait pas comme une gamine qui aurait eu un petit pois à la place du cerveau. Non, il l'écoutait et acceptait de discuter avec elle.

À vrai dire, elle aurait été prête à lui donner beaucoup plus en échange de son aide. La Maison de Bronze était le modèle de casino qu'elle souhaitait reproduire. Il n'y avait pas deux établissements comme celui-ci à New York. De plus, de l'avis de tous, Madden était un génie des affaires. Choisir quelqu'un d'autre aurait été prendre le risque de la médiocrité.

Il fallait que les choses aillent vite. Elle avait moins de deux ans devant elle pour ouvrir son casino et s'assurer un avenir indépendant. Depuis quelque temps, son père évoquait avec insistance le futur mariage de sa sœur aînée, Marion, qui avait vingt-trois ans. Florence en avait vingt-et-un et était la suivante sur la liste. Jusque-là assez patient avec ses filles sur la question du mariage, Duncan Greene risquait de ne plus l'être encore très longtemps. Or Florence n'avait aucune intention de confier son avenir à un inconnu. Elle entendait au contraire prendre les choses en main et subvenir seule à ses besoins.

L'idée lui était venue six mois plus tôt. Depuis qu'elle était toute petite, elle jouait aux cartes avec sa grand-mère et les amies de celle-ci, qui misaient bijoux de pacotille et autres colifichets lors de leurs parties hebdomadaires d'écarté. Ces parties étaient souvent très disputées, et Florence s'était rendu compte que les dames de la bonne société aimaient jouer de l'argent autant que leurs homologues masculins. Malheureusement, il n'existait aucun endroit où elles pouvaient le faire en toute sécurité.

« Pourquoi ? » s'était-elle demandé. Pourquoi les femmes n'auraient-elles pas accès à un casino qui leur serait réservé ? Il faudrait embaucher des croupières et des serveuses, ce qui donnerait du travail à celles qui en avaient besoin. Les choses changeaient rapidement pour les femmes, à New York. Emplois, appartements, bicyclettes, indépendance... Les mœurs évoluaient. Et elle aimait l'idée de se lancer seule dans les affaires, d'être elle-même, de vivre selon ses propres règles et de ne jamais plus s'entendre reprocher de ne pas être à la hauteur.

Assez vite, pour se familiariser avec les jeux d'argent, elle avait commencé à se rendre dans les quartiers mal famés de la ville, un petit pistolet glissé dans son sac à main pour plus de sûreté. Roulette dans le West Village. Craps et fan-tan à Chinatown. Vingt-et-un près de Wall Street. Chaque fois, elle donnait ses gains à ses sœurs, qui s'en servaient pour aider les familles dans le besoin.

Et voilà qu'elle était ici, dans le casino le plus sélect de l'État. Bien que les jeux d'argent fussent illégaux, aucune descente de police n'avait jamais perturbé le fonctionnement de la Maison de Bronze, parce que Madden avait la police et quelques hommes politiques dans sa poche. Comment arrivait-on à cela ? Florence l'ignorait et entendait bien l'apprendre au cours de ses leçons.

Mais Madden envisageait de ruiner son père. Comment travailler avec lui dans ces conditions ?

Enfin, il se décida à répondre.

— Je préfère ne pas vous le dire. Mais mes projets n'ont aucun rapport avec vous.

— Ils en ont s'ils touchent ma famille.

— Vous pourriez tout raconter à votre père. Je ne prendrai pas ce risque. De toute façon, il l'apprendra bien assez tôt.

Elle poussa un soupir exaspéré. Pouvait-elle vraiment persister dans son entreprise ? Oui, parce qu'elle n'avait pas d'autre solution, pas à si court terme. D'ailleurs, côtoyer Madden lui permettrait peut-être de découvrir comment il entendait ruiner sa famille. Elle pourrait alors en parler à son père.

— J'ai l'impression de pactiser avec le diable, marmonna-t-elle.

— Mais c'est le cas, dit Clay, dont les yeux sombres brillaient dans la lumière un peu faible des lampes. Je n'ai jamais prétendu être un homme gentil.

Un frisson parcourut Florence. Elle en avait un peu honte, mais cela l'attirait encore plus.

— Vous n'arriverez pas à me faire peur.

— Avec le temps, mademoiselle Greene. Avec le temps...

Sa voix était grave, un peu éraillée, et son ton sensuel mais menaçant, comme s'il parlait à une maîtresse envahissante. De toute évidence, Clayton Madden cherchait à la faire fuir.

Mais Florence était plus solide qu'elle n'en avait l'air. Elle n'était pas près de trembler de peur devant lui.

— Appelez-moi Florence, ce sera plus simple.

Il eut un petit sourire.

— Qu'auriez-vous fait si je ne vous avais pas remarquée dans la salle de jeu ?

— Je serais revenue jusqu'à ce que vous posiez les yeux sur moi.

— Je savais que vous graissiez la patte de mes hommes, à la porte. J'aurais pu vous empêcher d'entrer.

— Mais vous ne l'avez pas fait. À cause de mon père ?

— Certainement pas. Je n'accorde aucune faveur à ceux qui sont liés à Duncan Greene.

— Vous êtes sûr de ne pas vouloir me dire ce que vous allez lui faire ?

— Certain. Bon, alors, que choisissez-vous ? En savoir plus sur l'art et la manière de tenir un établissement comme la Maison de Bronze, pour cent dollars de l'heure, ou reprendre la tournée des tripots ?

Elle en frémit presque. Imaginer ne jamais revenir ici, recommencer à fréquenter des établissements miteux dans des quartiers sordides la déprimait au plus haut point. Dans ce bureau, elle touchait presque son indépendance du doigt. Elle ne pouvait pas renoncer.

Elle trouverait plus tard le moyen de faire échouer les projets de vengeance de Madden.

— Très bien. Je paie pour vos conseils.

— Alors appelez-moi Clay.

Il se leva et se dirigea vers la porte. Quand il tourna la poignée, elle se leva à son tour.

— Attendez... où allez-vous ?

Ils ne s'étaient pas encore mis d'accord sur un emploi du temps.

— Suivez-moi. Vous allez prendre votre première leçon, déclara-t-il avant de disparaître dans le couloir.

Elle ne s'était pas attendue à commencer dès ce soir. Soulevant ses jupes, elle courut derrière lui.

— Vous ne préférez pas plutôt que je vous parle de ce qui m'intéresse, des domaines dans lesquels j'ai le plus besoin d'aide ? demanda-t-elle aux larges épaules ceintes de flanelle noire. Vous ne savez même pas quels sont mes projets.

Sans daigner lui répondre, il s'engagea dans un petit escalier. Elle poussa un soupir de frustration et le suivit.

— Vous voulez bien répondre à ma question ?

— C'est inutile. Vous devez commencer par le commencement.

— Ce qui signifie ?

Arrivé sur le palier, il se retourna pour l'attendre.

— Cela signifie que c'est moi qui décide du rythme et du contenu de chaque leçon. Et si j'ai besoin d'annuler ou de couper court, vous respecterez ma décision. Ce n'est pas négociable. Maintenant, prenez à gauche et suivez le couloir.

Non mais quelle grossièreté !

Elle obtempéra néanmoins et remonta le couloir. Le plancher était irrégulier, en mauvais état. Bientôt, le brouhaha typique des salles de casino – cris, jurons, claquement des dés et des jetons – résonna. Les hommes trouvaient normal de pouvoir se fondre dans cet univers, de se complaire dans le péché et le vice, quand les femmes avaient la lourde tâche de perpétuer les valeurs de la bonne société. Tout manquement à ce devoir était synonyme d'échec et de déshonneur, et entraînait la promesse de finir en enfer à l'issue d'un célibat forcé.

« Qu'ils aillent tous se faire voir ! » comme disait souvent la cuisinière quand elle pensait que personne ne l'écoutait. Florence était attirée par le danger et la liberté, plus particulièrement quand ils se trouvaient dans les endroits qui lui étaient interdits. Pourquoi aurait-elle dû être mise au ban de la société parce qu'elle faisait de temps en temps ce que les hommes de son âge faisaient toutes les nuits ?

Son casino, c'était la solution au problème. Une salle de jeu où les dames de la bonne société pourraient perdre leur argent de poche et leurs bijoux sans craindre l'opprobre. Dans cet établissement interdit aux hommes, personne ne les jugerait, et leurs actes ne feraient pas jaser. Elles y seraient libres de s'amuser, de vivre leur vie sans que les hommes viennent tout ficher en l'air.

L'idéal aurait été un mouvement réunissant la gent féminine… Une sorte de syndicat des femmes.

Suivant les instructions de Madden, elle déboucha bientôt dans la galerie qui surplombait la salle de jeu et retint un petit cri d'excitation.

— Je savais bien que vous observiez tout.

Il s'arrêta à côté d'elle, juste derrière la balustrade.

— Quand un problème potentiel se présente, oui.

— C'est ce que j'étais ? Un problème potentiel ?

— Un agneau innocent dans l'antre du loup est toujours un problème.

— Innocent, c'est vous qui le dites.

Elle se tut brusquement. Cela lui avait échappé. Tout ça parce qu'elle ne voulait plus qu'il la considère comme une gamine privilégiée des beaux quartiers.

Quelle idiote ! Qu'en avait-elle à faire, que Clayton Madden la prenne pour une oie blanche ou non ? Hélas, elle ne pouvait pas ravaler ses mots.

Pourvu qu'il se conduise en gentleman et ne relève pas…

— Bécoter les garçons entre deux valses, ça ne compte pas vraiment, répliqua-t-il.

Elle se retint de préciser qu'elle n'avait pas fait que bécoter ses partenaires. Elle en avait déjà beaucoup trop dit.

D'un geste, il désigna la salle.

— Ceux qui viennent jouer ici sont souvent ivres ou surexcités par le jeu. Une femme seule peut être une tentation à laquelle certains ne résisteront pas, qu'elle soit consentante ou pas. Vous avez vu ce qui a failli arriver à votre sœur.

— Ne vous inquiétez pas pour moi, je suis capable de me débrouiller toute seule.

— Mais bien sûr.

Il était évident que Madden ne la croyait pas, mais elle ne releva pas, préférant observer la salle. Les clients massés autour des tables étaient nombreux. Tous ces hommes aux poches pleines, c'était d'une beauté… Comment Clay avait-il réussi si rapidement à faire de son établissement un tel succès ? La Maison de Bronze était ouverte depuis moins d'un an.

Plusieurs minutes s'écoulèrent sans qu'il parle. Finalement, Florence n'y tint plus.

— Sommes-nous ici pour une raison précise, ou bien êtes-vous simplement en train de me voler cent dollars ?

— J'attendais de voir au bout de combien de temps vous poseriez la question. Oui, nous sommes ici pour une raison précise. Fermez les yeux.

— Quoi ? Pourquoi ? demanda-t-elle en lui jetant un regard oblique.

— Parce que je suis votre mentor et que je vous le demande. Si vous préférez apprendre de quelqu'un qui ne connaît pas la moitié du quart de ce que je peux vous enseigner, allez voir ailleurs, je vous prie. J'ai beaucoup à faire.

Elle sentit la colère monter en elle. Seigneur, que les employés de cet homme devaient le détester ! S'il traitait les gens de la sorte, pas étonnant que son assistant prenne seul les choses en main dans la salle pendant les heures d'ouverture.

Elle ferma les yeux. Les bruits du casino se firent plus précis, tout comme la présence de Madden à côté d'elle. Il avait une odeur... virile, un mélange de cirage et de bois. Était-ce du pin ? Cette combinaison pour le moins inhabituelle la séduisait malgré elle. Elle entendit ses souliers craquer très doucement lorsqu'il s'approcha d'elle. Il se plaça tout près, l'effleura de son coude.

— Qu'entendez-vous ?

— Des voix.

— Quoi d'autre ?

Elle ne comprenait pas. S'agissait-il d'un test ? Si oui, était-elle déjà en train d'échouer ?

— Beaucoup de voix.

— Faites un effort, Florence. Vous devez tout entendre. Concentrez-vous et réfléchissez.

Elle poussa un long soupir et s'efforça de faire le vide dans son esprit. L'été, lorsqu'elles étaient petites, ses sœurs et elle jouaient souvent à cache-cache dans le parc. La première qui trouvait les deux autres avait gagné. Florence gagnait presque chaque fois. Elle restait parfaitement immobile, tous ses sens en éveil, jusqu'à ce que les bruits familiers s'évanouissent et qu'elle ne discerne plus que les autres, moins naturels. Ensuite, elle courait dans leur direction et, invariablement, trouvait Justine et Marion.

Ce soir-là, elle fit la même chose. Les voix se mêlèrent pour ne plus former qu'un bruit de fond, et elle put entendre les autres bruits.

— Les dés, plusieurs jeux, à nos pieds. Une roulette qui tourne, une bille qu'on jette dedans et qui rebondit. Un bouchon de champagne qu'on fait sauter. Des jetons qu'on empile.

— C'est tout ?

— Des cartes qu'on bat.

Elle retint son souffle, pour entendre mieux, plus.

— Un frottement que je n'arrive pas à identifier.

— Ouvrez les yeux, maintenant.

Elle cligna des yeux, le temps de s'accoutumer à la pénombre.

— Comment m'en suis-je sortie ?

— À vous de me le dire.

Se retenant de le fusiller du regard, elle regarda la salle. À une table, un serveur versait du champagne dans des coupes ; à la roulette, les joueurs récupéraient leurs gains. Une partie de craps était en cours. Un vieil homme qui boitait gagnait lentement la sortie, et son pied traînait sur le parquet. Elle redressa la tête et se tourna vers Madden avec un sourire satisfait.

— Pas mal, je trouve. Ce n'est pas si difficile, quand on se concentre, finalement.

Il ne regardait que sa bouche. L'intensité de son regard l'électrisa, la cloua sur place. À quoi pensait-il ? Le temps lui sembla s'arrêter et la pénombre se refermer lentement sur eux, les isolant du reste du monde. De près, les traits balafrés de Madden paraissaient plus anguleux. Ils racontaient une existence bien différente de celle qu'elle avait connue jusqu'ici.

Arrête ça tout de suite. Si fascinant qu'il fût, elle ne devait pas se laisser distraire de son objectif. Avec les femmes, les hommes n'avaient qu'une idée en tête : les contrôler. Leur ôter la possibilité de choisir.

Or personne n'empêcherait jamais Florence de choisir.

Elle toussota et reporta son attention sur la partie de craps qui se poursuivait en contrebas.

— Il vous faut apprendre à filtrer les bruits et à vous concentrer sur ce qui manque ou ce qui n'est pas normal. Vous devez reconnaître tous les sons, vous familiariser avec eux, jusqu'à ce qu'ils s'apparentent au bruit de votre propre souffle. C'est à ce moment-là seulement que vous arriverez à repérer un tricheur.

Il montra une table de poker, sur la gauche de la salle.

— Regardez bien.

Un des joueurs jetait régulièrement des coups d'œil en direction d'un autre, assis à la table de roulette voisine. De sa position à la roulette, l'homme pouvait voir les cartes des autres joueurs de poker. Discrètement, il pianotait du bout des doigts sur son avant-bras, renseignant ainsi son complice sur le jeu de ses adversaires.

— Il triche, murmura Florence, ébahie. Comment vouliez-vous que j'entende ça ?

— Vous ne pouviez pas. L'homme qui est à la table de roulette ne joue pas. Il ne regarde même pas la bille tourner. Dans ce cas-là, c'est ce qui manque qui compte.

D'un geste, il attira l'attention de Jack. Celui-ci s'occupait d'un joueur de craps ivre qui semait la pagaille à sa table. Clay et lui échangèrent par rapides signes de la main, puis Clay prit Florence par le coude et l'entraîna vers l'escalier.

— Jack vous attend en bas, il vous raccompagnera. J'ai à faire.

— Vous allez vous occuper des tricheurs ?

— Oui, pour la seconde fois ce soir. Ce doit être mon jour de chance.

Elle crut déceler un soupçon d'impatience dans son ton et eut presque pitié des deux tricheurs.

— Attendez un peu... Vous me mettez dehors ?

— Ce sont les termes de notre contrat, non ? Chaque fois que je devrai interrompre une leçon, vous respecterez ma décision. Et je dois interrompre cette leçon.

— Très bien. Quand voulez-vous que je revienne pour la suivante ?

Il était pressé, elle le sentait à sa posture et à ses mouvements saccadés. D'un geste brusque, il ouvrit la porte par laquelle ils étaient arrivés.

— Et si vous me faisiez la surprise ? Il me semble que vous aimez ça.

3

Clay appliqua la poche de glace sur son poing et se dirigea vers son bureau. Deux tentatives de triche la même soirée ? C'était inhabituel.

Pas autant que son entrevue avec Florence Greene, néanmoins. Cette fille était étonnante. Il ne connaissait pas beaucoup de demoiselles de la bonne société, mais il fallait reconnaître que son projet de casino réservé aux femmes la mettait dans une catégorie à part. Elle n'y arriverait jamais, évidemment. Duncan Greene l'enfermerait et jetterait la clé plutôt que de la laisser faire une chose pareille.

Mais la regarder essayer promettait d'être franchement drôle.

Clay l'y aiderait par tous les moyens possibles. Si cela pouvait pousser son père à bout, il était partant. Ces vingt dernières années, il n'avait œuvré qu'à deux choses : faire fortune et ruiner Duncan Greene. Clay avait préparé le terrain depuis quelque temps déjà, et dans six mois, son travail porterait ses fruits. Quand la poussière serait retombée, la maison de famille de Duncan Greene n'existerait plus. Destruction totale. Exactement comme pour la maison de Clay.

Œil pour œil, dent pour dent. C'était ainsi que fonctionnait Clay, et Duncan ne pourrait rien faire pour empêcher sa vengeance.

La bouche tordue par un sourire mauvais, il poussa la porte de son bureau, prêt à se remettre au travail, mais s'immobilisa sur le seuil. Une rousse pulpeuse était installée dans son fauteuil, les pieds croisés sur son bureau, un cigare allumé entre les lèvres. Clay poussa un soupir, entra et ferma la porte derrière lui.

Annabelle Gallagher. Une amie de Clay, qui en avait peu. Sa partenaire en affaires, aussi. Elle possédait la maison close voisine, offrant ainsi aux clients fortunés de Clay un service que lui-même se refusait à fournir. Il ne faisait pas dans le commerce de chair fraîche, même si les filles d'Anna étaient toutes là de leur plein gré et vivaient dans de bonnes conditions. C'était le travail d'Anna, et il ne la jugeait pas. Dieu sait qu'elle n'avait jamais jugé la façon dont il avait fait fortune.

Un passage souterrain secret reliait les deux établissements, pour le cas où une descente de police nécessiterait une évacuation rapide. Dans la mesure où le numéro deux de la police métropolitaine avait personnellement investi dans la Maison de Bronze, c'était assez peu probable, mais Clay aimait parer à toute éventualité. Si tout se passait bien, néanmoins, ce passage ne serait jamais utilisé que par Annabelle.

Elle souffla une bouffée de fumée. La garce, elle avait pioché dans ses meilleurs cubains.

— Bonsoir, Clayton.

— C'est calme, ce soir ?

— Non, à vrai dire, on ne touche pas terre. Mais j'ai entendu courir une rumeur, et je me suis dit que le mieux était de venir voir par moi-même de quoi il retournait.

Il se laissa tomber dans le fauteuil qui faisait face à son bureau et tendit la main vers sa boîte à cigares. D'ordinaire, il appréciait les visites d'Anna, mais ce soir, il était un peu à cran. Deux tricheurs dans son casino et Florence Greene qui réveillait ses pulsions, tout cela l'avait mis de mauvaise humeur. Tenir un empire à bout de bras vous usait un homme.

— Quelle rumeur ?

— Tu aurais laissé une femme jouer ce soir.

— Faux.

Il prit son temps pour choisir un cigare, qu'il étêta à l'aide de son coupe-cigares en argent.

— Je savais que c'était n'importe quoi. Jamais tu ne dérogerais à ton sacro-saint règlement pour un joli minois.

— Je l'ai laissée jouer *trois* soirs cette semaine.

La tête que fit Anna le réjouit.

— Ça m'étonne un peu que tu ne sois pas au courant, poursuivit-il, vu que tes clients aiment autant les ragots que les pipes.

Elle eut un sourire narquois.

— Presque autant. Mes filles sont les meilleures de la ville, je te rappelle. Parle-moi de cette femme. Qui est-ce ?

Il tira quelques bouffées avant de répondre.

— Florence Greene.

Les yeux d'Anna s'arrondirent à un point que c'en était comique.

— Florence… Non ! Pas *la* Florence Greene ? Pas la fille de Duncan Greene ?

— En personne. C'est la cadette. La tête brûlée.

Anna se redressa, retirant ses pieds du bureau.

— Qu'est-ce qui a bien pu te pousser à la laisser entrer ?

Clay souffla un nuage de fumée, cherchant une réponse plausible. En vain.

— La curiosité, probablement.

Anna l'observa en plissant les yeux.

— Je comprends maintenant pourquoi tout le monde marchait sur des œufs avec toi cette semaine. Il paraît que tu étais d'une humeur de chien.

— C'est ridicule. Cette semaine était comme les autres, en dehors du fait que j'ai eu deux tricheurs en une seule soirée.

Ces types s'enhardissaient. Sa réputation avait dû baisser un peu.

— Non, je pense que c'est cette Mlle Greene. Elle te plaît.

— Fais attention à ce que tu dis, répliqua-t-il sèchement.

Mais le ton n'y était pas vraiment, et ils le savaient tous les deux.

— Clayton Madden en pince pour une poulette des beaux quartiers… Jamais je n'aurais imaginé voir ça un jour, dit-elle en secouant la tête avec une moue ironique.

Il serra les dents. Si cette rumeur enflait, il n'en verrait jamais la fin.

— J'ai du travail, et tu as sûrement des clients de ton côté. Ta visite m'a fait plaisir, mais je pense qu'il est temps d'y mettre un terme.

— Elle est jolie ?

— Anna ! gronda-t-il en se levant d'un bond. Fiche-moi le camp d'ici.

Elle se leva en pouffant.

— Je vous rends votre trône, Majesté.

Elle s'écarta et indiqua le fauteuil d'un grand geste. En trois pas, il fut assis, le cuir vieilli craquant sous son poids.

Anna se mit sur le côté, mais ne partit pas. Il l'ignora, se concentra sur les papiers qu'il avait devant lui – des rapports financiers sur ses différentes affaires en ville. Il remboursait ses investisseurs, Anna comprise, chaque trimestre. Ses bénéfices nets déterminaient le montant des remboursements, mais encore fallait-il qu'il trouve le temps de faire ses comptes. Il s'était beaucoup laissé distraire, ces derniers temps.

Peut-être que tu deviens trop indulgent.

Mais non. Jamais. Quelle idée ridicule ! Il restait concentré sur ce qui importait vraiment : l'argent et la vengeance.

Un verre à demi plein d'un alcool ambré apparut sur son bureau.

— Bois ça, dit Anna. C'est ton préféré, et ça te mettra de meilleure humeur.

— Je n'ai pas besoin d'être de meilleure humeur, dit-il en posant son cigare pour prendre le verre. Et elle ne me plaît pas. Je voulais juste savoir pourquoi elle tenait tant à jouer chez moi.

Anna se rassit, dans un autre fauteuil.

— Et ?

Il but une longue gorgée, laissant le bourbon le réchauffer.

— Elle envisage d'ouvrir un casino. Réservé aux femmes.

Anna poussa un cri de surprise, un sourire joyeux éclairant ses traits fins.

— Houuu ! Elle me plaît, cette fille. J'approuve totalement, Clay.

— Je ne sais pas à quoi tu penses, mais oublie ça tout de suite. Elle m'a embauché pour lui donner des conseils sur la façon de tenir un casino. C'est tout.

— Et tu as accepté ? Certainement pas pour l'argent, tu en as suffisamment.

Elle se trompait. On n'avait jamais assez d'argent, surtout à New York.

— J'aime assez l'idée de la conduire sur le chemin du vice et de la débauche. Avant tout parce que je déteste son père et que je sais à quel point cela énervera ce vieux con.

Anna retrouva son sérieux et fronça les sourcils.

— Tu te sers d'elle. Je n'aime pas beaucoup ça. Vous autres, les hommes, il faut toujours que vous ayez une arrière-pensée. Être une femme est déjà suffisamment dur, alors si en plus vous nous mentez…

— Je ne lui ai pas menti. Je lui ai même dit à quel point je détestais son père.

— Vraiment ?

— Oui. Je lui ai aussi dit que je la trouvais très séduisante.

Cette révélation sembla troubler Anna.

— Et comment l'a-t-elle pris ?

— Pas comme je m'y attendais, reconnut Clayton. En fait, je pensais que cela l'effraierait. Mais elle s'est contentée de me demander si j'avais l'intention de la violer. J'ai répondu que non, et elle a menacé de m'abattre si je lui faisais du mal.

Anna sembla retenir un éclat de rire. Elle se ressaisit en buvant une longue gorgée de bourbon.

— Tu n'as donc pas l'intention de coucher avec elle ?

— Ce serait une très mauvaise idée. Dès qu'une relation prend un tour un peu intime, les femmes de ce milieu se font des idées.

— Tu en connais beaucoup, des femmes de ce milieu ?

— Suffisamment. De toute façon, ce n'est pas mon genre de coucher avec une femme juste pour me venger de son père.

— Et si elle finit par te trouver séduisant, elle aussi ?

Il secoua la tête. En matière de flirt, Florence Greene avait l'embarras du choix à Manhattan. Pourquoi jetterait-elle son dévolu sur quelqu'un comme Clay, qui évoluait dans un milieu pour le moins interlope ?

— Ça n'arrivera pas.

Pas une fois qu'elle aurait passé un peu de temps en sa compagnie. Le romantisme et les beaux sentiments, ce n'était pas pour lui. Les promenades et les pique-niques à Central Park non plus. Il préférait la nuit, son brouillard humide et son anonymat.

Anna vida son verre et se leva.

— Je ferais mieux d'y aller. Tu veux que je t'envoie une gentille jeune femme pour te tenir compagnie ce soir ?

Il réfléchit. Les filles d'Anna faisaient ça pour l'argent, et Clay n'aimait pas la passion simulée. Mais il n'avait pas non plus une tête à provoquer la pâmoison.

— Non, ça ira.

— Clay… tu es seul depuis beaucoup trop longtemps. À quand ça remonte, ton histoire avec cette jolie veuve ? Un an ?

Onze mois exactement. Mais pas question d'avouer qu'il tenait le compte.

— Arrête de me plaindre, je vais très bien. Allez, retourne travailler.

— Je ne laisserai pas tomber. Tu mérites d'être heureux.

« Non, je ne le mérite pas », songea-t-il en la regardant s'en aller. Il ne faisait pas partie des hommes bons. Sa vie, il l'avait passée à répandre la peur et à user de violence pour obtenir ce qu'il voulait, c'est-à-dire de l'argent, du pouvoir et la ruine de Duncan Greene. Quand il aurait atteint son but, il se lancerait dans une autre entreprise, plus légitime celle-là, et qui ferait peut-être de lui un être méritant d'être heureux.

En attendant, il se satisfaisait tout à fait d'être un homme de l'ombre.

Florence Greene avait évoqué un pacte avec le diable. Elle ne croyait pas si bien dire.

— On peut savoir où tu étais hier soir ?

Détournant les yeux des façades qu'elle observait par la vitre de la voiture, Florence tourna vers sa jeune sœur un regard dénué d'expression. En ce milieu de matinée, les trois sœurs Greene se rendaient chez leur grand-mère.

— Je ne vois pas de quoi tu parles, dit-elle à Justine. J'étais à la maison.

— C'est faux. Je suis passée dans ta chambre vers 23 h 30, et ton lit était vide.

— Moi, j'ai ma petite idée, dit Marion. Et je parie que ça commence par les lettres M et B.

— Tu étais à la Maison de Bronze ? Encore ? s'exclama Justine en écarquillant les yeux. Tu as gagné, au moins ?

— Bien sûr.

Perdre n'était pas son genre.

— Et je ferai don de mes gains à tes bonnes œuvres, comme d'habitude. Pourquoi personne ne demande à Marion où elle était hier soir, elle ?

Florence savait très bien que sa sœur aînée était sortie voir un homme. En quoi sa soirée à la Maison de Bronze était-elle plus intéressante que le rendez-vous galant de Marion ?

— Bonne question. Je sais qu'elle n'avait pas rendez-vous avec Chauncey, dit Justine, faisant référence au jeune homme à qui Marion était pratiquement fiancée. Il est à Boston avec sa famille.

— Comment sais-tu ça ? demanda Marion, intriguée. Il ne m'a pas parlé de ce voyage.

Florence leva les yeux au ciel.

— C'est à croire que vous vous fichez complètement l'un de l'autre ! Bon sang, Marion, pourquoi as-tu décidé de l'épouser ?

— Je n'ai pas envie de parler de Chauncey… ni d'aucun autre homme, répondit Marion d'un ton sec.

Cela ne fit qu'aiguiser la curiosité de Florence. Elle avait sa petite idée sur l'identité de l'homme que sa sœur aînée avait retrouvé la veille. Quand Marion et Frank Tripp se trouvaient dans la même pièce, l'électricité qui flottait dans l'air était palpable. Mais pousser sa sœur à bout ne mènerait à rien. Têtue comme une mule, Marion ne se laissait pas souvent influencer. D'un regard, Florence fit signe à Justine qu'il valait mieux changer de sujet.

— Alors, la Maison de Bronze ? fit Justine en lui répondant d'un hochement de tête. Raconte.

— J'ai enfin rencontré M. Madden.

Ses deux sœurs la fixèrent, stupéfaites.

— Vraiment ? dit Marion dans un murmure, alors qu'elles étaient seules dans la voiture.

— Vraiment. Il m'a fait venir dans son bureau et a exigé de savoir pourquoi je venais dans son casino.

— Que lui as-tu dit ?

— On verra ça plus tard, intervint Justine. Dis-nous plutôt à quoi il ressemble.

Justine était la plus romantique des trois sœurs. Elle voyait toujours la bonté en chacun et était persuadée que tout être pouvait se racheter, s'il recevait suffisamment d'amour.

— Costaud, avec une carrure comme ça, répondit Florence en écartant les bras pour indiquer la largeur d'épaules de Clay. Et pas mal, si on aime les hommes un peu... rugueux.

Elle ne raconta pas à ses sœurs qu'il la trouvait très séduisante et nourrissait le projet de ruiner leur père. Il se remettrait bien vite de son attirance pour elle, et elle le dissuaderait de mettre sa vengeance à exécution.

— Il t'a fait du mal ? demanda Marion, l'air sombre. Parce que je le...

— Calme-toi, sœurette. Il ne m'a rien fait, et il a accepté de me donner des conseils.

Justine regarda ses deux sœurs.

— Des conseils ? Ne me dis pas que tu veux toujours ouvrir ton casino pour dames...

Plusieurs mois auparavant, Florence avait confié son idée à ses sœurs, et Justine, comme elle l'avait prédit, avait manifesté son désaccord. Marion, quant à elle, avait trouvé la chose séduisante, tout en s'interrogeant sur sa faisabilité. Florence se moquait de leurs objections. Elle allait montrer à tout le monde qu'une femme était capable de réussir dans les affaires aussi bien qu'un homme.

— Si. Et ne te fatigue pas à essayer de m'en dissuader, c'est peine perdue.

Justine prit un petit air pincé et ne répondit pas.

Cette conversation avait plongé Florence dans un abîme de morosité. Elle n'en pouvait plus de toujours se sentir à part. Entre Marion, forte, sûre d'elle – la préférée de leur père –, et Justine, la bonté et la vertu incarnées – et la préférée de leur mère –, Florence n'était... rien. Elle était juste la fille qui faisait lever les yeux au ciel, celle que personne ne comprenait. Elle détestait les mondanités quand Marion et Justine les supportaient. Elle adorait partir à la découverte de la ville, mais ses parents insistaient pour qu'elle ne franchisse pas la 42e rue. La perspective de se marier et de confier sa vie à un homme lui était insupportable, alors que Marion était presque fiancée à un jeune homme que leur père avait choisi pour elle depuis déjà plusieurs années.

Florence avait toujours posé problème.

« Florence, tu te tiendras bien à la messe, aujourd'hui. »

« Florence, ne dis pas de grossièretés à l'heure du thé. »

« Florence, ne pousse pas les bonnes à se syndiquer. »

Alors elle avait fini par apprendre à donner le change, à mentir et à faire semblant. Chaque fois que la situation l'exigeait, elle se fondait dans le décor. Un jour, Marion l'avait traitée de caméléon. Cette comparaison lui avait assez plu. S'adapter à son environnement était certainement moins fatigant que d'être sans arrêt sur la défensive.

Seule leur grand-mère semblait avoir compris la nature profonde de Florence et son désir brûlant de faire quelque chose de sa vie. Sans doute était-ce pour cela que Florence l'aimait plus que n'importe qui au monde.

— Oh, regardez, ils ont démoli les deux maisons, là, dit Justine en désignant du doigt un terrain vague. C'étaient presque des voisins de bonne-maman. Qui habitait là ?

— Les Turner et les Hoffman, je crois, répondit Marion. Ces maisons étaient magnifiques. Je me demande pourquoi elles ont été abattues.

Florence renchérit d'un murmure étonné, même si ce genre de choses était assez courant. À New York, on bâtissait et on démolissait sans cesse. Ancien, nouveau. Dépassé, moderne. Ce quartier était habité par des familles qui avaient de l'argent à ne plus savoir qu'en faire et dépensaient sans compter. On venait même de construire un château entouré de vraies douves un peu plus au nord.

Et, dans moins de deux ans, sortirait de terre un casino réservé aux femmes – de quoi donner matière à jaser à la bonne société. Femme d'affaires indépendante, voilà ce qu'elle serait.

La voiture ralentit, puis s'arrêta devant une maison de trois étages en pierre de taille. La porte d'entrée s'ouvrit avant même que les roues ne soient complètement immobiles. Leur grand-mère apparut, silhouette élancée en robe de jour de soie violette. Ses cheveux étaient presque entièrement gris maintenant, mais on devinait encore le brun foncé de ses jeunes années. C'était une belle femme, toujours en forme, et qui n'avait rien perdu de sa vivacité d'esprit. Pilier de la vie mondaine à New York, elle donnait chaque année au printemps le bal des forsythias, à côté duquel le bal des patriarches de Mme Astor ressemblait à un goûter d'anniversaire pour enfants de dix ans.

Les trois sœurs descendirent de voiture. Florence laissa Marion et Justine passer devant. Elle préférait toujours entrer chez sa grand-mère en dernier.

— Tu as l'air fatiguée, dit celle-ci en la voyant. Dois-je m'inquiéter ?

Son air préoccupé réchauffa le cœur de Florence.

— Bonjour, bonne-maman. Je vais bien, rassurez-vous. J'ai fait les quatre cents coups cette nuit, c'est tout.

La vieille dame caressa la joue de Florence, le regard plein d'affection et de compréhension.

— Je n'en attendais pas moins de toi, ma chérie. Nous nous ressemblons beaucoup de ce point de vue, j'en ai peur.

— Du point de vue de la beauté aussi, ajouta Florence avec un clin d'œil appuyé.

— Et du goût pour les jeux de cartes. D'ailleurs, tu nous as manqué, hier. J'ai gagné une broche en diamant.

Florence détestait rater la partie hebdomadaire d'écarté qui se tenait chez sa grand-mère.

— J'espère que vous n'avez pas triché, cette fois.

Sa grand-mère eut un petit rire.

— Comme si j'en avais besoin ! Allez, entre et raconte-moi ta semaine.

Florence grimpa les dernières marches du perron. Au moment de franchir le seuil de la maison, elle remarqua un autre terrain vague, un peu plus loin.

— Pourquoi toutes ces maisons ont-elles été démolies ces derniers temps ?

— Sans doute pour pouvoir construire encore un de ces immeubles de bureaux d'une hauteur démesurée. Ces horreurs sont vraiment devenues un fléau à New York. Figure-toi que des promoteurs m'ont proposé de racheter la maison.

Florence referma la lourde porte, qui portait encore la trace de sa bottine. À neuf ans, furieuse contre

Marion, elle avait jeté sa chaussure à la tête de sa sœur. Heureusement, elle avait raté sa cible, et le talon de sa bottine avait heurté le bois de la porte. Sa grand-mère avait beaucoup ri et lui avait conseillé de s'entraîner un peu. Florence connaissait tous les recoins de la belle demeure. Elle y avait pratiquement grandi.

— Vous n'avez pas accepté, j'espère ?

— Mon Dieu, non ! Ils n'arrêtent pas de m'écrire pour me faire des offres chaque fois plus alléchantes, mais je ne réponds pas. Je n'ouvre même plus leurs lettres.

— Ouf. Vous savez combien j'aime cette maison.

Pendant son enfance, Florence s'était souvent réfugiée chez sa grand-mère, y passant pratiquement tous les week-ends. Aujourd'hui, la famille s'y réunissait pour toutes les fêtes.

— Je le sais bien. Et c'est pour cela que je te l'ai léguée dans mon testament.

Ce n'était pas un scoop. Sa grand-mère le répétait depuis que Florence avait fait ses débuts dans la bonne société.

— Mais je vous interdis de mourir.

— Hélas, j'ai bien peur que cela ne nous arrive à tous un jour. J'ai tellement de bons souvenirs dans cette maison ! Ton père terrorisait son frère et sa sœur dans ces couloirs, tu sais.

— Vraiment ?

Sa grand-mère prit Florence par le bras et l'entraîna en direction du salon.

— Oh, des histoires sur ton père, j'en ai un paquet. Certaines te feraient dresser les cheveux sur la tête. Peut-être te les raconterai-je un jour.

— Et si vous commenciez aujourd'hui ? Juste une petite…

— Voyons voir… Il y a eu le jour où il a glissé une limace du jardin dans le chausson de ton oncle Thomas…

4

Le cœur battant, ne sachant trop à quoi s'attendre, Florence toqua à la porte de bronze qui lui était désormais familière. Clayton Madden avait certes accepté de la conseiller, mais ils n'avaient pas décidé d'un emploi du temps, ni des domaines à aborder. Allait-il l'éconduire ?

Peu importait, au fond. Il lui laissait fréquenter le casino, ce qui était en soi une expérience utile. Même si elle ne le voyait pas ce soir, elle ne perdrait donc pas son temps.

En la découvrant sur le seuil, le portier, un jeune homme, haussa les sourcils.

— On dirait que j'dois vingt dollars à Jack le Chauve. J'étais pourtant sûr que vous changeriez d'avis et que vous reviendriez pas.

Tiens donc. La nouvelle avait circulé parmi le personnel.

— Vous aviez parié contre moi parce que je suis une femme ?

— Moi, c'est Pete, dit-il en lui faisant signe d'entrer. Et ça n'a rien à voir avec le fait que vous soyez une femme. J'ai vu des types baraqués se pisser dessus à l'idée de passer du temps avec M. Madden. Pardonnez l'expression, mademoiselle, ajouta-t-il d'un air contrit.

— Ne vous en faites pas, j'ai entendu bien pire. Inutile de surveiller votre langage avec moi.

— C'est ce qu'a dit le patron. Pas de traitement de faveur, on doit faire avec vous comme avec n'importe quel autre client. Mais je vois pas en quoi c'est convenable. La seule autre femme qui vient de temps en temps, c'est Annabelle, et le langage un peu corsé, elle est pas contre.

Annabelle ? Qui était-ce ? Une parente de Madden ? Une employée qu'elle n'avait jamais rencontrée ? Sa maîtresse ? Elle laissa de côté cette question pour le moment.

— En l'occurrence, M. Madden a raison. Je ne demande aucun traitement de faveur. Alors, où dois-je aller, ce soir ? Dans la salle ?

— Direction la galerie. Je viens avec vous.

Pete appuya sur un panneau lambrissé derrière lui. Il y eut un cliquètement, et le panneau s'ouvrit. Tiens, tiens. Encore un passage secret.

— M. Madden veut que vous montiez d'abord.

Ignorant la sensation étrange au creux de son ventre, Florence gravit l'escalier étroit qui menait au premier étage. L'éclairage un peu chiche projetait sur les murs nus des ombres bizarres. Visiblement, Clay n'avait pas dépensé d'argent dans les endroits que personne ne voyait. La partie publique du casino n'était que luxe et élégance. Celle-ci… non.

La galerie était déserte. Clay la rejoindrait sans doute lorsqu'il l'estimerait utile. Elle se plaça un peu en retrait de la balustrade et observa les clients dans la salle.

— Ah, vous voilà.

La voix grave derrière elle la fit sursauter. Elle se retourna et vit Clay, toujours vêtu de noir. Son expression était impassible, presque austère, mais une lueur dansait dans les profondeurs sombres de son regard, comme s'il était content de la voir.

— Comment faites-vous ?

Il pencha la tête sur le côté.

— Comment je fais quoi ?

— Vous marchez sans bruit.

— Question d'entraînement.

— Avez-vous été cambrioleur autrefois ? Vous entriez par effraction et vous voliez des bijoux, peut-être ?

— Non, je préfère voler franchement, dit-il en montrant la salle de jeu. C'est beaucoup plus propre.

— Il y a du monde, ce soir. Je crois que je n'ai jamais vu la salle aussi pleine.

— Il y a un peu plus de monde que d'habitude, oui. Vous voyez ce groupe vers le fond, là ? À la roulette ? C'est une sorte de bringue prénuptiale.

Elle chercha le groupe des yeux et retint un cri de surprise en découvrant les jeunes gens assis à la table. Elle avait dansé avec eux à différents bals et soirées mondaines et avait même repoussé les avances de deux d'entre eux lors d'un bal costumé particulièrement débridé.

Instinctivement, elle recula d'un pas, pour disparaître dans l'ombre.

— Ah. Dois-je comprendre que vous connaissez ces messieurs ?

— Un ou deux, mentit-elle. Et, si possible, j'aimerais autant ne pas être reconnue.

— Alors mieux vaut commencer nos leçons ailleurs que dans la salle. Suivez-moi.

— Ailleurs ? Mais je pensais que…

— C'est mon casino, c'est moi qui fixe les règles, l'interrompit Clay en longeant la galerie jusqu'à une porte.

Elle le suivit d'un pas rapide pour ne pas se laisser distancer. Où l'emmenait-il ?

Ils parcoururent plusieurs couloirs avant d'arriver à un escalier dont il grimpa les premières marches. Il ne faisait toujours aucun bruit – on eût dit un fantôme. En revanche, les talons des bottines de Florence claquaient sur le plancher, prévenant de sa présence quiconque se trouvait dans les parages. *Encore un truc qu'il va devoir m'apprendre.*

En haut de l'escalier, il ouvrit une porte et s'effaça pour la laisser entrer.

— Bienvenue dans la salle d'entraînement.

La salle d'entraînement ? Elle entra… et se figea. Des tables étaient installées un peu partout, une par type de jeu. Roulette, dés, cartes… Le paradis du jeu de hasard.

Il s'arrêta à côté d'elle.

— Vous avez l'air d'une gamine devant la vitrine d'un glacier.

— Vous avez un casino miniature au deuxième étage.

— En effet. Comme je vous le disais, c'est la salle d'entraînement. Vous ne pensiez tout de même pas que les croupiers avaient la science infuse ?

Logique.

— C'est donc ici que vous leur apprenez leur métier.

— Non, la plupart d'entre eux le connaissent déjà. Ce qu'ils ne savent pas, c'est comment on joue dans mon casino.

— Mais j'ai joué dans votre casino. C'est pareil qu'ailleurs.

Il se dirigea vers la table la plus proche.

— Florence, si jouer ici était pareil qu'ailleurs, pourquoi les clients choisiraient-ils la Maison de Bronze ? Pour le champagne hors de prix ?

— Parce que la Maison de Bronze est le casino le plus honnête.

— Exactement. Pourquoi chercher à tromper le client quand le jeu tourne toujours à l'avantage du casino ?

— C'est pareil pour tous les jeux ?

— Oui.

Il prit des cartes sur le tapis vert et les battit d'un geste sûr, rapide.

— Mais, chaque fois que je suis venue, j'ai gagné.

— Vous êtes une exception, mademoiselle Greene. Et pas qu'au jeu, ajouta-t-il en la regardant.

Était-il en train de dire qu'il la trouvait exceptionnelle ? Avec n'importe quel autre homme, ce genre de conversation aurait passé pour du flirt. Mais là, elle n'en était pas sûre.

— J'ai eu de la chance.

Il eut un petit rire un peu rauque.

— La chance, ça n'existe pas. Non. Vous êtes très, très douée.

Une agréable chaleur se répandit dans la poitrine de Florence. Pourquoi ce compliment la touchait-il à ce point ? Elle n'aurait su le dire, mais elle se sentait rapidement perdre le contrôle. « Si l'occasion se présente de vous mettre dans mon lit, croyez bien que je n'hésiterai pas un instant. » Était-il justement en train de provoquer cette occasion ? Si c'était le cas, il allait y parvenir, elle en avait peur. Fleurs et bijoux l'avaient toujours laissée de marbre. Mais un homme qui remarquait ses dons aux cartes ? Voilà qui était dangereux.

S'il continuait dans cette voie, il était même possible que ce soit elle qui le pousse dans son lit.

— Jusqu'à présent, dit-il, vous avez considéré le jeu du point de vue du client. Moi, je vais vous apprendre à l'envisager du point de vue du tripot.

Pourquoi était-il aussi séduisant, avec sa voix grave et sa maîtrise exceptionnelle du battage des cartes ? Ses mains étaient agiles ; ses mouvements, sûrs. Les cartes filaient entre ses doigts. Il les courba, les battit, les retourna, coupa le jeu d'un mouvement du poignet. Quelle dextérité ! Elle aurait pu le regarder faire pendant des heures.

— À quel jeu un client a-t-il le plus de chances de gagner ?

— Euh... au poker.

— Non.

— À la roulette ?

— Toujours non. C'est au vingt-et-un qu'il a le plus de chances, environ cinquante-cinquante. C'est aussi un jeu facile à apprendre.

La lumière un peu vacillante des lampes à gaz accentuait son profil taillé à la serpe, creusait ses balafres. Elle aimait l'écouter, le regarder, s'imprégner de ses impressionnantes connaissances. *Reprends-toi, Florence. Tu es ici pour apprendre, pas pour te rincer l'œil.*

Il eut un regard oblique dans sa direction, et un léger sourire incurva ses lèvres.

— J'ai l'impression que vous avez du mal à vous concentrer. Est-ce un problème typiquement féminin... ou bien est-ce moi qui vous distrais ?

— Un problème féminin ?

Florence masquait difficilement sa fureur, exactement comme Clay l'avait anticipé. La beauté blonde et froide s'était instantanément transformée en amazone vengeresse, féroce et prête à éviscérer. Devant un tel regard, un homme un peu faible se serait protégé l'entrejambe.

Mais pas Clay. Il aimait que ses conquêtes aient du caractère.

Il se figea un instant, incrédule. Ses conquêtes ?

« Clayton Madden en pince pour une poulette des beaux quartiers. »

Au souvenir de la remarque d'Anna, il fronça les sourcils. Il valait mieux que ça. Courir après une fille qu'il n'aurait jamais, ce n'était pas son style. Certes, il la trouvait séduisante, probablement comme beaucoup d'autres hommes. Cette fille était magnétique. Mais elle était aussi très jeune, et d'un milieu où les liaisons sans engagement étaient proscrites.

Or Clayton n'avait que des liaisons sans engagement.

Finis-en. Montre-lui comment faire et renvoie-la chez elle.

— C'était pour rire, dit-il. Vous savez jouer au vingt-et-un ?

— Bien sûr, répondit-elle, presque offusquée par cette question.

Il retint un sourire et s'installa à la table, juste en face de Florence. Il leur distribua deux cartes à chacun, une face cachée, une face visible.

— Alors jouons. Ces jetons sont à vous.

Une boîte en bois contenant des jetons avait été posée sur la table, selon ses instructions.

— Si je gagne, renoncerez-vous à ruiner mon père ?

La petite effrontée !

— Ah non, ça, ce n'est pas envisageable. En revanche, si vous me battez – si vous battez la maison, je veux dire –, vous gardez vos gains.

— Et si je perds ?

Il l'imagina nue, offerte sur son lit, ses cheveux blonds formant un halo autour de son visage. Bon sang ! Rien que d'y penser, il se sentait frémir. Mais il ne la prendrait pas avec précipitation. Non, il la torturerait pendant des heures, jusqu'à ce qu'elle le supplie de...

Nom de Dieu, était-il devenu fou ? Il avait au moins dix ans de plus qu'elle et savait ses manières beaucoup trop brutales pour une fille des beaux quartiers. Peut-être aurait-il dû accepter la proposition d'Anna. Une partie de jambes en l'air lui aurait permis d'évacuer un peu de cette... énergie et de garder la tête froide ce soir.

— Si vous perdez, vous perdez, c'est tout, se força-t-il à répondre.

— Encore mieux, dit-elle en se frottant les mains. Bien, alors c'est parti, croupier. Ne me faites pas attendre.

Les cartes allaient vite. Elle gagna les deux premiers tours, perdit les six suivants.

— Que comptez-vous faire, maintenant ? demanda Clay.

— Si vous me dites que les probabilités sont de cinquante-cinquante, je devrais gagner le prochain tour.

Elle poussa un jeton de vingt dollars sur la table.

— Là.

Ravalant une remarque, il distribua les cartes. La banque avait seize. Florence, douze. Elle reprit deux cartes et creva à vingt-deux.

Agacée, elle se mit à pianoter sur la table.

— Nom d'un petit bonhomme. Je suis meilleure que ça, d'habitude.

Il posa le jeu de cartes.

— Là où vous vous trompez, c'est que vous essayez de prévoir la main suivante en vous basant chaque fois sur la précédente. Gagner ou perdre ne peut jamais être prévu. Bien. Maintenant, comment un joueur peut-il prendre l'avantage sur la maison au vingt-et-un ?

— En comptant les cartes.

— Oui, mais cela demande beaucoup d'efforts, et peu de gens en sont capables. Quoi d'autre ?

— Un croupier véreux ?

— Oui, bien. C'est pour cela que nous avons en permanence plusieurs employés qui vont et viennent dans la salle. Ils surveillent les tables, s'assurent que nos croupiers sont réglo et qu'aucun joueur n'est en contact avec un autre client. Autre chose ?

Elle fixa les cartes, le front barré d'un adorable pli de concentration.

— Je ne vois pas.

Il se distribua deux cartes, retourna la seconde.

— Allez vous mettre là-bas, dit-il en montrant la place la plus à droite. Et regardez la carte du dessous.

Lorsqu'elle fut en place, il souleva la carte cachée pour la voir.

— Je l'ai vue ! s'exclama Florence. C'est un six de trèfle !

— Correct, dit-il en retournant la carte. Certains croupiers sont négligents et regardent leurs cartes avant que les jeux ne soient faits. Pas pour tricher, juste parce que ce sont des imbéciles. Maintenant, passons à la table de craps.

Pendant les deux heures qui suivirent, ils passèrent de table en table, testant tous les jeux. Florence était une élève appliquée, posait toutes les bonnes questions, écoutait avec attention. Bientôt, il ne la vit plus comme la fille de Duncan Greene, héritière d'une grande famille new-yorkaise, mais plutôt comme une camarade de jeu. Une confidente qui comprenait les rouages d'un casino. En dehors de Jack, cela faisait longtemps qu'il ne s'était pas senti aussi à l'aise avec quelqu'un.

La leçon terminée, il s'appuya contre la table de roulette.

— Au fait, je me demandais : que faites-vous de vos gains ? Ce sont des sommes considérables. Vous vous achetez une nouvelle robe, un chapeau, un diamant ?

Des doigts fins et délicats se posèrent sur le bord de la roulette et, d'un petit coup, la firent tourner. Le noir, le rouge et l'argent se mêlèrent, retenant le regard.

— Non, dit-elle. Je les donne à un organisme de charité qui aide les familles des quartiers les plus pauvres.

Il en resta bouche bée. Un organisme de charité ? Mais, après tout, c'était logique. Elle n'avait pas besoin de cet argent. Sa famille était immensément riche, et Duncan Greene était bien du genre à tout passer à ses filles.

Pourtant, Florence n'avait rien d'une petite fille gâtée. Une petite fille gâtée ne cherchait pas à se lancer dans les affaires, encore moins dans un domaine dangereux, qui ruinerait probablement sa réputation. Une petite fille gâtée ne donnait pas ses gains aux bonnes œuvres. Et une petite fille gâtée n'embauchait pas le roi des jeux d'argent pour qu'il lui donne des leçons.

Il avait devant lui un spécimen très rare, décidément.

— Vous avez toujours voulu posséder un casino ?

Sa curiosité le prit de court. Il ne s'était pas attendu qu'elle réponde à sa question personnelle par une autre du même type.

— Non, mais j'étais doué pour ça. Mon oncle avait l'un des bars les plus populaires du quartier de Bowery. Quand ma famille s'est installée à Delancey Street, j'y ai passé beaucoup de temps. C'est là que j'ai appris à tenir les comptes. À treize ans, j'ai commencé à organiser des parties de dés et de poker dans la rue. À seize, je me suis diversifié du côté du billard et des salles de loto. À vingt-deux, je connaissais déjà Jack, et tous les deux, on s'est lancés.

— Et le reste de votre famille ?

Il ne répondit pas tout de suite, hésitant sur ce qu'il allait dire. Sa mère vivait désormais à Philadelphie, loin de la crasse et des mauvais souvenirs de Manhattan. Son père était parti quand Clay avait onze ans, juste après que la maison familiale avait été volée et démolie par Duncan Greene. Un an plus tard, le choléra avait emporté Franklin, le frère de Clay. Mais il n'avait envie de parler de son passé à personne, et surtout pas à Florence Greene. Pour elle, le jeu était une lubie. Un passe-temps excitant car interdit.

Pour Clay, le jeu était tout. C'était sa vie. Des centaines de personnes comptaient sur lui pour que les tables soient ouvertes, que l'alcool coule à flots, que les cartes tournent. Et, depuis plus de dix ans, c'était ce qu'il faisait, avec succès. Il le faisait pour l'argent et le pouvoir que cela lui procurait. Bientôt, il aurait suffisamment des deux pour ruiner Duncan Greene.

Ensuite, une fois sa vengeance accomplie, il serait libre de se bâtir une vie moins dangereuse.

Les possibilités que cela lui ouvrait étaient tout bonnement vertigineuses.

— Clay ?

Il leva brusquement la tête et vit Jack dans l'encadrement de la porte.

— Qu'y a-t-il ?

— Gros Bill est ici.

— Merde.

Que venait faire ici le chef adjoint de la police ? Tous les versements avaient été effectués la veille

– le réseau que s'était bâti Clay parmi la police et les élus de la ville était largement rétribué chaque mois. En échange, tout ce petit monde regardait ailleurs et ne s'occupait pas de son empire.

— Où ?

— Je l'ai fait monter dans ton bureau.

— Tu as une idée ?

Clay et Jack se connaissaient depuis si longtemps qu'il leur fallait très peu de mots pour communiquer, ce que Clay, n'étant pas d'un naturel loquace, appréciait.

— Aucune, répondit Jack en secouant la tête. Tout s'est bien passé, hier.

Donc, tous les versements avaient été faits, et les coursiers qui s'en étaient chargés n'avaient rien constaté d'étrange.

— J'arrive.

— Qu'est-ce que tu veux faire de…, demanda Jack avec un mouvement de tête en direction de Florence.

Clay serra les poings, puis les ouvrit, tout en réfléchissant. Si elle voulait vraiment tenir un casino un jour, il lui fallait apprendre à traiter avec ceux qui étaient aux commandes de cette ville. La corruption faisait rage à New York, et savoir avancer dans la boue était indispensable si l'on voulait arriver un jour à quelque chose. Qu'elle apprenne cette leçon dès ce soir n'était pas plus mal. Peut-être même cela la dissuaderait-il de poursuivre son projet.

— Installe-la derrière le judas.

Jack ouvrit de grands yeux, puis fronça les sourcils.

— Tu es sûr que c'est une bonne idée ?

— Je sais ce que je fais.

Jack regarda Florence et Clay tour à tour, les trouvant visiblement trop proches l'un de l'autre.

— Oui, c'est ce que je constate.

— Va te faire voir.

— De quoi parlez-vous ? demanda Florence.

— Permettez-moi de m'excuser pour M. Madden, dit Jack. Il arrive qu'il oublie ses manières.

— Oh, ce n'est rien. J'ai entendu pire.

Jack se tourna vers Clay.

— Je retourne dans la salle, si tu n'as plus besoin de moi.

— Non, c'est bon, merci.

Clay attendit que Jack se soit retiré pour regarder Florence.

— Vous avez toujours l'intention d'ouvrir un casino dans cette ville ?

— Bien sûr. Je ne changerai pas d'avis, vous savez, ajouta-t-elle, l'air grave.

Le temps le leur dirait.

— Alors il va falloir que vous appreniez la leçon la plus importante, celle qui ne figure dans aucun manuel.

— Ah bon ? Laquelle ?

— Comment corrompre la police. Venez. Je vais vous en faire la démonstration tout de suite.

5

Le tabouret était très inconfortable. Florence changea une nouvelle fois de position et chercha Clay du regard. Elle ne le voyait pas, mais elle savait qu'il était là. Elle sentait sa présence, l'odeur de cigare sur ses vêtements. Il était imposant, intimidant, et ils étaient seuls dans la pénombre de ce minuscule placard. Un frisson la parcourut.

Mais pas un frisson de peur. Loin de là.

Arrête. Seigneur, en présence de cet homme, son imagination partait complètement en vrille. Il fallait absolument qu'elle se concentre. Ses pensées de plus en plus lubriques allaient devoir attendre ce soir, lorsque, enfin à la maison, elle se glisserait nue dans son lit. Dans l'immédiat, l'objectif était d'apprendre à gérer un casino.

Elle se racla la gorge, puis croisa sagement les mains sur ses genoux. *Donne le change*. Elle était capable de faire ce que la situation exigeait, y compris jouer le rôle d'une jeune fille de bonne famille tout à fait respectable.

Sans un bruit, Clay actionna quelque chose sur le mur, et un rai de lumière apparut. Le judas, avait-il dit. Elle se pencha vers l'orifice et y posa son œil. Ça alors... C'était le bureau de Clay. Elle voyait très nettement la table de travail, les fauteuils. Un colosse en costume tabac avait pris place dans l'un d'eux. Des favoris roux broussailleux recouvraient le bas de son visage, sa lèvre supérieure disparaissant sous une moustache du même acabit. Gros Bill, avait dit Jack.

Elle se tourna vers Clay.

— Qui est…

Une grande main à la peau rêche se plaqua sur sa bouche. Rien à voir avec les mains des gentlemen de la haute société, habitués des régates et des courses de chevaux. Non, c'étaient des mains endurcies par le labeur. Des mains puissantes. Son cœur se mit à battre la chamade, et une vague d'excitation courut dans ses veines, faisant durcir la pointe de ses seins. Comme s'il avait deviné sa réaction, il pressa sa main un peu plus fort, le bout de ses doigts s'enfonçant brièvement dans ses chairs. Elle sentit son souffle contre sa tempe, un petit soupir qui n'était pas exempt d'agacement. Qu'avait-elle encore fait ?

Elle eut soudain terriblement envie de bousculer cette froideur, de le voir perdre le contrôle. Que fallait-il faire pour réussir à troubler cet homme énigmatique ?

Ses lèvres effleurèrent son oreille.

— Il ne faut faire aucun bruit ici, souffla-t-il. Il est impératif que vous restiez immobile et silencieuse.

D'un signe de tête, elle lui signifia qu'elle avait compris, et il ôta sa main.

— C'est bien.

Et, sans un mot de plus, il disparut dans le couloir. Florence avait le tournis. Bonté divine, que cet homme était puissant.

La porte du bureau de Clay s'ouvrit peu après, et il entra. Florence remit aussitôt son œil contre le judas. Elle ne voulait pas en perdre une miette.

— Bill. Quelle surprise, dit Clay en se dirigeant vers son fauteuil.

L'homme se leva pour le saluer, et Florence comprit aussitôt pourquoi on l'appelait Gros Bill. Il dépassait nettement le mètre quatre-vingts et les boutons de son gilet peinaient à contenir sa bedaine, comme s'il avait grossi mais n'avait pas jugé utile de changer de garde-robe.

— Bonsoir, Madden.

Ils se serrèrent la main, puis Clay prit place. Florence voyait parfaitement son visage, ainsi que le profil de Bill.

— Il y a eu un problème avec le paiement d'hier ?

— Vous le connaissez, le problème. Quand j'ai accepté d'investir dans la Maison de Bronze, nous étions tombés d'accord sur la question des bénéfices.

— C'est exact. Je devais revoir votre pourcentage au bout d'un an, en fonction des résultats du casino.

— Et mon pourcentage n'a toujours pas changé. Cet établissement est le plus rentable de cette ville, peut-être même de tout l'État, mais vous gardez tout.

Clay tendit la main vers sa boîte à cigares, l'ouvrit et en proposa un à son interlocuteur. Celui-ci se servit, Clay fit de même, et quelques instants plus tard, ils soufflèrent tous les deux un épais nuage de fumée.

— Bill, si j'avais eu l'intention de vous arnaquer, ce serait fait depuis longtemps.

— Vous n'allez pas prendre ce risque. Vous avez trop besoin que la police de la ville ferme les yeux sur votre commerce. Sans moi, il y aurait déjà eu une descente, et vous auriez fermé.

— Et sans moi, votre épouse n'aurait pas une jolie maison de campagne dans les Poconos.

— Comment savez-vous ça ?

— Je sais tout de vous, dit Clay en pointant son cigare sur Bill. Grâce à mon argent, vous lui avez offert la maison dans les Poconos et vous avez fait rénover de fond en comble votre vieille bicoque à

Brooklyn. Le problème, c'est que maintenant, elle voudrait une autre maison de campagne, en Virginie cette fois, et que là, vous n'avez plus les moyens. Je me trompe ?

— Nom de Dieu ! Vous nous espionnez ?

Florence crut voir une moue de satisfaction sur les lèvres de Clay.

— Mon cher Bill, j'ai l'impression que vous n'avez pas bien compris comment cela fonctionne. Je vous ai accepté comme investisseur afin que mon casino soit à l'abri des descentes de police et de l'ingérence des élus. Par conséquent, pour moi, vous *êtes* un investissement, que je surveille de très près. Mais si vous ne me servez plus à rien, ou si d'aventure vos faits et gestes vont contre mes intérêts, je vous remplacerai par quelqu'un d'autre.

— J'aimerais voir ça, tiens, répliqua Bill. Il n'y a qu'un homme au-dessus de moi dans la police, et jamais il ne se vendra à un type comme vous.

Clay secoua la tête, comme si Bill ne comprenait pas.

— Il y a aussi les chefs de district. Vous croyez vraiment que je n'ai pas pensé à établir des contacts de ce côté-là ?

Clay avait soudoyé un chef de district ?

— Et je ne parle pas de la mairie ni des juges. J'ai besoin de vous, Bill, mais vous n'êtes pas irremplaçable. Personne ne l'est.

Florence sentit ses bras se hérisser de chair de poule. Il était si calme, si froid. Il proférait les menaces avec la même aisance que les hommes du monde distribuaient les compliments. *Et je trouve ça terriblement séduisant. Pourquoi ?* Elle était fascinée, plus excitée qu'elle ne l'avait été depuis des lustres. Que lui arrivait-il ?

— Je ne vous crois pas. Sans moi, vous mettriez la clé sous la porte en moins d'une semaine.

Clay répondit d'un sourire glacial, fixant Bill d'un regard si noir que Florence se demanda comment faisait l'officier de police pour ne pas se recroqueviller dans un coin.

— On dirait une menace, Bill. Est-ce le cas ?

Cette idée semblait le réjouir, comme s'il espérait de tout son cœur que la réponse serait oui.

Elle passa la langue sur ses lèvres sèches. Il faisait une chaleur étouffante dans ce placard, et elle sentit une goutte de sueur couler le long de son cou puis glisser entre ses seins. Mais elle ne pouvait pas détacher son regard de Clay.

— Vaut mieux pas que vous soyez mon ennemi, Madden, je vous préviens…

— Sinon ?

— Sinon vous pourrez dire adieu à votre casino. Et une jolie petite cellule vous attendra à la prison de la ville.

Clay derrière les barreaux ? Elle songea aussitôt à ces ours bruns enchaînés que l'on montrait dans les cirques.

Clay ouvrit un tiroir, chercha dans des papiers, puis en jeta une liasse sur son bureau.

— Et votre jolie maison rénovée, il lui arrivera quoi, à votre avis, si la Maison de Bronze disparaît ?

Bill se pencha en avant.

— Vous… vous avez racheté l'hypothèque de ma maison ?

Un petit cri de surprise échappa à Florence, qui plaqua vivement une main sur sa bouche.

— Pour moi, c'est juste un investissement dans mon investissement.

Clay tira une longue bouffée sur son cigare et souffla la fumée.

— Maintenant, vous allez vous lever, sortir de mon bureau, et nous allons tous les deux faire comme si cette conversation n'avait jamais eu lieu.

— Je veux un plus gros pourcentage, Madden. Je le mérite ! tonna Bill en tapant du poing sur l'accoudoir de son fauteuil.

Il refusait de céder. Quel imbécile.

Clay se leva, cigare entre les dents.

— Pas question.

L'officier de police s'extirpa de son fauteuil.

— Nous verrons bien qui aura le dernier mot.

Clay ne répondit pas et resta impassible tandis que Bill se retirait, furieux, en claquant la porte.

Le silence se fit, mais Florence resta figée, le souffle court, la peau moite. Cette scène avait été... stupéfiante, un peu comme si elle avait regardé Mozart composer une symphonie ou Michel-Ange dessiner au crayon. Elle ne connaissait aucun autre propriétaire de casino, mais Clay était visiblement un maître dans son domaine, manipulateur brillant qui ne perdait jamais de vue son objectif : obtenir ce qu'il voulait et protéger ce qu'il possédait déjà. D'après la rumeur, c'était le meilleur, et elle venait d'en avoir la preuve.

Une vibration sourde la parcourut, convergea bientôt au creux de son ventre et entre ses cuisses, faisant naître là une sensation très agréable, et pour le moins inconvenante, mais qu'elle connaissait bien. Assister à cette entrevue l'avait émue, secouée et – horreur ! – excitée. Clay l'excitait, oui. Et cet homme cherchait à ruiner son père.

Elle avait déjà connu le désir, avait pris des décisions discutables quand la concupiscence s'était emparée d'elle. Comme le soir où elle avait montré sa culotte à Billy Palmer, à l'opéra, ou celui où elle avait embrassé les jumeaux Webster dans le jardin des Vanderbilt. Sans compter la fois où elle avait couché avec Chester McVickar à l'hôtel Astor Place...

Pour elle, il ne s'était agi que de petits jeux inoffensifs, d'une forme d'expérimentation. Ses partenaires, en revanche, s'étaient fondés sur ses actes pour en tirer certaines conclusions et lui avaient fait la cour avec obstination. Son père n'avait toujours pas compris pourquoi Florence avait refusé tant de demandes en mariage.

Parce que je ne veux laisser personne prendre le contrôle de mon avenir.

Mais allez faire comprendre cela à un père...

Au même moment, Clay fixa le judas, et Florence eut l'impression que ses yeux transperçaient la cloison, voyaient jusque dans son âme. Elle retint son souffle, se sentit rougir.

Allait-il s'apercevoir de son état ? Elle faillit secouer la tête. Bien sûr qu'il le remarquerait. Rien ne lui échappait.

Il fallait qu'elle sorte de là le plus vite possible.

Se jetant littéralement sur la porte, elle l'ouvrit. Éblouie par la lumière, elle partit dans la direction opposée au bureau de Clay. Une main se referma soudain sur son bras, lui arrachant un petit cri.

Jack le Chauve la regarda d'un air étonné.

— Tout va bien, mademoiselle Greene ?

— Oui, oui, tout va bien. Mais je dois y aller. Vous voudrez bien lui dire... S'il vous plaît, dites-lui que j'étais en retard et qu'il fallait que je rentre. Je repasserai dans quelques jours.

Jack hocha la tête et la lâcha.

— L'escalier est un peu plus loin, derrière la troisième porte. Les portiers vous trouveront un fiacre. N'allez pas traîner toute seule dans les rues à une heure pareille.

— Non, bien sûr. Je vous remercie.

Elle s'éloigna d'un pas rapide, impatiente de se retrouver au calme et de pouvoir mettre de l'ordre dans ses pensées. La prochaine fois qu'elle verrait Clay, il était impératif qu'elle parvienne à se maîtriser.

Clay entendit la porte du placard s'ouvrir et se refermer. Il attendit. Avait-il réussi à la dégoûter pour de bon ? Une partie de lui l'espérait, priait pour qu'elle ait été horrifiée de voir comment il menait ses affaires. Cela lui aurait grandement simplifié la vie. La présence de Florence Greene dans son casino compliquait absolument tout.

Et pourtant...

Mais il était inutile d'aller plus loin dans cette direction. Ce genre de rêves, il les laissait aux imbéciles.

Il souffla un long jet de fumée et en goûtait l'âcreté sur sa langue quand la porte s'ouvrit. Jack entra en trombe.

— On peut savoir de quoi vous avez parlé ? demanda-t-il, visiblement contrarié.

Clay était surpris. Il s'était attendu à voir Florence, et surtout il ne comprenait pas pourquoi Jack était en colère.

— Bill exige un plus gros pourcentage. Il pense que j'ai le couteau sous la gorge.

— Tu l'as remis à sa place, je suppose.

— Bien sûr. Je lui ai montré l'hypothèque. Cela ne lui a pas beaucoup plu.

Jack se laissa tomber dans le fauteuil que venait de quitter Bill.

— Je veux bien le croire. Il jette l'argent par les fenêtres, depuis quelque temps.

— Sa femme, plutôt.

— C'est vrai. Elle adore courir les boutiques, apparemment. Entre ça, les factures de la maison de Brooklyn et la maison de campagne, Bill doit être sur la paille.

— En tout cas, j'ai été très clair. Ça devrait le calmer.

— Et si ça ne le calme pas ?

— On s'en inquiétera le moment venu. C'est à cause de ça que tu as déboulé ici comme si tu voulais m'en coller une ?

— Bien sûr que non. J'ai vu Mlle Greene sortir en trombe du placard, et je me suis demandé ce que tu lui avais fait pour la mettre dans un état pareil.

— Elle était horrifiée, alors ?

— Oh non, j'ai pas eu cette impression. Elle avait pas l'air d'avoir peur, juste de vouloir sortir d'ici au plus vite.

Clay ramassa les papiers sur son bureau et tenta de mettre un peu d'ordre dans ses idées.

— Donc elle ne reviendra pas.

— Ah si. Elle a dit qu'elle reviendrait d'ici quelques jours.

Alors ça, c'était la meilleure. Il ne lui avait pas fait peur ? Cette fille ne cessait de le surprendre.

— Vous aviez l'air drôlement proches tous les deux dans la salle d'entraînement.

Clay se carra dans son fauteuil et fixa son ami d'un regard noir.

— Tu t'inquiètes pour sa vertu, Jack ?

— Vu que tu sembles avoir renoncé aux femmes, non, pas particulièrement. Mais je n'aime pas pour autant te voir traîner avec elle.

— Elle m'a demandé de lui donner des conseils. Je ne peux pas faire ça par lettre ou par télégramme. Et personne ne la force à venir, ajouta-t-il avec un haussement d'épaules.

— La seule chose à faire serait de lui interdire l'entrée du casino, et tu le sais. Mais tu ne veux rien entendre, alors je laisse tomber.

— Parfait. Nous pouvons donc passer à des sujets plus importants. Où en sommes-nous avec l'architecte ?

Sur les conseils d'un des plus grands avocats de la ville, Clay avait décidé de lancer son projet de construction d'un casino sur la 79e rue Est, que Mme Greene finisse par lui vendre sa maison ou non. À coup sûr, une fois le chantier commencé, elle chercherait à quitter le quartier. Clay saisirait l'occasion pour lui racheter sa propriété à un prix bien moindre que ce qu'il avait proposé au départ.

Ensuite, il ferait démolir cette foutue baraque.

Et la boucle sera bouclée, Duncan, espère de misérable salaud.

— Il passe après-demain avec les plans définitifs.

— Parfait. Plus vite ces plans seront déposés, plus vite je pourrai récupérer cette maison.

Jack se leva.

— Et Mlle Greene découvrira alors ce que tu trames. Quelque chose me dit qu'elle ne va pas beaucoup aimer.

Clay écrasa son cigare dans le cendrier et tendit la main vers une pile de papiers.

— Ce ne sont pas ses affaires.

— Si tu arrives à t'en convaincre, tant mieux pour toi, dit Jack en se dirigeant vers la porte. Écoute, Mike a la salle bien en main, et la soirée touche à sa fin. Je file chez Anna, j'y passerai la nuit.

— Ah. Mme Gregson ?

Depuis presque six mois, Jack fréquentait la cuisinière d'Anna, une jeune veuve.

— Oui. Si tu as besoin de moi, tu sais où me trouver.

Dans les bras de sa douce maîtresse, à coup sûr.

— Ce ne sera pas le cas. À demain.

Clay aurait préféré se couper le bras plutôt que de perturber les rares moments de bonheur de Jack.

À l'époque de leur rencontre, Jack était boxeur professionnel, constamment en tournée. Clay lui avait proposé trois fois ce qu'il gagnait pour laisser tomber la boxe et assurer la sécurité du cercle de billard qu'il dirigeait à l'époque dans le quartier de Bowery. Jack avait accepté, et les deux hommes étaient vite devenus associés. Embaucher Jack était la meilleure décision qu'avait jamais prise Clay. C'était un type intelligent et juste ; les employés le respectaient et les clients l'appréciaient. Clay n'avait aucune patience ni avec les uns ni avec les autres et faisait peur à tout le monde. C'était utile pour traiter avec les flics corrompus et les tricheurs, mais beaucoup moins le reste du temps.

Il avait beau faire des efforts, son tempérament à fleur de peau prenait toujours le dessus. Trop souvent, dans sa jeunesse et à ses débuts, il avait été trompé par des associés, des clients, et même des maîtresses. Elizabeth, la seule femme à avoir partagé sa vie pendant un certain temps, s'était présentée comme une veuve qui cherchait à s'amuser un peu dans les bras d'un jeune homme – il avait dix-neuf ans à l'époque. Mais elle avait toujours été sur ses gardes. Même après sept mois de relation, elle se raidissait encore chaque fois qu'il faisait un mouvement un peu brusque. Et elle ne restait jamais pour lui faire la conversation. Une fois leur partie de jambes en l'air terminée, elle se rhabillait et rentrait chez elle en toute hâte.

Puis il avait découvert son secret. Elizabeth n'était pas veuve. Son mari était tout ce qu'il y avait de vivant… et c'était un des investisseurs de Clay. Par curiosité, Elizabeth avait séduit Clay, en lui mentant sur son milieu et sa famille. Pourtant, il lui en avait à peine voulu. Le mariage était rarement une partie de plaisir, et les époux malheureux en ménage allaient souvent voir ailleurs. Quant au mari trompé, investisseur ou pas, il ne lui devait aucune loyauté. Il déclinait des offres d'investisseurs chaque semaine ou presque. Trouver de l'argent n'était jamais un problème.

Mais cet épisode lui avait beaucoup appris. Les gens mentaient pour obtenir ce qu'ils désiraient, si ce désir était suffisamment fort. Or Clay détestait les menteurs.

Après cette mésaventure, Clay n'avait plus jamais couché avec une femme mariée. C'était risquer beaucoup d'ennuis pour pas grand-chose, surtout dans une ville qui regorgeait de jeunes femmes séduisantes et libres. Après Elizabeth, il avait fait en sorte de toujours bien connaître celles qu'il mettait dans son lit. Cette mésaventure lui avait servi de leçon.

« Innocent, c'est vous qui le dites. »

Bon sang, ce n'était vraiment pas l'image dont il avait besoin ! Qu'avait voulu dire Florence exactement ? Avait-elle perdu sa virginité dans les bras d'un imbécile en canotier qui ignorait tout de l'emplacement du clitoris ? Si cela avait été le cas, il la plaignait sincèrement.

Je pourrais lui montrer ce qu'est vraiment le plaisir, moi.

Clay déglutit. Oui, c'était certain, il le pourrait… Mais où cela le mènerait-il ? Certainement nulle part. Mieux valait se concentrer sur ses affaires.

Il avait un empire du vice et de la débauche à diriger, et une princesse des beaux quartiers n'avait rien à faire dans cet univers interlope.

6

Seigneur, ce dîner ne finirait donc jamais ?

Florence ravala un bâillement et fit un effort pour ne pas s'endormir sur son assiette de canard rôti. Elle avait accompagné ses parents chez les Van Alan, et les autres convives étaient véritablement tous des dinosaures. Pour l'essentiel, il s'agissait de vieux amis de son père et de dames patronnesses comme sa mère. Le seul homme célibataire de son âge était le futur fiancé de sa sœur, Chauncey, et elle était presque sûre que la vie d'un poisson rouge était plus passionnante que Chauncey.

Marion aurait dû être présente elle aussi ce soir, mais elle s'était excusée à la dernière minute, prétextant une migraine. Bêtement, Florence n'avait pas fait la même chose, imaginant qu'il y aurait au moins un jeune homme intéressant à ce dîner. Les Van Alan avaient dû se dire que Chauncey jouerait parfaitement ce rôle et n'avaient invité personne à qui Florence aurait vraiment aimé parler.

Tout le monde se montrait très poli, mais elle voyait bien que les invités se posaient des questions à son propos. C'était partout pareil. Dans toutes les soirées mondaines, elle était un peu à part, surtout parce qu'elle se moquait de ce que les autres pensaient. Leurs traditions, leurs règles strictes, elle les trouvait ridicules. Deux des jeunes filles avec qui elle avait fait ses débuts, quatre ans plus tôt, avaient déjà été mises au ban de la société, l'une parce qu'elle avait divorcé de son mari volage, l'autre parce qu'elle avait osé critiquer le chapeau de la vieille Mme Fish, qui l'avait entendue. Florence ne voulait pas d'une place dans un monde où les femmes n'avaient ni liberté de parole ni liberté d'action.

Je suis née un siècle trop tôt.

— Vous êtes bien songeuse, remarqua son voisin de droite.

M. Connors empestait l'eau de Cologne. Elle s'écarta discrètement et retint son souffle.

— Je savoure le canard, c'est tout.

— Vous n'en avez pas avalé une seule bouchée.

Pourquoi l'observait-il avec autant d'attention ? Connors avait une bonne quarantaine d'années, peut-être même la cinquantaine, et il était veuf depuis quinze ans. Elle l'avait souvent croisé depuis ses débuts en société, les soirées mondaines ne réunissant pas tant de gens que cela. Tout le monde se connaissait, en réalité. Mais c'était la première fois qu'il était assis à côté d'elle à un dîner. *Merci, Marion.*

Elle posa son verre de vin et prit sa fourchette.

— Ce n'est pas très poli de me traiter de menteuse.

— C'est vrai, dit-il avec un petit rire. Passez-vous une bonne soirée ?

— Bien sûr. Et vous ?

— Je vous ai observée, mademoiselle Greene. Vous êtes aussi belle que d'habitude, mais je n'ai pas l'impression que vous vous amusiez beaucoup ce soir.

— Je suis un peu préoccupée, c'est tout.

Que pouvait-elle dire d'autre ? Certainement pas la vérité.

— Et qu'est-ce qui peut bien préoccuper une jeune femme comme vous ?

Ce ton condescendant ne lui plaisait pas du tout.

— Je ne voudrais pas vous ennuyer.

— Mais c'est justement là que vous vous trompez, dit-il en se penchant un peu plus vers elle et en baissant la voix. J'ai peine à imaginer que quoi que ce soit venant de vous puisse m'ennuyer.

— Je...

Elle s'interrompit. Était-il en train de flirter avec elle ? S'il s'était agi d'un jeune homme de son âge, la réponse aurait été oui. Mais M. Connors était beaucoup plus vieux. Peut-être était-il tout simplement très peu doué pour la conversation.

Elle toussota.

— Mon père aimerait pourtant beaucoup que je sois un peu plus ennuyeuse.

Si elle s'imaginait qu'évoquer son père remettrait Connors dans le droit chemin, elle se trompait.

— Eh bien, je ne suis pas votre père, et je vous trouve très rafraîchissante.

— Merci pour le compliment, marmonna-t-elle en attrapant son verre de vin.

En face d'elle, la conversation allait bon train, et Florence ne voyait pas comment se sortir de ce mauvais pas, sinon en se levant de table. Elle tenta d'attirer l'attention de sa mère, mais celle-ci écoutait M. Van Alan. Elle se tourna alors vers son père et constata qu'il la fixait avec intensité. Elle haussa les sourcils de façon appuyée, pour qu'il comprenne qu'elle avait besoin d'aide.

Duncan Greene secoua la tête, l'air de dire : « Quoi qu'il se passe, ne fais pas de scandale. »

La petite lueur d'espoir dans sa poitrine s'éteignit. Mais aussi, qu'est-ce qu'il lui avait pris d'imaginer que qui que ce soit lui viendrait en aide ? Depuis toujours, ses parents lui conseillaient de ne pas se faire remarquer, de se fondre dans le paysage, de ne pas déranger, de rester polie. « Sois quelqu'un d'autre, Florence. » Voilà ce qu'ils lui soufflaient en réalité.

Une fois son casino ouvert, elle n'aurait plus à se soucier de telles absurdités. Elle subviendrait à ses besoins, ne dépendrait ni d'un père ni d'un mari pour obtenir un peu d'argent de poche chaque mois.

Des années plus tôt, elle avait envisagé de provoquer un scandale qui l'aurait déshonorée et lui aurait épargné par la suite des soirées comme celle-ci. Deux choses l'en avaient empêchée. D'abord, sa mère et ses sœurs auraient elles aussi été affectées par un scandale. Justine et Marion n'étant pas encore mariées, cela aurait pu compromettre leurs projets d'avenir. Ensuite, Florence avait besoin que les femmes de la bonne société fréquentent son casino quand celui-ci ouvrirait. Piétiner leurs conventions, c'était faire une croix sur sa future clientèle.

— Je ne plaisante pas, vous savez, disait Connors. Vous n'êtes pas comme les autres jeunes filles de votre âge. Je vois en vous une étincelle qu'elles n'ont pas. Et j'ai toujours admiré cela chez une femme.

Elle but deux gorgées de vin, vidant presque son verre.

— Merci.

— Vous avez refusé trois demandes en mariage, n'est-ce pas ? Comment vous en vouloir ? Les hommes de votre âge sont idiots et immatures. Peut-être est-ce pour cela que vous n'avez pas encore trouvé chaussure à votre pied. Quelqu'un de plus âgé, en revanche…

Sous la table, une jambe puissante se plaqua contre la sienne, et Florence estima qu'elle en avait assez entendu comme ça. Repoussant sa chaise, elle se leva.

— Si vous voulez bien m'excuser, dit-elle sans regarder son interlocuteur, avant de quitter la salle à manger.

Une fois seule dans le couloir, elle s'adossa au mur et posa une main sur sa poitrine pour calmer son cœur qui battait à tout rompre. Connors avait l'âge de son père. Imaginer l'épouser lui donnait la nausée.

Avait-il délibérément plaqué sa cuisse contre la sienne ?

— Florence.

Elle leva brusquement la tête en entendant la voix familière.

— Papa ? Que faites-vous ici ?

Duncan Greene s'avança, affichant son habituel froncement de sourcils.

— J'allais te poser la même question. Tu as quitté la table comme si tu étais malade.

— Je vais bien. J'avais juste besoin de prendre un peu l'air.

Poussant les pans de sa veste en arrière, il se campa devant elle, mains sur les hanches.

— On peut savoir pourquoi ?

— Pour rien.

— J'espère au contraire que c'est pour quelque chose, étant donné que tous les convives se sont posé la question. Une fois de plus.

Elle n'avait rien fait d'autre que de quitter la table pour aller dans le couloir. Pourquoi son père se mettait-il dans un état pareil ? Elle sentit la colère monter, la gagner tout entière. Elle n'en pouvait plus de le décevoir sans arrêt, de se sentir jugée tout le temps. Elle ne méritait pas cela ! Son père voulait savoir ce qui s'était passé ? Très bien, elle allait le lui dire.

— C'est M. Connors. Il m'a mise mal à l'aise avec ses sous-entendus.

L'expression contrariée de son père se teinta d'incrédulité.

— Connors ? Je le connais depuis toujours. Qu'a-t-il bien pu dire pour te mettre mal à l'aise ?

— Je ne sais pas...

— Florence, sois claire, pour une fois. Arrête de tourner autour du pot.

— Il m'a dit qu'il m'admirait, que j'étais différente des autres filles de mon âge. Et que ce qu'il me faudrait peut-être, c'est un mari plus âgé que moi, plus mûr.

— Et ?

— Et qu'il m'observait depuis quelque temps.

— C'est tout ?

Malgré l'expression sévère et dure de son père, elle poursuivit :

— Il a frotté sa cuisse contre la mienne sous la table.

— C'était peut-être un accident.

Elle soupira.

— Après ce qu'il venait de dire ?

— Donc, si je comprends bien, il t'a fait des compliments, a remarqué qu'un homme plus âgé te conviendrait peut-être – une idée à laquelle il se trouve que j'adhère – et a accidentellement effleuré ta jambe sous la table. Et, à cause de ça, tu as provoqué un scandale en quittant la table ?

— Je n'ai pas causé de scandale, papa.

— Ne me contredis pas, s'il te plaît. C'est toujours la même chose avec toi. Tu n'es satisfaite que si tu fais du foin ou si tu es le centre de l'attention.

Florence croisa les bras, lèvres pincées. Son père ne l'écouterait pas, de toute façon. Il ne l'écoutait jamais, alors pourquoi se fatiguer à lui expliquer quoi que ce soit ? Personne ne se préoccupait de ce qu'elle ressentait réellement.

— Maintenant, tu vas retourner t'asseoir à cette table, et tu tiendras ta langue jusqu'à la fin du dîner. Ne fais pas attention aux remarques de Connors, même si elles te déplaisent. Il est inoffensif, et je ne tolérerai pas que tu snobes nos amis.

Elle redressa le menton, une fureur impuissante l'étreignant au point de l'empêcher de prononcer un mot.

— C'est compris ? insista son père du ton implacable qu'elle avait si souvent entendu.

— Oui, papa.

D'un pas raide, Florence se dirigea vers la salle à manger. Derrière elle, elle entendit son père grommeler :

— Seigneur, cette fille nous rendra tous fous.

Coudes pliés, poings en défense, Clay décocha une série de coups dans le sac de frappe qui se balançait devant lui. Direct, uppercut, crochet. Direct, uppercut, crochet. Il était à bout de souffle et dégoulinait de sueur, mais il continuait.

Le casino était à moitié plein ce soir, mais selon ses premières estimations, les clients dépensaient beaucoup. Les plans du nouveau casino lui plaisaient, il avait donné son feu vert, et l'architecte déposerait la demande de permis de construire très prochainement. Les choses avançaient bien. Tout allait pour le mieux.

Pourtant, il se sentait nerveux. Troublé. Il savait pourquoi, même s'il répugnait à l'admettre.

Cela faisait deux jours qu'elle n'était pas revenue. Il avait beau se répéter que c'était mieux ainsi, il n'arrêtait pas de penser à elle, de se demander ce qu'elle faisait. Sans doute était-elle à un dîner, assise à côté d'un jeune coq qui la pelotait sous la table.

Il frappa le sac si fort que la douleur irradia jusque dans son épaule.

À coup sûr, une jeune femme comme elle, belle et vive, devait repousser les avances de soupirants partout où elle allait. « Innocent, c'est vous qui le dites. » Bon Dieu, pourquoi donner ce genre d'information à un homme comme lui ?

— Ah, te voilà.

Anna apparut dans la cave où il s'entraînait. La soie de sa robe bruissait, les talons de ses bottines claquaient sur le plancher, pourtant il ne l'avait pas entendue descendre.

Elle te distrait. Reprends-toi, Madden.

— Je suis occupé.

— Désolée de t'interrompre, mais il fallait absolument que je te voie, et Jack m'a dit que je te trouverais ici.

Il referma les bras autour du sac de frappe et resta ainsi, reprenant son souffle.

— Qu'y a-t-il ?

Anna s'assit sur une caisse en bois.

— Tu te souviens de Charity ? William Cogan, de la police du district, est un de ses clients réguliers.

Ah, un des officiers dont Clay ne graissait pas la patte – mais uniquement parce que Cogan se faisait déjà payer par Mulligan, qui tenait tous les établissements n'appartenant pas à Clay.

— Oui, je le connais.

— Ce soir, il a dit à Charity que la Maison de Bronze allait bientôt changer de propriétaire.

— C'est ridicule.

— Tu ne vends pas, n'est-ce pas ?

— Si j'en avais l'intention, tu ne crois pas que tu serais au courant ?

Elle scruta son visage.

— Je n'en suis pas complètement sûre. Tu n'as jamais eu de secrets pour moi, mais il y a un début à tout.

— Je te donne ma parole que je t'en aurais parlé, Anna.

— Très bien, donc tu ne vends pas la Maison de Bronze. Sais-tu d'où cette rumeur peut venir ?

Clay se pencha, attrapa la serviette qu'il avait posée par terre et s'essuya le visage.

— Peut-être bien.

Elle attendit, puis leva les yeux au ciel.

— Et ?

— Gros Bill est un enfoiré. Mais j'ai la situation en main.

— Très bien, dit-elle, avant de baisser les yeux, songeuse. Est-ce que je dois m'inquiéter ?

— Pas le moins du monde.

Anna hocha la tête, puis se laissa glisser de la caisse.

— Ravie de l'entendre. Inutile de te rappeler ce que mon investissement dans ton casino représente pour moi. Ce placement, c'est mon ticket pour une retraite honnête, dans une jolie maison à la campagne, loin de la crasse et des horreurs de la ville.

— J'en suis tout à fait conscient, et je ne vous laisserai pas tomber, ni toi ni les autres investisseurs.

L'expression d'Anna s'adoucit aussitôt.

— Ce n'est pas ce que je voulais dire. Tu es plus qu'un placement, pour moi. Tu es mon ami, mais j'ai déjà bien assez de soucis comme ça sans devoir en plus m'inquiéter pour toi.

Il jeta la serviette par terre.

— Inutile de t'en faire. J'ai les choses en main.

— Je vois ça, oui.

Il lui jeta un regard oblique, avant de recommencer ses enchaînements de coups.

— Ça veut dire quoi, ça ?

— Ça veut dire que tu ne descends jamais ici à moins que quelque chose ne te perturbe ou ne t'énerve.

— C'est faux, mentit Clay.

Il avait d'autres moyens de décompresser. Ces derniers temps, n'ayant pas de liaison régulière, il alternait entre la boxe et le base-ball.

— Qu'est-ce que tu en sais, d'abord ? reprit-il. Tu n'es pratiquement jamais ici.

— Tu n'es pas le seul à laisser traîner tes oreilles, Clay.

— Eh bien, en l'occurrence, ce que tu as entendu est faux.

Il enchaîna plusieurs coups. Lorsqu'il s'arrêta enfin et se tourna vers elle, Anna haussa les sourcils.

— Ça n'aurait pas un rapport avec ta jeune oie blanche des beaux quartiers, par hasard ? Celle qui a disparu de la circulation ?

— Bien sûr que non. Et elle n'a pas disparu.

— Qu'est-ce que disait Shakespeare, déjà, à propos des protestations trop véhémentes ?

— Je n'ai jamais lu *Hamlet*, et quoi qu'il ait dit, c'était faux.

— Alors comment sais-tu que c'était dans *Hamlet* ?

Clay émit un grognement et se tourna de nouveau vers le sac de frappe.

— Tu n'as pas des clients à dorloter à côté, Anna ?

— Ils attendront. Je suis trop occupée à dorloter un homme ici.

— Je n'ai pas besoin qu'on me dorlote. Lâche-moi un peu. Tu es pire que Jack.

Elle se dirigea vers la sortie en secouant la tête.

— J'espère pour nous tous que Mlle Greene va bientôt refaire surface.

— Tes espions te tiendront informée dès l'instant où elle se montrera, je n'en doute pas.

— Moi non plus. Bien sûr, il est possible aussi qu'elle ne revienne pas. D'après Jack, elle était dans un drôle d'état quand elle est partie.

Une émotion étrange étreignit Clay à l'idée qu'il puisse ne plus jamais la revoir. Quelle réaction absurde ! Il se fichait qu'elle revienne ou pas. Il avait plus important à faire – développer son entreprise, par exemple. Se venger de Duncan Greene. S'assurer que Gros Bill rentrerait dans le rang. Découvrir pourquoi les tricheurs semblaient avoir élu domicile dans son casino ces deux dernières semaines.

Alors oui, il avait des préoccupations bien plus urgentes que Florence Greene.

— À moins qu'elle n'ait changé d'avis et renoncé à ouvrir son propre casino, elle reviendra.

— Tu as l'air drôlement sûr de toi, Clay. Si je n'avais pas observé ton visage quand j'ai évoqué la possibilité qu'elle ne revienne jamais, j'aurais pu te croire sincère. Mais là, on aurait dit que tu avais pris un direct en plein estomac.

— Fiche le camp, Anna, je t'ai assez vue.

Il enchaîna une série de crochets gauche, droite en frappant de toutes ses forces, mais ne put empêcher le rire d'Anna de résonner dans ses oreilles.

— Dépêche-toi, Marion.

Florence tira sa sœur par le bras. Elle était sur des charbons ardents. Son corps tout entier résonnait d'une vibration qu'elle ne pouvait ignorer. Chaque fois qu'elle était dans cet état, il fallait qu'elle sorte et trouve à se distraire. Danser, jouer aux cartes, entendre de la musique et des éclats de rire. Vivre. D'ordinaire, Marion était partante elle aussi, mais ce soir, Florence avait dû recourir à une certaine forme de chantage.

— Il faut absolument qu'on y soit avant qu'ils ne passent à l'alcool frelaté.

— Je ne comprends pas, dit Marion comme elles remontaient la 31e rue d'un pas vif. Pourquoi ne va-t-on pas à la Maison de Bronze ?

Parce que je suis une poule mouillée.

Cela faisait deux jours, et Florence n'y était pas retournée. La fascination que Clayton Madden exerçait sur elle l'obsédait. Franchement, c'était gênant. Il devait avoir en permanence des femmes à sa disposition dans ses appartements au-dessus du casino, toutes prêtes à céder à ses caprices.

« Je vous trouve très séduisante. »

Était-ce pour cela qu'elle pensait sans arrêt à lui ? Elle écarta immédiatement cette idée. Quelques hommes lui avaient déjà confié le désir qu'ils éprouvaient pour elle ces dernières années. Bon Dieu, Archibald Warner l'avait suppliée de le laisser la « besogner jusqu'aux étoiles » au bal de sa grand-mère l'année précédente ! Ce genre de vocabulaire ne lui avait jamais fait aucun effet jusque-là, mais quand Clay parlait ainsi…

— Florence, tu m'écoutes ?

— Mais oui. Nous n'allons pas à la Maison de Bronze parce que je veux gagner de l'argent ce soir et que je ne peux plus jouer là-bas. Nous devons donc aller ailleurs.

— Ce que je ne comprends pas, c'est pourquoi nous y allons en courant. Tu ne voudrais pas ralentir un peu ?

— Arrête de te plaindre. Tu me dois un service pour le dîner chez les Van Alan. Migraine ? Mon œil !

— Je me suis déjà excusée de t'avoir laissée tomber pour ce dîner. Inutile de te venger en me faisant traverser la ville au pas de course, Florence.

Au coin de la rue était situé le bar Donnelly. Une porte, sur le côté, permettait d'accéder à l'étage. C'était là que se trouvaient les tables de jeu, à l'abri des regards et de la police. Florence y était déjà venue deux fois. Quelques femmes fréquentaient le tripot, jouaient à la roulette, aux cartes ou aux dés, donc les sœurs Greene risquaient moins de se faire remarquer. Mais, bien qu'elles fussent sobrement vêtues ce soir, il était peu probable qu'elles passent pour autre chose que des demoiselles bien nées.

Tant pis.

Florence glissa un billet dans la main du portier, qui les laissa entrer. Elles montèrent jusqu'à une grande salle de jeu. Des tables étaient disposées un peu partout sur un plancher de bois brut. Les murs lépreux donnaient à l'ensemble un air de maison hantée. Des individus à la mine patibulaire arpentaient la pièce en surveillant les tables. L'endroit sentait la sueur, le parfum et le moisi. Florence se frotta les mains, impatiente de jouer.

— Charmant, dis donc, dit Marion à mi-voix. Comment as-tu découvert cet endroit ?

— Peu importe. Allez, viens, jouons.

Marion se dirigea vers une table de roulette, mais Florence hésita. Elle repensa aux conseils de Clay. Si elle voulait gagner, peut-être devait-elle s'en tenir au vingt-et-un. C'était là qu'elle avait le plus de chances.

— Je vais là-bas, dit-elle en posant une main sur le bras de sa sœur.

— Tu ne joues pas à la roulette ? Tu adores ça, d'habitude.

— Je sais, mais j'ai envie de voir de quoi je suis capable aux cartes, ce soir.

— Moi, je reste à la roulette.

Elles se séparèrent, gagnant chacune de leur côté une table de jeu. Deux hommes d'un certain âge jouaient au vingt-et-un. Florence prit place à la table et sortit de son sac à main une petite liasse de billets qu'elle tendit au croupier pour obtenir des jetons.

La partie alla bon train. Deux fois, Florence se remémora le conseil de Clay de ne jamais envisager les choses au-delà de ce qu'elle avait devant elle. Le battage des cartes, la distribution, la découverte du jeu et le pari qui s'ensuivait, tout cela la détendit profondément. Très vite, elle perdit la notion du temps. Et gagna. Bientôt, elle eut devant elle un énorme tas de jetons.

— Vous vous en sortez bien, lui dit l'un des deux autres joueurs. Il faudra nous donner votre secret.

Florence souleva ses cartes et sourit. Elle avait un total de dix-neuf.

— Il n'y a aucun secret. J'ai de la chance, c'est tout.

Le croupier l'observait, faisait plus attention à elle qu'aux autres joueurs. Ce n'était guère surprenant, dans la mesure où Florence était celle qui gagnait. Les deux autres joueurs n'avaient pratiquement plus de jetons.

— Une autre carte, mademoiselle ? demanda le croupier.

— Non, servie.

Les deux autres demandèrent des cartes et crevèrent. Le croupier tira une carte et dépassa vingt-et-un. Florence avait encore gagné.

Tout en faisant les comptes, le croupier balaya la salle du regard. Quand il parut avoir trouvé ce qu'il cherchait, Florence jeta un coup d'œil par-dessus son épaule. Un des hommes qui allaient et venaient dans la salle échangeait des regards avec le croupier. Elle se figea, soudain mal à l'aise. Elle n'avait absolument rien fait de mal. Alors pourquoi était-elle inquiète ?

Le jeu reprit, et soudain, l'homme fut à côté d'elle. C'était le superviseur de la salle.

— Suivez-moi, mademoiselle.

Elle le regarda.

— Moi ? Et pourquoi ?

— Vous comptez les cartes, et c'est interdit ici. Vous devez quitter cette table et me suivre. Immédiatement.

— Quoi ? s'écria-t-elle d'une voix haut perchée qui résonna dans toute la salle. Moi ? Je compte les cartes ? Jamais de la vie ! Je sais jouer, c'est tout. Je n'ai pas besoin de tricher !

Il la prit par le coude et la força à se lever.

— Une femme n'est pas capable de jouer comme ça sans tricher. Je vous ai observée, je vous rappelle. Suivez-moi.

— Vous vous trompez !

Elle voulut prendre ses jetons, mais l'homme fit un signe au croupier.

— Prends-les. Elle n'en aura pas besoin.

— Mais ce sont mes jetons ! Je les ai gagnés !

Cette fois, elle avait crié. Elle tenta de se débattre, mais l'homme était plus fort qu'elle, et résister ne faisait que l'énerver davantage.

— Arrêtez-vous immédiatement ! cria Marion en s'approchant d'eux. Et lâchez ma sœur !

— Vous êtes sa sœur ? dit l'homme en se retournant pour attendre Marion. Alors vous pouvez venir aussi. Toutes les deux.

Marion et Florence échangèrent un regard inquiet, puis Marion se redressa et prit l'air altier qui lui venait naturellement. Quand elle le décidait, elle savait en imposer.

— Où nous emmenez-vous ?

— Vous verrez bien.

Florence tenta de se dégager. L'homme la tenait toujours par le bras.

— Laissez-moi récupérer mes jetons et je m'en irai, je vous le promets.

— Je crains que ce ne soit pas possible, mademoiselle.

— Mais ça suffit, à la fin ! Lâchez-moi !

Elle voulut lui donner un coup de pied dans le tibia, mais ses jupes entravèrent son mouvement.

— C'est scandaleux ! Je n'ai rien fait de mal !

— Vous direz ça à Donnelly.

Ils quittèrent la salle, tel un convoi tiré par une locomotive. Florence eut beau supplier et se débattre, rien n'y fit. Lorsqu'ils atteignirent le bout du couloir, l'homme ouvrit une porte et la poussa sans ménagement devant lui. Dans la pièce se trouvait un autre homme, assis derrière un bureau. Marion la suivit aussitôt, Dieu merci. Florence était presque sûre que ces hommes ne lui feraient pas de mal, mais elle était soulagée de ne pas être seule.

— Alors, qu'avons-nous ici ? demanda l'homme.

Son bureau disparaissait sous les billets de banque. Jamais Florence n'avait vu autant d'argent.

— Donnelly, je vous ai trouvé une compteuse de cartes.

— C'est faux, je n'ai jamais…

— Cette petite chose, là ? fit Donnelly en s'approchant avec un sourire en coin, détaillant Florence des pieds à la tête.

Il avait les lèvres sèches et gercées, un petit peu de salive aux commissures, et un nez qui trahissait un net penchant pour l'alcool fort. Florence sentit la peur s'insinuer dans ses veines.

— Je n'aime pas beaucoup les tricheurs, surtout chez moi.

— Je ne trichais pas. Il se trouve juste que je joue très bien au vingt-et-un.

Mais pourquoi personne ne la croyait-il ?

— Tellement bien qu'elle en était à quatre cents sur Biddle.

Le sourire de Donnelly disparut, et il ouvrit des yeux comme des soucoupes.

— Quatre cents ? Merde, c'est beaucoup d'argent, ça.

— C'est comme cela que Biddle a compris qu'elle trichait.

— Je ne trichais pas, gronda-t-elle.

— Messieurs, allons, dit Marion en s'avançant.

Marion la raisonnable, avec son esprit carré, qui volait au secours de Florence, une fois de plus. Même si cette dernière appréciait le geste, elle n'aimait pas l'idée de devoir être sauvée.

— Restons calmes, voulez-vous ? Ma sœur s'y connaît plutôt bien aux cartes. Je ne l'ai jamais vue tricher. Jamais.

— Ce n'est pas parce qu'on ne le voit pas que ça n'arrive pas, dit Donnelly. Jamais une femme n'a gagné autant à la table de Biddle.

— Eh bien, c'est juste que vous n'avez jamais rencontré une femme comme ma sœur, déclara Marion, presque fière. En fait, depuis quelque temps, elle reçoit des cours particuliers de…

— Tais-toi, Marion !

Mais c'était trop tard.

— … de M. Clayton Madden.

Donnelly croisa les bras, abasourdi.

— Attendez un peu. Cette petite blonde, là, prendrait des leçons avec Clayton Madden ? Le Clayton Madden de la Maison de Bronze ?

Florence ferma les yeux. S'il était une chose qu'elle voulait éviter, c'était bien de mêler Clay à cette histoire. Être accusée de triche était déjà bien assez humiliant comme ça. Savoir que Clay serait mis au courant décuplait sa honte.

— C'est ça, oui. M. Clayton Madden. Mais dis-leur, Florence, souffla Marion en donnant un coup de coude à sa sœur.

— Elle se trompe, dit Florence à Donnelly. Clayton Madden ne me connaît pas.

— Pourquoi mens-tu ? demanda Marion. Tu m'as dit l'autre soir qu'il avait accepté de...

Donnelly leva une main pour les faire taire et se tourna vers son superviseur.

— Envoie-lui un mot. Et nous verrons bien si cette histoire tient la route.

— Ce n'est pas nécessaire, protesta Florence.

— Je crois que si, au contraire, répondit Donnelly. Cela permettra de prouver qu'en plus d'être une tricheuse, vous êtes une menteuse. Asseyez-vous, mesdemoiselles. Il risque d'y en avoir pour un moment.

7

L'attente fut insupportable. Assises dans le bureau de Donnelly, Florence et Marion ne communiquaient que par regards interposés pendant que Donnelly comptait son argent. Marion était navrée d'avoir parlé de Clayton, et Florence lui fit comprendre qu'elle ne lui en voulait pas. De toute façon, la machine était lancée. Il ne restait plus qu'à attendre de voir comment les choses allaient tourner. Florence s'excusa de les avoir amenées ici, et Marion, d'un geste, lui répondit que ce n'était pas grave.

Florence était morte de honte. Clay allait forcément lui reprocher d'avoir été imprudente. Elle aurait dû être plus attentive au croupier, se fixer une limite de gains pour ne pas se faire remarquer. Non, mais quelle idiote elle avait été, vraiment…

Enfin, après ce qui lui sembla durer une éternité, la porte s'ouvrit. Jack apparut, son chapeau melon entre les mains. Florence poussa le long soupir qu'elle retenait depuis déjà un moment. Au moins Clay ne s'était-il pas déplacé.

D'un regard, Jack balaya la pièce. Lorsqu'il vit Florence, il se détendit visiblement, puis la salua d'un signe de tête. S'était-il inquiété pour elle ?

Donnelly se leva pour venir à sa rencontre.

— Jack le Chauve. Merci d'être venu.

— Bonsoir, Donnelly. Madden vous salue bien.

Florence grimaça en entendant prononcer le nom de Clay. Il devait la prendre pour une idiote, même si elle n'avait rien fait de mal.

— Quel est le problème ? demanda Jack en serrant la main de Donnelly.

— J'ai surpris la blonde en train de tricher aux cartes. Sa sœur dit que votre employeur lui donne des conseils.

— Tiens, tiens, fit Jack en lançant à Florence un regard énigmatique. Et qu'est-ce qui vous fait croire qu'elle trichait ?

— Je ne trichais pas…

— Elle en était à quatre cents dollars contre mon meilleur croupier. Personne ne gagne jamais autant face à Biddle.

— Ah. Donc ce sont ses compétences que vous mettez en doute.

— Vous voudriez que je la croie capable de gagner quatre cents billets ? Face à Biddle ? Même si Madden lui a donné des cours, c'est impossible.

— Mais c'est ridicule ! protesta Florence. Je suis une excellente joueuse.

— C'est vrai, renchérit Marion.

— Madden s'est pour ainsi dire entiché de cette demoiselle, dit Jack. Elle est très douée.

Donnelly resta bouche bée.

— Vous voulez dire… elle et Madden ? Vous vous foutez de moi ?

— Mais non, pas du tout.

Florence faillit protester. Après tout, Clay et elle étaient maître et élève, pas amants. Leur attirance mutuelle resterait ce qu'elle était, une attirance. Florence ferait tout pour que le statu quo perdure, en tout cas. Mais si Donnelly pensait qu'elle était la protégée de Clay, peut-être les libérerait-il plus vite. Personne ne tenait à s'attirer les foudres de Clayton Madden.

Donnelly la regarda, songeur.

— Il ne l'a quand même pas envoyée ici pour dévaliser Mulligan ?

— Faites attention à ce que vous dites, gronda Jack d'une voix menaçante. Réfléchissez bien avant de lancer des accusations. Vous savez que mon patron tient Mulligan en haute estime.

Mulligan ? Florence n'avait jamais entendu parler de ce type.

— Alors qu'est-ce qu'elle fiche ici, à compter les cartes dans une de ses salles ?

— Et voilà, encore des accusations, soupira Jack en croisant les bras. Dites-moi, vous aviez déjà entendu dire que Madden avait pris quelqu'un sous son aile ? Une femme, en plus ?

— Non, jamais.

— Normal, ce n'était jamais arrivé. Il n'aime pas rendre service. Alors s'il a accepté de lui donner des conseils, est-ce que ça n'en dit pas long sur les compétences de la demoiselle ? Vous croyez vraiment qu'il perdrait son temps avec quelqu'un qui ne serait pas doué ?

Donnelly se massa la mâchoire.

— Non, probablement pas. Mais j'ai quand même du mal à croire qu'elle ait gagné quatre cents dollars à la loyale contre mon meilleur croupier. Des femmes aussi douées, ça n'existe pas.

Florence en eut soudain assez qu'on parle d'elle comme si elle ne se trouvait pas dans la pièce.

— Et si je vous faisais une démonstration ? Laissez-moi vous prouver que j'en suis capable.

— Bonne idée, dit Jack en lui adressant un clin d'œil.

— Comment ? demanda Donnelly.

— Faites monter Biddle, ou le croupier de votre choix, et regardons-la jouer. Vous pourrez vous assurer qu'elle ne triche pas.

— Et si je la vois tricher, on fait quoi ?

— Madden vous remboursera cinq fois ce qu'elle vous aura prétendument volé. Mais…

— Mais ?

— Eh bien, si elle gagne sans tricher, vous la laisserez repartir avec ses gains.

Cette dernière condition mit Florence en joie. Peu importait le croupier, elle pouvait remporter le défi. Elle n'avait pas besoin de tricher pour gagner.

— Très bien.

Donnelly alla ouvrir la porte et ordonna à quelqu'un dans le couloir d'aller chercher Biddle.

— Nous verrons bien si elle est aussi douée que vous le prétendez. Allez, approchez, ajouta-t-il à l'adresse de Florence.

Elle se leva. Donnelly débarrassa son bureau de tous les papiers qui l'encombraient, et l'argent disparut dans un coffre-fort. Marion se plaça à côté de sa sœur tandis que Jack restait debout. Le cœur battant, Florence s'efforça de se détendre. Avoir ainsi été mise en cause la révoltait, mais au moins Donnelly lui donnait-il la possibilité de prouver de quoi elle était capable.

Biddle arriva quelques instants plus tard et déballa un jeu de cartes tout neuf. Malgré cela, Jack exigea de les voir. D'une main experte, il les battit et les compta pour s'assurer que le jeu n'avait pas été trafiqué. Satisfait, il le rendit au croupier, qui distribua. Marion pressa la main de Florence, qui lui répondit d'un petit sourire. Elles n'avaient rien à craindre. Jack était là, et le vingt-et-un n'avait plus de secrets pour Florence.

Au premier tour, son total était de douze. Pas idéal. La carte visible du croupier était un trois. Mais Clay lui avait expliqué que, dans une situation comme celle-ci, les chances augmentaient si l'on reprenait une carte, ce qu'elle fit. Un six, donc un total de dix-huit. Le croupier tira deux cartes et sauta à vingt-trois. Florence remporta le premier tour.

Pendant les dix minutes qui suivirent, le jeu se déroula sans un mot. Florence perdit deux tours, le premier par erreur – elle n'avait pas pensé à séparer une paire de neuf –, le deuxième parce que le croupier avait tiré vingt-et-un. Mais elle remporta tous les autres, et lorsqu'elle gagna avec un as et un dix, Jack ne put retenir un petit rire.

— Alors, toujours dubitatif, Donnelly ? Moi, je dirais plutôt que vous avez eu du bol qu'elle n'ait gagné que quatre cents billets.

Donnelly poussa un soupir et tira une liasse de sa poche.

— Bon sang de bois. C'est bon, prenez vos quatre cents dollars, mademoiselle. Et ne remettez plus les pieds chez moi, c'est compris ?

Florence se leva et prit l'argent.

— C'est compris, monsieur Donnelly. Vous avez ma parole.

Jack et Donnelly se serrèrent la main. Florence prit sa sœur par le bras et se dirigea vers la porte, impatiente de quitter cet endroit.

— Tu as été fantastique, lui souffla Marion. Je savais que tu étais douée, mais là…

— On en parlera plus tard.

D'un pas rapide, Florence longea le couloir jusqu'à l'escalier, descendit et sortit.

— Hé, attendez-moi ! lança Jack derrière elles.

Il indiqua un élégant coupé noir qui attendait le long du trottoir, un peu plus loin.

— Montez, je vous raccompagne chez vous.

— Oh, nous ne voudrions pas nous imposer, dit Florence. Merci d'être venu, Jack.

— Bon, je vais reformuler. M. Madden m'a expressément demandé de vous ramener chez vous saine et sauve, mademoiselle Greene.

Il était évident qu'il avait l'intention d'obéir à l'ordre de Clay. Florence soupira.

— Bon. Vous connaissez ma sœur Marion, Jack ?

Jack porta un doigt à son chapeau.

— Bien sûr. Ravi de vous revoir, mademoiselle Greene.

— Moi de même. Et merci d'avoir volé à notre secours, ce soir.

— Je n'ai rien fait de tel. Mlle Greene s'en est sortie toute seule. Mais vous auriez dû séparer ces deux neuf, si je peux me permettre.

Florence hocha la tête.

— Je sais. Une erreur idiote.

— La seule, à vrai dire. À la table de jeu, s'entend.

Ils étaient arrivés à la hauteur de la voiture. Jack ouvrit la portière.

— Vous allez me faire la leçon à propos de ma présence ici ce soir, c'est ça ?

— Non. M. Madden a prévu de vous la faire lui-même dès demain. Il vous attend au casino à 21 heures.

Elle se tourna vers lui. Il avait dit cela d'un ton qui augurait assez mal de son prochain entretien avec Clay.

— Je vais avoir des ennuis ?

— J'ai renoncé à essayer de lire dans ses pensées, mademoiselle. Mais je ne l'avais jamais vu aussi nerveux que lorsqu'il a appris dans quelle situation vous vous étiez mise ce soir. Et je peux vous dire qu'il n'était pas content du tout.

— Parce qu'on m'accusait d'avoir triché ?

— Je ne sais pas vraiment. Mais je dirais que cela avait plutôt à voir avec le fait que vous vous étiez mise en danger. Le casino de Donnelly n'est pas un endroit sûr pour les dames.

— Je suis assez grande pour me débrouiller toute seule, marmonna-t-elle en s'installant dans la voiture.

Jack prit place en face des deux sœurs et secoua la tête.

— Vous êtes à Madden, maintenant – et il protège toujours les siens.

Elle était en avance.

Cela fit plaisir à Clay, un peu trop peut-être. Dans la pénombre, il contempla Florence. Debout dans la galerie, elle observait l'activité dans la salle de jeu. Elle était magnifique, en robe du soir de soie bleu marine, probablement confectionnée par la couturière la plus prisée de la ville. Coiffée à la perfection, elle arborait des pendants d'oreilles en diamant qui mettaient sa gorge en valeur. Il mourait d'envie de poser les lèvres sur cette peau diaphane, d'en tester la souplesse avec sa langue…

Il lui en voulait encore pour son geste inconsidéré de la veille. Qu'elle aille jouer dans un autre établissement que le sien lui avait fait l'effet d'un camouflet. Avait-elle la moindre idée du danger qu'elle avait couru ? Savait-elle que les choses auraient réellement pu mal tourner si Jack n'était pas intervenu ?

Il avait usé le parquet à force d'aller et venir en attendant de ses nouvelles. Son soulagement, en apprenant que tout s'était bien terminé, en avait dit long sur la place qu'elle avait prise dans son existence.

« Clayton Madden en pince pour une poulette des beaux quartiers. »

Il commençait à se demander si ce n'était pas un peu vrai.

Mais non. Impossible. La fille de Duncan Greene était intouchable, pour un certain nombre de raisons.

Sans un bruit, il avança, pour se placer juste derrière elle. Il entendit son souffle s'interrompre puis reprendre, et comprit qu'elle avait senti sa présence.

— Je me disais aussi que vous deviez être dans les parages, l'œil aux aguets. Bonsoir, Clay, dit-elle en jetant un rapide regard par-dessus son épaule.

Il ne répondit pas. Dans son esprit s'entrechoquaient colère, soulagement et désir. Des sentiments qu'il se sentait incapable d'évoquer avec elle pour l'instant.

Elle soupira et se retourna.

— C'est bon, allez-y. Je suis sûre que vous avez une multitude de reproches à me faire à propos d'hier soir.

Il plongea ses mains dans ses poches et laissa courir son regard sur cette peau parfaite, sur les traits délicats de son visage. Des questions, il en avait des dizaines à lui poser. Pourquoi était-elle allée risquer sa réputation – et son intégrité physique – dans un des tripots de Mulligan ? L'entretien de Clay avec Gros Bill l'avait-elle à ce point dégoûtée ? Était-ce pour cette raison qu'elle s'était rendue dans un casino de troisième zone la veille au soir ? Qu'aurait-elle fait si Jack n'était pas intervenu auprès de Donnelly ? Comment réagirait-elle si Clay l'embrassait ?

Quand cette dernière question lui traversa l'esprit, il serra les lèvres encore plus fermement.

— Très bien. Visiblement, vous m'en voulez. Bien sûr, c'était idiot de ma part. Mais j'avais envie de gagner un peu d'argent et de tester les conseils que vous m'aviez donnés. Vous noterez que je n'y suis pas allée seule, mais accompagnée de ma sœur. Je n'aurais pas dû rester aussi longtemps à cette table, je vous l'accorde. Je n'ai pas fait attention aux sommes que je gagnais, et cela m'a valu d'être repérée. Mais ce n'est pas moi qui ai donné votre nom, ajouta-t-elle en soupirant. C'est ma sœur. J'ai pourtant essayé de la faire taire. Je ne voulais pas vous mêler à ça, mais je vous remercie d'avoir envoyé Jack à la rescousse.

Il médita ses excuses, tout en gardant le silence. La tension, dans sa cage thoracique, n'avait pas diminué d'un iota malgré la tirade de Florence, ce qui tendait à prouver qu'ils n'étaient pas d'accord sur le fond du problème.

— Vous ne dites rien ? demanda-t-elle au bout d'un moment.

Il toussota.

— Il semblerait que vous n'ayez pas séparé une paire de neuf ?

Elle resta bouche bée un bref instant. Puis elle laissa échapper un petit rire.

— Je croyais que vous étiez en colère contre moi.

— Ah, mais je suis en colère. J'ai failli défoncer un mur d'un coup de poing quand le sbire de Donnelly a débarqué ici en disant qu'une femme que j'avais prétendument conseillée avait été surprise en train de tricher chez lui.

— C'est un peu exagéré, comme réaction, non ? Vu que…

— Vu que ?

— Vu que je vous paie juste pour apprendre à gérer un casino. Nous nous connaissons à peine.

Il sentit l'agacement l'envahir, même si elle n'avait pas tout à fait tort. Mais il devait lui enseigner une autre chose.

— Florence, être mon élève signifie que vous êtes sous ma protection. Nous sommes liés l'un à l'autre, que cela vous plaise ou non.

Elle voulut répondre, mais il leva la main et poursuivit :

— Par ailleurs, vous avez fait un très mauvais choix en décidant de vous rendre dans cet établissement hier. Savez-vous qui possède le tripot de Donnelly ?

— Un homme appelé Mulligan, je crois.

Le détachement avec lequel elle avait répondu confirma les soupçons de Clay.

— Visiblement, vous n'avez jamais entendu parler de ce Mulligan. Ce que je ne possède pas dans cette ville, il le possède. Nous sommes… Comment dire ?

— Rivaux ? suggéra Florence.

— Pas vraiment. Disons que je ne fréquente plus les mêmes milieux que lui. Nous ne sommes pas ennemis, mais nous ne sommes pas amis non plus. Et surtout, Mulligan laisse une marge de manœuvre considérable à ceux qui gèrent ses établissements, notamment pour la façon dont ils traitent les problèmes avec la clientèle. Le simple fait de vous trouver là-bas vous mettait en danger.

D'un geste, elle écarta son argument.

— Je suis allée partout en ville, et je n'ai jamais eu de problèmes. Je ne cours aucun danger.

— Ne soyez pas naïve, Florence. Casinos, cabarets, bars et autres bouges, vous n'êtes jamais en sécurité dans ce genre d'établissement. Si vous ne craignez pas d'être violée ou agressée, la possibilité d'un enlèvement contre rançon devrait vous alerter. Votre nom de famille vous met en danger. Votre père a beaucoup d'ennemis, vous le savez.

— Vous en faites partie.

— C'est vrai. Mais je n'ai pas besoin de m'en prendre à vous pour me venger de lui, ce qui n'est pas le cas d'un certain nombre d'individus peu recommandables.

— Personne n'oserait.

— C'est là que vous vous trompez. Mulligan n'hésiterait pas une seule seconde à se servir de vous comme d'un pion pour devenir encore plus influent dans cette ville.

Elle eut une moue inquiète, et Clay espéra qu'elle avait enfin compris.

— Vous parlez de lui comme d'une espèce de croque-mitaine.

— On ne plaisante pas avec lui. Mulligan s'est fait une réputation en grimpant les échelons au sein du gang de Five Points. Avec l'âge, il a compris qu'il pouvait gagner beaucoup d'argent en fusionnant tous les gangs des bas-fonds et en prenant la tête de cette nouvelle entité. Il dirige aujourd'hui un véritable empire criminel, dont le quartier général est le New Belfast Athletic Club. Et je pense que c'est la seule personne dans cette ville à en savoir autant que moi sur les jeux d'argent.

— Mmm...

Songeuse, elle regarda la salle à leurs pieds. Il fit de même, lui laissant le temps de digérer cette information. Voir l'argent changer de mains en sa faveur, autour des tables, lui fit chaud au cœur.

Enfin, elle se tourna vers lui.

— Et si j'ai envie de jouer ailleurs qu'ici, dans un endroit où personne ne sait qui je suis ?

— Venez me voir. Je possède plusieurs petites salles de jeu où vous seriez en sécurité et où l'on ne vous connaîtrait pas.

— Vous vous êtes réellement inquiété pour moi ?

Il n'avait pas été assez clair ? Florence avait besoin qu'il flatte son ego ?

— Vous le savez bien.

Un coup de sifflet perça le brouhaha dans la salle. Tous les regards se tournèrent vers l'entrée, devant laquelle se tenait Jack, l'air paniqué. Ce dernier souffla une nouvelle fois dans son sifflet et agita un bras au-dessus de sa tête. Tous les croupiers ramassèrent cartes, jetons et billets à la vitesse de l'éclair.

— Nom de Dieu, grommela Clay.

— Que se passe-t-il ?

Il se dirigea vers l'escalier.

— Descente de police.

8

Tout alla très vite.

Clay et elle discutaient dans la galerie, et l'instant d'après, c'était le chaos. Enfin, un chaos ordonné. Visiblement, le personnel s'était entraîné et savait exactement où cacher tout ce qui aurait pu servir de preuve. Les jetons et l'argent disparurent dans des boîtes fermées à clé. Les tables furent renversées et rangées dans un coin de la salle. Jack ouvrit une porte secrète dans le lambris, et les clients quittèrent calmement la pièce par ce passage.

— Florence !

Clay avait murmuré son nom, mais elle l'entendit malgré le brouhaha et se précipita dans l'escalier. Il l'attendait en bas, visiblement inquiet.

— Vous aviez l'intention de rester plantée là jusqu'à ce que la police arrive et vous interroge ?

— Non, je regardais le personnel faire disparaître toute trace d'un casino. C'est fascinant.

— Insupportable, oui. Et nous devons filer.

Il poussa une porte et la guida dans un long couloir. Il s'arrêta soudain devant une portion du mur qui n'était plus en plâtre, mais en brique. Glissant un doigt derrière une applique, il actionna un mécanisme, et les briques se détachèrent du reste du mur. Encore un passage secret.

Il tira le panneau vers lui, et elle se glissa dans le passage.

— Vous ne restez pas pour parler à la police ? demanda-t-elle en voyant qu'il s'engouffrait à sa suite dans l'étroit boyau.

— Non. Jack est beaucoup plus posé que moi dans ce genre de situation. Si je reste, je risque de cogner un flic.

Il referma le pan de mur derrière lui, et l'obscurité se fit. Florence n'eut pas le temps d'avoir peur, car il lui prit aussitôt la main.

— Venez, ce n'est pas loin. Mais faites attention, il y a des marches.

Ils descendirent. En bas de l'escalier, il la retint un instant par les hanches, puis la lâcha pour ouvrir une autre porte qu'il referma derrière eux. Dans l'obscurité, elle entendit un cliquètement de chaîne, et un pâle rai de lumière éclaira le passage. C'était un boyau étroit et bas, si bien que Clay devait avancer courbé. Elle retira une toile d'araignée de sa manche et le suivit. Elle distinguait l'arrondi de ses épaules sous sa veste noire. Pour un homme de sa stature, il se déplaçait avec souplesse. Et il avait visiblement l'habitude de cet itinéraire.

— Où allons-nous ?

— Au bordel qui se trouve à côté.

Un bordel ? Un frisson d'excitation la parcourut. Cette soirée promettait d'être mémorable, décidément.

— Vous faites souvent l'aller-retour ?

— Non, mais Annabelle emprunte souvent ce passage.

Annabelle. Encore. Malgré elle, Florence soupira. Bien sûr. Le grand Clayton Madden n'allait pas au bordel comme le commun des mortels. Les femmes venaient à lui.

Mais je m'en moque, non ?

Ce n'était pas parce que son cœur battait un peu plus vite en sa présence qu'il y avait quelque chose entre eux. Elle n'était pas stupide au point de s'intéresser à lui – ou à quelque homme que ce soit – alors qu'elle n'avait jamais été aussi près d'atteindre son objectif. Dans moins de deux ans, elle ne pourrait plus choisir et perdrait son indépendance. Que Clay ait une maîtresse était donc une bonne chose. Cette information lui permettrait de garder la tête froide pendant la durée de sa « formation ».

— Si vous dirigez un jour votre propre casino, dit-il, pensez à faire percer ce genre d'issue de secours, au cas où.

— Au cas où la police ferait une descente ?

— Oui, et pour tous les cas où une sortie rapide et discrète serait nécessaire. Vous seriez étonnée de voir le nombre de joueurs qui n'aiment pas se défaire de leur argent, même s'ils l'ont perdu à la loyale.

Une nouvelle volée de marches les attendait. Cette fois, ils montèrent. Arrivé devant une porte, Clay toqua discrètement trois fois. Il y eut un bruit de clé, et la porte s'ouvrit.

— Eh bien, tu en as mis du temps, dit une voix féminine.

Clay prit Florence par la main et lui fit traverser ce qui se révéla être une penderie pleine de vêtements. Une magnifique rousse aux yeux bleus referma le panneau derrière eux.

— Je croyais que tu avais la situation en main, pour Gros Bill, grommela-t-elle avant de se retourner vers Florence. Mademoiselle Greene, c'est un plaisir de vous rencontrer. Je suis Annabelle Gallagher, la propriétaire de cet élégant établissement.

D'abord étonnée, Florence se ressaisit assez vite. Mais tout de même… comment cette femme connaissait-elle son nom ? Clay lui avait donc parlé d'elle ?

— Enchantée, mademoiselle Gallagher.

— Annabelle, ça suffira. Bien, suivez-moi, qu'on vous mette tous les deux en sécurité.

Elle les conduisit jusqu'au hall d'entrée.

— Nous pouvons sortir par-derrière, dit Clay.

— Non, pas ce soir. Il y a des flics partout. Mieux vaut que vous restiez cachés ici.

Dans un coin du hall, elle écarta un tableau, derrière lequel se trouvait une poignée qu'elle actionna. La cloison pivota, révélant une bibliothèque.

— Futé, murmura Clay avant de s'effacer pour laisser passer Florence.

Une nouvelle fois, elle se retrouva dans la pénombre. Mais elle était soulagée d'être à l'abri. Son père n'aurait certainement pas aimé apprendre qu'elle avait été interpellée et interrogée dans un tripot.

— Tu n'es pas le seul à avoir des pièces secrètes, murmura Annabelle à Clay, qui suivait Florence. Allez, maintenant, on ne fait plus de bruit, et on profite du spectacle.

— Attends un peu, ce n'est quand même pas…

— Je viendrai vous chercher dès que la voie sera libre. Jack me préviendra.

D'une main, elle actionna un petit mécanisme tout près de la tête de Florence, et un panneau de bois de la taille d'un petit tableau glissa sur le côté, le long du mur. Seigneur, c'était une ouverture. L'équivalent du judas de Clay ?

Florence n'eut pas le temps de poser la question. Déjà, Annabelle avait refermé la porte derrière elle et tiré le loquet. Attirée par la lumière douce qui filtrait par l'ouverture, Florence s'approcha.

— Je ne regarderais pas, si j'étais vous.

Ignorant le conseil de Clay, elle se pencha vers le rectangle de lumière. Doux Jésus ! Elle voyait l'intérieur de la chambre voisine. Un couple s'y trouvait. Surprise, elle eut un mouvement de recul.

— Je vous l'avais dit, lâcha Clay d'un ton supérieur.

Il tendit la main pour remettre en place le panneau de bois.

— Ce genre de spectacle ne convient pas à une jeune fille de bonne famille.

Sa remarque hérissa Florence. Comment osait-il décider de ce qu'elle pouvait ou ne pouvait pas voir ? D'un mouvement vif, elle lui saisit le poignet et l'empêcha de refermer le panneau.

— Vous avez promis de ne pas jouer les gentlemen avec moi. Ne changez pas d'avis maintenant.

Il eut un soupir agacé.

— Florence, ils sont en train de baiser, de l'autre côté. C'est vraiment ce que vous avez envie de voir ?

Eh bien, à vrai dire… oui.

— Mais ce ne serait guère convenable, c'est ça ?

— Pas de leur point de vue, répondit Clay. Ils sont là parce qu'ils veulent être vus. Sinon, le panneau serait fermé de leur côté.

— Vous voulez dire que…

— Que certaines personnes aiment faire l'amour pendant que d'autres les observent. Oui, c'est ce que je veux dire.

— Et vous vous inquiétez pour mon âme sensible.

Il ne répondit pas. Dans la pénombre, ses traits semblaient taillés dans le granit. Elle avait passé du temps dans bien des cercles de jeu, salles de billard et autres établissements partout dans la ville. Si elle avait jamais eu l'âme sensible, celle-ci avait disparu depuis longtemps. Et puis, elle n'avait pas besoin d'être ménagée, ni protégée. Ses parents s'y étaient déjà essayés pendant l'essentiel de son existence, sans grand succès.

Il s'écarta et se plaça derrière elle.

— Si je vous dis non, vous allez regarder juste pour me défier. Alors allez-y. Mais je vous aurai prévenue.

Il toqua deux fois à la vitre, sans doute pour prévenir les occupants de la chambre qu'ils avaient un public.

Par réflexe, Florence se baissa.

— Ils nous voient ?

— Non. Il fait trop sombre ici.

— Oh.

Elle se redressa, se sentant un peu idiote. La vitre rectangulaire était juste assez grande pour leur permettre, à Clay et à elle, de regarder en même temps. Elle s'en approcha pour voir ce qu'il se passait de l'autre côté.

Debout devant la cheminée, un homme et une femme s'embrassaient. Il était en pantalon et chemise. Sa partenaire, dont les longs cheveux bruns étaient savamment remontés sur la tête, portait un corset, une chemise de jour, une culotte, des bas et des bottines. Leurs bouches s'activaient fiévreusement. Entre leurs lèvres légèrement écartées, on distinguait la danse de leurs langues l'une contre l'autre. L'homme remonta les mains jusqu'à la poitrine de sa partenaire, lui pétrit les seins, en apprécia la rondeur qui dépassait du corset. Florence sentit une onde de chaleur la parcourir et frissonna.

Sans interrompre le baiser, l'homme délaça le corset, aidé par sa compagne. Lorsqu'elle ne porta plus que sa chemise, il se pencha sur sa gorge, l'embrassa, soupesa ses seins lourds enfin libérés, tandis qu'elle le caressait à travers l'étoffe de son pantalon. Florence sentit la pointe de ses seins durcir contre son corset. Ses expériences amoureuses n'avaient jamais été aussi… charnelles. Elles étaient restées civilisées. Presque polies.

D'un ennui mortel.

Ce qu'elle découvrait là était tout autre chose. Un mélange de sauvagerie, de lascivité et d'impatience. Un mélange auquel son propre corps réagit en faisant pulser le sang dans ses veines et monter la faim au creux de ses cuisses. L'odeur de Clay ainsi qu'un vague parfum de cigare baignaient la petite pièce, lui rappelant qu'elle n'était pas seule. Il ne disait rien, mais sa puissance et sa virilité, derrière elle, parlaient à sa place. Pourtant, elle ne quittait pas des yeux la scène qui se déroulait dans la pièce voisine.

L'homme arracha sa chemise à sa partenaire et prit aussitôt entre ses lèvres la pointe d'un de ses seins, qu'il se mit à sucer goulûment. La femme renversa la tête, les yeux clos, et s'abandonna au plaisir. Florence entendit son propre souffle s'accélérer, trahissant son excitation, mais elle s'en moquait. Elle ne pouvait pas détourner les yeux, ni s'en aller. Ses pieds étaient vissés au sol. Son corps s'embrasait et frissonnait à la fois tandis que le désir refermait ses griffes sur elle. Elle se souvint de la délicieuse sensation de succion, de la pression de lèvres puissantes sur la pointe de ses seins.

C'était tellement bon.

Puis quelque chose d'inattendu se produisit. Après avoir ôté la culotte de la fille, l'homme s'allongea sur le sol et la fit asseoir sur lui. Florence crut qu'il allait l'embrasser sur les lèvres, mais il se glissa un peu plus bas, jusqu'à ce qu'elle chevauche son visage.

— Mais qu'est-ce qu..., murmura-t-elle.

Un petit rire résonna derrière elle.

— Cette fois, votre âme sensible va en prendre un coup.

Florence déglutit. La fille était... assise sur le visage de l'homme, et celui-ci la dégustait littéralement. Jamais elle n'aurait imaginé une chose pareille possible. Son seul amant sérieux, Chester, ne l'avait en tout cas jamais embrassée à cet endroit. Était-ce… Est-ce que tout le monde faisait ça ?

Tout en se caressant les seins, la fille ondulait des hanches pour mieux venir à la rencontre de la bouche de son amant. Les yeux fermés, elle semblait extatique, comme droguée. Florence n'avait jamais vu personne dans un tel état de plaisir. Elle sentit son propre sexe, jaloux de tant d'attention, palpiter entre ses cuisses tandis qu'elle observait le couple.

Le simple fait de les regarder m'excite.

À vrai dire, « exciter » était un terme bien faible pour décrire ce qu'elle éprouvait. Elle s'était embrasée, elle brûlait. La sueur perlait entre ses omoplates ; ses vêtements étaient trop serrés, inconfortables. Sa poitrine se soulevait frénétiquement, se pressant contre les baleines du corset, le linon de sa chemise frottant contre ses mamelons. *Seigneur, je meurs*. On la retrouverait ici dans quelques semaines, consumée par le désir.

Mais non. Bientôt, très vite, elle serait chez elle et pourrait enfin satisfaire ce désir, se donner du plaisir sous les couvertures. En attendant, elle devait se maîtriser.

— Vous aimez ce que vous voyez ?

La voix de Clay, juste derrière elle, murmure tentateur au creux de son oreille. Elle frissonna, fit de son mieux pour ne pas fondre complètement à ses pieds.

— Jamais je n'aurais imaginé…, lâcha-t-elle d'une voix éraillée.

— Il la lèche. Se repaît de son sexe trempé. Et stimule son clitoris.

Cette fois, Florence manqua d'air. Elle se sentit défaillir. Elle aurait voulu lui demander s'il avait déjà fait la même chose, mais sa gorge était trop sèche pour lui permettre de prononcer le moindre mot. Parler lui demandait trop d'efforts.

— Il n'y a rien de meilleur que le goût d'une femme quand elle est excitée, continua-t-il. C'est acidulé et poivré à la fois, absolument succulent.

Doux Jésus.

Elle sentait le sang battre dans ses tempes. Le désir l'assaillait sans relâche. Comment Clay réagirait-il si elle se retournait et plaquait ses lèvres sur les siennes ?

— Puis, juste avant qu'elle ne jouisse, ses cuisses se mettent à frémir autour de votre tête, reprit-il, et son bouton de nacre durcit et gonfle sous votre langue…

Florence plaqua une main contre le mur pour ne pas tomber. Les battements de son cœur résonnaient jusqu'au creux de son ventre, plus fort, toujours plus fort. Elle était en feu ; le désir lui faisait perdre tout sens des réalités.

— Elle jouit. Regardez.

Comme si elle avait pu détourner les yeux !

Florence serra les cuisses et fixa le couple. La fille se mit à frémir et à pousser des cris qu'on entendit malgré la cloison. Elle fut agitée de tremblements, mais l'homme la retint pour l'empêcher de tomber tout en défaisant sa braguette. Lorsqu'elle recouvra ses esprits, elle l'aida à libérer son membre en érection. Il était dur, épais, le gland lisse. Florence avait déjà vu un pénis, bien sûr, mais jamais très longtemps. Avec Chester, l'instrument n'avait été dévoilé que quelques instants avant d'être… utilisé. Elle n'avait pas eu le loisir de l'étudier en détail.

Alors elle en profita. Quelle merveille d'anatomie, vraiment. Si fier, si majestueux. Conçu pour donner et recevoir du plaisir. L'homme se caressa d'une main tandis que sa partenaire descendait sur lui. Lorsqu'ils furent l'un en face de l'autre, elle se redressa, et il plaça son sexe bien en face du sien, prêt à la pénétrer.

Florence faillit s'évanouir. *Seigneur ! Vais-je arriver à tenir le coup ?*

— C'est bon ? Vous avez vu tout ce que vous vouliez ? Je peux fermer ?

— Non, lâcha-t-elle dans un souffle.

Il répondit d'un petit rire, mais elle ne releva pas. Elle s'en fichait. Qu'il se moque d'elle s'il en avait envie. Ce spectacle était trop... éducatif pour qu'elle y renonce.

Lentement, le membre de l'homme disparut entre les cuisses de la fille... et Florence s'entendit gémir. Ce n'était qu'un petit gémissement, la conséquence d'une frustration et d'un désir trop ardents, mais il était impossible que Clay n'ait rien entendu. Jamais elle n'avait rien vu d'aussi excitant. Son corps était tendu, à cran. Elle craignait que le moindre mouvement ne la fasse jouir. Si seulement elle avait été seule...

— Vous vous caresseriez, là, si vous étiez seule ? murmura-t-il au même instant.

Elle eut l'impression de prendre feu. Lisait-il dans son esprit, ou son désir était-il si flagrant ?

Elle ne répondit pas. En partie parce qu'elle avait honte, mais surtout parce que son cerveau se concentrait principalement sur ce qu'elle voyait.

La fille se redressa sur les genoux, puis redescendit sur le membre de son partenaire. L'homme lui prit les seins, joua avec leurs pointes, les pinça, les fit rouler entre ses doigts. Tous deux semblaient pris de frénésie, telles deux créatures abandonnées à leur plaisir, indifférentes à tout le reste. La fille était fière, sûre d'elle. Elle allait et venait sur le sexe de l'homme, au gré de son désir à elle.

— Alors, vous le feriez ? insista le diable pardessus l'épaule de Florence. Vous soulèveriez vos jupes pour vous faire jouir ?

— Je... euh... Vous essayez de m'embarrasser. Arrêtez.

— J'ai envie de vous connaître, voilà tout. Visiblement, cette scène vous excite. Et vous me l'avez dit vous-même, vous n'êtes pas une oie blanche.

— Et vous, vous le feriez ? demanda-t-elle brusquement.

— Oui. Si j'étais seul, je me caresserais jusqu'à la jouissance.

Elle se figea, ne sachant comment réagir face à un tel aveu. Pourquoi lui disait-il une chose pareille ?

— Mais c'est de vous que l'on parle. Et, dans la mesure où nous sommes coincés ici, je ne vois pas ce qui pourrait vous en empêcher.

— Votre présence.

— Et si je me retourne ?

Elle sentit son sexe se contracter à cette idée, qui lui plaisait beaucoup. Mais c'était trop fou, trop pervers, même pour elle.

— Non, je ne pourrais pas.

— Mais si. Faites comme si je n'étais pas là.

— Mais vous êtes là. Et ce que vous me demandez est très… intime.

— Qu'est-il arrivé à l'aventurière que vous êtes ? À la femme qui aime prendre des risques et qui veut qu'on la traite comme un homme ? Vous n'avez rien à craindre de moi. Je ne vous toucherai pas. Je vous le jure sur l'acte de propriété de la Maison de Bronze.

— Je…

Dans la pièce voisine, la femme se pencha en avant, offrant la pointe d'un sein aux lèvres de son amant, qui avait planté ses pieds dans le sol et donnait de puissants coups de reins pour mieux entrer en elle. Florence ferma brièvement les yeux. Son corps était plus tendu qu'un arc. Combien de temps allait-elle encore tenir ?

— Toute ma vie, on m'a répété qu'une jeune fille comme moi ne devait pas faire ce genre de choses.

— Alors oubliez qui vous êtes, l'espace d'un instant.

— Quoi ?

— Soyez quelqu'un d'autre. Le plaisir physique n'est pas un péché. Celui qui vous a dit ça avait intérêt à ce que vous restiez ignorante ou chaste. Peut-être les deux.

— Mais qui puis-je être, alors, si je ne suis pas moi ?

— N'importe qui. Une créature hédoniste qui aspire à être satisfaite. Une femme que j'ai invitée ici. Une jeune fille qui s'est introduite dans cette pièce en secret, curieuse de savoir de quoi il retournait. Vous avez le choix.

De l'autre côté, l'homme finissait de se déshabiller prestement après avoir mis la femme à quatre pattes. Enfin nu, il la prit par-derrière. Ses fesses se contractaient à chaque coup de boutoir. La scène était crue, animale, et absolument fascinante. Le corps de Florence appelait l'orgasme de tout son être.

Pouvait-elle le faire ? Parviendrait-elle à être quelqu'un d'autre tout en cédant à la folie de ce désir ? Clay avait promis de ne pas la toucher et de ne pas la regarder. Où était le mal ?

Il n'y a pas de mal. Juste de la gêne.

Comme elle ne répondait pas, il demanda :

— Et si je fais la même chose, en vous tournant le dos ?

Elle se mordit la lèvre, gémissant presque à cette idée. Voilà qui allégerait le poids de la honte. Clay empoignant son sexe dressé ? *Oh oui. Oui !* Que Dieu lui pardonne, mais à cette seule pensée, Florence sentait céder les derniers remparts de sa volonté.

Elle capitula.

— Retournez-vous.

Elle tourna la tête et attendit qu'il soit face à l'autre mur. Lorsqu'elle ne vit plus que son dos, elle ordonna :

— Vous d'abord.

Il eut un petit rire étranglé.

— D'accord. Mais vous ne tarderez pas à m'imiter, j'en suis sûr.

Elle vit ses épaules bouger quand il baissa les mains. Il y eut un froissement d'étoffe, et quelques secondes plus tard, il laissa échapper un grognement.

— Oh oui…, murmura-t-il. Qu'est-ce que c'est bon…

Vite, vite, maintenant… Elle se retourna vers la vitre et remonta ses jupes aussi rapidement qu'elle le put. Dans son impatience, elle les laissa retomber, se reprit, tira, souleva, écarta les multiples couches de vêtements. Enfin, elle sentit l'air frais sur ses jambes et plongea une main entre ses cuisses. Quand ses doigts glissèrent dans les plis moites de son sexe, elle renversa la tête en arrière. Sans perdre de temps, elle se concentra aussitôt sur son clitoris.

— Je vous entends, souffla Clay d'une voix rauque. Vous êtes trempée, je me trompe ?

Elle était incapable de parler. Elle haletait, tandis que le bout de ses doigts tournait autour de la petite crête. Les yeux mi-clos, elle s'imagina être entrée en cachette dans le bordel, jeune innocente impatiente de découvrir les plaisirs de la chair. Des décharges électriques rampèrent le long de ses jambes. Le plaisir montait, irrépressible.

Il avait raison. S'imaginer ainsi rend la chose plus facile.

Du côté de Clay, divers bruits lui parvinrent, qui accentuèrent encore son excitation. Des frottements, peau contre peau, tissu froissé. Des soupirs rauques. Elle se mordit la lèvre, l'imagina serrant son membre dans sa main, se caressant toujours plus vite, les yeux assombris par le plaisir... Pensait-il à elle ?

— Florence, nom de Dieu, j'aimerais tellement vous voir, là. Trempée, les pommettes rougies par le plaisir, et tellement sensuelle. Je...

Il ne termina pas sa phrase, poussa un juron à la place. Il cessa de respirer quelques instants, puis laissa échapper un long gémissement.

Miséricorde. Clay éjaculait. Dans la même pièce qu'elle. Juste derrière elle.

C'était trop, trop vite. Elle se figea, sentit tout son être tendre vers le sommet de la vague. Et, avant d'avoir pu faire quoi que ce soit, elle fut emportée par un puissant orgasme qui effaça toute pensée. Le corps agité de tremblements, elle se contracta avec une telle force que son front alla toucher le mur. Le plaisir la secoua, encore et encore, apaisant et nécessaire. Différent de tout ce qu'elle avait connu jusque-là.

Quand la vague retomba et qu'elle fut de nouveau capable de réfléchir, incrédulité et honte étaient au rendez-vous. Quel genre de femme se donnait ainsi du plaisir devant un homme, un être sombre et dangereux qui s'était juré de ruiner son père ? Seigneur, qu'avait-elle fait ?

En toussotant, elle laissa retomber ses jupes et les lissa du plat de la main. D'un regard par-dessus son épaule, elle vit que Clay s'était rajusté lui aussi, ne laissant aucune trace de ce qui venait de se passer en dehors du mouchoir qu'il glissait dans une poche de sa veste.

On toqua à la porte.

— Clay ?

C'était la voix d'Annabelle. Prise de panique, Florence n'osa croiser le regard de Clay. La propriétaire du bordel savait certainement ce qui s'était passé dans cette pièce.

— Une minute, s'il te plaît, répondit Clay.

— Rien ne presse. Je venais juste te prévenir que Jack est passé. Vous pouvez retourner au casino, la voie est libre.

— Merci.

Annabelle ne répondit pas, et le silence se fit. Florence avait besoin de temps et d'espace pour réfléchir à ce qui venait d'arriver. Elle ignorait si sa relation avec Clay en serait changée, mais retourner au casino ce soir était hors de question.

— Il faut que je rentre chez moi, dit-elle sans le regarder.

— Êtes-vous...

Il soupira, se frotta les yeux.

— Pardonnez-moi, dit-il. Je n'aurais pas dû vous amener ici. Et je n'aurais pas dû insister. Vous n'étiez pas prête.

Ces excuses l'étonnèrent et la poussèrent à répondre franchement.

— Je suis gênée, mais je n'ai pas le sentiment que vous m'ayez poussée à faire cela. Je sais dire non lorsque c'est nécessaire.

— En êtes-vous sûre ?

L'agacement prit momentanément le pas sur l'humiliation.

— Certaine. Je vous l'ai déjà dit, je ne suis pas une oie blanche. Vous n'avez pas fait de moi une dévergondée.

Un tressaillement fit frémir les lèvres de Clay. Il posa une main sur la poignée de la porte, l'actionna, et la lumière du couloir inonda soudain la petite pièce.

— Je suis soulagé de vous l'entendre dire, parce que je n'avais jamais rien vécu d'aussi excitant de ma vie. Je me demande si ce n'est pas plutôt vous qui m'avez dévergondé.

9

Clay poussa un tesson de bouteille du bout de sa botte. Nom de Dieu ! La police avait littéralement saccagé le bar. Ne trouvant rien d'illégal à reprocher à l'établissement, elle s'était vengée en cassant toutes les bouteilles.

En dehors de son entente avec Gros Bill, les sommes qu'il versait régulièrement à tous les chefs de district étaient censées éviter que ce genre d'incident ne se produise. Et voilà qu'il se retrouvait avec des milliers de dollars de bouteilles cassées, de chaises et de tables mises en pièces... Sans parler des recettes de toute une nuit à passer en pertes et profits. Bill allait regretter d'avoir ordonné une descente à la Maison de Bronze.

Quant à ce qui s'était passé à la maison close... il n'en revenait toujours pas. Florence avait été impressionnante. Surprenante. Absolument fascinante. Et il n'avait pas le compliment facile. Mais là... l'entendre prendre du plaisir, gémir au moment de l'orgasme... Il n'avait jamais rien connu de tel.

Il voulait recommencer. Face à elle, cette fois. Pour pouvoir la toucher.

Accepterait-elle ?

Après lui avoir avoué qu'il la trouvait très attirante, il s'était résigné à ce que les choses en restent là entre eux. Entamer une relation physique avec elle ne ferait que compliquer une situation qui n'était déjà pas simple, et Clay détestait les complications.

Mais, pour sentir Florence nue sous lui, il était prêt à renoncer à ses principes.

— On s'en est pas trop mal sortis, quand même, dit Jack en traversant la pièce en direction de Clay, accompagné d'Annabelle.

— Qui était-ce ? demanda Clay.

— Il m'a semblé reconnaître Harris et McGinnis. Les autres étaient très jeunes, et trop idiots pour comprendre ce qu'ils faisaient.

Clay n'était pas surpris. Harris et Gros Bill étaient du même acabit. Ils faisaient cracher au bassinet tous les bars, bordels et tripots du quartier de Tenderloin. Clay appuya le bout de sa botte sur le tapis, qui faisait un bruit d'éponge tant il était imbibé d'alcool.

— Franchement, je ne croyais pas Gros Bill aussi bête.

— Il n'a jamais eu la réputation de beaucoup faire fonctionner ses méninges non plus. Il est persuadé d'avoir la main et de pouvoir obtenir plus.

Ils savaient tous les deux que Bill se fourvoyait.

— La question est de savoir que faire en premier. Révéler l'existence de sa maîtresse à sa femme ou présenter la note pour la maison de Brooklyn ?

— Je vote pour la maîtresse, dit Annabelle, l'œil brillant. Sa femme va faire de sa vie un enfer.

— Adjugé. Tu t'en occupes, Jack ?

— Avec plaisir. Et pour ici, je fais venir une équipe de femmes de ménage ?

— Demande d'abord aux gars de nettoyer tout le verre cassé et les débris divers. Il va falloir changer les tapis, aussi.

Jack hocha la tête, mais il regardait Clay d'un air surpris.

— Je pensais que tout ça te mettrait hors de toi.

— Mais je suis en colère.

— Vraiment ? On ne dirait pas. Mais peut-être qu'à côté, avec Mlle Greene...

— Arrête. Ne termine pas ta phrase.

Jack et Annabelle éclatèrent de rire, et Clay serra les dents.

— Vous n'avez rien de mieux à faire que de traîner ici et m'énerver ?

Jack leva les mains et se tourna vers Annabelle.

— Je te le laisse, Anna. Il faut que je m'occupe de faire nettoyer tout ça.

— Je n'ai pas besoin de toi, dit Clay à Annabelle.

— Ne dis pas de bêtises, répondit celle-ci. Tu as besoin de mon aide, c'est évident.

— Vraiment ? dit-il en se penchant pour ramasser deux tessons de bouteille qu'il posa sur le bar. Fais attention où tu marches.

Elle se pencha à son tour et ramassa une bouteille cassée.

— Donc, toi et Mlle Greene...

Il ne répondit pas. Cela n'aurait fait qu'encourager Anna à se mêler de ses affaires.

— Je sais qu'il s'est passé quelque chose dans cette petite pièce. Tu peux nier tant que tu voudras, je le sais.

— Mais peut-être que cela ne te regarde pas. Et d'abord, pourquoi nous as-tu mis dans cette pièce ?

— Parce que je savais que les flics ne la trouveraient jamais s'ils venaient faire une descente au bordel.

Elle posa une autre bouteille sur le bar.

— Allez, reconnais-le. Vous avez tous les deux apprécié le spectacle.

Florence l'avait apprécié, c'était indéniable. Mais Clay préféra ne pas le dire à Anna.

— C'était tout à fait inconvenant.

— Je me suis dit qu'une femme qui fait appel à tes services ne risquait pas d'être choquée par un petit peu d'action. Et puis, je te trouve… détendu. Je crois que cela me la rend encore plus sympathique.

— Moi aussi.

Malheureusement.

— Ravie de te l'entendre dire. Jack m'a raconté que tes projets avançaient, pour le casino de la 79e rue. Mais je suppose que tu vas mettre la pédale douce, dans la mesure où ces projets impliquent de démolir la maison de la grand-mère de Mlle Greene.

Renoncer à ruiner Duncan Greene et à détruire sa maison de famille ? Clay ne pouvait envisager pareil retournement.

— Certainement pas. Et c'est contre son père que j'en ai, pas contre sa grand-mère.

— Je ne suis pas certaine qu'elle saisisse la nuance.

— Peu importe. Quelle que soit la nature de mes relations avec elle, elle n'a pas son mot à dire sur la façon dont je gère mes affaires.

Annabelle émit un léger gloussement.

— Tu ne me crois pas ? grommela-t-il, agacé.

— Je te connais depuis longtemps, alors je vais te donner un conseil, dit-elle en posant une main sur le bras de Clay. Si tu as toujours l'intention de ruiner sa famille, n'entame pas une liaison avec elle. Ce serait cruel, Clay. Et, malgré tous tes défauts, tu n'es jamais délibérément cruel avec les innocents.

— Duncan Greene n'a rien d'un innocent.

— Sa fille, si.

— L'un n'a rien à voir avec l'autre. De toute façon, je n'ai pas l'intention de faire la cour à Florence Greene. Cesse de t'inquiéter pour elle.

— Les femmes s'inquiètent pour leurs semblables, répliqua sèchement Anna. Parce qu'une chose est certaine : ce ne sont pas les hommes qui s'en chargeront.

Bon sang ! Elle commençait à lui chauffer sérieusement les oreilles.

— Je ferai ce que je veux avec Florence Greene, et mes plans concernant son père ne changeront pas.

Anna lâcha un tesson sur le bar et s'essuya les mains.

— Je vois. Mais tu sais, Clay, à force de repousser les gens, un jour, il ne te restera plus que ta vengeance.

Des excuses tentèrent de se frayer un passage dans la gorge de Clay, mais il les ravala. Il avait déjà expliqué à Florence son besoin de vengeance, et cela ne l'avait pas empêchée de venir. De toute évidence, l'avenir de son père ne la préoccupait pas plus que cela.

— C'est noté, fut tout ce qu'il réussit à dire.

Anna le considéra un instant, l'air abattu.

— Je n'ai pas envie de me disputer avec toi. Je veux juste que tu sois heureux.

— Et je le serai, le jour où je me serai vengé de Duncan Greene. Moi non plus, je n'ai pas envie qu'on se dispute. Jack et toi êtes mes plus vieux amis.

— Tes seuls amis, oui.

— C'est vrai.

— Et parce que nous sommes tes amis, nous avons remarqué que tu avais changé depuis que Mlle Greene fréquente le casino. Jack m'a dit qu'il t'avait même entendu siffloter l'autre jour pendant que tu faisais les comptes. Siffloter !

Voilà ce qui arrivait quand on laissait la porte de son bureau ouverte.

— Tu es ridicule. Et tu ne devrais pas écouter Jack.

Anna secoua la tête et s'approcha de lui.

— Il faut que j'y aille. Un dernier conseil avant de partir…

— Non, merci.

— Je vais te le donner tout de même. Séduis la charmante Mlle Greene, mais fais attention à elle.

Elle est jeune, et malgré ses airs bravaches, elle vit dans un milieu très protégé. Sois franc, ne lui cache rien de tes intentions.

Franc, il l'avait été. À plusieurs reprises.

— C'est tout ?

Elle soupira et se dirigea vers la porte.

— Oui, je crois. Dis-lui juste que le passage est toujours ouvert, au cas où elle aurait des questions à me poser. Je te l'ai dit, les femmes doivent se protéger entre elles… en particulier celles qui fréquentent des propriétaires de casino un peu frustes.

Après la descente de police, la Maison de Bronze resta fermée deux jours. Florence fut soulagée de ce répit. Elle ne pensait qu'à l'épisode du bordel et se demandait si elle pourrait de nouveau regarder Clay en face.

Pendant presque trois ans, elle avait mené une existence de débauchée, sortant en cachette pour aller faire la fête partout en ville. Elle avait bu, dansé, connu des hommes. Malgré cela, même pour elle, ce qui s'était passé dans cette petite pièce du bordel d'Annabella était scandaleux. Elle s'était caressée jusqu'à l'orgasme en présence de Clay, qui avait fait la même chose. C'était à la fois l'expérience la plus excitante et la plus vulgaire de son existence. Dieu merci, il avait semblé prendre cela avec détachement, lui adressant un « Bonne nuit » poli lorsqu'elle était partie, comme si de rien n'était.

Peut-être cet événement n'avait-il rien eu de bouleversant pour lui, après tout. Il avait libre accès à l'établissement d'Annabelle et aux femmes qui y travaillaient. En plaisantant sur le fait que c'était elle qui le dévergondait, il avait sans doute juste cherché à la détendre. Ces rendez-vous coquins étaient peut-être son quotidien.

Tu te croyais différente des autres ?

Non, pas pour un homme comme Clay. Des maîtresses, il devait en avoir des dizaines, et il oublierait cet épisode avec elle en moins de temps qu'il n'en fallait pour le dire, si ce n'était pas déjà fait.

Convaincue de cela, elle reprit le chemin du casino, décidée à faire comme s'il ne s'était rien passé, se répétant qu'ils avaient simplement partagé un moment d'égarement dont ils ne parleraient plus jamais.

Mais qu'elle revivrait toutes les nuits seule dans son lit.

Elle se mordit la lèvre, retenant un sourire, et entra. L'homme qui gardait la porte de service lui sourit et lui annonça que Clay l'attendait dans son bureau. Ignorant son cœur qui s'emballait, elle retira son manteau.

— Vous êtes sûr ? Dans son bureau ?

— Oui, mademoiselle. La salle est bondée. On n'avait pas vu autant de monde depuis des mois. La descente de police a attiré les clients.

Bien sûr. Dans cette ville, les vautours étaient friands de potins. Elle le remercia et s'engagea dans le dédale de couloirs qui menait au bureau de Clay. Le brouhaha de la salle de jeu la suivit longtemps – les cloisons étaient minces, et ces messieurs passaient de toute évidence un excellent moment. Mais pourquoi en aurait-il été autrement ? Ils profitaient de leur argent et de leurs privilèges tandis que femmes et sœurs les attendaient sagement à la maison.

Florence allait changer tout cela. Elle entendrait les mêmes éclats de rire, la même exubérance dans son casino, mais les voix seraient moins graves et rocailleuses.

Un rai de lumière passait par la porte ouverte du bureau de Clay. Florence essuya ses paumes moites sur sa jupe, inspira un grand coup et jeta un regard à l'intérieur. *Des dizaines de maîtresses. Tu ne sors pas du lot*.

Il était assis à son bureau, stylo en main, penché sur un épais registre. Tout en noir, comme à son habitude. Ses deux cicatrices semblaient plus profondes à la lumière tamisée de la petite lampe qui l'éclairait, et une nouvelle fois, elle se demanda comment il les avait récoltées. De petites lunettes rondes à monture dorée étaient posées sur son nez. Elle trouva cela terriblement séduisant.

Puis, soudain, elle perdit son assurance. Que faire ? Comment le saluer ? « Bonsoir. Non, je n'ai pas du tout repensé au bruit que tu fais quand tu jouis » ?

Ce qui aurait été faux.

Il leva les yeux à cet instant et eut un sourire en coin.

— Vous pensiez m'épier comme ça toute la soirée ?

— Bien sûr que non, dit-elle en entrant. Mais je ne voulais pas vous interrompre.

Il retira ses lunettes, les plia et les posa devant lui.

— Je vous ai entendue arriver dans le couloir, dit-il en montrant ses bottines.

— Oh. Je n'y avais pas pensé. Il me faudra des talons moins durs quand j'ouvrirai mon casino.

— Ou des jupes moins froufroutantes.

Et voilà. Maintenant, elle se revoyait soulevant ses jupes, l'autre soir. Une bouffée de chaleur l'envahit. Flûte. Elle n'était même pas ici depuis cinq minutes.

— Vous rougissez, dit-il en se levant. Qu'est-ce qui vous met mal à l'aise ?

— Vous le savez très bien.

— Ah, dit-il en glissant les mains dans ses poches. Je croyais que cette question avait été réglée, juste après.

Arrête de te comporter comme une idiote. Tu es censée être une jeune femme expérimentée.

— Elle l'a été, en effet. Ne tenez pas compte de mon teint. Bien. De quoi allons-nous parler ce soir ? J'avais des questions à propos de la comptabilité...

— Oui, oui, nous allons y venir, dit-il en allant fermer la porte derrière elle. Mais avant, puisque nous avons abordé le sujet, j'aimerais vous demander quelque chose.

Elle tenta de ne pas perdre contenance, ce qui ne fut pas chose aisée.

— Quoi donc ?

— Regrettez-vous ce qui s'est passé ?

Il était très sérieux et posait sur elle un regard grave, comme si sa réponse comptait réellement pour lui. Elle n'eut d'autre choix que de répondre franchement.

— Non.

— Je suis soulagé de l'entendre, dit-il en s'asseyant sur son bureau. Seriez-vous tentée par d'autres expériences de ce type ? Avec moi, je veux dire.

— Je...

Seigneur, que pouvait-elle répondre à cela ?

— Et vous ?

— À dire vrai, oui. Mais je n'ai jamais caché le désir que j'éprouvais pour vous. Ce qui compte ici, c'est ce que vous souhaitez, vous.

Tout son être lui hurlait d'accepter. Mais n'était-ce pas un peu précipité ? Ce genre de décision nécessitait de la réflexion. Clay était un homme, pas un jeune gandin de la bonne société. Peut-être était-ce ainsi que ces choses-là étaient traitées, par le biais d'une discussion posée, entre adultes responsables.

Et elle ne devait pas perdre son objectif de vue. Une liaison avec Clay ne l'aiderait pas à ouvrir son casino, mais si leurs relations prenaient un tour plus intime, il renoncerait peut-être à se venger de son père. Clay n'était pas un homme cruel, pour autant qu'elle ait pu le constater. Il pouvait se montrer dur et ne se laissait pas malmener, mais c'était quelqu'un de juste.

Elle toussota.

— Et… cela signifierait quoi, exactement ? Plus de conseils ?

— Non, les conseils, tout ça, c'est autre chose. Je vous aiderai et vous conseillerai aussi longtemps que vous le voudrez, quelle que soit la nature de nos relations.

Bon. Au moins ce point-là était-il réglé.

— En parlant de conseils…

Elle plongea une main dans la poche de sa jupe et en retira plusieurs billets, qu'elle posa sur le bureau de Clay.

— Voilà. C'est ce que je vous dois depuis le début.

Il n'eut même pas un regard pour les billets.

— Alors ?

— Je… je ne sais pas.

— Il y a quelqu'un d'autre, c'est ça ?

— Non ! Seigneur, non ! Et… de votre côté ?

Il eut un petit sourire amusé.

— Non. Cela fait un moment qu'il n'y a personne.

Intéressant. Annabelle n'était donc pas sa maîtresse.

— Donc ce serait comme une liaison ?

— Oui, je suppose. S'il faut absolument nommer la chose.

— Vous la nommeriez comment, vous ?

— Je ne suis pas certain que le terme serait utilisable en public.

Elle sourit à son tour, appréciant son humour.

— Je ne vous savais pas si gentleman.

— Au cas où cela vous aiderait à prendre votre décision, sachez que je ne suis porteur d'aucune maladie et que j'ai encore toutes mes dents.

Elle ne put retenir un éclat de rire. Qu'allait-il ajouter maintenant ? Qu'il avait de l'endurance ?

— Vous, quand vous désirez quelque chose...

— Vous n'avez encore rien vu.

Il se redressa, franchit les quelques pas qui le séparaient d'elle.

— Je pense sans arrêt à ce qui s'est passé l'autre soir. Je meurs d'envie d'aller plus loin avec vous. Et je crois qu'il n'est pas inutile de vous rappeler que je suis un homme très secret. Personne ne saura jamais ce qu'il y a entre nous, s'il doit y avoir quelque chose.

Cela ne surprit pas Florence. Clay était un mystère pour la plupart des New-Yorkais, y compris pour ses employés.

— En effet, vous êtes quelqu'un de très secret. À tel point que je ne sais rien de vous.

Il la fixa de son regard d'obsidienne si mystérieux.

— Vous en savez plus que n'importe qui, Jack et Anna mis à part. Vous en savez suffisamment.

Non, elle n'était pas d'accord. Elle posa les yeux sur sa bouche et se demanda si cet homme imposant saurait être doux avec elle. Il n'y avait qu'une façon de le découvrir, et cette idée éveilla en elle un frisson d'excitation.

Mais était-elle prête à franchir le pas ?

Ses parents la trouvaient imprudente, irresponsable, et elle avait passé des années à leur prouver qu'ils avaient raison. Aujourd'hui, elle avait des projets d'avenir, qui n'incluaient ni mari ni séduisant propriétaire de casino. Alors que voulait-elle exactement ?

Face à cet homme énigmatique et un peu sauvage, elle connaissait la réponse à cette question. Peut-être était-elle imprudente et irresponsable parce qu'elle avait envie d'essayer tout ce qui se présentait à elle – et qu'elle se sentait capable d'en parler aussi ouvertement qu'il l'avait fait.

— C'est faux. Je ne connais rien de vous ou presque. Par exemple, j'ignore si vous embrassez bien ou pas.

Interloqué, il l'observa quelques secondes, puis se ressaisit.

— Seriez-vous en train de me demander d'y remédier ? demanda-t-il en posant les mains sur ses bras, avant de remonter jusqu'à ses épaules, et enfin jusqu'à son cou, que ses pouces un peu rêches parcoururent à loisir. Parce que je suis ouvert à toutes les suggestions.

Elle frissonna lorsqu'il caressa sa gorge du dos de la main, sans jamais quitter son regard, comme s'il s'attendait qu'elle le repousse à tout instant.

Elle n'en fit rien, subjuguée par le mouvement de ses doigts qui laissaient sur leur passage une explosion de sensations. La caresse délicate de Clay lui murmurait que oui, il pouvait être doux avec elle. Son souffle devint plus laborieux. Imperceptiblement, elle se pencha en avant.

Il baissa la tête, glissa une main sous son menton. Elle distinguait sa barbe naissante et les contours de sa lèvre supérieure, les cils noirs qui soulignaient son regard, les petites rides qu'avait laissées au coin de ses yeux une vie bien vécue. Tout chez Clay la fascinait, chaque trace, chaque marque évocatrice d'un passé mystérieux.

Sa bouche s'approcha de la sienne.

— Avez-vous changé d'avis ?

— Non, murmura-t-elle.

Il effleura d'abord ses lèvres avec une grande douceur. Elle ferma les yeux et attendit, parfaitement immobile. Alors il l'embrassa. Vraiment. Elle se sentit défaillir, mais il la retint fermement contre lui, massif, solide. Elle agrippa ses épaules et lui rendit son baiser.

Il entrouvrit les lèvres et glissa sa langue jusqu'à la sienne, qu'il caressa, enlaça jusqu'à laisser Florence pantelante. C'était un baiser intime, profond, qui mêlait leurs souffles et leur chair, différent de tout ce qu'elle avait connu jusque-là. La bouche de Clay était engageante, douce, et contrastait nettement avec le corps sec et musclé qu'elle sentait contre le sien. Elle se cambra pour se rapprocher encore et tenter de satisfaire le désir qui étreignait son être tout entier.

Avait-elle jamais douté qu'il sache bien embrasser ?

Elle n'avait pas affaire à un jeune coq avec quelques poils au menton et une langue trop zélée qui bâclait le travail. Non, elle était dans les bras d'un homme compétent et fort qui savait ce qu'il voulait et ne laissait rien entraver son désir. Un homme qui, en cet instant, l'embrassait avec une détermination qui lui faisait perdre la tête.

Peut-être ce baiser dura-t-il quelques minutes ou quelques heures. Quelques jours, même. Elle n'aurait su le dire. Plus rien n'existait en dehors d'eux et du besoin qu'ils avaient d'être ensemble. Lorsqu'il redressa la tête, elle était agrippée à lui telle une bernique à son rocher, haletante, comme si elle venait de traverser l'East River à la nage, une main dans ses cheveux, tellement plus doux que ce qu'elle avait imaginé. Il lui fallut un long moment pour se ressaisir.

— Ai-je fait mes preuves ? demanda Clay d'une voix plus grave, plus rauque que d'ordinaire.

— Quoi ?

Il se pencha, déposa un baiser léger à la commissure de ses lèvres.

— Vous vous demandiez si j'embrassais bien. J'espère vous avoir rassurée.

— Je... je pense que nous pouvons considérer que le sujet est clos, en effet.

Elle n'arrivait pas à le quitter des yeux, trouvait ce visage bien plus doux après leur baiser. Elle ne put s'empêcher de poser une main sur sa joue. Du bout du doigt, elle suivit la cicatrice qui lui barrait le front. Un tressaillement l'agita, mais il ne dit rien, la laissa le caresser. La peau lisse, sur cette balafre, était comme une preuve de son endurance.

— Comment est-ce arrivé ?

— En me battant. À une époque, je faisais n'importe quoi pour gagner de l'argent.

— Quand vous travailliez dans le bar de votre oncle ?

— C'est ça. Donc votre réponse est oui ? Vous acceptez de coucher avec moi ?

Cette décision devait être prise la tête froide, aussi Florence inspira-t-elle profondément avant de faire un pas en arrière.

— Quand ? Maintenant ?

Il mit les mains dans ses poches.

— Non, pas nécessairement. Quand vous voudrez. Ce soir, demain…

— Oh.

Il pencha la tête sur le côté et l'observa.

— Je n'arrive pas à savoir si vous êtes soulagée ou déçue.

— Je n'en suis pas sûre moi-même.

— On a pris beaucoup de décisions pour moi quand j'étais enfant, et aujourd'hui, je n'aime pas forcer les autres à faire ce que je veux. Il vaut mieux que tout le monde se mette d'accord dès le début sur la façon dont les choses vont se dérouler.

— Comme ça, personne ne peut se plaindre après.

— Exactement. Poids et contrepoids. Œil pour œil.

Elle fit la grimace, certaine qu'il plaisantait, et attendit qu'il éclate de rire. Ce qui n'arriva pas.

— Je suis un peu perdue, là. Parlons-nous vengeance ou relations sexuelles ?

— Les deux.

Elle avait espéré, avec le temps, le faire changer d'avis et le convaincre que Duncan Greene était un homme bon. Pouvait-elle coucher avec un individu qui cherchait à faire du mal à sa famille ?

— Si nous… faisons cela, renoncerez-vous à votre projet de vous venger de mon père ?

— Non.

Il avait répondu avec une telle détermination qu'elle en eut l'estomac retourné.

— Alors je ne peux pas. Jamais je ne pourrais me pardonner d'avoir été intime avec quelqu'un qui veut blesser ma famille.

— L'un n'a rien à voir avec l'autre.

Était-il réellement convaincu d'une pareille absurdité ?

— Ne soyez pas ridicule. Évidemment que si.

Il croisa les bras. L'étoffe de sa veste se tendit sur ses épaules et ses biceps.

— Florence, vous cherchez à m'acculer. Je vous préviens, je ne me laisserai pas faire.

— Je n'accule personne. J'exprime juste mon opinion. Et je ne coucherai pas avec un homme qui veut ruiner ma famille.

— Je n'essaie pas de ruiner votre famille, seulement votre père.

— Et là, vous ergotez.

Il émit un grognement sourd puis, d'un pas lourd, gagna la cheminée et s'y accouda. Le feu crépitait dans l'âtre. Le silence s'installa, interminable. Ils étaient dans une impasse, et Florence ne voulait pas céder. Comment l'aurait-elle pu ? Elle était peut-être une tête brûlée, mais elle aimait sa famille.

— Si je vous dis que je n'envisage rien de dangereux – physiquement, je veux dire –, que je ne vise pas à ruiner financièrement votre père non plus, cela change-t-il quelque chose ?

Eh bien… oui, elle trouvait cela plutôt rassurant. Mais cela ne lui suffisait pas.

— Alors pourquoi ne me dites-vous pas ce que vous envisagez ?

— Parce que c'est un risque que je ne veux pas prendre.

Elle se redressa.

— Dans ce cas, coucher avec vous est un risque que moi, je ne veux pas prendre.

Il plissa les yeux. Sur son front, la cicatrice se tordit.

— Je n'aime pas beaucoup ce petit jeu, Florence.

— C'est étonnant, de la part d'un homme qui possède un casino. Et puis, je ne joue pas. Je suis simplement honnête avec vous, monsieur œil pour œil.

— Pas complètement honnête, non. Vous voulez coucher avec moi.

— Je ne l'ai jamais nié. Mais l'intimité, c'est une question de confiance. Et cette confiance n'existe pas encore entre nous.

— Vraiment ? s'étonna Clay, les mains sur les hanches. Avez-vous seulement idée de la confiance que j'ai placée en vous ? Je vous ai dit et montré des choses que presque personne ne connaît. Certains tueraient pour savoir tout ce que vous avez appris dans mon casino.

Elle n'avait pas vu ses conseils sous cet angle, mais sans doute avait-il raison.

— Très bien. Donc vous me faites confiance, mais ce n'est pas réciproque.

Une moue agacée tordit la bouche de Clay. Son regard s'assombrit, devint mauvais.

— Alors je pense que nous en avons terminé pour ce soir, mademoiselle Greene. Je ne vous raccompagne pas, vous connaissez le chemin.

10

Malgré lui, Clay se sentait blessé. On lui avait dit bien pire au cours des années, des insultes qu'il n'avait même pas pris la peine d'écouter. Pourtant, cette simple phrase sortie de la bouche d'une jeune fille des beaux quartiers l'avait peiné.

« Vous me faites confiance, mais ce n'est pas réciproque. »

C'était ridicule. Il s'était occupé d'elle dès l'instant où elle avait franchi le seuil de son établissement. Il l'avait tirée de ce tripot où on l'accusait de tricher, l'avait cachée pendant la descente de police. Bon Dieu, il n'avait rien fait d'autre que protéger cette femme tout en étant parfaitement honnête avec elle !

Il lui avait même parlé de la haine qu'il éprouvait pour son père.

Et, malgré cela, elle ne lui faisait pas confiance.

Il attendit qu'elle dise quelque chose, qu'elle s'excuse, mais elle se contenta de le regarder sans rien dire.

— Inutile de prendre cet air menaçant, lâcha-t-elle enfin. Vous ne pouvez pas me forcer à vous faire confiance.

Ah bon ? Il avait l'air menaçant ?

— C'est mon visage, Florence. Et, à moins que vous ne soyez prête à reconnaître que vous me faites confiance, nous en avons fini pour aujourd'hui.

La tête haute, elle le toisa, les narines légèrement dilatées. Ses yeux lançaient des éclairs. On eût dit une guerrière, une amazone étrangère à la peur. Et, même s'il était en colère contre elle, Clay fut impressionné.

On toqua discrètement à la porte, et la tête de Jack apparut.

— Clay, tu as deux minutes ? Quelqu'un voudrait te voir.

— J'étais sur le point de partir, dit Florence, toujours bien droite. Certaines personnes, dans cette pièce, se conduisent de façon déraisonnable.

— Je vois, murmura Jack en les fixant alternativement l'un et l'autre.

Clay ne la retint pas. Elle ne lui faisait pas confiance. Il était inutile d'insister pour le moment.

— Entre, Jack.

Jack ouvrit la porte et s'effaça pour laisser entrer le visiteur. Richard Crain apparut. Homme au physique imposant, issu de l'élite politique de Tammany Hall, une organisation qui jouait un rôle majeur dans le fonctionnement de la ville, il avait bâti sa carrière aux côtés de Hugh Grant, le maire actuel. Aujourd'hui responsable des finances à la mairie, il avait un pouvoir considérable et faisait pour ainsi dire office de maire adjoint. Clay le connaissait depuis des années, et Crain lui avait été d'un grand secours à de nombreuses reprises.

— Bonsoir, Madden, dit Crain en entrant, avant de s'arrêter en voyant Florence. J'interromps quelque chose, peut-être ?

— Pas du tout, dit Clay. Asseyez-vous.

Florence adressa un sourire glacial à Clay avant de se diriger vers la porte.

— Oui, nous en avions effectivement terminé.

Elle passa devant Jack, sortit et disparut dans le couloir. Il suffit d'un regard de Clay pour que Jack comprenne qu'il devait la suivre et s'assurer qu'elle trouvait une voiture sans encombre.

Puis Clay fit de son mieux pour retrouver son calme et tendit la main à Crain.

— Bonsoir, Richard. Je ne m'attendais pas à votre visite. Vous buvez quelque chose ?

— Non, merci, dit Crain en se laissant tomber dans un fauteuil et en croisant les jambes. Je suis venu vous faire un petit compte rendu.

Et toucher sa commission, bien sûr.

— À quel propos ?

— Les choses avancent bien, sur tous les fronts. Les plans de l'architecte ont été approuvés.

— Excellente nouvelle.

Il aurait dû se réjouir, mais Florence occupait encore trop ses pensées. Pourquoi se montrait-elle aussi capricieuse ?

Et pourquoi avait-il tant envie d'elle ?

— Vous savez que je m'occupe personnellement de vos intérêts, dit Crain. Quoi qu'il arrive, vous obtiendrez ce que vous voulez.

— Exactement ce que j'avais envie d'entendre. Merci, Crain.

— Il faut tout de même que je vous dise que Duncan Greene a beaucoup d'amis puissants dans cette ville. Êtes-vous prêt à affronter la tempête que vos plans vont provoquer ?

Clay serra les dents. Foutu Duncan Greene ! Ses amis puissants savaient-ils seulement qu'il avait jeté plusieurs familles à la rue juste pour bâtir un immeuble de bureaux ? Ce type méritait la correction que Clay avait prévue pour lui, et plus encore.

Il se carra dans son fauteuil.

— C'est gentil à vous de me prévenir, mais je serai prêt, quelle que soit l'ampleur de la chose.

Jack reparut. D'un signe de tête, il fit comprendre à Clay que tout s'était passé comme prévu. Partagé entre le soulagement et sa colère contre Florence, Clay était impatient de se retrouver seul pour réfléchir à tout cela. Seul avec une bouteille de bourbon.

Il ouvrit un tiroir de son bureau, en sortit une épaisse enveloppe et la tendit à Crain.

— Tenez.

Crain sourit, affichant le rictus cupide de celui qui pense que tout lui est dû. Clay en aurait eu la nausée s'il n'avait pas vu cette parodie de sourire sur les lèvres de quantité d'individus dans la ville. Malheureusement, pour réussir ici, il fallait respecter leurs règles, c'est-à-dire distribuer des liasses de billets aux fonctionnaires corrompus.

L'enveloppe disparut dans la poche intérieure de Crain, qui la tapota d'un air satisfait.

— C'est un plaisir de faire affaire avec vous, Madden. Je passerai le bonjour de votre part à notre cher maire.

— Merci, Crain. Vous restez un peu ? Jack peut vous installer à une table, en bas, avec quelques jetons.

Crain se frotta la mâchoire, hésitant sans doute à descendre jouer au poker, son péché mignon. Sa seule faiblesse, à vrai dire. Clay le savait, mais n'avait encore jamais cherché à en tirer parti. C'était une carte maîtresse, qu'il préférait pour l'instant garder dans son jeu.

— Pourquoi pas ? J'ai un peu de temps devant moi, dit Crain en se levant. C'est très généreux de votre part, Madden.

— C'est toujours un plaisir de recevoir un des agents qui servent notre ville avec dévouement.

Clay se leva à son tour et fit signe à Jack, qui escorta Crain. Il l'accompagnerait jusqu'à la salle de jeu et l'installerait à une table de poker avec une pile de jetons. Crain étant un piètre joueur, il perdrait tout dans l'heure. Ensuite, il piocherait dans l'épaisse liasse que venait de lui remettre Clay... et l'argent retournerait à son point de départ.

S'il n'avait pas été d'humeur aussi massacrante, Clay en aurait souri.

Lorsque Jack le rejoignit dans son bureau, il se servait un verre.

— Pourquoi cet homme m'est-il à ce point antipathique ?

— Il est inoffensif, si on n'a rien contre les raclures de caniveau qui feraient les poches de leur propre mère.

Jack s'installa dans le fauteuil que venait de quitter Crain.

— Mlle Greene est rentrée chez elle. Tout va bien.

— Je sais, tu m'as déjà fait passer le message.

Clay se laissa tomber dans son fauteuil, serrant son verre de bourbon entre ses mains.

— Tu envisages de noyer ton chagrin dans l'alcool ?

— Va te faire foutre.

Jack se mit à rire.

— Tu veux qu'on parle de ta petite querelle d'amoureux avec Florence Greene ?

— Il n'y a pas eu de querelle, et nous ne sommes pas amoureux, grogna Clay. Et je n'ai pas besoin d'une nounou, Jack. Tu devrais être en bas, dans la salle. Je parie qu'on est en train de se faire plumer comme jamais.

— Dis-moi ce qui s'est passé.

— Certainement pas. Parler est la dernière chose dont j'aie envie.

— Il y a d'autres femmes.

— Je suis au courant.

Clay but une longue gorgée, savourant la brûlure de l'alcool. Oui, il y avait d'autres femmes, mais elles n'étaient pas Florence Greene. Et il ne pensait qu'à Florence Greene.

— J'ai quand même une bonne nouvelle, au cas où ça t'intéresserait.

— Évidemment.

Jack sourit et se pencha vers la boîte à cigares, sur le bureau de Clay. Il en choisit un, le huma.

— Gros Bill a été mis dehors par sa femme. Il habite désormais chez sa maîtresse, sur la 37e rue Ouest.

— Parfait. Maintenant, on va exiger le remboursement de l'hypothèque sur sa maison. Je veux qu'il perde tout. Je veux le détruire.

Ce serait aussi une bonne leçon pour tous ceux, autour de lui, qui auraient eu envie de le trahir.

Jack émit un sifflement.

— Dis donc, t'es vraiment d'une humeur de chien... Mais bon, si tu es sûr de toi.

— Je suis sûr de moi, dit Clay avant de vider son verre. Il faut qu'on fasse passer le message à la police métropolitaine. Celui qui me met en colère en paie le prix.

Florence sirotait son café en contemplant les flammes dans l'âtre. Les Greene s'étaient réunis dans le salon pour le dessert, comme c'était l'habitude lorsqu'ils dînaient en famille. Justine était au piano et déchiffrait un nouveau morceau pendant que les autres discutaient. Florence entendait leurs voix, mais ne cessait de penser à la façon dont Clay, trois jours plus tôt, l'avait mise dehors.

« Avez-vous seulement idée de la confiance que j'ai placée en vous ? Certains tueraient pour savoir tout ce que vous avez appris dans mon casino. »

Mais il ne lui avait pas fait confiance au point de lui dire pourquoi il détestait son père. Comment pouvait-elle envisager de coucher avec un homme qui lui cachait pareille chose ?

Et pourtant, il lui manquait. Terriblement. Elle se demandait sans cesse ce qu'il faisait, ce qui se passait au casino. Ses visites à la Maison de Bronze n'étaient pas motivées par le besoin d'apprendre à gérer un casino, comme elle s'en était persuadée, mais par l'envie de voir Clay. Il la traitait en égale, et jamais comme une péronnelle prise d'une lubie. Il enfreignait peut-être la loi avec son casino, mais c'était un homme bien. Un homme honorable et fidèle à son propre code de conduite.

Une question la taraudait, cependant : pourquoi cet homme-là voulait-il se venger de Duncan Greene ?

Assis sur l'autre sofa, son père souriait à son épouse, qui lui racontait quelque chose. Duncan adorait sa femme. Et ses filles, aussi. Certes, il pouvait être assez effrayant lorsqu'il se mettait en colère – ce qui arrivait régulièrement avec Florence –, mais il avait un cœur d'or. Ce qu'il avait fait pour contrarier à ce point Clay, il ne pouvait pas l'avoir fait délibérément. Il y avait forcément eu méprise. Si seulement Clay voulait bien lui expliquer…

— On ne t'a pas beaucoup entendue, ce soir, dit Marion en s'asseyant à côté d'elle. Quelque chose te préoccupe ?

— Tu tiens vraiment à le savoir ?

— Quelle drôle de question ! Bien sûr que je tiens à le savoir.

— Ce n'est pas ce que je voulais dire. Tu n'ignores pas qu'avec moi, parfois, mieux vaut ne pas savoir.

— C'est à propos de Clayton Madden ? demanda Marion en portant sa tasse à ses lèvres.

Florence fit de même, dérobant ses lèvres aux regards curieux.

— Oui.

— Tu as couché avec lui ?

— Marion !

Leurs parents tournèrent tous deux vers elles des regards inquiets. Florence les rassura d'un geste.

— Elle a abîmé ma nouvelle robe, mentit-elle.

Mme Greene fronça les sourcils.

— Celle avec la jupe en brocart vert ? Oh, Marion, elle venait d'arriver de Paris !

— Je suis désolée, maman. Je vais trouver une couturière et m'occuper de la faire réparer.

— Apporte-la chez Lord and Taylor. Ils font du très bon travail.

— D'accord. Promis.

Satisfaite, Mme Greene reprit sa conversation avec leur père.

— Je ne sais pas comment tu fais pour mentir avec autant d'aplomb et d'à-propos, murmura Marion.

Florence haussa une épaule.

— C'est un don.

— Alors, parle-moi de ce Madden, maintenant.

Comme Florence ne répondait pas, Marion poursuivit :

— Je sais qu'il te plaît. Ça se voit comme le nez au milieu de la figure.

C'était un mensonge. Florence jouait assez souvent au poker pour savoir maîtriser l'expression de son visage.

— Arrête un peu. Tu ne vois rien du tout.

— C'est vrai. Mais dis-moi ce qui t'inquiète, s'il te plaît.

Une nouvelle fois, Florence plaça sa tasse en porcelaine devant ses lèvres.

— Il veut coucher avec moi.

— Évidemment. Il serait idiot de ne pas en avoir envie. Tu es magnifique et intelligente.

— Merci, dit Florence, flattée par le compliment de sa sœur, avec qui elle était plus habituée à échanger des piques. Je lui ai dit non.

— C'est bien. Donc il ne te plaît pas.

Florence repensa à la descente de police et à ce qui avait suivi.

— Si. Terriblement.

— Ah. Tu as peur de te faire prendre, alors ?

— Nous sommes souvent seuls au casino. Être tranquilles ne devrait pas poser de problème.

Marion alla se resservir du café, puis reprit place à côté d'elle.

— Tu m'as dit que Chester et toi aviez déjà... Enfin, tu vois. À l'hôtel Astor Place. Mais si tu veux que je t'explique comment...

— Non, non, ce n'est pas une question d'anatomie. Je le connais à peine. Comment pourrais-je coucher avec un homme en qui je n'ai pas confiance ?

— Tu ne lui fais pas confiance ? Florence, tu mets ta vie entre ses mains chaque fois que tu te rends là-bas, tout de même.

Mmm... Elle n'avait pas pensé à cela. Sans doute lui faisait-elle un peu confiance, après tout.

— Il déteste papa, confia-t-elle à sa sœur. Je ne sais pas quel tort il s'imagine que notre père lui a causé, mais il m'a avoué qu'il comptait se venger de lui. Comment pourrais-je coucher avec un homme qui dit des choses pareilles ?

— Il ne t'a pas expliqué ce qu'il voulait faire exactement ?

— Non, il refuse d'en parler.

— Crois-en mon expérience : tu ne dois pas laisser papa s'immiscer entre un homme et toi.

Florence repensa à Marion et à Frank Tripp, l'avocat de leur père. Frank avait tout fait pour éviter d'entamer une relation avec Marion de peur de provoquer le courroux de Duncan Greene.

— Tout ce que je sais, c'est que Clay envisage de faire souffrir papa.

— Physiquement ?

— Non. Il m'a dit qu'il ne lui ferait pas de mal et ne le ruinerait pas.

— Il veut le couvrir de honte ?

— Je ne vois absolument pas comment il pourrait faire ça à papa.

Marion but une gorgée de café et garda sa tasse en l'air.

— Moi non plus. Papa a des ennemis, mais jusqu'à présent, aucun n'a semblé capable de l'atteindre. Clayton Madden ne serait pas le premier à échouer.

— Tu crois que je me fais du souci pour rien ?

— Je crois que papa est assez grand pour se défendre tout seul. Couche avec Clay ou pas, mais fais-le pour de bonnes raisons. De toute façon, tu ne vas pas l'épouser. On parle de quelques moments de plaisir, pas d'un mariage.

Florence resta songeuse.

— Je ne sais pas si je lui fais confiance.

— Il t'a déjà menti ?

— Non. Au contraire. Il est assez difficile à comprendre, parfois, mais il est toujours très direct.

— Pourquoi ne demanderais-tu pas à papa s'il connaît Clay ? Tu pourrais découvrir l'autre versant de l'histoire.

— Comment voudrais-tu que je fasse ? « Papa, j'ai passé pas mal de temps avec Clayton Madden à la Maison de Bronze, dernièrement, et je me demandais si vous aviez déjà bu un verre ou fumé un cigare ensemble au club » ? Il me renierait sur-le-champ.

— Aie un peu plus confiance en toi, Florence. Je suis sûre que tu trouveras quelque chose. Une simple allusion pourrait suffire.

— C'est l'idée la plus idiote que tu…

— C'est quoi ces messes basses, toutes les deux ?

Elles sursautèrent légèrement en entendant la voix de leur père, et Marion renversa un peu de café sur sa robe.

— Ah, crotte !

— Marion ! s'exclama leur mère. Surveille ton langage, s'il te plaît.

— Pardon, maman. Je ferais mieux d'aller nettoyer cette tache tout de suite. Vous pouvez venir m'aider ?

— J'arrive, répondit Mme Greene en se penchant pour embrasser la joue de son mari. À tout à l'heure, chéri. Florence, s'il te plaît, couche-toi de bonne heure ce soir, tu as les yeux cernés.

Avec un sourire en coin, Marion ajouta à l'intention de sa sœur, à mi-voix :

— C'est ça, arrête de faire le mur et de rentrer à des heures indues, s'il te plaît. Et pose-lui la question, maintenant.

Quelques instants plus tard, Florence se retrouva seule à côté de son père, Justine continuant à jouer du piano. Duncan se pencha pour prendre un livre sur la console qui jouxtait le sofa, et Florence essaya de ne pas se vexer. Son père préférait lire plutôt que de discuter avec elle.

Elle se leva, alla se servir du café et, d'un ton dégagé, demanda :

— Tu as vu l'édition du soir, papa ?

— Non, pourquoi ? On parle encore de toi dans les potins mondains ?

— Non, pas du tout.

Elle inspira profondément et se jeta à l'eau.

— Il y a eu des problèmes dans le quartier de Tenderloin. Dans un casino, je crois.

Il grommela en guise de réponse, visiblement peu intéressé par le sujet, et ouvrit son livre.

— Un endroit qui s'appelle… la Maison de Bronze, je crois. Tu y es déjà allé ?

— Non. Tu sais bien que je n'ai jamais aimé les jeux d'argent. Florence, pourquoi me poses-tu des questions à propos de la Maison de Bronze ? s'enquit-il en levant la tête.

— Simple curiosité. D'après le journal, tous les hommes d'affaires fortunés fréquentent cet établissement. Je pensais que tu y étais peut-être allé ou que tu connaissais son propriétaire, Clayton Madden.

— Non, je n'y ai jamais mis les pieds, et je ne connais pas ce Madden. D'ailleurs, je te conseille d'éviter les jeunes coqs qui se vantent de le connaître. On rencontre des individus de la pire espèce, dans ces casinos. Si seulement tu pouvais te trouver un jeune homme comme le Chauncey de Marion ! Il vient d'une excellente famille, contrairement à ces individus louches dont tu sembles raffoler.

Fantastique. Elle cherchait à lui soutirer quelques informations, et elle avait droit à un sermon. L'agacement monta dans sa poitrine.

— Chauncey n'a rien d'un prince, papa, dit-elle en posant sa tasse d'un geste brusque.

— Peut-on savoir ce que cela veut dire, jeune fille ?

Le presque fiancé de sa sœur était d'un ennui à mourir. Égocentrique. Insipide. Travailler dur pour gagner sa vie était un concept qui lui était totalement étranger. Tout lui avait toujours été offert sur un plateau. C'était le pire époux envisageable pour Marion.

— Cela veut dire que je ne souhaite pas épouser un homme comme Chauncey.

— Alors quel genre d'homme désires-tu épouser ? J'aimerais beaucoup le savoir, parce que si tu penses obtenir ma bénédiction pour faire ta vie avec un voyou des rues, tu te trompes lourdement.

Elle eut aussitôt envie de protester, de lui dire que certains voyous des rues valaient dix fois mieux que Chauncey. Elle n'envisageait pas d'épouser Clay, mais savoir que son père refuserait une telle union lui restait en travers de la gorge.

— Peut-être que je ne me marierai jamais. Peut-être que dorloter un adolescent attardé qui attend de moi que je fasse ses quatre volontés ne me dit rien du tout.

Duncan jeta son livre sur la table et se leva.

— Mais l'idée d'épouser un homme d'âge mûr comme M. Connors te hérisse. J'ai renoncé à te comprendre. Tu ne veux pas d'un jeune, tu ne veux pas d'un vieux. Tu ne veux pas d'un homme comme Chauncey, mais tu ne veux pas non plus d'un époux mature et responsable. Alors écoute-moi bien, Florence. Il va quand même falloir que tu te décides à choisir quelqu'un, parce que tu ne vas pas pouvoir vivre éternellement dans cette maison.

Et il quitta le salon sans un mot de plus.

Florence se frotta les yeux. Voilà qui n'avait pas exactement pris le tour prévu. Mais, à vrai dire, avec son père, une conversation ne prenait presque jamais un tour raisonnable, elle le savait.

— Il ne pensait pas ce qu'il disait, murmura Justine en s'asseyant à côté d'elle.

Florence avait oublié la présence de sa jeune sœur. Elle posa la tête sur l'épaule de Justine et soupira.

— Je crois que si, au contraire.

La patience de leur père avec ses filles encore célibataires atteignait ses limites. Voilà pourquoi Florence devait au plus vite trouver le moyen d'assurer seule son avenir.

11

Clay se figea, son crayon à quelques millimètres de la feuille du registre. Devant ses yeux, les chiffres devinrent flous. Il attendit, aux aguets. Là. Un autre pas, discret, juste au-dessus de lui. C'était impossible. Personne n'était autorisé à monter là-haut. Tout le second étage était réservé à Clay, son havre de paix à l'écart du fracas du tripot.

Pourtant, quelqu'un marchait là-haut, c'était indubitable.

Il jeta son crayon devant lui et se leva. Cela ne pouvait pas être Jack : la salle de jeu était bondée ce soir et le serait pour encore deux ou trois heures. Jack resterait en bas jusqu'à la fermeture et surveillerait les tables. Donc une bonne ou un employé de la salle de jeu avait osé monter jusqu'au domaine de Clay.

Il s'engagea dans l'escalier en se frottant presque les mains. Au moins cet incident allait-il lui permettre de décharger une partie de sa frustration sur quelqu'un. De trois nuits de frustration, pour être exact.

Je ne veux pas penser à elle. Je ne veux pas me souvenir du bout de ses doigts me caressant le visage.

Aucune femme n'avait jamais touché ses cicatrices. Son visage n'était pas celui d'un innocent ; il était marqué, impressionnant. Sentir la caresse de

Florence sur sa balafre, son regard plein d'admiration et dénué de pitié, avait failli le faire défaillir.

Mais il fallait que cela cesse. Elle occupait trop ses pensées. Il l'avait bêtement laissée prendre le dessus sur lui, une erreur qu'il ne commettrait pas deux fois si elle décidait de revenir. Ce serait des conseils, et rien d'autre.

Arrivé devant la porte, il sortit sa clé, la glissa sans faire de bruit dans la serrure et tourna. Il y eut un léger déclic, puis il entra dans son appartement. Tout était normal, à sa place. Il attendit un moment dans l'obscurité avant de s'avancer.

Il n'y avait pas beaucoup d'endroits où se cacher. L'appartement était constitué de quatre grandes pièces, toutes ouvertes. Il regarda derrière le sofa et dans la cuisine. Restaient la salle de bains et la chambre, vers laquelle il se dirigea, les poings serrés. Celui qui avait osé entrer ici allait le regretter.

Une silhouette se tenait devant la fenêtre ouverte. Une femme, à n'en pas douter. Elle lui tournait le dos et semblait perdue dans la contemplation de la nuit. Bon sang, mais qui…

Il actionna l'interrupteur, et le lustre s'alluma. La femme poussa un petit cri et se retourna.

Florence.

La surprise lui coupa le souffle. Elle. Ici. Dans sa chambre. Si belle, aussi parfaite qu'un ange. Mais comment avait-elle réussi à entrer ici ?

Puis leur dernière conversation lui revint en mémoire, et il sentit l'aigreur de la colère lui nouer l'estomac. Inutile de s'emballer. Elle n'était pas ici pour lui, mais pour ce qu'il avait à lui apprendre.

Il s'appuya au chambranle et croisa les bras.

— Que faites-vous ici ? demanda-t-il d'un ton plus sec qu'il ne l'aurait voulu.

— Je vous attendais.

— J'étais dans mon bureau, je travaillais. Vous avez bien dû vous en douter puisque la salle de jeu est encore ouverte. Alors pourquoi ne pas être venue me trouver ?

— Parce que je ne suis pas là pour vos conseils.

Il ferma les yeux, les rouvrit, se concentra sur le visage de Florence. Avait-il bien compris ? L'espoir renaissait en lui, mais il en étouffa la flamme. Lors de leur dernière entrevue, elle avait été parfaitement claire, et il n'était pas homme à supplier.

Il s'approcha pour mieux la voir.

— Pourquoi êtes-vous venue, alors ?

— N'est-ce pas évident ?

— Pas pour moi.

Il vit ses pommettes rosir, et elle détourna le regard.

— Vous êtes mal à l'aise ? demanda-t-il.

— Je ne devrais pas, pourtant, dit-elle avec un petit rire. Ce n'est pas comme si je...

Poussant un soupir, elle pencha la tête en arrière, regarda le plafond.

— C'est tellement plus facile pour un homme...

— Détrompez-vous. En ce moment, je suis complètement perdu, et en même temps bouleversé par tout ce que pourrait signifier votre présence ici.

Elle baissa la tête et le regarda droit dans les yeux.

— Je suis venue pour coucher avec vous.

Face à cette déclaration aussi inattendue qu'excitante, le feu s'empara de lui, courut dans ses veines pour converger dans son entrejambe. Elle avait changé d'avis. La question était de savoir pourquoi.

Ne cherche pas à expliquer la chance, vieux. Profites-en et embrasse-la avant qu'elle ne change d'avis.

Non, il fallait qu'il comprenne. Clay ne faisait jamais rien sans avoir procédé au préalable à une évaluation méthodique et détaillée de la situation.

Il méritait une explication, même si son corps se sentait soudain aussi impatient que celui d'un adolescent.

— Qu'est-ce qui vous a poussée à changer d'avis et à me faire confiance ?

— Je me suis rendu compte que je vous faisais déjà confiance. Pour me conseiller, me prendre au sérieux. Pour assurer ma protection et mon anonymat ici. Pour vous embrasser et me donner du plaisir en votre présence. Pour tout ça, je vous ai fait confiance.

Dans la pierre qui lui tenait lieu de cœur, Clay sentit s'ouvrir une fissure. Un sentiment qu'il n'avait plus éprouvé depuis longtemps s'y épanouit et le réchauffa. *De la tendresse.*

Il lutta pour la repousser, l'enfouit en lui. Il ne s'agissait pas ici de sentiments ni d'émotions. Elle était venue chercher le danger et l'excitation, quelque chose de pétillant et de coloré qui rompe avec la monotonie de son existence de riche héritière, pas une grande histoire d'amour avec un voyou. Il n'était pas un choix à long terme, juste un divertissement momentané.

Danger et excitation, donc. C'était à sa portée.

Il fit un pas vers elle, le corps en alerte, tel un voleur choisissant son larcin, anticipant le plaisir de l'acte.

Elle le regarda avancer, immobile, les pommettes de plus en plus colorées. Lorsqu'il fut assez près, il prit son visage entre ses mains et se pencha, effleura son nez avec le sien, la huma.

— Ma douce Florence, je ne suis pas un de ces freluquets des beaux quartiers bien proprets et bêtes à manger du foin. Le timoré et le mou, ce n'est pas mon fort.

Se penchant sur son cou, il la mordilla doucement. Elle poussa un gémissement, lui agrippa les bras pour ne pas vaciller. Il faillit sourire. Oh oui, il voyait comment cela allait se terminer.

— Tu cherches les ennuis, princesse ? Me voilà. Et je te garantis que tu vas être servie.

Il déposa de petits baisers au bord de ses lèvres, fit monter en eux l'impatience. Son membre palpitait. Jamais il ne l'aurait reconnu, mais l'intensité du désir qu'il éprouvait pour cette femme lui faisait peur.

Puis elle leva son visage vers lui et unit leurs bouches dans un baiser qui lui fit tout oublier. Il n'y eut plus qu'elle. Elle et ses baisers audacieux, profonds ; ses lèvres entreprenantes, affamées ; ses mains qui le retenaient.

Leur baiser se poursuivit, plus fiévreux, plus déterminé. Leurs mains parcouraient leurs corps, se cherchaient, impatientes. Clay se laissa prendre par cette urgence, et le désespoir qui avait été le sien ces dernières semaines refit surface pour le consumer. Sa langue caressait, adorait, disait à Florence quelle avait été sa souffrance loin d'elle. Il aurait voulu plonger dans cette bouche, disparaître dans ce havre de plaisir et mourir heureux.

Ils titubèrent ensemble, jusqu'à ce que Florence soit arrêtée par le mur contre son dos. Elle noua les bras autour du cou de Clay et plaqua son bassin contre lui. Il sentit son membre raidi se caler contre son ventre corseté, mais cela ne lui suffisait pas. Il avait besoin de sentir sa peau, l'étreinte de son sexe autour de lui. Il avait besoin qu'elle soit nue sous lui.

Il voulait tout.

Interrompant leur baiser, il posa les mains sur le mur, au-dessus d'elle. Il était à bout de souffle.

— Je te veux nue.

— Parfait. Parce que moi aussi, je te veux nu.

Elle laissa courir ses mains sur ses épaules, puis sur ses pectoraux et, du bout de la langue, se lécha les lèvres. Il faisait de l'exercice pour garder la forme – l'intimidation était son quotidien, après tout –, mais jamais il ne s'était autant félicité de cet effort quotidien qu'en cet instant. Étonnamment, ni sa force physique ni ses cicatrices ne semblaient inquiéter Florence.

Danger et excitation, tu te souviens ?

Ayant déjà retiré sa veste, il défit son gilet, qu'il laissa tomber à terre, puis il enleva ses bretelles, sortit sa chemise de son pantalon et l'ôta. Pas un seul instant le regard de Florence, intense, brillant, ne se détacha de lui.

Il continua. D'un coup de pied, il envoya promener ses chaussures, puis ouvrit son pantalon, le fit glisser sur ses hanches, et le vêtement tomba à ses pieds. Il s'en débarrassa, et une fois ses chaussettes retirées, il ne resta plus que son caleçon en coton fin, qui ne cachait absolument rien. L'étoffe souple et légère épousait les contours de son sexe avec une indécence provocatrice.

Elle le considéra des pieds à la tête, en prenant son temps. Mais il n'attendit pas qu'elle réagisse. Encore quelques secondes, et il fut nu comme un ver devant elle. La poitrine de Florence se soulevait à un rythme rapide, ses seins à l'étroit dans le décolleté de soie vert émeraude.

« Voilà ce que je suis, avait-il envie de lui dire. Balafré, musclé et imparfait. » Il n'avait rien d'un beau garçon né dans la soie, avec des mains douces et une aversion avouée pour le travail. Clay était un être rustre et impitoyable. Il n'avait pas encore fait grand-chose dans sa vie dont il fût fier. Mieux valait peut-être qu'elle s'en aille et ne revienne jamais.

— As-tu changé d'avis ?

Il attendit sa réponse, immobile. Jamais il ne s'était senti aussi vulnérable, sauf peut-être quand il avait été emprisonné à seize ans pour avoir tenu une salle de jeu clandestine dans le quartier de Bowery.

— Absolument pas.

Lentement, elle retira les peignes qui maintenaient son chignon. Des tresses d'un blond soyeux tombèrent en cascade sur ses épaules, formant un halo autour de son si beau visage.

— Tu es magnifique, Clay.

Le compliment lui fit l'effet d'une lance à travers le torse, perçant ce qu'il lui restait de self-control. N'y tenant plus, il saisit le visage de Florence entre ses mains et s'empara de sa bouche pour un puissant et profond baiser. Elle laissa courir ses paumes sur ses épaules et sur son torse, caresse douce mais déterminée, et tellement excitante qu'il craignit de perdre toute maîtrise de soi. Leurs langues se livraient combat, son membre palpitait entre leurs deux corps. *Imbécile. J'aurais dû la déshabiller en premier.*

Il chercha les liens de sa jupe, mais elle repoussa sa main.

— Laisse-moi faire, ça ira plus vite.

Acquiesçant d'un hochement de tête, il embrassa sa tempe, puis sa joue, et franchit la ligne de sa mâchoire pour poser les lèvres sur la peau satinée de sa gorge. Tant de douceur, de délicatesse, chez une femme si intrépide... Elle effleura son torse tout en défaisant son corsage. Quand celui-ci s'ouvrit, Clay glissa une main à l'intérieur et recueillit un sein, que le corset mettait en valeur avec provocation. Comme Florence se contorsionnait pour se débarrasser de l'épais vêtement, il se pencha et posa les lèvres sur sa poitrine, qu'il agaça, titilla tandis qu'elle défaisait ses jupes.

— Tu ne me facilites pas la tâche, souffla-t-elle, haletante.

— Si c'est la facilité que tu recherches, tu t'es trompée d'homme, répondit-il, concentré sur les minuscules boutons du cache-corset.

Enfin, le vêtement de batiste tomba, et il défit les attaches du corset, qui rejoignit le reste sur le sol. Débarrassée de ses jupes et de sa tournure, Florence se tenait devant lui en chemise, culotte et bas.

Il l'attrapa par l'arrière des cuisses et la souleva de terre.

— Referme les jambes autour de ma taille, murmura-t-il d'une voix rauque.

Elle s'exécuta, noua les bras autour de son cou. La bouche de Clay trouva une nouvelle fois la sienne. D'un pas rapide, il alla vers le lit et l'y déposa, avant de s'allonger sur elle et de se caler entre ses cuisses. Incapable de s'en empêcher, il se frotta contre elle. Elle renversa la tête, les yeux clos.

La voir ainsi abandonnée… Jamais il n'oublierait cette image. Ces cheveux blonds épars sur son oreiller, cette peau diaphane rosie par le désir… Il se prit à espérer que son odeur imprégnerait les draps pour des années.

Elle bascula le bassin, et l'entrée de son sexe caressa le membre dressé de Clay. Bon Dieu ! Elle était trempée et brûlante. Il ne tiendrait pas dix minutes. S'il avait été pratiquant, il aurait prié pour ne pas jouir trop vite.

— S'il te plaît, Clay, murmura-t-elle en bougeant contre lui.

Il lâcha un juron. Chaque fois qu'il s'était imaginé ce moment – c'est-à-dire très souvent ces derniers temps –, les choses allaient progressivement, il gardait le contrôle. Mais ce n'était pas du tout ce qui se passait. Elle ne le laissait pas faire les choses à son rythme, se révélait beaucoup plus impatiente que dans son imagination.

Son corps ne s'en plaignait pas, loin de là. Chaque soupir, chaque caresse lui faisait perdre un peu plus la raison. Mais il devait ralentir, sinon elle ne serait pas prête.

— Attends, il faut que je…

De nouveau, elle bascula le bassin, et cette fois, il sentit son gland glisser en elle. Il se figea, à l'agonie. *Seigneur. Non. Oh non ! Oh, merde !* Tout son être lui hurlait de plonger en elle. Mais non, il ne pouvait pas. *Elle n'est pas vierge, mais elle n'a pas tant d'expérience que cela. Ne lui fais pas mal.*

— Viens, s'il te plaît. Vite, murmura-t-elle en plantant ses ongles dans ses fesses.

Ce fut comme un choc électrique, qui le mit en mouvement. Sans plus attendre, il la pénétra d'un coup.

Elle lâcha un cri – mais pas un cri de plaisir. Il entendit la douleur dans ce cri et vit ses yeux fermés, son visage blême.

En un éclair, il se retira et se mit à genoux. Elle ouvrit les yeux.

— Qu'est-ce que tu fais ? Ne t'arrête pas, s'il te plaît !

— Florence, je te faisais mal.

Elle le regarda, interloquée.

— Et alors ?

Il fronça les sourcils.

— Et alors, ce n'est pas bien.

— Oh, pardonne-moi. D'habitude, je parviens à cacher la douleur jusqu'à ce qu'elle disparaisse.

Cacher la douleur ? Bon sang ! Ses autres amants n'avaient donc jamais pris la peine de la préparer ? Elle partait du principe que faire l'amour était douloureux ?

Tu ne l'as pas préparée non plus, espèce de sale égoïste.

Il regarda cette femme magnifique, audacieuse, voluptueuse, et maudit tous les hommes qui n'avaient pas su lui donner du plaisir sans la faire souffrir, lui compris. Et décida d'y remédier immédiatement.

Glissant les mains sous ses mollets, il lui retira ses bas, puis remonta sa chemise sur son torse, Florence se cambrant pour lui faciliter la tâche. Et elle se retrouva nue, offerte à lui tel un festin. Ses petits seins parfaitement ronds. Sa peau laiteuse. Le léger arrondi de son ventre, la courbe de ses hanches. Son sexe brillant, bombé, qui appelait ses baisers.

Cette femme était la perfection incarnée.

Il ne méritait pas de lui faire l'amour, lui, le voyou au cœur sombre qui mettait l'argent au-dessus de toute autre valeur. Ses mains avaient donné des coups et volé depuis toujours. Et, ce soir, il avait dans son lit une des jeunes héritières les plus convoitées de la ville.

Mais il n'était pas idiot non plus.

Il avait beau ne pas la mériter, il ne s'arrêterait pas pour autant. Pas avant de lui avoir fait connaître le plaisir, le vrai. Le genre de plaisir que ses prétendants bien nés mais trop égoïstes étaient incapables de lui donner.

Lorsqu'il glissa vers le bas du lit, elle se redressa sur les coudes.

— Mais que fais-tu ?

— Rallonge-toi, Florence. C'est l'heure de ta leçon.

Sa leçon ?

Florence ne voyait pas du tout ce que Clay voulait dire. Elle se faisait l'effet d'une idiote. Elle avait manifesté sa douleur lorsqu'il l'avait pénétrée, si bien qu'il s'était arrêté.

Elle aurait mieux fait de mordre l'oreiller.

La douleur ne durait jamais plus d'une ou deux minutes, puis les sensations agréables revenaient.

Si seulement elle était arrivée à convaincre Clay de recommencer…

Et que faisait-il, maintenant ? Descendu vers le bas du lit, il se tenait entre ses cuisses, le visage tout contre son sexe…

Puis elle se souvint du couple, au bordel.

Au même instant, elle sentit les doigts de Clay se glisser entre les plis de son sexe, les écarter et… *Dieu du ciel.* Il l'avait léchée. Elle sursauta sous l'effet du plaisir, et le grognement de Clay résonna dans toute la pièce.

— Bon Dieu, ton goût, murmura-t-il. Jamais je ne pourrai m'arrêter.

Les yeux clos, il se baissa de nouveau et fit courir sa langue sur son sexe. C'était une sensation indescriptible, différente de tout ce qu'elle avait connu jusque-là. Il lui semblait que des milliers d'étincelles explosaient là, juste à cet endroit. Elle retint son souffle, le supplia en silence de recommencer. Lorsqu'il s'exécuta, elle retomba en arrière, prête à lui laisser faire tout ce qui lui passerait par la tête.

Il la lécha goulûment, la goûta encore et encore, ne laissant aucun endroit inexploré, aussi minutieux que lorsqu'elle l'avait vu penché sur ses livres de comptes. Le petit bouton sensible, au sommet de son sexe, reçut le plus d'attention. Haletante, la sueur perlant à son front, Florence s'agrippait à l'édredon, cherchant à s'ancrer alors que la terre se dérobait sous elle. Chaque coup de langue faisait monter en elle la vague du plaisir. Ses jambes se mirent à trembler ; l'explosion du désir approchait. Sans doute s'en aperçut-il, car il referma les lèvres sur son clitoris et pratiqua de rapides petits mouvements de succion. Elle se cambra.

Elle pensait avoir atteint les sommets du plaisir lorsqu'il glissa un doigt en elle. Un cri lui échappa tandis qu'une sensation de pure extase la traversait, fulgurante, oblitérant toute pensée. Renonçant à l'expliquer, elle s'abandonna, se laissa engloutir. La vague l'emporta, la ballotta encore et encore, jusqu'à ce que, épuisée, elle retombe, tel un pantin.

Reprenant lentement ses esprits, elle s'émerveilla de ce qui venait de se passer. Cette expérience avait été plus intense que tous les orgasmes qu'elle avait pu se donner jusque-là. Peut-être n'était-elle pas allée assez loin ? À moins que Clay ne soit réellement doué…

Pour une leçon, c'était une leçon.

La bouche encore sur son sexe, il la lécha encore une fois puis se redressa.

— Alors, tu as aimé ?

— Tu savais que j'aimerais ça.

Le rire qui sortit de sa gorge résonnait d'une satisfaction toute masculine.

— C'est vraiment une honte que personne n'ait jamais pris le temps de cajoler correctement cette petite chatte.

C'était la première fois qu'elle entendait ce mot à voix haute, ne l'ayant rencontré jusque-là que dans les livres qu'elle cachait sous son lit. Et l'effet fut presque instantané : elle sentit un frisson la parcourir. Tout chez Clay l'excitait, même sa façon de parler. Il était vrai, pur, acier brut dans un monde plaqué or.

Un deuxième doigt se joignit au premier, élargissant doucement son étroit fourreau. Elle retint son souffle. Pas à cause d'une quelconque douleur, mais de la délicieuse contrainte qu'il appliquait à ses chairs trempées. Lentement, il fit aller et venir ses doigts, et chaque mouvement fut plus agréable que le précédent, jusqu'à ce qu'elle soulève le bassin pour venir à sa rencontre.

— Cela ne devrait jamais faire mal, murmura-t-il en embrassant l'intérieur de sa cuisse. Même pas quelques secondes. Cela ne doit faire que du bien, toujours.

Elle comprit à peine ce qu'il disait, parce qu'il avait glissé un troisième doigt en elle, et son sexe se contracta lorsque le plaisir l'emporta de nouveau. Lorsque sa langue contourna son clitoris, elle plaqua les mains sur la tête de Clay pour qu'il ne bouge plus.

— Clay... c'est si bon.

Et, soudain, il fut au-dessus d'elle, s'installa entre ses cuisses écartées et prit son membre dressé pour le caler contre l'entrée de son sexe.

— Viens voir un peu, délicieuse créature, souffla-t-il. Tu n'as toujours pas changé d'avis ?

Elle sourit.

— Est-ce qu'il arrive qu'on te réponde oui ? J'en doute.

Un petit sourire se dessina sur les lèvres de Clay, mais il ne fit aucun commentaire et se glissa doucement en elle. Elle regarda son visage, concentré sur l'endroit où leurs deux corps se rejoignaient. Ses traits semblaient plus marqués, mais ils n'en étaient pas moins beaux. Cet homme était remarquable, vraiment. Épaules musclées, ventre plat, torse puissant parsemé de poils noirs... Un spécimen magnifique, malgré les cicatrices et un nez presque trop grand pour son visage.

Il était parfaitement imparfait, et elle trouvait cela fascinant.

Elle n'eut pas mal, cette fois. Elle ne sentit que la pression de ce sexe dressé qui se lovait en elle, la comblait. Clay ne semblait pas pressé et imprimait à ses mouvements un rythme lent. Sans doute était-ce pour ne pas la brusquer, et cela surprit Florence. Les amants qu'elle avait eus avaient toujours fait leur besogne dans la précipitation, sans se préoccuper de ce qu'elle pouvait ressentir.

Et, jusqu'à ce soir, elle avait trouvé cela normal. Seigneur, elle avait vraiment raté beaucoup de choses.

Le regard sombre de Clay se posa sur son visage.

— Ça va ?

Elle répondit d'un hochement de tête, pas tout à fait sûre de pouvoir prononcer un mot. Il était si loin en elle, mais bizarrement, elle en voulait plus, avec une telle force que cela la faisait trembler. Elle agrippa ses épaules, l'attira vers elle.

— Tu es si étroite, murmura-t-il avant de se retirer un peu pour mieux revenir. Oh, Florence...

Il prit sa bouche dans un baiser sauvage, et leurs langues se trouvèrent, dansèrent la sarabande tandis qu'il imprimait à leurs deux corps un rythme plus soutenu. Elle sentit son odeur, perçut son propre goût sur ses lèvres, la moiteur épicée qu'il avait léchée comme une crème glacée. C'était âpre et organique, bien plus sensuel qu'elle ne l'aurait imaginé. Bientôt, les va-et-vient de Clay se firent plus puissants, plus impatients. Agrippée à ses épaules, elle s'abandonna. Tout en elle allait vers lui. Son corps était affamé, en réclamait toujours plus.

Quittant sa bouche, il embrassa son visage, prit le lobe de son oreille entre ses lèvres, déposa des baisers dans son cou, la goûta, la mordit, comme s'il voulait la dévorer. Haletante, elle sentit le plaisir monter, s'emparer d'elle.

Alors il referma une main sur son sein et en prit la pointe entre les lèvres. Il l'aspira, la suça, l'excita tout en stimulant son clitoris à chaque coup de reins. Elle lâcha un cri, se cambra. Son plaisir était intense, absolu. Perdant la tête, ne songeant plus qu'à l'orgasme, elle gémit, pantelante.

— Bon Dieu, je vais exploser, souffla-t-il en s'enfonçant en elle avec plus de force encore.

Il accéléra le mouvement. Florence adorait sentir son poids sur elle, et la fureur avec laquelle il lui faisait l'amour, sans cesser de lui murmurer des compliments. Elle était belle, chaude, parfaite... Lorsqu'il la mordit au creux de l'épaule, elle perdit pied. L'orgasme l'électrisa, et elle n'entendit plus les gémissements de Clay.

Elle tremblait encore lorsqu'il se retira brusquement, empoigna son sexe et se caressa vigoureusement. De longs jets de semence jaillirent et retombèrent sur le ventre de Florence. Après un dernier grognement, il se laissa tomber à côté d'elle. Dans la chambre silencieuse, on n'entendait plus que leurs deux souffles.

Jamais Florence n'aurait cru que faire l'amour puisse être aussi... épuisant, bouleversant, glorieux. Ses expériences précédentes semblaient bien fades en comparaison. Ses amants avaient-ils tous été maladroits, ou le respect et l'affection qu'elle avait pour Clay avaient-ils rendu l'acte meilleur ?

Elle n'en savait rien. Mais, si cela ne tenait qu'à elle, cette première fois ne serait pas la dernière.

Clay ouvrit les yeux et fit la grimace en regardant son ventre.

— Merde, grommela-t-il en se pinçant la base du nez entre le pouce et l'index. Je suis désolé, Florence, vraiment. Ne bouge pas.

Et, sans lui adresser un regard, il se laissa glisser du lit.

12

Alors là… Des excuses. Voilà qui était inattendu.

Florence tenta de réprimer sa déception. Un air frais caressait son corps nu. Les romans érotiques qu'elle lisait parlaient tous de tendresse après l'acte. Câlins, petits baisers, sentiment de bien-être. Certes, elle n'avait rien connu de tel jusqu'à présent. Chester s'était tout juste donné la peine de retirer ses chaussures avant leurs ébats, et Clay venait de se précipiter hors de la pièce comme si quelqu'un avait crié : « Au feu ! »

Peut-être voyait-elle les choses sous un angle trop romantique. On disait que, pour les hommes, la relation sexuelle était strictement de l'ordre du plaisir physique et ne visait pas à nouer un lien émotionnel avec la partenaire. Sans le savoir, elle avait effrayé ses amants, les poussant à en finir au plus vite.

« Tu n'es satisfaite que si tu fais du foin ou si tu es le centre de l'attention. »

Une boule se forma dans sa gorge lorsqu'elle se remémora les paroles de son père. Était-ce ainsi qu'on la voyait ? Comme une femme en quête permanente d'affection, cherchant la lumière, telle une tragédienne à l'orgueil démesuré ?

Elle fixa la porte fermée qui menait à la salle de bains et tenta de refouler les sentiments ridicules et les doutes qui l'assaillaient. Elle n'avait aucune raison de croire que c'était sa faute. Elle n'avait rien fait de mal. Après tout, c'était lui qui l'avait plantée là, nue et vulnérable.

Alors qu'attendait-elle ? Qu'un homme vole à son secours ?

Attrapant le drap, elle s'essuya le ventre. Voilà pourquoi elle devait être indépendante. Dépendre des autres était une erreur à ne pas commettre, un choix qui ne pouvait que mener à l'échec. Dieu sait combien de temps Clay allait la laisser là avant de daigner reparaître.

Elle se leva, ramassa ses vêtements et s'habilla. Elle trouverait un moyen de régler cette histoire. Ils en resteraient à leur accord « professionnel », et elle lui prouverait que ce qui s'était passé ne changeait rien entre eux. Elle allait agir comme un homme le ferait dans pareille situation.

La porte de la salle de bains s'ouvrit enfin. Torse nu, Clay apparut, un linge humide entre les mains. Il fronça les sourcils en la voyant, et elle sentit l'appréhension l'étreindre.

— Je..., commença-t-il en se passant une main dans les cheveux. Tu veux que je t'aide à t'habiller ?

Elle enfila sa chemise.

— Je devrais pouvoir me débrouiller.

Il resta là, figé, le regard dans le vide, tandis qu'elle se tortillait pour attacher les agrafes de son corset. À quoi pensait-il ? Mystère. Une chose était sûre, elle devait ramener la conversation vers un sujet plus pragmatique.

— Tu... aurais une petite heure pour me montrer comment tenir la comptabilité d'un établissement comme...

— Non.

La réponse avait fusé, irrévocable. Elle le regarda tout en serrant les lacets de son corset.

— Si tu es trop occupé ce soir, je peux revenir demain.

— Non, pas demain. Ni la semaine prochaine. Il ne faut plus que tu reviennes.

Quoi ? Comment pouvait-il dire une chose pareille ? La gorge sèche, nouée, elle parvint tout juste à articuler :

— Je... je ne comprends pas.

— Je ne peux plus te conseiller. Tout ça était une erreur, dit-il avec un geste en direction du lit.

— C'est encore une question de confiance ? Parce qu'il me semblait avoir été claire sur ce point.

— Il ne s'agit pas de confiance. Il s'agit de toi. Et de moi. Ce qui s'est passé ce soir entre nous était une erreur.

Elle repoussa le malaise qui montait en elle et menaçait d'éclater, tel un orage.

— Tu te répètes. Mais tu ne dis pas pourquoi c'était une erreur.

Il se passa une main sur le visage, visiblement tendu, lui qui d'ordinaire se maîtrisait en toutes circonstances. Jamais elle ne l'avait vu dans cet état.

— Je n'ai pas besoin de m'expliquer, Florence. On a couché ensemble. C'était bien. Très bien, même. Mais maintenant, c'est terminé, et nous ne devons pas recommencer.

Douleur et colère se mêlèrent en Florence, mais elle choisit de masquer la première pour laisser parler la seconde.

— Alors c'est comme cela que tu fais avec toutes tes conquêtes ? Tu les mets dehors une fois que tu as obtenu ce que tu voulais ?

Clay grimaça.

— Je ne cherche pas à être cruel. Je fais juste de mon mieux pour t'expliquer…

— Eh bien, c'est raté !

— Je…

Il soupira et tourna enfin les yeux vers elle. Ce qu'elle vit dans son regard la surprit. De la panique. Clay avait peur. De quoi ?

Elle allait lui poser la question lorsqu'il reprit la parole.

— Quand j'ai accepté de te donner des conseils, au début, je me suis dit que ce serait amusant d'aider la fille de Duncan Greene à découvrir les bas-fonds new-yorkais. Je te trouvais très séduisante, mais pas un instant je n'ai pensé qu'il se passerait quelque chose entre nous. Les femmes comme toi, de ton niveau social, ne sont pas faites pour les liaisons sans lendemain. Or moi, je ne vois ce genre de choses qu'à court terme.

Lui avait-elle donné l'impression de rechercher dans ses bras un engagement… définitif ? Était-ce pour cette raison qu'il avait déserté le lit ?

— Mais je ne te demande pas de m'épouser, Clay.

— Je sais. Et quand bien même tu me le demanderais, nous savons tous les deux que c'est impossible. Tu n'es pas faite pour un homme comme moi.

« Pourquoi faut-il que tu te distingues ? Pourquoi refuses-tu d'entrer dans le moule ? »

Ses parents lui avaient posé ces questions si souvent…

Laissant de côté sa déception, elle tenta de se concentrer sur l'avenir.

— En quoi cela interfère-t-il avec le fait de me conseiller pour que je puisse ouvrir un casino ? Les leçons peuvent continuer même si notre relation s'arrête là, non ?

— Non, c'est terminé. Tu es une distraction que je ne peux pas me permettre.

Une distraction. Il la voyait comme une distraction. Pas comme une partenaire ou une collègue. Pas comme une élève. Pas comme une maîtresse ni même comme une amie. Elle était un désagrément, une casse-pieds.

Seigneur, pourquoi cela était-il si douloureux ? La boule qui lui nouait la gorge l'empêchait de respirer, les larmes qu'elle refoulait lui brûlaient les yeux. Elle avait toujours été le vilain petit canard, s'était toujours sentie à part dans sa famille. Avec Clay, elle avait cru avoir enfin trouvé quelqu'un qui la comprenait et l'acceptait telle qu'elle était.

Visiblement, elle s'était trompée. Ici non plus, elle n'entrait pas dans le moule.

Elle ramassa le reste de ses vêtements, luttant pour ne pas pleurer.

« Pauvre petite fille riche », lui disait Justine chaque fois que Florence se plaignait de ne pas se sentir à sa place. « Il y a des gens dans cette ville qui ont de vrais problèmes, aimait répéter sa sœur. Des soucis bien plus graves que des petites blessures d'orgueil. » En d'autres termes : « Relativise un peu et bouge-toi pour tenter de résoudre tes problèmes. »

Très bien. Si Clay ne voulait pas d'elle, pas question de lui courir après. Elle avait sa fierté. Peu importait ce qu'ils avaient fait ce soir. Elle allait oublier, passer à autre chose, et avec le temps, elle l'oublierait lui aussi. Il y avait d'autres salles de jeu, d'autres casinos, d'autres experts en la matière. Elle trouverait quelqu'un pour la conseiller et mènerait son projet à bien quoi qu'il arrive.

Elle était maîtresse de son avenir et n'avait besoin de personne.

Cette perspective en tête, elle se ressaisit, parvint à retrouver de la distance et de la force.

— Je ne voudrais pas te retenir, alors, dit-elle en se redressant. Tu peux y aller, je connais le chemin.

— Non, je vais... Je te raccompagne, il faut te trouver une voiture, dit-il, l'air un peu perdu.

— Inutile. Un des portiers s'en occupera. Je n'ai plus besoin de ton aide.

Il se pencha pour ramasser sa chemise et l'enfila avec des gestes nerveux.

— Je sais que tu es en colère, et je suis désolé. Mais tu me remercieras plus tard, fais-moi confiance.

Elle eut un rire amer.

— Te faire confiance ? J'ai essayé, une fois, et le résultat ne m'a pas vraiment emballée.

Elle se dirigea vers la salle de bains, s'arrêta sur le seuil et se retourna.

— S'il te plaît, j'aimerais que tu sois parti quand je sortirai.

Quinze minutes plus tard, la pièce était vide.

Clay tapa sur la pile de papiers du plat de la main et fixa le livreur d'un œil mauvais.

— Tu m'as volé quinze bouteilles, cette semaine.

Le jeune homme, qui ne devait pas avoir plus de vingt ans, se mit instantanément à trembler.

— N... non, m'sieur Madden. C'est pas possible. J'ai vérifié la commande moi-même. Y avait tout.

— Et pourtant, il me manque cinq bouteilles de bourbon, quatre de whisky, trois de bourgogne et trois de cognac, répondit Clay d'un ton glacial.

— J... je sais pas quoi dire, balbutia le jeune homme en reculant en direction de la porte qui servait de quai de livraison. Jack le Chauve les a comptées lui-même quand on a déchargé.

— Vraiment ? Tu l'as regardé compter chaque bouteille ?

Le livreur était livide.

— Non, mais jamais je chercherais à vous arnaquer. Et mon patron non plus.

— Mais quelqu'un m'a arnaqué. Et je déteste les arnaqueurs.

— Hou là, qu'est-ce qui se passe ici ? Personne n'arnaque personne, on se calme.

Jack, qui venait d'entrer, s'interposa entre Clay et le livreur.

— Il nous manque quinze bouteilles, lâcha Clay.

Jack lança une enveloppe au livreur.

— Tout va bien. Merci, tu as fait du bon boulot. À la semaine prochaine.

— Merci, m'sieur Jack.

Le jeune homme décampa sans demander son reste, et sans un regard pour Clay.

— Tu m'expliques ? demanda Clay.

Jack se dirigea vers lui, l'air contrarié.

— Anna avait besoin d'une rallonge en alcool cette semaine. Je lui ai filé les bouteilles et j'ai oublié de le marquer dans le registre. Et c'est plutôt à moi de te demander de t'expliquer. Ce môme était sur le point de faire dans son froc tellement tu lui as foutu la trouille.

L'énervement et le remords pulsaient entre les tempes de Clay. Foutue migraine.

— Envoie-lui cinquante billets supplémentaires avec mes excuses. Je ne savais pas, pour Anna.

— C'est la dernière fois que je te laisse gérer les livraisons, au moins jusqu'à ce que Florence Greene revienne.

Clay ne fit aucun commentaire, tourna les talons et se dirigea vers l'escalier. Mais, derrière lui, il entendit le pas lourd de Jack. Ce type ne renonçait jamais.

— Parce qu'elle va revenir, hein ? demanda Jack. Ça fait à peine trois nuits, mais tu es vraiment d'une humeur de chien, et je ne suis pas sûr que le personnel tienne encore très longtemps.

— Je n'ai pas envie d'en parler.

Arrivé sur le palier du premier étage, Clay se dirigea vers son bureau.

Enfin, il allait pouvoir être seul. Plus de livreur, plus d'associé indiscret.

— Dommage, parce que je t'annonce que le livreur, c'était la goutte d'eau. Je ne te lâcherai pas tant que tu ne m'auras pas dit ce qui se passe.

Clay tenta de lui fermer la porte au nez, mais Jack était rapide et plutôt leste malgré son quintal.

— N'essaie pas de te défiler, s'il te plaît, dit-il en se glissant à son tour dans le bureau.

— J'ai mal à la tête. Et j'aimerais boire un coup. Seul.

— Pas question, dit Jack en prenant une bouteille et deux verres sur la console réservée à cet effet.

Il posa le tout sur le bureau de Clay, puis se laissa tomber dans un fauteuil.

— Je t'écoute.

Avec un soupir, Clay s'assit à son tour. Il n'avait pas fermé l'œil depuis sa nuit avec Florence et se sentait épuisé. *Tu t'es conduit comme un mufle avec elle. Tu l'as blessée, espèce de gros lâche*.

Oui, lâche.

Parce que coucher avec Florence Greene avait été différent de tout ce qu'il avait connu jusque-là. En général, la chose était agréable ; le plaisir, mutuel. Une façon de lâcher un peu de vapeur, rien de plus. Mais avec Florence, il avait éprouvé quelque chose. Quelque chose de profond, d'important. Un déclic qu'aucune femme n'avait jamais provoqué en lui.

Et cela lui fichait une trouille monstre.

Il prit son verre de bourbon. C'était sa marque préférée, qui venait d'une petite distillerie nichée dans les montagnes du Kentucky. En général, il le sirotait à petites gorgées, mais cette fois, il en avala la quasi-totalité d'un trait. Peut-être que s'il se soûlait, il arriverait à dormir un peu. Mais il détestait la perte de contrôle qui allait avec l'ivresse. Et, de toute façon, l'alcool ne résolvait jamais rien.

Autant cracher le morceau.

— Elle ne reviendra pas.

Jack ouvrit des yeux comme des soucoupes.

— Il est arrivé quelque chose ?

Incapable de rester tranquille, Clay tapait du pied sur le sol. Avec son cœur d'artichaut, Jack serait furieux d'apprendre ce qu'il avait dit à Florence, quelles qu'aient été ses raisons. Voilà pourquoi, ces derniers jours, il avait évité son associé.

Mais il sentait que la folie menaçait. Admettre la vérité allégerait sans doute le poids de la culpabilité, et peut-être pourrait-il enfin dormir.

« Te faire confiance ? J'ai essayé, une fois, et le résultat ne m'a pas vraiment emballée. »

Il avala une nouvelle gorgée de bourbon.

— Elle s'est glissée chez moi en douce, l'autre soir.

— Oui, je sais. C'est moi qui ai dit à Red de lui ouvrir la porte.

Ah. Voilà qui expliquait comment elle avait eu accès à ses appartements. Red était le grouillot préféré de Jack au casino.

— On peut savoir pourquoi ?

— Parce qu'elle me l'a demandé.

— Tu sais bien que je ne veux personne là-haut. Jamais.

— Tu l'as mise dehors ?

— Non.

— Je vois.

— Non, tu ne vois rien du tout. J'ai couché avec elle.

Jack secoua la tête, se demandant visiblement pourquoi Clay jouait les imbéciles.

— Oui, j'avais compris. Mais je pensais que ça t'aurait mis de bonne humeur.

— Et à ton avis, ça a marché ?

— Ben non. Tu as la tête d'un type qu'a pas dormi depuis une semaine.

Trois jours seulement... Non pas qu'il comptât, mais bon.

— Je lui ai dit de ne pas revenir.

— Pourquoi ? Je sais que tu as de l'affection pour elle. Ça saute aux yeux.

Clay serra les dents. De l'affection. Quelle fadeur pour exprimer ce qu'il ressentait pour Florence ! Il la désirait à en crever ; elle l'obsédait, le subjuguait complètement. Il n'avait pas quitté son regard brun aux reflets émeraude quand il s'était glissé en elle, et dans sa poitrine, quelque chose avait cédé, laissant libre cours à des émotions qu'il avait crues depuis longtemps disparues. Il n'avait plus eu qu'une seule pensée : « Elle est à moi. »

Il voulait lui refaire l'amour. Encore et encore.

Jamais il ne serait rassasié d'elle.

Restait un problème. Ce n'était pas une femme pour lui. Les voyous, même les plus riches, n'épousaient jamais des jeunes filles de la bonne société. Bien que rebelle dans l'âme, Florence ne pouvait pas renier ses origines, pas plus que Clay ne pouvait renier les siennes. Duncan Greene lui trancherait la gorge avec une lame rouillée plutôt que de le laisser épouser sa fille.

Des années plus tôt, Clay s'était juré de ne plus jamais laisser quiconque décider pour lui et de toujours garder le contrôle.

Quand la famille Madden avait perdu sa maison et s'était retrouvée dans un taudis à cause de Duncan Greene, Clay n'avait rien pu faire. Quand son frère était mort, quand son père avait quitté le domicile familial, il avait été tout aussi impuissant. Et il ne voulait plus jamais éprouver cela.

Alors oui, il valait mieux que Florence reste en dehors de sa vie, même s'il rêvait de la voir sourire, de l'entendre rire ou de l'embrasser. Il refusait de désirer ce qu'il ne pourrait jamais obtenir. C'était un exercice qui ne menait à rien, sinon à la folie.

Il leva les yeux vers Jack, qui l'observait avec attention.

— Ce que j'éprouve pour elle n'entre pas en ligne de compte. Elle n'a rien à faire ici.

— Je trouvais au contraire qu'elle s'était plutôt bien intégrée. Et tu n'es pas inquiet pour sa réputation, tu t'es toujours fichu de ces conneries. Alors que s'est-il passé exactement ?

— Je viens de te le dire. J'ai couché avec elle, puis je lui ai demandé de ne jamais revenir.

Jack en resta bouche bée, à la fois stupéfait et déçu.

— Bon sang, Clay... Je savais que la tendresse après la bagatelle, c'était pas ton truc, mais quand même !

Clay se resservit un bourbon.

— En effet. Et c'est ce que j'essaie de t'expliquer. Les femmes comme elle attendent des promesses et des bijoux. Des promenades en calèche dans Central Park. Tu me vois en landau dernier cri dans les allées du parc, à l'heure où tout le monde sort pour se pavaner ?

Il ponctua sa question d'un rire ironique.

— OK, je comprends, dit Jack. Tu es plus à l'aise ici, c'est évident, mais le plein air n'a jamais tué personne. Et comment peux-tu être certain qu'elle attend de toi des promesses et des bijoux ? Tu lui as posé la question ?

— C'est inutile. Tu connais son père, la fortune de sa famille, sa position sociale. Il n'y aurait pas couple plus mal assorti que nous, même pour une liaison à court terme. Je suis en permanence sur le fil question légalité, et si ça tient, c'est uniquement parce que j'arrose généreusement la police.

Jack se gratta la mâchoire, songeur. Clay ne le lui avait jamais dit, mais il accordait beaucoup d'importance au jugement de son associé. Malgré des débuts difficiles dans la vie, Jack était un homme intelligent et équilibré. Il n'était pas doué pour les chiffres, mais il comprenait les gens, lisait en eux et savait aborder les problèmes sous différents angles.

— Tu penses que tu n'es pas assez bien pour elle.

— Arrête de dire n'importe quoi, soupira Clay.

Il se frotta les yeux. Il était tellement fatigué qu'il ne parvenait plus à argumenter.

— Si, c'est exactement ça. À tes yeux, tu es le voyou, et elle l'ange des beaux quartiers. Tu t'es mis dans une colonne et tu l'as mise dans une autre, comme dans tes livres de comptes. Et quand tu fais l'addition, ça ne colle pas.

— Parce que, d'après toi, ça devrait coller ? C'est ridicule.

— Je dis juste que tu la sous-estimes. Elle essaie d'ouvrir un casino, Clay. Cette fille est plus proche du voyou que de la sainte-nitouche bien née. Quant à toi, tu as d'autres ambitions que la Maison de Bronze et notre société. Les gens ne sont jamais tout l'un ou tout l'autre ; on est tous faits de différentes couches. Et on change, aussi, on s'adapte aux circonstances. Tu as échafaudé un tas d'hypothèses à propos de Florence, et quelque chose me dit qu'elle n'aimerait pas beaucoup les conclusions que tu en as tirées.

Non, Jack se trompait. Au fond, les gens restaient les mêmes. Florence souhaitait ouvrir un casino, mais derrière cette attitude rebelle, elle restait une jeune fille de bonne famille, avec tout ce que cela supposait. Clay, de son côté, n'avait rien d'un gentleman. Il vivait dans un monde dominé par la menace, la vengeance, la violence et la corruption.

— Et puis, reprit Jack, tu fais comme si elle voulait t'épouser. A-t-elle dit quoi que ce soit, l'autre soir, qui t'ait laissé croire qu'elle recherchait autre chose qu'un peu de bon temps ?

Clay secoua la tête.

— Mais tu sais bien comment fonctionnent les femmes comme elle...

— Je t'entends dire ce qu'elle pense, mais franchement, ce ne sont que des spéculations. Je préférerais que tu me dises pourquoi tu t'es senti obligé de la repousser.

— Je viens de te l'expliquer. Tu n'as pas écouté ?

Jack se resservit à son tour et, son verre à la main, s'approcha de Clay.

— Ah, mais si, j'ai écouté. Et ce que j'ai entendu, c'étaient des excuses, pas la vérité. Je suis même tenté de conclure que cette Mlle Greene, tu l'as carrément dans la peau, au point que ça te fout la trouille. Je me trompe ?

Non.

— Tu vois les choses sous un angle trop romantique.

Jack leva son verre.

— Je ne vois pas pourquoi je me donnerais ce mal, tu y arrives très bien tout seul.

Sur quoi, il vida son verre et quitta la pièce en sifflotant.

13

Florence tendit ses pièces au cocher, qui les prit et balaya les alentours d'un œil inquiet. C'était compréhensible. Elle-même n'était pas tranquille. Elle était peut-être en train de faire la plus grosse bêtise de sa vie.

Mais elle n'avait pas le choix.

« Tu es une distraction que je ne peux pas me permettre. »

La boule, dans sa gorge, menaçait de l'étouffer. Puisque Clay ne voulait plus d'elle, il lui fallait trouver quelqu'un d'autre pour l'aider. Pas question qu'elle renonce à ses rêves juste parce qu'un propriétaire de casino mal embouché avait changé d'avis.

Il existait à New York un autre homme qui pouvait l'aider. Un homme qui tenait autant, sinon plus, de tripots, de salles de billard et de loto que Clayton Madden. Certes, la plupart des établissements qu'il possédait avaient mauvaise réputation – on s'y battait régulièrement, pour ne pas dire chaque soir. Mais cet homme savait gérer une salle de jeu et pourrait répondre à ses questions. Si elle arrivait à le convaincre de la recevoir, bien sûr.

— Ça me plaît pas bien de vous laisser ici à une heure pareille, mademoiselle, dit le cocher. Vous devriez peut-être remonter, que je vous dépose dans un quartier plus sûr.

— J'apprécie votre sollicitude, monsieur, mais ça va aller. Je ne vais pas loin, juste au bout de cette rue, là, dit-elle en désignant du doigt une sombre ruelle.

— Mais, mademoiselle, c'est justement là que…

— Je sais, l'interrompit Florence. Je vous promets de faire attention. Merci encore, ajouta-t-elle en lui glissant dans le creux de la paume une pièce supplémentaire. Bonne soirée.

Soulevant ses jupes, elle contourna le cheval et descendit du trottoir. Un animal mort, écrasé par un fiacre ou une charrette, gisait au milieu de la rue, et elle prit soin de l'éviter. La nuit était tombée depuis longtemps ; tavernes et bars étaient bondés. Marins, dockers, marchands et étudiants bambochaient allègrement. Ils boiraient toute la nuit et, au petit matin, sortiraient se battre dans les rues ou s'éloigneraient en galante compagnie.

Florence n'allait ni dans un bar ni dans une taverne. Sa destination était le New Belfast Athletic Club, le quartier général de M. Mulligan.

Mulligan était le propriétaire de la salle de jeu de Donnelly où Florence avait été accusée de tricher. « C'est la seule personne dans cette ville à en savoir autant que moi sur les jeux d'argent », avait dit Clay, qui n'était pas homme à faire des compliments gratuits. Non, lui, son truc, c'était plutôt de coucher avec vous puis de vous envoyer sur les roses.

Elle mit de côté ce souvenir, le rangeant dans un coin de sa mémoire en compagnie de toutes ses autres idées noires. Elle avait des problèmes plus importants à régler, dont, en l'occurrence, convaincre Mulligan de l'aider.

Deux portiers gardaient l'entrée du club, l'air sinistre dans la lumière blafarde des becs de gaz. Ils la regardèrent approcher d'un œil circonspect. Avec son épais manteau de drap, dont elle avait rabattu la capuche sur sa tête, son allure n'était ni très élégante ni miséreuse.

— Bonsoir, dit-elle en s'arrêtant devant les deux hommes. J'aimerais voir M. Mulligan.

Un des portiers étouffa un rire et regarda la rue derrière elle. L'autre fronça les sourcils.

— Il a pas besoin de tes services ce soir. Passe ton chemin, ma belle.

De ses services ? Ils la prenaient pour… Oh !

— Non, non, vous vous trompez. J'aimerais faire affaire avec lui.

Les deux hommes ricanèrent.

— Ah, mais j'en doute pas. Seulement il fait pas ça pour l'argent non plus. Allez, passe ton chemin avant que je…

— Il ne s'agit pas de faveurs sexuelles, lâcha-t-elle d'un ton sec.

Les deux hommes se redressèrent, surpris. Était-ce le ton de sa voix ou ses mots qui les avaient étonnés ? En tout cas, elle avait retenu leur attention.

— Dites-lui que je suis celle que Donnelly a accusée de tricher l'autre soir. Il comprendra.

Elle priait pour que ce soit vrai. Jack le Chauve avait transmis le bonjour à Mulligan de la part de Clay. Le message avait bien dû arriver à destination, non ?

Les portiers échangèrent un regard, se demandant sans doute si elle disait la vérité. Puis l'un d'eux hocha finalement la tête et croisa les bras tandis que l'autre disparaissait à l'intérieur.

Florence jeta un regard par-dessus son épaule. Elle ne s'était pas attendue qu'on la fasse patienter dehors, en pleine rue. Heureusement, quand elle se rendait dans les quartiers mal famés, elle avait toujours sur elle un petit pistolet dans son aumônière. Jamais elle n'avait eu à s'en servir, mais le sentir au creux de sa paume la rassurait. Un peu.

L'homme revint très vite et tint la porte ouverte.

— Suivez-moi, mademoiselle.

Ignorant le nœud qui se formait dans son estomac, elle gravit les quelques marches du perron et entra. L'intérieur lui parut immense, bien plus grand qu'elle ne l'aurait imaginé de l'extérieur. Le bruit était assourdissant. Elle perçut les cris d'encouragement et de déception des spectateurs d'un match de boxe, de la musique et des rires venant de l'arrière du bâtiment. Il y avait donc un cabaret, ici ?

Le chemin pris par le portier les éloigna du brouhaha. Ils s'engagèrent dans un escalier richement décoré, tapissé d'un papier aux larges rayures vertes et blanches. Des tapis persans étouffaient leurs pas. Des appliques en bronze sur les murs et un élégant lustre au plafond éclairaient le tout.

Arrivé devant une porte en chêne, le portier toqua deux fois.

— Entrez ! répondit une voix grave.

L'homme ouvrit la porte et s'effaça pour la laisser passer. Les mains nouées devant elle, elle entra, se demandant ce qu'elle allait trouver. À quoi ressemblait un roi de la pègre ? Son bureau reposait-il sur des liasses d'argent illégal, ou était-il fonctionnel et défraîchi, comme celui de Clay ?

Arrête de penser à Clay.

Un homme assis derrière un immense bureau très ornementé et couvert de papiers se leva. Il n'était pas grand mais très élégant, en costume bleu marine et gilet de soie vert qui avaient dû coûter une fortune. Montre de gousset en or et chaussures cirées.

Pour ne rien gâcher, il était beau, avec ses cheveux noirs et ses yeux bleus. Et jeune. Avait-il seulement trente ans ?

Elle ne s'était attendue à rien de tout cela. Mulligan avait la réputation d'être un criminel endurci sans aucune pitié pour ses ennemis. L'homme qu'elle avait devant elle aurait aisément pu fréquenter la Cinquième Avenue.

Elle retira la capuche de son manteau. Le jeune portier retint difficilement sa surprise, et Mulligan se figea. Elle se tâta les joues, lissa ses cheveux. Quelque chose clochait avec son apparence, peut-être ?

Mais Mulligan se ressaisit rapidement et s'approcha.

— Si j'ai bien compris, vous êtes la jeune personne qui a été prise en train de compter les cartes l'autre soir chez Donnelly.

— Je ne comptais pas les cartes.

D'un signe de tête, Mulligan fit comprendre au portier qu'il pouvait s'en aller. Celui-ci se retira aussitôt, refermant la porte derrière lui. Florence tenta de respirer calmement pour ne pas montrer son appréhension.

Ne manifeste aucune peur jusqu'à ce que tu ne sentes plus la peur.

Mulligan s'inclina.

— Enchanté, mademoiselle Greene.

Elle en resta bouche bée.

— Vous connaissez mon nom.

— Ça, et beaucoup d'autres choses. Je vous en prie, ajouta-t-il en lui tendant une main, tout en indiquant de l'autre le fauteuil qui se trouvait en face du bureau.

Elle posa sa main dans celle de Mulligan, qui la guida jusqu'au siège. Lorsqu'elle fut installée, il reprit place dans son imposant fauteuil en cuir.

Qui était ce criminel aux manières de gentleman et aux allures d'adonis ?

— Mais je n'ai dit mon nom à personne, chez Donnelly, fit-elle remarquer.

— Croyiez-vous vraiment que je n'allais pas chercher à savoir qui était la belle héritière conseillée par Clayton Madden ? Autant agiter un foulard rouge devant un taureau, mademoiselle Greene.

— Alors appelez-moi Florence, ce sera aussi simple.

Un léger sourire incurva ses lèvres, adoucissant ses traits. Florence vit aussitôt à quel point ce sourire devait faire fondre ces dames.

— Florence, donc. En général, on m'appelle Mulligan. Je vous sers à boire ?

— Non, merci.

Elle se demandait par quoi commencer. Mulligan s'était carré dans son fauteuil et ne semblait pas pressé du tout.

— Je… C'est très gentil à vous de me recevoir.

— La curiosité est un de mes défauts. J'aimerais savoir ce qu'une jeune femme comme vous fait dans mon club en pleine nuit, surtout dans la mesure où vous passez d'ordinaire votre temps à la Maison de Bronze.

Elle inspira un grand coup pour se donner du courage.

— J'aimerais vous embaucher.

— Oui, c'est ce que m'ont dit mes gars. Puis-je savoir à quelle fin ?

Arrivait-il à cet homme d'être déstabilisé ? Il lui rappelait Clay. Tous deux étaient d'un tempérament calme et méthodique. *Arrête de penser à Clay*.

— J'aimerais ouvrir un casino. Réservé aux femmes. Et j'ai besoin que quelqu'un m'apprenne à gérer ce genre d'établissement.

Une lueur d'amusement pétilla dans les yeux de Mulligan.

— D'où les conseils dispensés par Clay Madden. Puis-je vous demander ce qui s'est passé ?

— Que voulez-vous dire ?

— Avec Clay. Je sais que c'est un salaud acariâtre qui déteste tout le monde, mais j'ai du mal à imaginer qu'il vous ait prise en grippe.

Erreur. Clay ne voulait plus la voir. Mais elle ne pouvait pas dire cela à Mulligan.

— Apparemment, il est très occupé et n'avait plus de temps à me consacrer.

Mulligan l'observa, dubitatif.

— Vous vous fichez de moi ? Il n'avait plus de temps libre pour vous ?

— Il semblerait. Quoi qu'il en soit, je suis prête à vous payer pour le temps que vous...

Mulligan se redressa, écarta sa proposition d'un geste.

— Je n'ai absolument pas besoin d'argent. Qu'a dit Clayon, exactement ?

— Que j'étais une distraction qu'il ne pouvait pas se permettre. C'est compréhensible, remarquez. J'ai beaucoup appris avec lui, mais il était temps que notre arrangement prenne fin.

Vu qu'il s'était comporté comme un salaud acariâtre – la description de Mulligan était assez proche de la réalité, il fallait bien le reconnaître.

Sauf que... sur un point au moins, il n'avait pas été acariâtre du tout, mais tendre, adorable.

« Tu cherches les ennuis, princesse ? Me voilà. Et je te garantis que tu vas être servie. »

Quel menteur ! Il était pratiquement parti en courant. Et il s'était excusé. Elle en avait été à la fois mortifiée et furieuse.

Mulligan l'observa avec une étrange expression, comme s'il lisait dans ses pensées. Elle changea de position, mal à l'aise.

— Clayton m'a montré comment fonctionnait une salle de jeu et comment repérer les tricheurs. Aujourd'hui, j'aurais surtout besoin d'en savoir un peu plus sur l'aspect comptabilité de la chose.

— Vous étiez là-bas quand la police a fait une descente ?

— Ou... oui. J'y étais.

En quoi cela intéressait-il Mulligan ?

— Il a un passage souterrain qui va du casino au bordel, n'est-ce pas ? C'est moi qui lui en ai donné l'idée. Il en existe tout un réseau dans ce quartier. Des endroits où les flics ne peuvent pas aller. Vous n'avez pas eu peur ? Quand la police est arrivée, je veux dire.

— Non, pourquoi ?

Elle repensa au bordel et à sa désinhibition devant Clay, à l'érotisme de cette expérience, et se sentit rougir. Mulligan le remarqua forcément, elle avait la peau si claire...

— Intéressant, dit-il en croisant les mains sur son bureau. Vous m'avez l'air plus solide qu'il n'y paraît, Florence Greene. Et je vous aiderai aussi longtemps que vous en aurez besoin.

Clay tendit son billet à l'employé et poussa le tourniquet. Le Polo Grounds avait été achevé l'année précédente, en remplacement du vieux stade qui se trouvait désormais juste derrière. Magnifique stade de base-ball, il accueillait l'équipe des New York Giants.

Le base-ball avait été l'un des rares plaisirs de Clay dans son enfance. À cette époque, les enfants traînaient autour des stades et assistaient aux matchs sans billet. Ils se retrouvaient sur les talus de remblai autour de Union Grounds à Brooklyn et regardaient les joueurs se démener sur le terrain en hurlant et en encourageant leur équipe favorite.

Clay prenait les paris, bien sûr – il ne ratait jamais une occasion de se faire un petit billet. Il avait passé l'essentiel de son enfance à trimer pour gagner de l'argent, avoir un toit pour sa mère et les siens. Mentir, tricher, voler... S'il avait un jour eu des scrupules, il n'en était plus rien resté après qu'on les avait mis à la rue.

Aujourd'hui, il ne sortait que rarement de la Maison de Bronze, sinon, à l'occasion, pour aller voir un match de base-ball. L'avantage ? Un stade bondé était un excellent lieu de rendez-vous en terrain neutre. Il arrivait qu'il faille rencontrer la vermine en dehors de la Maison de Bronze.

Le match du jour promettait d'être passionnant. Les spectateurs se pressaient en direction de leur place, impatients. La partie avait déjà commencé, et ils ne voulaient rien rater. Clay, lui, prit son temps. Il adorait l'atmosphère qui régnait dans un stade, l'enthousiasme des supporters venus soutenir leur équipe, cette sensation d'appartenir à quelque chose de plus important que soi. Cela redonnait espoir en l'homme.

Il se demanda si Florence avait déjà assisté à un match.

« Alors c'est comme cela que tu fais avec toutes tes conquêtes ? Tu les mets dehors une fois que tu as obtenu ce que tu voulais ? »

Il avait fait en sorte qu'elle quitte sa vie, et ça avait marché. Il l'avait repoussée, lui avait demandé de ne plus venir. Son absence aurait donc dû être un soulagement. Il avait eu plus de temps pour travailler. La comptabilité de l'entreprise n'avait jamais été aussi bien faite.

Mais il était malheureux comme les pierres. Assis à son bureau, il avait l'impression d'être devenu une machine, réduit qu'il en était à calculer et à noter des chiffres dans un registre, avec un poids dans la poitrine qui refusait de disparaître. Cela faisait presque une semaine, et il levait encore la tête chaque fois que la porte de son bureau s'ouvrait, espérant que ce soit elle.

La distance n'était-elle pas supposée aider ? Ses rêves n'auraient-ils pas dû évoquer quelqu'un d'autre maintenant qu'elle était partie ? Il fallait que cela cesse. Il n'était pas sûr de pouvoir supporter cette sensation de manque encore très longtemps.

« Tu es magnifique, Clay. »

Sa gorge se serra. Une relation avec elle était impossible. Intelligente et pure, Florence était un ange, une fleur de serre qui n'avait rien à faire avec un voyou des rues comme lui. Un jour, elle le remercierait de l'avoir remise sur le droit chemin.

Il acheta un sachet de cacahuètes et se dirigea vers les gradins côté première base, où se trouvait sa place. De larges épaules lui barraient la vue.

— Cacahuète ?

Gros Bill se retourna. Lorsqu'il vit Clay, sa lèvre moustachue afficha un sourire mauvais.

— Vous êtes en retard.

— La partie vient juste de commencer.

— Ça fait presque une demi-heure que je vous attends.

Il ne devait aucune explication à Gros Bill. Il ne devait rien du tout à cet homme.

— Que voulez-vous, Bill ?

— Je veux que vous annuliez cette histoire avec la banque. Je ne peux pas perdre ma maison. Il y a ma femme et mes mômes, dans cette baraque. Ma mère.

— J'ai entendu dire que votre femme vous avait mis dehors. C'est pas de bol.

— C'est à cause de vous, salaud, grogna Bill. Vous avez foutu ma vie en l'air, et tout ça parce que j'ai osé réclamer ce qui me revenait.

— Faux. Vous avez essayé de me faire chanter, puis vous avez ordonné une descente de police dans mon établissement. Vous êtes allé trop loin. La négociation n'est plus possible.

— Rien ne prouve que j'étais impliqué dans cette descente.

— Je n'ai pas besoin de preuve. Je connais les gars qui s'en sont chargés, et ils sont tous sous vos ordres. Ils ne sont pas restés longtemps, ils ont juste tout cassé et ils sont partis.

— Vous vous êtes fait des ennemis, Madden. N'importe qui aurait pu être à l'origine de cette descente.

Exact. Mais, en l'occurrence, le seul responsable, c'était Bill.

— Je vais vous laminer, Bill. Ça va faire tellement de bruit que l'agent de police le plus insignifiant du Queens y réfléchira à deux fois avant de prononcer mon nom.

— Vous ne pouvez pas faire ça. Je suis le numéro deux de la police. Si vous me faites tomber, vous vous mettrez tous les flics de la ville à dos.

Un des Giants frappa une balle magnifique, en plein centre du terrain, et les spectateurs hurlèrent leur satisfaction. Clay écrasa la coque d'une cacahuète entre ses doigts, la décortiqua et lança l'amande dans sa bouche. Il achèterait peut-être du pop-corn, ensuite.

— Vous avez entendu ce que je viens de dire ? reprit Gros Bill. Si vous essayez de me faire tomber, jamais vous ne vous en tirerez indemne.

— Peut-être, mais peut-être pas. Je ne suis pas le seul à avoir des ennemis, dans cette ville. Et je n'ai pas l'impression qu'il se trouverait beaucoup de gens pour pleurer sur votre chute.

— En parlant d'ennemis, je me demande ce que Duncan Greene penserait s'il savait que vous fricotez avec sa fille.

Clay se figea, mais se garda de manifester quoi que ce soit. Comment Bill savait-il que Florence lui rendait visite à la Maison de Bronze ?

— Vous vous trompez. Je n'ai de contact avec aucune des filles Greene.

— Vous mentez mal, Madden. La rumeur court déjà partout à propos de vous et de la cadette. Votre personnel est bavard.

Impossible. Le personnel lui était entièrement dévoué. Il était prêt à parier que Bill avait fait surveiller les allées et venues à la porte du casino. L'ordure. Mais Florence ne reviendrait pas à la Maison de Bronze, donc le problème était réglé.

— Vous allez avoir l'air fin devant Greene quand vous essaierez de lui vendre votre histoire.

— Nous verrons bien, dit Bill en se levant. Empêchez la banque de saisir ma maison… ou je rendrai visite moi-même à Duncan Greene.

Clay jeta une coque vide par terre.

— Eh bien, bonne chance.

— Allez vous faire foutre, grogna Bill avant de remonter les gradins en direction de la sortie.

Dix minutes plus tard, Jack se glissa sur le siège libre à côté de Clay.

— Comment ça s'est passé ?

Clay lui tendit le paquet de cacahuètes à moitié vide.

— Comme prévu.

Jack se mit à rire et plongea la main dans le sachet.

— Tu as dû te marrer.

— Il est au courant pour Florence. Pour ses visites au casino, je veux dire. Il menace de tout dire à Greene.

— Merde. Tu crois qu'il le fera ?

Bill avait insinué que Florence et Clay avaient une liaison, mais il n'avait aucune preuve. Et il n'avait pas inventé l'eau tiède.

— Difficile à dire.

La foule hurla quand le troisième coup bien frappé permit à un joueur de terminer son tour. Clay glissa deux doigts dans sa bouche et siffla. Lorsque le calme revint, il ajouta :

— Mais peu importe. Florence ne reviendra pas à la Maison de Bronze, donc inutile de s'inquiéter. En plus, il n'y a aucune preuve de son passage dans la salle.

— C'est vrai. Et même s'il a fait surveiller l'entrée, son agent a pu se tromper.

— Exactement. Je lui ai dit qu'il était foutu.

— Tu essaies encore de la protéger. Je trouve ça… attendrissant.

Clay émit un grognement, mais ne nia pas. Il écrasa une nouvelle coque entre ses doigts.

— On n'avait pas dit que tu te faisais des idées à ce sujet ?

— Puisque je me fais des idées, j'imagine que ça ne t'intéresse pas de savoir à qui elle a demandé d'autres conseils.

La surprise raidit Clay de la tête aux pieds. Florence était allée voir quelqu'un d'autre pour avoir des conseils ? Dieu tout-puissant !

— Qui ?

Jack ne répondit pas tout de suite, ménageant son effet.

— Tu me le dis maintenant, ou je te jure que..., souffla Clay en se penchant vers lui.

— D'après la rumeur, elle serait allée voir Mulligan.

Clay se leva d'un bond, laissant le sachet de cacahuètes tomber sur le sol. En un éclair, il quitta sa place et remonta les gradins en direction de la sortie. Avait-elle perdu la raison ? Rien qu'en longeant la rue où se trouvait le club de Mulligan, elle risquait sa vie ! Sans parler de ce qui pouvait arriver une fois franchi le seuil de l'établissement.

— Attends-moi ! lança Jack derrière lui. Tu ne vas tout de même pas aller le voir tout seul !

— Je n'ai pas besoin d'un chaperon, répliqua Clay en se dirigeant vers les tourniquets. Mulligan ne me fera pas de mal.

— J'aimerais en être aussi sûr que toi. Vous n'avez pas toujours été en bons termes, tous les deux.

— Il s'agissait d'affaires. Là, c'est personnel.

— Justement, c'est pire ! s'exclama Jack en attrapant Clay par le bras et en le forçant à s'arrêter. Réfléchis, Clay. Mulligan ne va pas se contenter de te la rendre. Il voudra quelque chose en échange.

Clay déglutit. Jack avait raison, mais cela n'avait pas d'importance.

— Je lui donnerai ce qu'il voudra. N'importe quoi pour la sortir de là.

Cette fois, un large sourire se dessina sur les lèvres de Jack.

— Alors vas-y. Rattrape-la.

14

Le trajet fut interminable. Clay était au bord de l'explosion lorsque Great Jones Street fut enfin en vue. Le soleil dardait ses derniers rayons entre les immeubles. Dans la rue, l'ombre grandissait, abritant sous son aile quantité d'activités répréhensibles.

Les deux portiers se redressèrent en le voyant. C'étaient des gamins, âgés d'à peine vingt ans, mais probablement armés. Clay les regarda à peine et gravit les marches du perron.

— Hé ! dit l'un d'eux. Vous pouvez pas...

Clay l'écarta de son chemin et ouvrit la porte. L'autre portier le saisit par le bras, mais Clay se dégagea. À quoi pensait Mulligan, en faisant monter la garde à des mômes ?

Ce n'était pas la première fois qu'il venait au New Belfast Athletic Club. Mais il s'y était toujours rendu la nuit, et jamais pour autre chose qu'un rapide entretien avec Mulligan. Leurs activités respectives s'étaient un peu chevauchées ces dix dernières années, et les tiraillements entre eux avaient été légion. Pour rester en bons termes, chacun avait fait des concessions. Ces deux dernières années, Clay avait laissé Mulligan prendre le contrôle des salles de jeu dans le sud de la ville, plus mal famé, préférant de son côté plumer la clientèle plus huppée des beaux quartiers.

Il monta quatre à quatre les marches qui menaient au bureau de Mulligan. Sur ses talons, les deux portiers tentaient de le retenir, tout en appelant de l'aide. Clay n'aurait pas été surpris que des membres du club de boxe se joignent à la fête.

Mais il en fallait plus pour l'attraper. Arrivé devant le bureau de Mulligan, il ouvrit la porte sans frapper. Un pistolet l'accueillit, le canon pointé sur son front.

Haletant, il s'arrêta. L'expression mauvaise de Mulligan céda la place à un sourire amusé, et il baissa son arme.

— Je t'attendais, Clayton. Entre.

Un groupe de jeunes gens pila derrière lui dans le couloir, telle une meute de chiens derrière un renard. Mulligan leva une main.

— Tout doux. Tout va bien, messieurs. Je l'attendais.

Jetant un regard désapprobateur à Clay, ils rebroussèrent chemin en grommelant. L'un d'entre eux s'attarda néanmoins.

— Vous voulez que je reste, patron ?

Mulligan lui donna une tape sur l'épaule.

— Ça va aller. Clay et moi devons parler affaires. Mais essayez de ne laisser monter personne d'autre, OK ?

Le portier s'excusa et se retira. Clay était déjà dans le bureau. Il se laissa tomber dans un fauteuil et ôta son chapeau. Il écumait.

— Bonsoir, Clay. Tu as l'air en forme. Tu veux boire quelque chose ?

Si cela n'avait tenu qu'à lui, Clay aurait attrapé Mulligan par le col et l'aurait secoué jusqu'à ce qu'il lui dise tout ce qu'il savait à propos de Florence. Mais ce n'était pas une façon de procéder. Bien que voyous aux yeux du reste du monde, ils observaient toujours entre eux la plus grande civilité.

— Un bourbon, si tu as.

— Bien sûr.

Les verres tintèrent, l'alcool coula, et bientôt, Mulligan tendit à Clay une confortable dose de liquide ambré.

— Merci.

— Comment vont les affaires dans les beaux quartiers ? demanda Mulligan en regagnant son siège, un verre de bière à la main. Je me suis laissé dire que ça marchait plutôt pas mal.

— C'est vrai. Tu serais étonné de voir avec quelle facilité ces imbéciles parient leur héritage.

Il se força à boire une gorgée, alors qu'il aurait aimé jeter son verre contre le mur.

— J'ai entendu dire que tu t'essayais à la production de bière, reprit-il en désignant du menton le verre que tenait Mulligan.

— En effet. J'ai mis la main sur un brasseur hors pair. Un génie du malt et du houblon. Tu devrais en emporter un peu, pour le casino.

— Merci, c'est une bonne idée.

Mulligan but une gorgée et posa son verre sur un petit plateau en métal.

— Je t'en prie. Et si tu me disais maintenant ce qui t'amène ici par cette belle soirée de printemps ?

— Tu le sais très bien.

— Oui, mais j'aimerais te l'entendre dire.

Clay faisait de son mieux pour rester calme. Il devait agir avec pondération, il le savait. Personne ne devait se douter de ce que Florence signifiait pour lui.

— Il semblerait que tu aies fait la connaissance de Mlle Greene.

— J'ai eu ce plaisir, en effet, dit Mulligan en se carrant dans son siège. Une jeune fille remarquable. Qui a de l'avenir, à mon avis.

— Depuis combien de temps vient-elle ici ?

— Voyons voir… Elle a débarqué il y a trois jours et est revenue tous les soirs depuis. Comment t'expliquer… Il semblerait qu'on s'entende bien.

Clay serra les poings. « Il semblerait qu'on s'entende bien » ? Imaginer Florence et Mulligan ensemble lui donnait envie de casser quelque chose, là, tout de suite. À quoi pensait Florence ? Mulligan se fichait complètement d'elle. Il ne la protégerait pas et ne lui apprendrait rien.

Mais il ne la blesserait pas, lui…

Certes. Toutefois, dès qu'il en aurait l'occasion, Clay s'excuserait.

— Je veux la récupérer.

Mulligan sourit, ne prenant même pas la peine de masquer son amusement.

— Ce n'est pas un jouet, Clay. Elle ne t'appartient pas. Nous parlons d'une jeune femme au caractère bien trempé, qui a un tel don avec les cartes que c'en est troublant.

— Je vais reformuler, alors. Je veux que tu cesses de lui donner des conseils.

— Je ne vois pas pourquoi je ferais une chose pareille. Elle est très distrayante, sans compter qu'elle est agréable à regarder. Pour le club, c'est un plus.

Clay sentit ses poils se hérisser et la colère prendre le dessus. Il avait conscience que Mulligan le provoquait, mais il ne pouvait s'empêcher de s'imaginer renversant son bureau et lui déboîtant la mâchoire d'un direct du droit.

— Tu l'as emmenée dans la salle ?

— Bien sûr. Il arrive à certains d'entre nous de quitter leur bureau, tu sais. Ce soir, j'ai prévu de lui faire découvrir un petit cercle de jeu du côté de Mott Street...

— C'est hors de question, l'interrompit Clay. La seule chose que tu vas faire, c'est lui dire que tu ne peux plus t'occuper d'elle.

Les traits de Mulligan se durcirent, et le bleu de ses yeux devint glacial.

— Ils ne sont pas nombreux, les gens qui osent venir dans mon bureau pour me donner des ordres. Tu devrais peut-être revoir ta stratégie.

Clay souffla lentement, essaya de se reprendre. Il n'aurait pas le dessus, Mulligan était chez lui. Il devait négocier méthodiquement, avec les idées claires.

— Que veux-tu en échange ?

Mulligan leva son verre et but une gorgée de bière.

— Que proposes-tu ?

— Je t'achète cent tonneaux de bière.

Mulligan eut un rire amer.

— Tu cherches à m'insulter ? J'aime beaucoup son parfum, au fait. Un mélange d'orange et d'épices, qui flotte longtemps dans la pièce après son...

— Je te laisse la petite salle de loto sur Canal Street.

— Celle qui est gérée par Paddy O'Murphy ?

— Oui.

Mulligan se massa la mâchoire, pensif.

— Tu sembles vraiment prêt à tout pour cette fille, dis donc. Monsieur est tombé bien bas.

Clay se leva.

— Je t'emmerde. Si tu as accepté de l'aider, c'est uniquement pour me contrarier. Et là, j'essaie de régler la chose de manière courtoise.

— C'est faux, et tu te conduis comme un bel hypocrite. C'est toi qui l'as envoyée paître en lui reprochant de te distraire. Elle est allée voir ailleurs, et ça te défrise. Dommage pour toi, Clayton.

Florence avait raconté leur dernière conversation à Mulligan ? Que savait-il d'autre ?

— Je n'aurais pas dû dire cela, grommela Clay en se passant une main dans les cheveux.

Devoir ramper devant son rival pour entrer en contact avec une femme qui ne lui adresserait sans doute plus jamais la parole… Quelle humiliation. Mulligan buvait du petit-lait.

— À mon avis, elle se moque pas mal de toi. Elle a l'air très contente d'être ici, de m'aider pour la comptabilité et d'apprendre le métier. J'ai des projets pour elle. Et maintenant qu'on connaît son goût pour les hommes un peu voyous, je vais voir si elle ne serait pas tentée par…

Clay ne réfléchit pas. La fureur l'emporta, et il bondit par-dessus le bureau de Mulligan, qu'il saisit par le col.

— Je t'interdis de la toucher, grogna-t-il.

Mulligan ne bougea pas, figé dans une expression impassible.

— Un seul cri de ma part, et dix gars déboulent pour te mettre en pièces. Fais bien attention à ton prochain geste, Clayton.

— Tu auras du mal à crier quand je t'aurai ouvert la gorge.

Mulligan eut une moue hésitante.

— Je te la rends, mais je veux aussi des parts dans le casino que tu es en train de faire construire dans l'East Side.

Clay ferma les yeux, lâcha prise. Mulligan repoussa sa main et lissa son gilet tandis que Clay regagnait son fauteuil.

— Comment sais-tu…

Il ravala sa question, elle était idiote. Bien sûr que Mulligan était au courant pour le casino sur la 79e rue.

— Je ne veux pas grand-chose, dit Mulligan. Et ce serait en tant qu'investisseur, bien sûr.

Clay se pinça la base du nez. Accepter la demande de Mulligan, c'était le laisser mettre un pied dans son territoire. Il chercherait ensuite à s'y implanter de façon durable, à développer son entreprise au nord de la 42e rue. Et à pousser Clay vers la faillite.

Clay sentit un poids s'abattre sur ses épaules. Foutue ville, qui grouillait d'escrocs et de voleurs, véritable cloaque du crime dont il était impossible de se sortir.

Allait-il vraiment faire affaire avec Mulligan et risquer de tout perdre ?

Il connaissait la réponse. Pour Florence, oui. Il aurait vendu son âme au diable pour la tirer des pattes de Mulligan. Cela ne lui plaisait pas du tout, mais avait-il le choix ?

— D'accord. Mais le casino n'ouvrira pas avant quelques années, tu le sais.

— Je peux attendre.

Mulligan croisa les mains derrière sa tête et se laissa tomber en arrière dans son fauteuil.

— Tu l'as vraiment dans la peau, cette fille, je me trompe ?

— Ne dis pas n'importe quoi. Je ne veux pas qu'il lui arrive malheur, c'est tout. Traîner dans les bas-fonds est dangereux pour elle, et s'il y a bien une chose dont on n'a pas besoin, c'est que Duncan Greene monte les flics contre nous pour venger sa petite fille chérie.

— Mmm…

Mulligan semblait dubitatif, mais il ne discuta pas. Il se leva, contourna le bureau et, les mains dans les poches, se planta face à Clay.

— Il me semble que la dernière fois qu'elle a été blessée, c'était à cause de toi. Je te laisse lui parler, mais au bout du compte, c'est elle qui décidera. Et si elle ne veut pas de toi, tu respecteras son souhait.

Clay se faisait fort de la convaincre. Florence était intrépide et obstinée, mais pas déraisonnable.

— Très bien. Préviens-moi la prochaine fois qu'elle passera, et je viendrai.

— Inutile. Laisse-moi quelques minutes, et je te l'envoie.

— Quoi ? Elle est ici ?

Le jour venait à peine de tomber. D'ordinaire, Florence n'arrivait pas à la Maison de Bronze avant le milieu de la nuit. Que faisait-elle en plein Bowery à l'heure du dîner ?

— Elle se plaît ici, Clay. Elle papote avec les filles du cabaret...

— Tu l'as laissée...

Clay poussa un long soupir. Bien sûr que Mulligan avait autorisé Florence à aller et venir comme bon lui semblait. Et elle en avait bien profité, sans se soucier de sa sécurité.

— Dis-moi où elle est.

Mulligan regarda l'heure à sa montre de gousset.

— Non. Tu restes ici. Je vais la chercher et je te l'envoie.

Florence était assise dans la petite loge où s'habillaient les filles avant d'entrer en scène. L'endroit, qui débordait de colifichets et de plumes, de cosmétiques et de bas de soie, était une véritable caverne d'Ali Baba. Elle aimait beaucoup s'y asseoir pendant que les filles se préparaient. Ensuite, elle passait dans la salle pour voir le spectacle. Les danseuses, quatre jeunes femmes magnifiques et délurées qui adoraient se produire sur scène, étaient futées et drôles. Il n'y avait pas de place pour la honte dans leurs pirouettes osées et leurs plaisanteries salaces. Elles étaient bien payées, et protégées par les hommes de Mulligan.

Pour autant que Florence ait pu le voir, ce n'était pas une façon si désagréable de gagner sa vie.

Ici, personne ne jugeait les filles, personne ne leur reprochait de ne pas être dans le moule. Et personne ne les traitait de distraction inutile. Elles dansaient sur une scène et rendaient les gens heureux. Il y avait une certaine liberté dans cela, une joie utile.

Elle aurait aimé qu'un peu de cette joie se glisse en elle et lui donne du courage, mais la colère et la douleur qui l'habitaient encore faisaient barrage.

Cela fait une semaine. Cesse de te lamenter. Oublie-le.

Une écharpe en soie lui tomba sur la tête.

— On peut savoir ce qui vous préoccupe, mademoiselle Florence ?

Elle retira l'écharpe en souriant et la rendit à Maeve.

— Rien d'important.

— Mmm. Ça, ça veut dire un homme, dit Maeve en s'asseyant à côté d'elle. Je me trompe ?

Katie se pencha vers le miroir pour retoucher son rouge à lèvres.

— Je parie que c'est un rupin des beaux quartiers, le genre qui se balade à Central Park sur son pur-sang.

— Et qui regarde tout le monde de haut, ajouta une autre en roulant ses bas.

— Les rupins des beaux quartiers ne m'ont jamais attirée, répondit Florence. Ils sont ennuyeux à mourir. Et tellement vaniteux.

— T'as pas tiré le plus mauvais numéro avec Mulligan, si c'est sur lui que tu as des vues, dit Katie. C'est pas un gentleman, mais c'est tout comme.

— Et il paraît qu'au lit, c'est une bête sauvage, ajouta une autre fille en faisant mine de s'éventer.

— C'est vrai. C'est dommage qu'il ait pour principe de ne pas toucher aux danseuses, parce que moi, je le chevaucherais bien, l'étalon.

— Ma copine Amanda a couché avec lui, dit Maeve. Il l'a tellement léchée qu'elle a dû se passer de la glace sur le minou, après. Endolorie pendant des jours, qu'elle a été.

Les filles poussèrent grognements et soupirs, exprimant à la fois horreur et envie.

— Je n'ai pas de vues sur M. Mulligan, dit Florence en caressant une coiffe en plumes d'autruche. Il me donne des conseils, c'est tout.

— C'est ça. J'aimerais bien qu'il me donne des conseils à moi aussi, dit Katie d'un ton un peu sec. Deux ou trois heures par nuit, au moins.

Tout le monde éclata de rire, y compris Florence.

— Je ne plaisante pas, dit-elle. Notre arrangement est strictement professionnel.

— Parce que ton cœur est déjà pris, dit Maeve en la regardant. J'ai bien vu ton air perdu. Qui est-ce ?

— Quelqu'un qui m'était très cher. Mais il m'a dit que j'étais pour lui une distraction dont il n'avait pas besoin.

— Quel salaud, dit Katie en enfilant une perruque rousse. Crois-moi, tu es mieux sans lui. Les hommes, c'est toujours plus de soucis que ce qu'on croit.

Un peu partout dans la loge, les filles approuvèrent en riant, criant, sifflant. Quelque chose dans leur réaction réconforta Florence. Ces femmes la comprenaient et n'attendaient pas d'elle qu'elle surveille ses manières et parle correctement. Cela lui faisait un bien fou.

Florence aimait profondément ses sœurs, mais elles avaient été élevées dans le même esprit qu'elle, dans l'idée d'un patrimoine Greene à perpétuer à tout prix. Marion, l'aînée, hériterait de la fortune et ferait vivre le nom Greene. Justine, la benjamine, était l'âme charitable, la gentillesse et la douceur incarnées. Restait Florence, celle qui ruait dans les brancards. Et décevait tout le monde.

— Ma belle, estime-toi heureuse d'avoir échappé à ce type, dit Maeve. Le lit est encore chaud et il te traite comme ça ? Les choses ne pouvaient qu'être pires, ensuite. Crois-en mon expérience.

Une des filles secoua la tête.

— J'en ai eu un, une fois, qui m'a demandé de me lever pour lui faire un sandwich alors que j'étais encore trempée de sueur.

Katie croisa le regard de Florence dans le miroir.

— Tu as quand même eu droit à un orgasme ou deux, j'espère ?

— Oh, ça oui.

À ce souvenir, elle s'empourpra. Clay avait été... surprenant. Coquin. Drôle.

— De nos jours, c'est la seule chose qui compte, dit Maeve. En dehors de ça, on n'a pas vraiment besoin des hommes.

Florence se demanda quelle avait été la vie de Maeve. Elle percevait une douleur derrière les paroles et les conseils de la danseuse. Un point commun avec elle.

On toqua à la porte, et tout le monde se tut. Personne n'était autorisé à entrer dans la loge, ordre de Mulligan. Il tenait à ce que cette pièce reste un endroit sûr pour les danseuses, à l'abri de tous, même de son personnel.

— Oui ? dit Maeve.

— C'est Mulligan. Mlle Greene est ici ? J'aurais besoin de lui parler.

— Veinarde, murmura Katie avant de se tourner vers Maeve. Laisse-le entrer, je t'en prie.

— Vous êtes présentables ? demanda Maeve en balayant la pièce d'un regard.

Constatant que toutes les filles étaient couvertes, elle lança :

— Vous pouvez entrer !

La porte s'ouvrit, et Mulligan apparut. Cheveux lissés en arrière, tiré à quatre épingles, il était très séduisant. Florence aurait juré entendre soupirer quelques-unes des danseuses.

— Bonsoir, mesdemoiselles.

Elles le saluèrent toutes avec effusion. Katie, appuyée contre la table, une épaule légèrement dénudée, fit de même.

— Bonsoir, monsieur Mulligan.

Ignorant tous les regards, il posa les yeux sur Florence.

— Quelqu'un voudrait vous voir.

— Moi ?

Qui pouvait bien savoir qu'elle était ici ? Seigneur... Elle se décomposa.

— C'est mon père ?

— Si vous voulez bien me suivre, je vais vous expliquer.

Elle ne pouvait pas attendre une seconde de plus, il fallait qu'elle sache qui l'avait retrouvée.

— Inutile. Vous pouvez parler ici.

— C'est Madden. Il est en haut, dans mon bureau.

Maeve étouffa un petit cri.

— Clayton Madden ? C'est lui qui t'a...

D'un regard, Florence la fit taire. Puis elle tenta de maîtriser les battements de son cœur. Comment

Clay avait-il découvert sa présence ici ? Et surtout, pourquoi était-il venu ? Lors de leur dernière entrevue à la Maison de Bronze, il avait été clair. Que voulait-il lui dire de plus ?

— Je n'ai pas envie de le voir.

— Je pense que vous aimeriez entendre ce qu'il a à vous dire.

— Pourquoi ? Que vous a-t-il dit ?

Mulligan plongea les mains dans ses poches.

— Je crois qu'il veut s'excuser.

— Il vous l'a dit ?

— Pas exactement, mais...

En d'autres termes, non. Clay n'avait aucune intention de s'excuser. Lorsqu'il avait tourné le dos à Florence, il avait certainement cru qu'elle renoncerait à son projet de casino. Puis il avait découvert qu'elle était allée voir Mulligan, et cela ne lui avait pas plu. Eh bien, tant pis pour lui. Elle avait trouvé quelqu'un d'autre pour l'aider. Elle n'avait plus besoin de Clayton Madden.

— Qu'il retourne d'où il vient. Je n'ai rien à lui dire.

Maeve lui tapota le bras en signe de solidarité féminine.

— Écoutez, dit Mulligan, si vous ne lui parlez pas maintenant, il reviendra et me cassera les pieds jusqu'à ce que vous acceptiez de le voir.

— T'es pas obligée de le voir seule, dit Katie. Je t'accompagne, si tu veux.

— Merci, répondit Florence, réellement touchée par la réaction de ces femmes qu'elle ne connaissait que depuis quelques jours. Mais ce ne sera pas nécessaire. Je ne veux plus le voir, c'est tout.

— Soyez raisonnable, Florence, dit Mulligan. Je ne peux pas me permettre d'avoir Madden tous les soirs sur le pas de ma porte. Faites-le pour moi, au moins. Écoutez ce qu'il a à vous dire et débarrassez-vous de lui.

Le remords s'empara de Florence. Mulligan avait été d'une extrême gentillesse avec elle. Et il ne lui demandait pas grand-chose.

Mais était-elle prête à revoir Clay ? Il la prenait par surprise, en venant ici et en exigeant de la voir. Pourquoi aurait-elle accepté de se plier à ses conditions ? Le grand Clayton Madden impose, et le reste du monde dispose. Eh bien, non. Pas Florence. C'était terminé.

Elle avait appris sa leçon. Elle n'était qu'une distraction pour lui. Une gêne. Un désagrément. Alors il pouvait attendre. Peut-être cela lui servirait-il de leçon. On ne traitait pas les gens comme ça.

À vrai dire, pour que la leçon soit efficace, peut-être devait-elle lui montrer à quel point elle se fichait désormais de ce qu'il pensait d'elle. Lui prouver qu'elle était heureuse, ici, à apprendre son futur métier sous la houlette de Mulligan.

Peut-être Clay avait-il besoin de voir à côté de quoi il passait. À côté de qui.

Son regard se posa sur les jupons colorés qui attendaient sur un portant. Oui, l'heure était venue de lui donner une bonne leçon.

— Très bien, j'accepte de le voir, dit-elle à Mulligan. Dites-lui que je lui parlerai après le spectacle.

Maeve la regarda, interloquée.

— Tu vas… Non !

— Si. Vous avez bien un costume supplémentaire qui m'irait, non ?

Katie poussa un cri de joie, et Maeve éclata de rire.

— Allez, les filles, on habille la nouvelle !

15

— Elle te demande d'attendre un moment.

Clay, qui faisait les cent pas, s'immobilisa et fixa Mulligan d'un œil noir.

— Ce qui veut dire ?

— Qu'elle est occupée. Quand elle aura terminé, tu pourras lui parler.

— Occupée à quoi ?

— Ça ne prendra pas très longtemps. Viens avec moi.

Mulligan semblait se retenir de rire.

— J'ai le choix ? grommela Clay, irrité.

— Non, alors arrête de râler et suis-moi.

Clay obtempéra. Ils gagnèrent l'arrière du bâtiment, où un vestibule donnait sur un autre escalier. Lorsqu'ils atteignirent le rez-de-chaussée, Clay entendit des rires, des voix et le tintement de verres. Ils approchaient donc du cabaret ?

— Je n'ai pas le temps de prendre un verre, dit-il à Mulligan, devant lui.

— En fait, si.

Qu'entendait-il par là ?

Il n'eut pas le temps de poser la question. Mulligan ouvrit une porte, et ils se retrouvèrent dans la salle du cabaret. Des tables rondes disposées çà et là accueillaient une clientèle exclusivement masculine. Une scène occupait le fond de la pièce.

— Une bière ? demanda Mulligan en haussant la voix pour couvrir le brouhaha.

— Si tu veux.

Mulligan leva une main en direction de l'homme qui se trouvait derrière le bar. Quelques secondes plus tard, une serveuse au physique avantageux leur apporta deux verres de bière en regardant Mulligan d'un air affamé, comme on regarde une queue de homard au beurre blanc. Il ne lui prêta aucune attention, se contenta de la remercier et se tourna vers Clay.

— Le spectacle suivant ne va pas tarder. On va le regarder en attendant.

— Mulligan, grogna Clay. Je veux voir Florence. Immédiatement.

Mulligan s'appuya contre le mur.

— Un peu de patience, Clay. Et détends-toi, ça ne peut pas faire de mal.

Mais Clay ne pouvait pas se détendre, pas tant que Florence Greene se trouverait quelque part dans ce lieu de perdition. Avait-elle seulement idée des dangers qu'elle courait ici ? Mulligan ne s'était pas hissé au sommet d'un empire criminel en se tournant les pouces. Il trempait dans toutes sortes d'activités illégales, dangereuses pour la plupart, et qui avaient leur quartier général ici même.

Clay observa les hommes qui formaient l'assistance. Voleurs, crapules, dockers, ouvriers, ils formaient le gros de la main-d'œuvre à laquelle Mulligan avait recours. Si Clay n'avait pas tout fait pour se sortir de ce milieu, il aurait peut-être été comme eux, à essayer de grappiller quelques instants de répit dans une existence rude et impitoyable, impatient de voir de belles filles montrer leur culotte sur scène.

Quelques notes de piano retentirent dans les coulisses et le public applaudit, siffla. Tous les regards convergèrent vers la scène, à l'exception de celui de Clay, qui fixait son verre de bière en réfléchissant à la manière dont il allait s'excuser. Quoi qu'il fasse, il était probable que Florence ne se laisserait pas amadouer facilement.

Mais ce n'était pas la première fois que la chance était contre lui. Il persévérerait…

— Je regarderais ça, si j'étais toi, murmura Mulligan. C'est un spectacle qui vaut le coup d'œil.

Les filles entraient en scène. Elles portaient des jupes colorées et des perruques assorties. Leurs lèvres étaient peintes d'un beau rouge vif. Toutes avaient le même bustier à froufrous au décolleté vertigineux. Il retint un soupir d'impatience. Tout ceci était une perte de t…

Il se figea quand ses yeux se posèrent sur une des filles, dont la perruque était d'un roux flamboyant. Ce sourire, cette étincelle dans le regard… Nom de Dieu ! Il connaissait ce sourire et cette étincelle. Mais ça ne pouvait pas être elle. L'héritière des beaux quartiers, qui dansait sur scène ? Jamais elle n'aurait osé…

Quoique…

Si. C'était du Florence tout craché, ça. Bien sûr qu'elle aurait osé.

Sur scène, les filles se campèrent sur une jambe et remontèrent leurs jupes pour révéler le galbe d'un mollet. L'assistance s'enflamma, les verres cognèrent sur le bois des tables. Clay ne quittait plus la fille rousse des yeux, captivé par ses mouvements. Chaque coup de pied, chaque pas chassé, chaque rire, chaque sourire l'enflammait. C'était Florence, il n'en doutait plus. Il l'avait observée si souvent, si longtemps, que même si elle avait été costumée et dans l'obscurité, il l'aurait reconnue.

La voir si heureuse et si vive quand son absence le plongeait dans le désespoir l'anéantit. Comment avait-il pu la laisser partir ?

Il ne s'agissait plus de la tirer des griffes de Mulligan. Il s'agissait d'être avec elle. Leurs différences ne comptaient plus. Son père ne comptait plus. Il voulait que cette femme remarquable soit à ses côtés aussi longtemps qu'elle le supporterait. Un jour, un an… Peu importait.

Il ne la repousserait plus. Si elle lui pardonnait, il profiterait de chaque instant passé avec elle.

Sur scène, le rythme s'accéléra, et les danseuses lancèrent la jambe en l'air, agitant leurs jupons. Le regard de Clay croisa celui de Florence, et il y lut le défi. « Essaie de m'en empêcher », semblait-elle dire. Mais Clay s'en savait désormais incapable. Tenter de maîtriser Florence Greene, c'était chercher à retenir le vent entre ses doigts. Cette femme, il voulait la soutenir, pas l'étouffer.

Pour couronner le tout, la regarder danser, aguicher les spectateurs, flirter avec le public faisait pulser le sang dans ses veines et durcir son membre entre ses jambes. Florence n'avait pas fini de le surprendre.

— Tu n'es pas en colère ? demanda Mulligan en montrant la scène d'un signe de tête. Je pensais que tu allais te ruer sur la scène et causer un scandale. La faire descendre de là.

Clay imagina la réaction de Florence s'il avait tenté une chose pareille.

— Si tu crois que ça aurait marché, alors tu la connais bien mal.

— J'avais raison, donc. Vraiment prêt à tout pour cette fille, grommela Mulligan.

Le spectacle se terminait. Les filles tournèrent le dos au public et, après un rapide mouvement de jupons permettant d'entrevoir leurs dessous, sortirent de scène en courant. Dans la salle, on applaudit à tout rompre, et Clay y alla de son sifflement.

— Je veux la voir, maintenant.

— Je m'en doutais. Je vais la chercher, on se retrouve dans mon bureau.

On pouvait à peine bouger dans la loge. Les filles étaient toutes là, encore essoufflées après la représentation.

Cette fois, Florence ne fut pas surprise lorsqu'on toqua à la porte. Les regards des danseuses convergèrent dans sa direction, et elle hocha la tête. Plus vite elle verrait Clay, plus vite il s'en irait.

— Oui ? dit Maeve.

— J'ai besoin de Florence.

C'était la voix de Mulligan.

— J'arrive.

Florence se tapota le front avec un mouchoir. Elle était trempée de sueur, mais elle ne s'était jamais autant amusée de sa vie. Danser sur scène était tout bonnement jouissif.

Et chaque lancer de jambe, chaque pirouette avait été comme une flèche en direction du cœur amer et froid de Clay.

— Tu veux te changer avant ? demanda Katie.

Florence baissa les yeux sur sa tenue, qui lui plaisait décidément beaucoup et que Clay – elle en était presque certaine – détesterait.

— Non, j'y vais comme ça. Si ça ne lui plaît pas, tant pis pour lui.

— Oh, il aimera, fais-moi confiance ! dit Katie.

— Vous avez vu sa tête quand il a compris que c'était Florence ? demanda une des danseuses. On aurait dit qu'il avait pris la foudre !

— Moi, j'ai trouvé ça mignon. Il ne la quittait pas des yeux, dit Maeve en tendant sa robe à Florence. Clayton Madden, quand même... J'ai du mal à y croire. Mais ne cède pas s'il persiste à te traiter comme une grue.

Florence sourit et posa sa robe sur une chaise.

— Ne t'inquiète pas. Je ne céderai pas, de toute façon. Je reviens dans un moment pour me changer.

Elle ouvrit la porte et trouva Mulligan adossé au mur, un verre de bière à la main. En voyant sa tenue, il sourit.

— S'il ne trouve pas les bons arguments, sachez que vous serez toujours la bienvenue ici, *cara mia*.

Mulligan était décidément un drôle de gangster. Poli, plutôt cultivé, pas une seule fois il ne s'était départi de sa courtoisie avec elle.

— Merci. Mais je n'ai pas l'intention de m'en aller.

— Nous verrons bien. Suivez-moi.

Tandis qu'ils traversaient le club en direction du bureau de Mulligan, Florence se concentra sur sa colère et alimenta sa douleur plutôt que de laisser la nervosité s'emparer d'elle. À coup sûr, Clay allait lui faire un sermon sur les dangers qu'elle courait ici, l'inconvenance de sa présence en un tel lieu, sermon qu'elle n'avait nullement l'intention d'écouter. Clayton Madden n'était pas son patron.

Un moment d'égarement consenti ne lui donnait pas le droit de lui dicter sa conduite. Son apparition sur scène ce soir le prouvait bien. Elle s'était presque attendue qu'il bondisse sur la scène et l'en déloge de force, mais étonnamment, il n'en avait rien fait. Son regard sombre avait suivi chacun de ses mouvements, et l'intensité de son expression lui avait donné des frissons.

À croire qu'il avait aimé la voir ainsi vêtue et dansant le cancan.

C'était absurde, dans la mesure où il ne parlait que de son nom et de l'importance de son père. « Tu n'es pas faite pour un homme comme moi. »

Eh bien, elle n'était pas faite non plus pour les hommes comme Chauncey Livingstone, le presque fiancé de sa sœur. Ces messieurs de la haute n'étaient que vanité et ignorance. Elle avait eu plus de plaisir avec Clay en une nuit qu'avec n'importe quel autre homme. D'ailleurs, la question de son plaisir n'avait jamais effleuré ses précédents partenaires.

Sa décision était prise : désormais, elle éviterait les hommes. Elle se concentrerait sur son avenir et oublierait le passé. Et elle finirait bien par découvrir quelle était sa place dans la société, et aux côtés de qui.

Lorsque la porte du bureau de Mulligan apparut au bout du couloir, un mélange d'impatience et d'angoisse l'étreignit. *Je n'ai rien à craindre. Il ne peut pas me forcer à quoi que ce soit.*

Mulligan s'arrêta et se retourna vers elle.

— Si vous avez besoin de moi, je ne serai pas loin.

— Ça va aller, répondit-elle avec un hochement de tête, touchée par sa sollicitude.

Puis, inspirant un grand coup, elle actionna la poignée et entra.

Clay se tenait face à elle, impeccable dans son habituel costume noir. Même si elle s'était préparée, le voir ainsi lui coupa le souffle. Il ne semblait pas en colère, plutôt serein, au contraire, les mains dans les poches, les épaules détendues. Colosse tranquille au milieu du bureau.

Ils se toisèrent quelques instants, sans bouger ni parler. Son allure était toujours aussi impressionnante. Maintenant qu'elle le voyait, elle comprenait à quel point il lui avait manqué. Dommage que ce ne soit pas réciproque.

Le claquement de la porte qui se refermait derrière elle la fit sursauter et la poussa à réagir. Elle fit un pas en avant, décidée à mettre un terme à cette mascarade.

— Si tu es venu pour me demander de partir, tu perds ton temps.

— Je suis venu pour te présenter mes excuses.

Mulligan avait donc vu juste. Mais elle n'était pas certaine de vouloir entendre ce que Clay avait à lui dire.

— Je les accepte. Bonsoir.

Elle le salua d'un signe de tête et se hâta en direction de la porte pour prendre la fuite.

— Attends.

L'urgence, dans la voix de Clay, l'arrêta. Elle se retourna lentement.

— Pourquoi ?

— J'ai besoin que tu m'écoutes. S'il te plaît, Florence.

Elle s'adossa à la porte. Le contact du bois massif la rassura.

— Tu as cinq minutes, Clay.

— Très bien. Je regrette ce que j'ai dit. Et ce que j'ai fait. Mes mots ont dépassé ma pensée. Tu méritais mieux.

— C'est vrai. Pourquoi m'avoir dit ça, alors ?

— J'ai été pris de court. Je n'ai pas l'habitude de…

Il soupira, se passa une main dans les cheveux.

— Des filles comme toi.

« Des filles comme toi. » Ces mots eurent l'effet d'une étincelle sur une allumette. La colère l'embrasa. Ils en étaient donc revenus à ça, à cette petite boîte dans laquelle il l'enfermait.

— Pas l'habitude d'une fille couvée et gâtée ? Impulsive ? Irresponsable ? Ou décevante, plutôt ?

À toi de choisir. Ne t'inquiète pas, ces reproches, on me les a déjà tous faits à un moment ou un autre.

Il se rembrunit.

— Mais tu n'es pas comme ça.

— C'est pourtant ce que tu devais penser quand tu m'as demandé de partir et de ne jamais revenir alors que je ne m'étais même pas encore rhabillée.

— J'étais troublé, Florence. Et c'était mon problème, pas le tien.

— Troublé ? Par quoi ?

— Jusque-là, pour moi, le sexe, c'était du sexe, et rien d'autre. Mais, avec toi, c'était différent. Mieux. Je ne m'y attendais pas.

Il l'avait trouvée mieux que ses autres conquêtes. Dans sa poitrine, le nœud se défit légèrement.

— Tu as eu une drôle de façon de le montrer.

— Je l'ai compris après. Sur le moment, je pensais nous rendre service à tous les deux.

— Et maintenant ?

— Je sais que c'était une erreur. J'ai été lâche.

Florence battit des paupières. Quelque chose lui disait que Clay ne devait pas admettre souvent qu'il avait été lâche. Sa colère fondit comme neige au soleil.

— Alors quoi ? Tu veux continuer à me conseiller ?

— Oui. Et qu'on continue à coucher ensemble.

Le désir se réveilla au creux de son ventre, se coula dans ses veines et, malgré elle, elle sentit qu'elle perdait son assurance. La nuit passée avec Clay restait la plus belle nuit de sa vie. Mais la pire aussi. Elle refusait de prendre le risque de souffrir de nouveau. Accepter les conseils de Clay était une chose, coucher avec lui en était une autre.

Reprendre sa collaboration avec lui avait du sens. Son casino était exactement le genre d'établissement qu'elle souhaitait ouvrir. Mulligan s'y connaissait aussi, mais il ne gérait pas la Maison de Bronze. De plus, le casino de Clay était plus près de chez elle.

Reconnais-le, tu as envie de passer du temps avec lui.

Non, il n'y avait là rien de personnel. Cette décision était purement professionnelle.

Une petite voix lui soufflait qu'elle se mentait à elle-même, mais elle l'ignora.

— Je reviendrai pour que tu me conseilles, mais c'est tout. Je ne peux pas coucher avec toi.

Il scruta son regard.

— Puis-je savoir pourquoi ?

— C'était une erreur, qui n'aurait jamais dû se produire.

— Je ne te ferai pas souffrir, Florence.

— Tu ne peux pas me le promettre. Et même si tu me le promettais, je ne te croirais pas. Tu m'as fait mal, Clay, et je ne te laisserai pas me blesser une nouvelle fois.

Il fit un pas en avant, s'approchant d'elle avec un petit sourire.

— Je suis un homme de parole. Quand je fais une promesse, je la tiens, souffla-t-il en effleurant le menton de Florence du revers de la main. Je ne te brusquerai pas. Si tu m'assures qu'il n'y a plus d'espoir, plus jamais je n'émettrai la possibilité d'une relation physique. Mais je te jure sur ma vie et sur tout ce que je possède que jamais plus je ne te repousserai. Je suis à ta disposition, aussi longtemps que tu voudras bien de moi.

Elle ne savait que dire. Ce n'était pas une demande en mariage, mais c'était… grisant. Il s'offrait à elle. Il ne l'avait pas dit, mais sans doute tenait-il à elle. « Avec toi, c'était différent. Mieux. Je ne m'y attendais pas. »

Mais pourquoi n'avait-il pas dit cela plus tôt ? Pourquoi lui avait-il fallu une semaine avant de franchir le pas ? Une semaine pendant laquelle elle avait été si malheureuse...

— Qu'est-ce qui t'a fait changer d'avis ? Le fait de savoir que je m'étais adressée à Mulligan ?

— Ça, c'est quand j'ai décidé de venir te voir. Mais je pense à toi depuis notre nuit ensemble. Tu es partout. Sous chaque carte, derrière chaque dé. J'ai même interdit qu'on change mes draps pour garder ton odeur.

Une agréable chaleur se répandit en elle. Les yeux plissés, elle fixa Clay.

— Et moi qui croyais que tu serais furieux de me voir sur scène.

— Au contraire. Je veux te protéger, mais je ne suis pas ton père. Si tu as envie d'exhiber tes sublimes gambettes devant un parterre d'inconnus, libre à toi.

— Sublimes ?

Le souffle court, il posa une main sur le bois de la porte, juste à côté de sa tête.

— Sublimes à mourir, Florence.

— Tu as aimé me voir danser ? souffla-t-elle d'une voix rauque qu'elle reconnut à peine.

De sa main libre, il joua avec une boucle rousse, sur sa tempe.

— À la folie. J'étais fasciné.

— J'ai remarqué.

— Où que tu ailles, tu es toujours la femme la plus belle, la plus rayonnante de la pièce. Ton sourire pourrait illuminer toutes les rues de la ville.

Seigneur, cet homme savait y faire !

— Et des compliments, en plus ? J'en reste sans voix.

— Je ne fais que dire la vérité, répondit Clay, les yeux rivés sur ses lèvres. Est-ce que je peux t'embrasser ?

Au lieu de répondre, elle referma la main sur sa cravate et l'attira à elle. Il effleura d'abord sa bouche avec délicatesse, puis glissa une main derrière sa nuque et approfondit son baiser, scellant leurs lèvres. Elle se hissa sur la pointe des pieds, s'agrippa à ses épaules. Chaque souffle, chaque soupir était retourné avec la même ferveur.

Plusieurs minutes s'écoulèrent, puis Clay posa son front contre celui de Florence. Tous deux étaient haletants.

— Alors, tu réfléchiras à ma proposition ?

Elle ne se souvenait plus de rien après ce baiser, le désir l'empêchait de penser. Clay était si fort, si puissant… Elle parcourut son torse, ses épaules des mains, incapable d'arrêter de le toucher.

— À propos de danser sur scène ?

— Non, dit-il en riant. À propos de coucher ensemble. Tu vas y réfléchir, et tu me diras si tu es intéressée.

Ah, ça. Elle se souvenait, maintenant. Et, à cette idée, son cœur se mit à battre plus fort, le sang pulsa dans ses veines jusqu'au creux de son ventre, son sexe devint moite. Son corps avait déjà réfléchi.

Pouvait-elle céder aussi rapidement ?

— Et si tu me fais souffrir encore, la Maison de Bronze sera à moi ?

Il la regarda, interloqué.

— C'est ce que j'ai dit ?

— Tu as juré sur tout ce que tu possèdes que tu ne me ferais plus souffrir.

— Il me semblait que j'avais juré sur tout ce que je possédais de ne plus jamais te repousser.

— Tu ergotes.

Il l'embrassa sur le nez.

— C'est faux. Mais d'accord. La Maison de Bronze est à toi si je te fais souffrir.

Elle se rapprocha et fit courir ses lèvres sur sa mâchoire.

— Alors qu'est-ce qu'on attend ?

— Maintenant ?

— Tu avais d'autres projets ce soir ?

— Absolument pas.

Il la prit par la main, ouvrit la porte.

— Je te retrouve en bas, dit Florence. Il faut d'abord que je me change.

Il se retourna et posa un regard gourmand sur son décolleté, puis sur son corset.

— J'aime bien, moi. Ça ne me dérangerait pas que tu gardes cette tenue.

— Monsieur aurait donc envie d'une danseuse de cabaret dans son lit ce soir ?

Il ouvrit la porte et l'entraîna dans le couloir.

— Seulement si c'est toi la danseuse.

16

Ils passèrent par l'entrée principale.

La Maison de Bronze était déjà bondée. Toutes les tables étaient occupées ; jetons et dés roulaient sur les tapis de feutre. Clay et Florence traversèrent le casino. Personne ne risquait de la reconnaître, et c'était le chemin le plus direct pour gagner les appartements de Clay.

Les clients se retournèrent sur leur passage, mais leurs regards ne s'attardèrent pas. Clay savait ce qu'ils voyaient : une belle rousse au bras de celui qui l'avait choisie pour la nuit. Ils n'étaient pas si loin du compte.

Il n'en pouvait plus. Le trajet avait été une torture. Sentir Florence contre lui sans pouvoir rien faire avait eu raison de son calme. Elle s'était moquée de lui, et il avait promis de lui faire payer ses taquineries dès qu'ils seraient seuls.

Jack apparut soudain, leur barrant le passage.

— Mais ça va pas ? Qu'est-ce que tu fais ? lança-t-il à Clay, furieux. Tu as perdu la t…

— Bien l'bonsoir à vous, Jack.

Délaissant le ton poli et distingué qui était le sien d'ordinaire, Florence avait pris l'accent des faubourgs et une voix beaucoup plus rauque. Clay retint un sourire.

Jack la reconnut alors et se détendit aussitôt.

— Ah. Je vois. C'est inattendu, mais c'est un grand soulagement pour nous tous à la Maison de Bronze. Soyez la bienvenue, mademoiselle.

Elle regarda Clay d'un œil malicieux.

— Un grand soulagement, alors ?

— Ne l'écoute pas, répondit Clay, avant de se tourner vers son associé. Je ne suis là pour personne, ce soir. Qu'on ne me dérange sous aucun prétexte.

— Hou, j'en ai d'la veine, moi, rigola Florence en se blottissant contre lui.

— Occupe-toi bien d'elle, hein, dit Jack.

Puis il se tourna vers Florence.

— Passez une bonne soirée, mademoiselle.

Clay la prit par la main et l'entraîna vers le fond de la salle, où ils sortirent par la porte de service. Les couloirs étaient déserts, le personnel étant occupé soit au casino, soit aux cuisines. D'un pas rapide, ils montèrent à l'étage et s'arrêtèrent bientôt devant la porte des appartements privés de Clay. Il sortit une clé, ouvrit et s'effaça pour la laisser entrer.

Un feu avait été allumé dans la cheminée, donnant juste assez de lumière pour qu'ils puissent trouver leur chemin. Clay la prit dans ses bras et la souleva. Elle noua les bras autour de son cou.

— Dépêche-toi, murmura-t-elle contre sa tempe.

Quelques instants plus tard, il la déposait sur son lit et s'allongeait au-dessus d'elle, sans retirer ses chaussures ni ses vêtements – il avait trop envie de l'embrasser.

Elle vint à sa rencontre, impatiente elle aussi, ouvrit les lèvres pour accueillir sa langue, et il la dévora. Passionnément, sauvagement.

Avant Florence, le baiser avait été une sorte de fade préliminaire, un passage obligé avant de pouvoir en venir aux choses sérieuses. Avec Florence, c'était différent. Il avait besoin de l'embrasser, aimait les petits bruits qu'elle faisait, l'insistance affamée de sa bouche, ses coups de langue provocateurs, son souffle contre sa peau.

Elle était la perfection absolue.

Ses mains coururent sur son torse, ses épaules, partout où elle pouvait les poser, et chaque caresse l'embrasa un peu plus. Il sentait son membre tendre l'étoffe de son pantalon, douloureux, impatient. Seigneur, tous ces vêtements avant de pouvoir atteindre le sexe de Florence. Il avait encore son manteau, c'était dire !

À bout, il s'écarta, quitta sa bouche.

— Bon sang, je vais mourir si je n'entre pas en toi très vite.

Tout en lui mordillant le cou, elle glissa une main entre eux et la posa sur son sexe, qu'elle pressa légèrement. Il frémit des pieds à la tête, les yeux clos.

— Florence, je t'en prie...

Posant les mains à plat sur ses épaules, elle le repoussa, le fit rouler sur le dos.

— Détends-toi. Je peux peut-être t'aider.

Avec son aide, il retira son manteau. Mais, lorsqu'il voulut se remettre sur elle, elle l'en empêcha.

— Reste comme ça. À moins que tu ne veuilles plus de mon aide ?

Des façons de l'aider, il aurait pu lui en citer de nombreuses, mais aucune n'aurait convenu à une jeune fille de bonne famille. Et sa conscience l'empêchait de dépraver Florence plus qu'il ne l'avait déjà fait.

— Pour m'ôter mes vêtements ?

— Non, pour m'occuper de ce qu'ils cachent.

Elle fit descendre lentement sa main entre eux et la posa sur sa braguette. Son membre palpita aussitôt. Imaginer Florence le prenant dans sa bouche l'électrisa. Distrait par cette image, il ne réagit pas tout de suite lorsqu'elle ouvrit son pantalon.

— Attends, tu n'es pas obligée de faire cela. Ce n'est pas convenable pour…

Devant le regard coquin qu'elle lui renvoya, il se tut.

— Pas convenable pour ta danseuse de cabaret ?

Il ravala ses scrupules. Florence savait ce qu'elle faisait, ce qui était mieux pour elle. Capitulant, il croisa les mains derrière sa tête et soupira.

— Je n'aurais pas dû mettre autant de vêtements, dit-il d'un air détaché lorsqu'elle entreprit de défaire les boutons de son caleçon.

— C'est vrai. Tu pourrais m'aider, tout de même, ajouta-t-elle avec un regard en direction de son gilet.

En quelques secondes, Clay l'avait retiré. Le gilet tombait à terre lorsqu'elle glissa la main dans son caleçon et la referma sur son membre. La fraîcheur de ses doigts sur son sexe brûlant lui arracha un grognement. Il bascula le bassin, poussa son sexe en avant, impatient.

Elle s'agenouilla au-dessus de lui avec un petit sourire. Il retint son souffle, et tout son être se tendit lorsqu'elle donna un petit coup de langue sur le sommet de son gland. Un cri s'échappa de sa gorge, et il ferma les yeux. Jamais il ne tiendrait s'il continuait à la regarder.

— Cela m'aiderait si tu me disais ce que tu aimes, dit-elle dans un souffle, dont il sentit la chaleur sur sa peau. Je n'ai jamais… Enfin, je n'ai pas beaucoup eu l'occasion de pratiquer ce genre de choses avant.

Avait-elle déjà fait cela ? L'idée que son sexe serait le premier à franchir les lèvres de Florence le mit dans un état proche de la frénésie. Ce sentiment de possession était franchement barbare, mais l'animal en lui s'y soumettait sans hésiter.

Exiger cela d'elle n'était pas correct, mais il refusait de la traiter comme une jeune fille fragile. Si elle voulait continuer sur cette voie, il devait rester lui-même.

— Suce-moi, ordonna-t-il d'une voix sourde. Prends-moi tout entier dans ta bouche. Sers-toi de ta langue, de tes mains, de tes lèvres... Je veux sentir ta bouche sur ma queue.

Ses mots lui firent de l'effet, de toute évidence, car son regard se perdit dans le vague, assombri par le désir. Était-ce dû à la façon dont il lui avait parlé ? Ses amants des beaux quartiers, ignorants qu'ils étaient, avaient dû utiliser des expressions idiotes, comme « mât de misaine ». Beaucoup de « s'il te plaît » et de « merci » tout en tâtonnant dans le noir.

Clay avait grandi dans la rue. L'argot était comme sa langue maternelle. Si une femme n'aimait pas qu'on lui dise des trucs cochons, mieux valait qu'elle couche avec quelqu'un d'autre.

Florence referma la main sur son sexe et l'inclina vers sa bouche.

— Oui, là. C'est ça, l'encouragea-t-il.

Il pensait qu'elle poserait juste ses lèvres sur son gland, l'exciterait un peu, le temps de trouver le courage d'aller plus loin.

C'était bien mal la connaître.

D'emblée, elle le prit tout entier dans sa bouche. Une sensation humide et chaude l'enveloppa.

— Oh... c'est bon, grogna-t-il en renversant la tête en arrière. Oui, ma belle, vas-y.

Il raidit les jambes pour retenir un coup de reins qui l'aurait fait plonger plus loin dans ce délicieux fourreau. L'onde de choc du plaisir gagna son corps tout entier.

Sa réaction dut satisfaire Florence, car lorsqu'il parvint à rouvrir les yeux, son regard était joyeux. Elle se mit au travail, suça, lécha son sexe de la base jusqu'à la pointe, ses lèvres rouges courant délicieusement le long de son membre. Sa tête qui bougeait sur lui, cette perruque rousse ridicule, ses joues creusées par l'aspiration, il trouvait tout cela terriblement érotique. Il ne chercha pas à accélérer le rythme, même lorsqu'il se sentit près d'exploser.

Mais il ne voulait pas que cela se termine ainsi.

Alors il se redressa et, en un mouvement souple, l'attira sur lui pour qu'elle le chevauche.

— On aura tout le temps pour ça plus tard, murmura-t-il. Maintenant, je veux être en toi.

Remontant ses jupes, il trouva la fente de sa culotte et glissa une main entre ses cuisses. Elle était trempée, brûlante. Il introduisit un doigt en elle.

— Montre-moi tes seins, souffla-t-il d'une voix rauque.

Elle défit son bustier, le retira. Il glissa un deuxième doigt en elle, lui arrachant un petit cri.

— Oui, c'est bien. Continue, Florence.

D'une main, elle délaça son corset, s'offrant au regard affamé de Clay. *Je la veux, maintenant*. Il lécha le pouce de sa main libre et le fit disparaître sous ses jupes, trouva la petite crête dure et bombée et la caressa, tourna autour jusqu'à ce qu'elle se frotte contre lui, cherchant le plaisir.

— Soulève-toi.

Il la saisit par les hanches, la plaça juste au-dessus de son membre. Retenant ses jupons, Florence s'empala lentement sur lui, l'étreignit, l'enserra.

Elle prenait son temps, et il n'y avait pas torture plus douce. Il serra les dents, se concentra pour réprimer son impatience. Lorsqu'il fut complètement en elle, ils gémirent l'un et l'autre, haletants. Jamais il ne s'était senti aussi vulnérable et puissant à la fois.

— Oh… c'est trop, murmura-t-elle.

Il se figea.

— Je te fais mal ?

Elle secoua la tête.

— Non, je crois que je vais…

Jouir ? Bon Dieu, lui aussi était au bord de l'explosion. Il l'agrippa par les hanches et, les yeux mi-clos, elle fit onduler son bassin. Clay ferma les yeux, s'abandonna au sentiment d'ivresse que générait ce massage, cette délicieuse pression. Lorsque Florence accéléra le mouvement, il caressa une nouvelle fois son clitoris, résolu à ce qu'elle jouisse en premier.

Bientôt, elle ralentit le rythme, et il donna des coups de reins vers le haut, maintenant la pression jusqu'à ce qu'elle frémisse des pieds à la tête. Une série de spasmes enserra le membre de Clay, tandis que, le corps secoué de soubresauts, elle plantait les ongles dans son torse. Il ne quitta pas des yeux cette créature parfaite et se jura de la faire jouir encore mille fois pour voir si son expression changeait à chaque orgasme.

La puissance de ces spasmes l'amena à la jouissance à son tour. Ce fut un véritable feu d'artifice, mêlant chaleur et couleurs éclatantes. Un flot de bien-être le submergea, effaçant les pensées sombres et tristes qui l'avaient accompagné ces jours derniers.

Florence se laissa tomber en avant et se blottit contre lui. Toujours en elle, il sentit la sérénité l'envahir. Bientôt, la réalité reprendrait le dessus. Mais, pour l'instant, elle était dans son lit, et rien d'autre n'avait d'importance.

— Joyeux anniversaire, ma petite-fille chérie.

Florence serra sa grand-mère dans ses bras. Toute la famille Greene était réunie pour un grand dîner de Pâques. Le matin, après la messe, ils avaient remonté la Cinquième Avenue, comme presque toute la bonne société de New York. C'était là l'occasion pour les dames d'exhiber nouveaux chapeaux et robes printanières, et pour les messieurs hauts-de-forme et queues-de-pie. Mme Greene, qui aimait particulièrement cette tradition, exigeait que ses trois filles l'accompagnent.

— Mais, bonne-maman, mon anniversaire n'est que dans trois jours.

— C'est vrai, mais il n'est jamais trop tôt pour couvrir d'amour ma petite-fille préférée.

— Vous ne devriez pas dire ça. Marion et Justine pourraient vous entendre.

La vieille dame s'écarta et caressa la joue de Florence.

— Loin de moi l'envie de leur faire de la peine, mais je ne crois pas qu'elles seraient étonnées si elles apprenaient ce secret.

Sans doute pas. Florence prit le bras de sa grand-mère et l'entraîna dans le couloir. Le reste de la famille s'installait déjà dans le salon d'apparat, qui ne servait que pour les grandes occasions. Un moment de tranquillité avec sa grand-mère était toujours un privilège. La semaine qui venait de s'écouler avait été une succession de découvertes pour elle. Parler avec Clay. Faire l'amour avec Clay. Mentir à ses parents et penser à Clay. Elle n'avait pas eu un moment à elle.

— Quand vous avez rencontré bon-papa, vous avez tout de suite su que vous seriez heureux ensemble ?

— Mon Dieu, non. Les fiançailles avaient été arrangées par mon père, et j'ai pleuré pendant deux jours. Figure-toi que j'étais amoureuse d'un autre.

Florence en resta bouche bée.

— Je ne savais pas ! Qui était le jeune homme auquel vous avez dû renoncer pour bon-papa ?

Sa grand-mère s'arrêta devant un tableau représentant un jardin anglais. C'était une huile d'un maître connu, mais dont Florence avait oublié le nom.

— C'était une passade, rien de plus. Nous aurions été malheureux comme les pierres ensemble. Je n'en ai jamais parlé parce que je ne voudrais pas que vous, mes petites-filles, redoutiez cet instant. Mais pourquoi poses-tu la question ? Est-ce que ton père a décidé…

— Non, Dieu merci ! Vous savez bien que jamais je n'épouserai un homme que papa aura choisi. Si je décide de me marier un jour, je trouverai moi-même mon époux.

— Oui, c'est ce que tu m'as dit. Mais arrive un âge où les possibilités de mariage se font plus rares. N'attends pas trop. Sans parler du fait que la patience de ton père a des limites.

Florence en était douloureusement consciente. Mais, pour réaliser son rêve, elle avait besoin de l'aide de sa grand-mère. Aussi inspira-t-elle un grand coup et se jeta-t-elle à l'eau.

— Et si je vous dis que je ne veux pas me marier ? Que je veux faire autre chose à la place ?

Sa grand-mère fronça les sourcils en pinçant les lèvres – exactement la même expression perplexe qu'elle affichait devant une débutante qui ne connaissait pas ses pas de danse. Mais Florence ne se laissa pas impressionner. Ni elle ni sa grand-mère n'aimaient les gens qui cédaient trop vite. Elle attendit donc, se forçant au calme et à la patience.

— Quoi, par exemple ?

Le moment était hélas mal choisi. Florence ne pouvait pas parler de son projet ici, dans un couloir, avec le reste de la famille à proximité. Il fallait qu'elle soit seule avec sa grand-mère et qu'elle ait un peu de temps devant elle.

— Je passerai vous voir bientôt pour vous en parler, c'est promis.

— J'espère bien, maintenant que tu as piqué ma curiosité.

Florence se pencha et embrassa la joue de sa grand-mère.

— Dépêchons-nous, maintenant, ou ils vont croire que nous nous sommes perdues.

Et, sourire aux lèvres, elle suivit la vieille dame dans le salon d'apparat. Oncles, tantes, cousins se détendaient dans les fauteuils français tandis que les domestiques leur proposaient du champagne sur des plateaux en argent. Florence se dépêcha d'attraper une coupe au passage.

— Ah, vous voilà ! s'exclama son père en les voyant. Assieds-toi, maman. Puisque toute la famille est réunie ce soir, il faut que nous discutions de quelque chose.

Florence s'installa sur un sofa à côté de Marion. Sa sœur aînée lui décocha un regard inquiet et, au même instant, leur grand-mère demanda :

— De quoi s'agit-il, Duncan ?

— De toutes les bâtisses de ce pâté de maisons.

Autour de lui, le silence se fit.

— Comme vous l'avez sans doute remarqué en arrivant ce soir, un grand nombre d'hôtels particuliers ont été rachetés et démolis.

— Difficile de manquer ça, grommela l'oncle Thomas. En quoi est-ce important ?

— J'aimerais le savoir moi aussi, puisque j'ai refusé de vendre, dit sa mère. Qu'as-tu appris à ce sujet ?

— Un promoteur a racheté tout le pâté de maisons et déposé une demande de permis de construire pour bâtir à la place les locaux d'un club.

— Un club ? s'étonna sa femme. Où, à l'angle de la rue ?

— Non. Le projet porte sur la totalité du pâté de maisons.

— C'est impossible, j'ai refusé de vendre.

— Le promoteur a prévu de bâtir tout autour de cette maison.

Florence en resta bouche bée et entendit Marion étouffer un cri de surprise. Construire autour de cette maison ? Comment était-ce possible ?

Dans le salon, tout le monde se mit à poser des questions, à réfléchir à voix haute. Florence, parfaitement immobile, se demandait comment le promoteur envisageait de réussir pareil exploit. Cette maison avait toujours été pour elle une oasis de calme et de tranquillité, loin de la pression et du conformisme qui régnaient chez ses parents. Et, un jour, elle devait lui revenir.

Avec un club bâti tout autour ?

Duncan leva une main pour réclamer le silence.

— Calmez-vous. Thomas, pour répondre à ta question, je connais quelqu'un à la mairie. C'est lui qui m'a parlé de la demande de permis de construire.

— Un tel projet est-il vraiment réalisable ? demanda sa femme. Ta mère ou la ville doivent pouvoir faire quelque chose pour l'empêcher, non ?

— Je ne crois pas, répondit Duncan. Rien ne l'interdit dans le plan d'occupation des sols. De plus, les propriétaires du quartier ont tous vendu et un grand nombre d'entre eux ont déjà déménagé, donc nous ne pouvons pas espérer faire front commun. Cette maison est la seule qui reste.

— C'est ridicule, dit sa mère en posant sa coupe sur une console dans un bruit de bracelets. Ils ne peuvent pas cerner ma maison, l'envelopper comme dans une étole de fourrure.

— Ridicule ou pas, le promoteur ne reculera pas, il construira son club ici. Cela semble absurde, mais de toute évidence, quelqu'un est déterminé à mettre la main sur ce quartier.

— Qui est ce promoteur ? demanda l'oncle Thomas. Nous devrions peut-être lui parler.

— Je suis en train de chercher le ou les noms qui sont liés à ce projet. Il va sans dire que toutes les personnes impliquées auront de mes nouvelles.

— Papa, votre avocat, M. Tripp, dit Marion. Il pourrait peut-être trouver une solution.

Florence retint un petit rire.

— Tu n'as rien trouvé de plus subtil ? murmura-t-elle à sa sœur.

Marion était amoureuse de Frank Tripp, mais gardait sa liaison secrète.

— Garde tes commentaires pour toi, répliqua Marion en aparté.

— J'ai prévu de lui en parler, en effet, répondit leur père. Mais je pense que nous devons nous préparer au pire.

— Quoi ? s'écria sa mère. Donc, soit je vis cernée par je ne sais quel club, avec des voyous allant et venant à toute heure du jour et de la nuit, soit je perds ma maison ? C'est ce que tu veux dire ?

— Maman, je ferai tout ce qui est en mon pouvoir pour l'empêcher, répondit Duncan.

Son père avait une volonté de fer, et Florence ne doutait pas un instant qu'il réussirait. Personne ne s'attaquait à Duncan Greene sans y laisser des plumes.

Pour la centième fois depuis le début de la semaine, elle se demanda pourquoi Clay détestait son père. Qu'avait-il bien pu se produire entre eux ? Clay ne connaissait même pas Duncan Greene. Celui-ci avait été élevé dans cette maison, au cœur d'un quartier privilégié, alors que Clay avait grandi à Delancey Street, qui était au sud de la ville. Jamais leurs chemins n'avaient pu se croiser, d'autant plus que Duncan ne jouait pas et ne fréquentait jamais les casinos.

Sa grand-mère se leva, visiblement affectée par cette nouvelle.

— Je vais monter m'allonger un peu. Commencez le dîner sans moi.

— Tu es sûre, maman ? demanda Thomas en prenant le bras de sa mère. Tu veux que je t'aide à monter ?

— Je ne suis pas encore infirme, Tom. Reste ici, je vais me débrouiller toute seule.

Et, soulevant ses jupes, elle se dirigea vers la porte dans un bruissement de soie, avant de disparaître dans le couloir.

Florence était triste pour sa grand-mère. Triste pour sa famille. Et pour elle, aussi, qui venait de perdre un élément de son avenir. Si elle avait mis la possibilité du mariage de côté aussi facilement, c'était parce que, mari ou pas, elle aurait eu un toit avec cette maison en héritage. Mais si son père ne pouvait empêcher la construction du club, ses plans devenaient plus risqués.

— Qu'allons-nous faire, Duncan ? demanda Mme Greene. Ta mère adore sa maison.

— Notre père l'avait fait bâtir pour elle. Nous avons tous grandi ici, dit Thomas. Nous ne pouvons pas laisser qui que ce soit la lui prendre.

Duncan leva une main – c'était sa façon de dire : « Taisez-vous. »

— Je sais tout cela. Je m'en occupe.

— Je suis presque désolée pour ce promoteur, murmura Marion.

Florence n'aurait pu dire mieux.

— Tu as raison. Qui que ce soit, il ignore qu'il vient de mettre un pied en enfer.

17

Beaucoup plus tard ce même soir, Florence était allongée contre Clay, dans l'immense baignoire en marbre qui trônait dans la salle de bains. L'appartement de Clay, au-dessus de la salle de jeu, était un endroit sobre, presque modeste, où il passait peu de temps, mais la salle de bains, elle, avait un côté décadent. C'était une pièce entièrement carrelée de bleu et de blanc, avec, ici et là, des touches dorées et du marbre italien. Une douche avait été installée dans un coin ; la baignoire, elle, était au centre de la pièce. Florence peinait à imaginer la quantité d'eau nécessaire pour remplir une baignoire de cette taille, mais elle n'allait pas se plaindre. Elle avait l'impression de flotter dans un lac d'eau de source chauffée, contre un homme puissant et nu.

En d'autres termes, elle avait l'impression de goûter au paradis.

Il avait fait monter des cuisines du casino du champagne et deux coupes, ainsi que de quoi manger. Pour le moment, elle était comblée et n'avait besoin de rien.

— Tu étais comment, enfant ? demanda-t-elle.

L'homme qu'il était la fascinait, mais elle ne savait rien de son enfance.

— Tu travaillais dans le bar de ton oncle, mais en dehors de ça ? reprit-elle.

— Il n'y a pas grand-chose à dire. Je n'étais pas très intéressant.

— Ça m'étonnerait. Je suis sûre que tu étais un garçon intéressant, dit-elle en faisant remonter la pointe de ses pieds le long des mollets de Clay. Par exemple, as-tu des frères et sœurs ? Des parents encore de ce monde ? Il y a tant de choses que j'ignore de toi.

Elle le sentit bouger derrière elle tandis qu'il buvait une gorgée de champagne.

— J'avais un frère cadet. Il est mort du choléra quand j'avais douze ans.

— Oh. Je suis désolée, Clay.

Il embrassa le sommet de sa tête.

— Moi aussi.

— Et tu m'as dit que vous vous étiez installés sur Delancey Street ?

— Oui, quand j'avais presque onze ans. Avant cela, nous habitions sur la 7e rue Est.

— Avec tes parents ?

— Oui.

— Ils sont encore en vie tous les deux ?

— C'est possible.

Elle se retourna pour le regarder.

— Tes réponses sont très vagues. C'est délibéré ?

— Je n'aime pas parler de mon passé. Il est très différent du tien, ça, c'est certain.

— Parce que mon père est riche.

— Pour commencer, oui.

Du bout d'un doigt, il suivit la courbe de son sein, disparut sous l'eau pour en contourner le mamelon, qui durcit aussitôt. Elle frissonna.

— Et ?

— Et tu viens de l'une des familles les plus en vue de la ville. Domestiques, cuisinières, cochers. Tu es accueillie à bras ouverts dans tous les hôtels particuliers de la Cinquième Avenue, et on t'invite aux soirées les plus huppées de la ville.

C'était la vérité, mais tous ces privilèges s'accompagnaient d'obligations, d'attentes, de pressions diverses.

— À t'entendre, tout dans ma vie est facile et grandiose. Alors qu'en réalité, c'est étouffant et d'un ennui à mourir.

Il eut un petit rire, qui la poussa en avant.

— N'importe qui en ville serait prêt à tuer pour s'ennuyer comme ça.

— Pas moi. Je ne rêve que d'une chose : quitter ce milieu.

— Et renoncer à tout ce qu'il t'apporte ? Je pensais que tu ouvrirais ton casino, mais que tu le dirigerais dans l'ombre. Que tu garderais l'anonymat.

Elle avait envisagé cette solution, bien sûr. Diriger une entreprise, un casino qui plus est, serait mal vu de la haute société. Même si des femmes de ce milieu fréquentaient ledit casino, elles la mépriseraient parce qu'elle y travaillerait.

Mais l'idée de diriger le casino anonymement ne lui plaisait pas. Ç'aurait été une manière de dire qu'elle en avait honte, ce qui n'était absolument pas le cas. Et puis, avec le temps, la crainte permanente que son secret n'éclate au grand jour risquait de devenir épuisante.

Une fois de plus, ç'aurait été faire semblant. Elle ne voulait plus de tout cela.

— Je ne veux pas me cacher, dit-elle. Même si les gens me snobent à cause de cela, je suis prête à courir le risque.

— Tu as sans doute raison. Garder le secret ferait de toi une proie idéale pour un maître chanteur.

Elle n'avait pas pensé à cela.

— Dit l'homme qui pense comme un criminel.

— Mais je suis un criminel, ma chérie.

— Pas au sens où on l'entend traditionnellement. Et puis, le jeu devrait être autorisé. Si les gens sont prêts à risquer leur argent dans des jeux de hasard, pourquoi devrais-tu porter le chapeau ?

— Seulement, c'est illégal, ce qui signifie que je pourrais aller en prison.

— Tu as déjà été arrêté ?

— Plein de fois.

Doux Jésus. Elle se retourna pour voir son visage.

— Vraiment ?

— Bien sûr. Quand j'étais gosse, si la maréchaussée ne t'attrapait pas dans la rue, les autres gamins te dénonçaient rien que pour récupérer ta part des trafics.

— Comment as-tu fait pour amasser tout ça, alors ? demanda Florence avec un geste pour désigner la luxueuse salle de bains.

— J'ai appris à courir vite.

Elle eut un petit rire, puis reprit place en se calant tout contre lui.

— À t'entendre, ça a été facile.

— Pas du tout. Rien dans ma vie n'a été facile.

Tout en remuant la main dans l'eau, elle songea aux chemins si différents qu'ils avaient suivis. Fascinée par les ondulations visibles à la surface, elle observa la façon dont un mouvement ténu était amplifié, chaque ride issue de la précédente engendrant la suivante.

— Avoir de l'argent, ce n'est pas forcément avoir la belle vie, reprit-elle.

— Dit celle qui en a toujours eu.

— On dirait presque que tu m'en veux.

Il soupira, et elle sentit son souffle sur sa nuque.

— Je ne t'en veux pas. Tu n'es pas responsable du milieu dans lequel tu es née. Mais, quoi que tu en dises, avoir de l'argent signifie avoir le choix et vivre confortablement. Moi, j'ai travaillé et traficoté pendant vingt ans pour bâtir la Maison de Bronze. Toi, tu as prévu d'étudier la chose pendant quelques semaines, quelques mois tout au plus, avant d'ouvrir le même genre d'établissement. C'est un luxe que tu peux te permettre, grâce à ton père.

— Tu penses vraiment que mon père serait d'accord pour financer mon casino ?

— Il a forcément mis de l'argent de côté pour t'assurer une rente.

— Je ne le toucherai qu'à mes trente ans, ou le jour de mon mariage.

— Oh.

Il prit de l'eau au creux de sa main et la fit couler sur l'épaule de Florence, qui frissonna.

— Comment vas-tu faire, alors ?

— J'ai prévu de demander à ma grand-mère de me prêter de l'argent. Mais il va falloir que j'attende un peu.

— Pourquoi ? Elle est malade ?

— Non.

Elle hésita à raconter la suite, ne voulant pas accabler Clay avec ses problèmes. Mais elle avait confiance en lui. Depuis le soir où elle était montée sur scène chez Mulligan, des liens plus solides les unissaient. Ce qui leur arrivait était puissant, terrifiant, mais il avait promis de ne pas la faire souffrir, et elle voulait le croire.

— Il est possible qu'elle doive vendre sa maison.

— J'imagine qu'elle n'en a pas qu'une.

Il avait dit cela d'un ton détaché, mais elle perçut autre chose dans sa remarque. Encore du ressentiment envers la fortune de sa famille ?

— En effet, mais celle-ci, c'est mon grand-père qui l'a fait construire pour elle quand ils se sont mariés. Mon père et mon oncle y ont grandi. Elle y tient beaucoup.

— La somme qu'elle en tirera devrait l'aider à mettre de côté son sentimentalisme. La maison a dû tripler de valeur depuis sa construction.

Florence se renfrogna. Pour Clay, tout était une question d'argent. Mais, en l'occurrence, il s'agissait d'autre chose que de dollars et de cents.

Elle se retourna légèrement.

— Si elle pouvait, elle ne la vendrait pour rien au monde. Mon grand-père lui manque, et grâce à cette maison, elle pense à lui tous les jours. Et puis, elle a promis de me la léguer après sa mort.

— À toi ?

— Je sais que cela paraît un peu idiot, mais j'ai toujours aimé cette maison, même enfant. J'y ai passé beaucoup plus de temps que mes sœurs. C'était un peu un refuge pour moi.

Un endroit où elle pouvait oublier la déception de son père et les attentes de sa mère.

— Je ne sais pas ce que j'aurais fait sans bonne-maman et sa grande maison toute biscornue, avoua-t-elle.

Clay resta silencieux un moment, puis la prit par les épaules, la réinstalla contre lui et la serra dans ses bras.

— Mais tu te marieras un jour, et ton mari t'offrira une maison.

— Ah non, alors. Je préfère avoir mon entreprise plutôt qu'un mari. Et si j'habite dans la maison de ma grand-mère, je pourrai utiliser ma rente pour couvrir les frais du casino.

— Je ne savais pas.

— Personne ne le sait. Mais la maison de ma grand-mère est la clé de voûte de mon projet. Si elle la vend, je serai obligée de vivre au-dessus de mon casino et de devenir une recluse revêche et renfrognée.

Saisissant l'allusion, il émit un grognement. Ils restèrent silencieux quelques instants. L'eau léchait les bords de la baignoire, la vapeur montait en volutes vers le plafond. Florence décida que c'était le bon moment pour poser la question restée en suspens entre eux depuis le début.

— Me diras-tu enfin pourquoi tu détestes mon père ?

— Non.

La réponse avait le mérite d'être claire et ne laissait guère la possibilité d'ouvrir la discussion.

— Ce n'est pas un homme mauvais. Il est parfois un peu intimidant, mais il n'est pas cruel.

— Jamais tu ne me feras changer d'avis à son propos.

— Même si je te raconte quel père aimant et présent il est ? Même si je te cite toutes les bonnes œuvres auxquelles il participe ? Même si je te raconte la fois où il a sauvé un chaton de la mort et nous l'a ramené, à mes sœurs et à moi ?

— Rien de tout cela ne changera l'opinion que j'ai de Duncan Greene.

— Depuis combien de temps le connais-tu ?

— Je ne le connais pas.

Florence poussa un soupir agacé.

— Clay... tu fais exprès de...

D'un mouvement souple, il la souleva et la fit pivoter de manière qu'elle le chevauche. Puis il se pencha, prit la pointe d'un de ses seins entre les lèvres, et elle sentit qu'elle s'embrasait. Chaque coup de langue, chaque succion provoquait de délicieuses contractions au creux de son ventre.

— Tu essaies de me faire perdre le fil, là..., murmura-t-elle.

— En effet. Est-ce que ça marche ?

Il plongea une main sous l'eau, la caressa entre les cuisses, et elle oublia toutes ses questions. Pour l'instant.

Le jour baignait la Maison de Bronze d'une atmosphère différente. L'endroit paraissait moins élégant, plus fonctionnel. Les employés se hâtaient ici et là, débarrassant la salle des vestiges de la nuit et la préparant pour les festivités de la suivante. Fournisseurs et ouvriers allaient et venaient, livrant leur marchandise ou procédant aux petits travaux nécessaires. Clay ne regardait jamais à la dépense et payait bien son personnel. Il ne voulait que le meilleur pour cet étincelant bijou du vice et de la débauche.

En général, il se levait entre 10 et 11 heures, s'habillait, puis, en buvant un café, parcourait les différentes salles du casino, dont il examinait les moindres recoins. Il adorait cet endroit.

Ce matin-là, il s'accorda un peu plus de temps. Il était fatigué – le contrecoup de ses nuits avec Florence commençait à se faire sentir. Mais elle valait tous les bâillements et soupirs du lendemain. Intrépide et aventureuse, elle n'avait pas peur de lui. Elle le surprenait sans cesse par son désir d'essayer de nouvelles choses, par sa curiosité et son ouverture d'esprit.

— Bonjour, Adeline, dit-il à une bonne qui astiquait les cuivres du bar principal.

Elle s'interrompit et battit des cils.

— Bonjour, Monsieur.

— C'est bien, ce que vous faites. Merci.

Elle regarda d'un œil inquiet la bordure du bar qu'elle venait de finir de nettoyer.

— Oh. C'est mon travail, Monsieur.

Une main se posa sur le bras de Clay. C'était Jack, qui avait surgi là sans que personne s'en aperçoive.

— Oui, bon travail, Adeline. Continuez, dit-il avant d'entraîner Clay de l'autre côté de la salle.

Lorsqu'ils furent hors de portée de voix, il se tourna vers Clay.

— Arrête d'être gentil avec les employés, ça les rend nerveux.

— Qu'est-ce que tu veux dire ?

Ils s'arrêtèrent.

— Je veux dire que tout le monde est sur des charbons ardents, avec tes changements d'humeur. On n'a pas l'habitude de te voir amoureux comme ça.

— Je ne suis pas amoureux ! s'exclama Clay.

Pour toute réponse, Jack eut un regard sceptique. Clay décida de ne pas relever.

— Donc, je n'ai pas le droit d'être modérément heureux, même pendant quelques jours ?

— Ni toi ni moi n'avons de temps pour cette conversation, répliqua Jack. Duncan Greene est dans ton bureau.

Clay se raidit, tous ses sens en alerte. Il s'attendait à cette visite, mais pas si tôt.

— Et quand pensais-tu me prévenir ?

— Il arrive à l'instant. Je venais te le dire quand je t'ai trouvé en train de flanquer la trouille à Adeline.

— Il a sûrement été informé de la demande de permis de construire.

— Sûrement.

Si Clay n'avait pas tenu une tasse en porcelaine, il se serait frotté les mains. Ce face-à-face, il l'attendait depuis longtemps.

— Alors il vaut mieux que je lui annonce la mauvaise nouvelle.

— Tu veux que je t'accompagne ?

— Ce ne sera pas nécessaire. Tu es très occupé, et l'entretien ne devrait pas durer très longtemps. Il va me menacer, puis il s'en ira en claquant la porte.

— OK. Mais je ne serai pas loin, si tu as besoin de moi.

Clay donna une tape sur l'épaule de son associé. Jack était toujours là pour assurer ses arrières, et il lui en était reconnaissant. Il prit le chemin de son bureau, mû par une certaine impatience. Ce projet, il le peaufinait depuis des années. Il s'était battu bec et ongles, avait économisé cent après cent pour, un jour, atteindre son objectif : mettre la main sur la maison natale de Duncan Greene et la démolir.

Ça fait quoi de voir sa vie foutue en l'air, Duncan ?

Ce n'était pas exactement œil pour œil. Duncan était bien plus riche que les Madden à l'époque où ils avaient perdu leur maison, et les Greene ne seraient pas contraints d'emménager dans un appartement délabré infesté de rats et de punaises. Sans parler du fait que Duncan ne vivait plus dans la maison en question.

Mais lui prendre sa maison de famille était la promesse que s'était faite le jeune Clay, des années plus tôt… et il préférait mourir plutôt que de ne pas aller jusqu'au bout.

Même si cela devait porter un coup à l'avenir de Florence.

« La maison de ma grand-mère est la clé de voûte de mon projet. »

Dommage. Mais il trouverait un moyen de compenser cette perte.

Il entra dans son bureau. Duncan s'était mis à l'aise et occupait un des fauteuils comme s'il était chez lui. Un autre homme, installé dans le second fauteuil, tourna la tête vers Clay et resta assis.

Très bien. On ne plaisantait donc pas.

Clay retint un sourire et ferma la porte derrière lui avant de s'avancer jusqu'à son bureau. Duncan semblait énervé, ce qui le réjouissait infiniment.

— Bonjour, monsieur Greene, dit-il en prenant place à son tour, avant de boire une gorgée de café. Que me vaut l'honneur de cette visite ?

Duncan avait le regard dur, le visage fermé. C'était un homme imposant, avec un peu d'embonpoint. Il avait passé sa jeunesse à faire de la boxe, du cheval, à jouer au base-ball et à chasser, bref à pratiquer toutes les activités physiques auxquelles s'adonnaient les jeunes gens fortunés. Il incarnait à lui seul le symbole des privilèges conférés par l'argent dans une ville qui n'avait pas d'autre dieu.

— Vous savez très bien pourquoi je suis ici.

— Vraiment ?

— Dites-moi, Madden, pourquoi la 79ᵉ rue ? Vous pourriez faire construire n'importe où dans New York. Les terrains vagues ne manquent pas, sans parler des zones marécageuses à assécher. Mais vous avez choisi *ce* pâté de maisons, dans ce quartier. Pourquoi ?

— Peut-être que 79 est mon nombre fétiche.

Duncan resta impassible.

— Mais encore ?

Clay termina son café et reposa soigneusement la tasse sur son bureau.

— Je ne vois pas en quoi je vous devrais une explication.

— Vous envisagez de faire construire un club tout autour de la maison de ma mère, et je voudrais savoir pourquoi. Pensiez-vous réellement que je ne découvrirais pas qui était derrière ce projet ?

— Je ne me suis jamais vraiment posé la question, mentit Clay en croisant les mains. Il me semble effectivement me souvenir qu'un propriétaire n'a pas voulu vendre. C'était votre mère, donc ?

— Vous savez très bien qui c'était.

— Que faites-vous ici, Greene ?

— Dites-moi ce que vous voulez pour renoncer à votre projet.

— Vous n'avez pas les moyens de me faire changer d'avis, j'en ai peur.

— C'est un défi ?

— Disons que l'idée de vous voir échouer me plaît beaucoup. Alors, oui, s'il vous plaît, prenez cela comme un défi et tentez de m'en empêcher.

Duncan bondit de son fauteuil et posa les deux mains à plat sur le bureau de Clay.

— Pauvre imbécile. Je ne suis pas un voyou ni un escroc à la petite semaine que vous essayez d'intimider. Un seul mot de moi au maire, et vous coulez.

La menace aurait mis Clay en colère s'il ne s'était pas autant amusé. Lentement, il repoussa son fauteuil, se leva à son tour et se pencha en avant pour bien faire comprendre à Greene à qui il avait affaire.

— J'ai dans la poche plus de flics, de fonctionnaires de la mairie et de membres de Tammany Hall que vous n'en rencontrerez jamais. J'ai racheté pour tous ces gens des dettes qu'ils ne pourront jamais rembourser. Vous ne pouvez rien contre ça, Greene. Pas plus que je n'ai pu empêcher un jeune crétin arrogant de racheter tout un pâté de maisons sur la 7e rue il y a vingt ans et de mettre dehors toutes les familles qui habitaient là.

Duncan recula d'un pas, visiblement interloqué.

— Sur la 7e rue, vous dites ? Vous êtes... vous êtes en train de me dire que vous faisiez partie des habitants qui ont été relogés après la construction de l'immeuble de bureaux ?

— Relogés. Quel joli mot, bien poli et comme il faut. Moi, je préfère « arnaqués ».

— C'est absurde. J'ai payé un prix équitable pour ce terrain.

— Équitable ? Laissez-moi rire. Les familles ont reçu une somme dérisoire avec laquelle elles ont dû trouver à se loger ailleurs. La mienne a échoué sur Delancey Street, où mon jeune frère est mort du choléra.

Duncan passa une main dans ses cheveux, stupéfait.

— Donc ce projet, c'est une vengeance ? Contre moi ?

Clay ne répondit pas tout de suite. Il se rassit, se carra dans son fauteuil.

— Au cas où je n'aurais pas été suffisamment clair, vous ne pouvez pas m'empêcher de construire ce que je veux sur ces terrains. Peut-être que votre mère devrait acheter un peu de coton pour se boucher les oreilles. Il va y avoir beaucoup de bruit la nuit.

L'expression de Duncan s'assombrit. Une veine pulsait à sa tempe.

— C'est une vieille femme, Madden. Vous n'avez donc pas de cœur ?

— Non. Il m'a été volé quand j'avais onze ans et que ma famille a été jetée à la rue et détruite.

— Espèce de salaud ! Si vous croyez une seule seconde que vous avez gagné, vous me sous-estimez gravement. J'ai plus d'amis dans cette ville que vous. Et plus d'argent, aussi.

— Les amis ne comptent pas, à New York. J'ai passé mon existence à réunir le pouvoir et les ressources financières qui vont me permettre de détruire votre maison de famille. Rien ne m'arrêtera.

— Vous êtes complètement fou.

— Et vous me faites perdre mon temps et ma salive.

Duncan serra les dents.

— Vous venez de vous faire un ennemi très puissant, Madden.

Clay lui adressa un sourire sinistre.

— Faux. Cela fait déjà vingt ans que nous sommes ennemis. Mais vous ne vous en rendez compte qu'aujourd'hui.

Duncan ne dit plus rien. En deux enjambées, il fut près de la porte, l'ouvrit et quitta le bureau. Ses pas résonnèrent dans le couloir. Clay les écouta jusqu'à ce que le bruit s'estompe. Voilà qui avait été profondément satisfaisant. Pour lui, en tout cas.

Mieux encore, ce n'était sûrement pas la dernière fois qu'il affrontait Duncan Greene. Il avait hâte.

Les jeux sont faits, rien ne va plus.

18

Florence faisait les cent pas. Le petit salon, avec ses tapis persans, était la pièce préférée de sa grand-mère. Tout en nuances de bleu et blanc, la décoration était de style français classique, mais les tableaux accrochés aux murs étaient modernes. C'était souvent ici qu'ils prenaient le thé lorsqu'ils n'étaient pas nombreux.

Découvrir le projet immobilier qui allait bouleverser son quartier avait été un coup dur pour Mme Greene. Le dîner de Pâques s'était déroulé sans elle, et dans un calme inhabituel. Après avoir appris la nouvelle, personne ne se sentait très bavard. Et la grand-mère de Florence avait annulé sa partie de cartes hebdomadaire.

Florence s'inquiétait pour elle. Aussi, quand la vieille dame lui avait demandé de passer le matin même, elle avait accouru. Maintenant, l'angoisse la rongeait, et l'attente lui semblait interminable. Que ferait sa grand-mère si son père ne trouvait pas de solution ? Resterait-elle ici ou finirait-elle par vendre la maison ?

À cette idée, Florence avait la nausée. Cette maison, c'était le symbole de sa liberté. La démolir, c'était bouleverser son avenir.

Le tintement des bracelets de sa grand-mère annonça l'arrivée de cette dernière. Florence se retourna et la vit entrer dans le salon d'un pas décidé.

— Bonjour, bonne-maman.

— Florence, te voilà. Quel bonheur de te voir, dit sa grand-mère en la serrant dans ses bras. Je suis désolée de vous avoir fait faux bond pour le dîner de Pâques.

— Ce n'est rien. Je comprends. Comment vous sentez-vous ?

Elles s'installèrent sur le grand sofa.

— Triste, répondit sa grand-mère en posant une liasse de feuilles sur la table basse. Mais rien n'est éternel. Nous avons été parmi les premiers à nous installer dans ce pâté de maisons, et tout a tellement changé depuis… C'est l'œuvre du temps qui passe, j'en ai peur.

— Est-ce que cela signifie que vous allez vendre ?

La vieille dame soupira et leur servit le thé.

— Je n'aime pas cette idée. Cette maison devrait te revenir quand je ne serai plus là. Elle devrait rester dans la famille, pas finir en gravats que l'on jette dans le port. Mais je ne vois guère de solution.

— Papa va peut-être trouver un moyen d'empêcher le projet de voir le jour. Il connaît tout le monde à la mairie.

— Je sais, mais certaines choses échappent à son contrôle malgré tout, même s'il refuse de l'admettre.

— C'est vrai. Il déteste quand je lui désobéis. Il dit qu'il a renoncé à essayer de me comprendre.

— Le rôle d'une fille est de donner des cheveux blancs à son père, je l'ai toujours dit.

— En ce qui me concerne, le succès est total. Mais vous aussi, je suis sûre que, quand vous étiez jeune, vous avez fait blanchir les cheveux de votre père.

Sa grand-mère serra les lèvres, comme si elle se retenait de sourire.

— C'était différent, à l'époque. La ville était plus petite, les choses étaient moins codifiées.

Florence émit un petit grognement dubitatif et but une gorgée de thé.

— Un jour, je vous ferai raconter tout ça, que vous le vouliez ou non.

— Il ne vaut mieux pas. Ton père m'en voudrait beaucoup s'il apprenait que j'encourage ses filles à bafouer les conventions.

Ce qu'elle ignorait, c'était que les sœurs Greene n'avaient besoin d'aucun encouragement dans ce domaine.

— Je ne lui dirai rien.

— Alors un jour, peut-être. Mais en attendant, nous sommes ici pour parler de toi. Je me disais que tu pourrais peut-être m'exposer ton projet. Celui que tu entends poursuivre en lieu et place du mariage.

Florence regarda les feuilles de thé au fond de sa tasse, hésitant quant à la façon de procéder. Qu'arriverait-il si sa grand-mère refusait ? Elle n'avait pas de plan de secours. Si elle échouait aujourd'hui, la possibilité d'ouvrir son casino s'éloignait définitivement.

N'aie pas peur. Montre que tu es sûre de toi, jusqu'à ce que tu le sois.

Les mains moites, Florence posa sa tasse sur la table.

— J'aimerais ouvrir un casino réservé aux femmes.

Sous l'effet de la surprise, sa grand-mère ouvrit des yeux comme des soucoupes et resta bouche bée. Florence ne bougea pas, attendant que l'information ait été digérée. Il était inutile de brusquer les choses et de submerger sa grand-mère d'explications et d'idées. Cela viendrait plus tard.

Quelques secondes passèrent, puis la vieille dame se ressaisit.

— Un casino réservé aux femmes ?

— Oui.

— Les jeux d'argent sont illégaux.

— Dit celle qui organise chaque semaine un tournoi d'écarté où l'on parie des bijoux.

D'un élégant mouvement du poignet, la vieille dame écarta son argument.

— Je ne joue qu'avec mes amies. Toi, tu envisages d'en faire une entreprise et de devenir propriétaire d'une salle de jeu.

— C'est exact.

— En dehors de ce que dira ton père, tu dois être consciente de ce que cela implique pour ton avenir matrimonial.

— Je sais. On peut aisément en conclure que je n'aurai pas d'avenir matrimonial. Et cela me convient tout à fait.

— Tu pourrais garder secret ton rôle dans cette aventure.

Le regard perçant de la vieille dame scruta le visage de Florence, et elle ajouta :

— Mais, te connaissant, ce n'est pas ce que tu envisages.

— J'ai envie de me lancer. Je pense même que je serais assez douée.

Sa grand-mère posa sa tasse.

— Est-ce que tu te rends compte, Florence, qu'il ne s'agit pas seulement d'avoir un endroit où des femmes pourront se réunir et jouer aux cartes ? Il te faudra aussi secouer les puces de celles qui te devront de l'argent et punir les tricheuses. Ce n'est pas une profession très noble.

— Parce que le jeu est toujours illégal. S'il était légal, personne ne trouverait cela méprisable.

— Je pense que tu as tort, mais laissons ce point-là de côté pour l'instant. Comment comptes-tu faire ?

Il faut beaucoup de temps pour apprendre les règles de tous ces jeux, en connaître les arcanes. Il y a aussi les comptes et la gestion du personnel. Ça ne s'improvise pas. Il doit y avoir une foule de détails à régler... Moi qui organise le bal des forsythias chaque année, je sais un peu de quoi je parle. Quoi qu'on fasse, il survient toujours des complications auxquelles on n'avait pas songé.

— Vous avez raison, c'est un travail énorme. Mais je me renseigne depuis presque un an. Je connais tous les jeux, je sais comment ils s'organisent. Et, depuis un mois, j'apprends le métier auprès d'un propriétaire de casino. Il m'a montré comment...

— Tu apprends le métier ? Seigneur Dieu, mais c'est du sérieux, alors !

— Oui, bonne-maman. J'y vais le soir, quand le casino est ouvert, pour voir comment on gère ce genre d'établissement.

— Qu'est-ce que ce doit être amusant ! Je suppose que ton père n'est pas au courant ?

— Non, il ne sait rien. Il m'enfermerait dans ma chambre, s'il savait.

— Ce n'est pas faux. Il est même possible qu'il ne comprenne jamais pourquoi tu veux faire une chose pareille. Es-tu prête à prendre le risque qu'il mette un terme définitif à vos relations ?

C'était une des choses que Florence aimait chez sa grand-mère : elle abordait toujours un problème sous différents angles. Une qualité qu'elle aurait aimé trouver chez son père.

— Je pense qu'il s'y fera.

La vieille dame pouffa.

— Je ne parierais pas là-dessus – et le jeu de mots est délibéré.

— Mais vous, est-ce que vous n'aimeriez pas avoir un endroit où aller avec vos amies pour jouer à la roulette ou aux dés ? C'est ce que je veux faire, rien de plus. Pourquoi seuls les hommes auraient-ils le privilège de s'amuser ?

— Tu prêches une convaincue. Mais nous vivons dans une société conservatrice, malgré les manifestations qui ont lieu dans les quartiers populaires. Tu n'as pas peur que la police ou la mairie ne fassent fermer ton casino ?

Florence pensa à Clay et à Gros Bill. Au responsable des finances municipales.

— Il existe des moyens de contourner ce problème.

— J'ai le sentiment que rien de ce que je dirai ne te fera changer d'avis, observa sa grand-mère en se resservant une tasse de thé. Qu'attends-tu donc de moi ? Que je te donne ma bénédiction ?

Florence souffla lentement. *Nous y sommes.*

— J'espérais que vous accepteriez d'investir dans mon projet.

La réaction de sa grand-mère fut pour le moins inattendue : elle éclata de rire. Florence fit de son mieux pour rester calme. S'était-elle trompée d'approche ? C'était la première fois qu'elle demandait de l'argent à quelqu'un. Peut-être aurait-elle dû mettre son projet noir sur blanc et donner à sa grand-mère des chiffres précis concernant la somme dont elle avait besoin.

— Florence, tu es incroyable, vraiment. Je ne m'attendais pas du tout que tu me demandes de l'aide.

Elle eut le sentiment de tomber dans le vide. Son avenir s'annonçait décidément sinistre – épouse et mère de famille assistant aux mêmes soirées, aux mêmes bals avec les mêmes gens à la même époque de l'année. La monotonie incarnée. Comment survivrait-elle ?

Non, tu trouveras un moyen. Même si bonne-maman refuse, tu trouveras comment faire.

— Ce n'est pas grave, bonne-maman. Je comprends. C'est beaucoup demander et…

— Je n'ai pas dit non. Tu m'as prise par surprise, c'est tout. Quand penses-tu te lancer, exactement ?

— Papa commence à faire pression sur Marion pour qu'elle se marie. Dès qu'elle sera casée, c'est vers moi qu'il se tournera. Il ne me reste plus beaucoup de temps. Un an, peut-être un peu plus.

— Laisse-moi y réfléchir, alors. Je n'accepte pas, mais je ne refuse pas non plus.

— J'y pense depuis longtemps, vous savez. C'est mûrement réfléchi.

— En ce qui te concerne, peut-être, mais je découvre la chose. Alors permets-moi d'étudier la question de façon un peu plus approfondie, et je te donnerai bientôt ma réponse.

Elle se pencha en avant pour reprendre les papiers qu'elle avait posés sur la table.

— Et rends-moi service, s'il te plaît. Donne ces papiers à ton père.

— Bien sûr. C'est en rapport avec le projet de construction ?

— Je n'en sais rien. Cela fait déjà quelques mois que je n'ouvre plus le courrier qui concerne de près ou de loin cette histoire. C'est tout ce que j'ai reçu, je préfère laisser ton père s'en occuper. Peut-être y trouvera-t-il quelque chose d'utile.

— Très bien. Je lui donnerai tout ça. Et, en attendant, je croise les doigts.

— Moi aussi. Je veux voir grandir mes arrière-petits-enfants dans cette maison. Même si leur mère dirige un casino, ajouta-t-elle avec un regard appuyé à l'intention de Florence.

— Je sais, bonne-maman. Mais je doute que les voisins m'invitent à boire le thé.

Toutes deux en étaient bien conscientes : si Florence réalisait son rêve, la bonne société lui tournerait le dos.

— Ça tombe bien, il n'y en a plus, de voisins.

Florence grimaça. Son exemple était mal choisi.

— Pardonnez-moi.

— Inutile de t'excuser. Il faut regarder la réalité en face. Allez, file, maintenant. J'attends une dizaine de dames d'un instant à l'autre pour établir la liste des invités au bal.

Florence se leva et embrassa sa grand-mère sur la joue.

— Merci de m'avoir écoutée. Et courage. S'il faut vraiment vendre la maison, vous pourrez toujours venir vous installer chez nous.

— Moi ? Vivre avec ton père ? Je l'aime de tout mon cœur, mais non merci.

Certains jours, Florence aurait pu dire la même chose.

Clay regardait la tête blonde penchée sur les livres de comptes ouverts partout sur son bureau. Soudain, il pensa à d'autres usages que Florence et lui pourraient faire de son bureau, et tout son corps frémit. Le cœur battant, il sentit ses paumes devenir moites, impatientes de se promener sur la peau douce de Florence et de la faire gémir. Elle n'était là que depuis une heure, et il ne pensait déjà plus qu'à faire l'amour avec elle.

Cette femme t'a rendu fou.

C'était vrai. En sa présence, il ne contrôlait plus rien. Il aimait tout chez elle, de ses regards angéliques à son sourire désarmant, en passant par son humour et sa vivacité d'esprit. Au lit, elle était passionnée et intrépide. Il se laissait aller à tous ses fantasmes avec elle. C'était une première. Avec les autres, il avait toujours craint de faire peur, de paraître trop exigeant. Mais Florence l'enflammait.

Avec elle, il laissait libre cours à sa fantaisie. Et elle ne semblait pas en prendre ombrage. Au contraire.

Alors le détesterait-elle lorsqu'elle apprendrait ce qu'il avait fait ?

Elle ne pourrait guère le lui reprocher, si ? Après tout, il l'avait prévenue. Jack l'avait supplié de renoncer à son projet de casino sur la 79e rue, mais Clay n'avait rien voulu entendre. Il ruminait sa vengeance depuis vingt ans. Quelques semaines inoubliables au lit avec la fille de Duncan Greene n'y changeraient rien.

De toute façon, le bonheur ne durait jamais, surtout quand il était aussi intense. La seule chose qu'il pouvait faire, c'était profiter de chaque instant avec elle. La faire soupirer et gémir jusqu'à ce que tout vole en éclats et qu'elle le déteste.

Il jeta un regard en direction de la pendule. Du temps, il n'en avait pas tant que cela, mais bientôt, très bientôt, il la tiendrait nue contre lui, dans son lit.

Bon sang, l'attente devenait insupportable.

— Tu as trouvé l'erreur ? demanda-t-il, décidé à faire avancer la leçon du soir.

— Je crois.

Elle leva la tête et battit des cils. Comme toujours, sa beauté lui fit l'effet d'un coup de poing dans le ventre. Traits parfaits, front haut, lèvres pulpeuses. Il aurait pu la regarder pendant des heures sans se lasser.

— Montre-moi.

Il lui avait soumis un problème auquel il avait été récemment confronté dans l'un de ses cercles de jeu. Une énigme dont il voulait voir si elle était capable de se sortir.

Elle lui montra ses notes.

— Dans cet établissement-là, la recette est toujours plus basse le mardi soir, alors que dans les autres, c'est plutôt un bon soir. Quasiment le meilleur pour celui de Sheepshead Bay, même. La question est donc : que se passe-t-il dans le premier établissement pour que les joueurs parient si peu le mardi soir ?

Cette femme était incroyable.

— Exactement. À ton avis, comment faut-il procéder pour tirer ça au clair ?

— Les parieurs pourraient avoir une raison particulière d'éviter les courses du mardi soir.

— Peut-être, mais pas à long terme. La clientèle varie beaucoup trop pour ça. Une autre explication ?

— Quelqu'un détourne l'argent.

Un petit sourire de satisfaction se dessina sur les lèvres de Clay.

— Très bien. Qui ?

— Le gérant ?

— Peu probable. C'est lui qui a le plus à perdre dans l'affaire. Il me connaît suffisamment pour savoir ce qui lui arrivera s'il se fait prendre. Partons du principe que ce n'est pas lui.

Clay connaissait déjà la réponse, mais il voulait voir si Florence était capable de la découvrir seule.

— Un des employés, alors. Un caissier.

— Comment le prouver ?

Elle se mordilla la lèvre inférieure de cette façon qui faisait perdre la tête à Clay.

— Il faut regarder qui travaille les mardis soir.

— On peut toujours, oui, mais obtenir une réponse claire rien qu'en comparant les équipes, je ne suis pas sûr que ce soit possible.

— Il faudrait faire travailler le suspect un autre soir et voir si la recette baisse ce soir-là aussi.

Bon Dieu, il adorait cette fille.

— C'est très, très bien, ça.

— Et je trouve que c'est amusant.

Elle rayonnait, le bonheur brillait dans ses yeux. Et Clay n'y tint plus. Il fallait qu'il pose les mains sur elle.

— Lève-toi.

— Pourquoi ?

— Parce que je veux sentir ta bouche sur la mienne, dit-il en contournant le bureau pour la rejoindre.

Elle le regarda approcher d'elle, les yeux mi-clos, la bouche entrouverte.

— Et mes leçons ?

— J'en ai une en tête, figure-toi. Un peu différente de la précédente.

— Ah bon ? Vraiment ?

Arrivé devant elle, il la prit par la taille, la souleva, l'attira contre lui.

— Une leçon qui conjugue ce bureau et ton plaisir.

Elle éclata de rire et posa une main sur le torse de Clay.

— Je sens qu'elle me plairait beaucoup, ta leçon, mais je pense que nous ne devrions pas nous laisser distraire si tôt dans la soirée.

— Pourquoi ?

— Je ne pourrai pas venir demain, donc il faut que j'absorbe le plus d'informations possible ce soir.

Cette nouvelle n'aurait pas dû troubler Clay – après tout, Florence était venue tous les soirs de cette semaine. Pourtant, il fut déçu. Déjà, il redoutait la longue soirée solitaire qui l'attendait.

— Tu sors demain ?

— Ne fais pas les gros yeux, dit-elle en lui mordillant le menton. Demain, c'est mon anniversaire. Je sors dîner en famille.

— Ton anniversaire ?

— Oui. Je vais avoir vingt-deux ans.

Il ne put retenir une grimace. Florence était une enfant à côté de ses trente et un printemps. « Tu es trop vieux pour elle », lui souffla une petite voix qu'il préféra ignorer. Les raisons ne manquaient pas pour justifier l'absurdité de leur relation, et l'âge était tout en bas de la liste.

Il la lâcha et retourna s'asseoir de l'autre côté du bureau.

— Dans ce cas, nous avons intérêt à en faire le plus possible ce soir.

— Ça t'ennuie que je ne puisse pas venir demain soir ?

Elle était restée debout et le scrutait d'un regard interrogateur.

— Non, bien sûr que non.

— Alors qu'y a-t-il ? Je vois bien que tu es maussade, tout à coup.

Elle était décidément très perspicace. Trop, parfois.

— Il n'y a rien du tout.

Lentement, elle s'approcha dans un froufroutement de soie, un petit sourire au coin des lèvres.

— Menteur. C'est à propos de mon anniversaire ? De ma famille ? De mon âge ?

Oui, vraiment trop perspicace.

— J'oublie trop souvent que je suis beaucoup plus vieux que toi.

Arrivée devant lui, elle se glissa entre ses genoux, posa les mains sur ses épaules et se pencha en avant, lui offrant une vue imprenable sur son décolleté.

— Tu l'oublies parce que cela n'a pas vraiment d'importance, lui murmura-t-elle à l'oreille. Trente et un ans, ce n'est pas si vieux.

Il la prit par la taille et laissa courir ses mains sur la soie de sa jupe.

— Certes. Mais vingt-et-un, c'est si jeune.

Elle lui mordit le lobe de l'oreille, et il frissonna.

— Vingt-deux dès demain, et pourquoi fais-tu une fixation sur mon âge ? Tu as l'impression de pervertir une jeune fille ?

L'attirant brusquement vers lui, il l'assit sur ses genoux et glissa une main derrière sa nuque.

— Non.

Il la voulait pour toujours et savait que c'était impossible.

Il l'embrassa délicatement et la sentit se détendre dans ses bras, lui rendre son baiser. Il aimait sa façon d'embrasser. Tout son corps semblait prendre part à la manœuvre. Elle ne se retenait pas, ne jouait pas la proie face à son chasseur. Non, elle attaquait, exigeait, l'affrontait en égale. Il ne s'en lassait pas.

On toqua soudain, et la porte du bureau s'ouvrit. Clay s'écarta brusquement et vit Jack entrer en trombe, visiblement paniqué. Il poussa un soupir de soulagement en voyant Clay et Florence.

— Dieu merci, vous êtes là, dit-il en se baissant, les mains sur les genoux, pour reprendre son souffle.

Florence quitta les genoux de Clay, qui se leva.

— Que se passe-t-il ? Il est arrivé quelque chose ?

— Quelqu'un s'est peut-être introduit dans le bâtiment, répondit Jack. J'avais demandé à John le Petit de garder la porte de derrière, et on vient de le retrouver inconscient, la porte grande ouverte.

Clay se figea, sentit la peur se frayer un chemin jusque dans ses os. Si quelqu'un était venu s'en prendre à lui… Il ne fallait pas qu'il puisse trouver Florence. Sa sécurité passait avant tout.

— Viens avec moi, lui dit-il.

— Où allez-vous ? demanda Jack.

— Je sors la mettre dans un fiacre et je te rejoins pour fouiller toutes les pièces.

Des doigts délicats se refermèrent sur son avant-bras.

— Tu ne devrais pas faire ça, Clay. Si c'est dangereux, laisse les autres fouiller la maison.

Il secoua la tête et desserra un à un les doigts de Florence, avant de porter sa main à ses lèvres.

— Tout ira bien, ne t'en fais pas. Je connais ce bâtiment par cœur.

— Laisse-moi t'aider, alors.

À l'idée qu'elle puisse être blessée par un client mécontent ou un flic corrompu, il eut la nausée.

— C'est hors de question. Ne discute pas, Florence.

— Je te retrouve à la cave, lui dit Jack avant de partir en courant.

Clay entraîna Florence vers la porte.

— Tu vas rentrer chez toi, et je t'interdis de revenir tant que je ne serai pas certain qu'il n'y a plus de danger.

— C'est ridicule. Personne ne m'en veut. Je peux rester ici et vous aider à fouiller…

Ils étaient déjà dans le couloir. Clay marchait d'un bon pas. Plus vite Florence serait en sécurité, plus vite il retrouverait son calme.

— Non. Tu dois t'en aller. Je te ferai savoir quand tu pourras revenir.

— Et si vous ne trouvez personne ? Je pourrai revenir plus tard dans la nuit ?

— Non, pas ce soir.

Il aurait tout donné pour l'avoir dans son lit, mais il ne voulait prendre aucun risque.

— Si je comprends bien, il est possible que nous ne nous revoyions pas avant plusieurs semaines ?

Il s'arrêta en bas de l'escalier et la fit pivoter face à lui. Posant son front contre le sien, il prit son visage entre ses mains.

— Je ne veux pas te mettre en danger. Ni aujourd'hui ni jamais. S'il t'arrivait quelque chose, je serais anéanti.

Elle le fixa, incrédule, le souffle court. Les paroles de Clay flottèrent un instant entre eux.

— Oh, Clay, soupira-t-elle enfin.

Puis elle se hissa sur la pointe des pieds et l'embrassa. C'était un baiser réconfortant, rassurant, insistant, qui lui disait à quel point elle se sentait en sécurité avec lui.

Les choses devaient rester ainsi. Jamais la laideur de sa vie ne devait assombrir l'existence dorée de Florence.

— Suis-moi, dit-il en s'écartant.

Quelques minutes plus tard, ils atteignirent la porte de derrière. Johnny le Petit était allongé contre le mur, une poche de glace sur la tête. Quelques employés veillaient sur lui.

— Il me faut un fiacre, dit Clay.

Un des gars hocha la tête et fila.

— Ça va aller ? demanda Clay au Petit, qui avait vingt-six ans mais en paraissait seize.

Celui-ci répondit avec une grimace :

— Je suis désolé, Madden. Le type m'a piégé. J'ai entendu du bruit dans l'allée, mais j'y voyais rien de la porte, alors je suis allé jeter un œil, et il m'a assommé.

— Ne t'inquiète pas, dit Clay. On va le trouver. Mais d'abord, il faut que je renvoie mademoiselle dans ses foyers. Ensuite, je reviens, et je t'installe chez Anna pour que tu te reposes.

— Et si je..., commença Florence.

Clay l'interrompit d'un geste.

— La réponse est non. Tu rentres chez toi, princesse.

19

Clay et Jack fouillèrent la Maison de Bronze de fond en comble, ouvrirent tous les placards et toutes les armoires, regardèrent sous tous les lits et derrière toutes les tentures, mais ne trouvèrent personne.

Ils passèrent aussi en revue les clients du casino, mais il n'y avait ce soir-là que des habitués, qui n'auraient pas eu besoin d'assommer un portier pour entrer.

Tout cela était absurde.

Deux heures plus tard, depuis la galerie, ils observaient les tables de jeu. Les dés étaient lancés, les billes de roulette rebondissaient, on riait et on applaudissait, le champagne coulait à flots. Tout était normal à la Maison de Bronze, en dehors du fait qu'un portier avait été assommé.

— Il a pu s'enfuir, dit Jack.

L'ancien boxeur se tenait debout, bras croisés, sourcils froncés. Clay savait que la sécurité de l'établissement lui tenait à cœur et que cette intrusion le contrariait profondément.

— Peut-être même qu'il n'est pas entré. Il a assommé le Petit et il s'est tiré.

Clay n'y croyait pas. Dans ce milieu, la violence gratuite était rare. En général, tout acte de violence avait un but, même s'il n'était connu que de celui qui le commettait.

— Pourquoi aurait-il fait ça, alors ?

— Des repérages pour un futur cambriolage ?

Une tactique que pratiquaient certains voyous.

— Peut-être. Ou alors il trafiquait quelque chose dans la ruelle et ne voulait pas que le Petit mette son nez dedans.

— Peu probable, mais cela expliquerait qu'il ne soit pas entré.

Jack donna un coup de poing contre la balustrade, qui vibra d'un bout à l'autre.

— Ça m'énerve de ne pas savoir. Un voleur, il s'introduit par effraction, et on l'attrape. Un tricheur, on le fout dehors. Mais ne pas savoir qui, ni pourquoi...

— Je suis comme toi, je n'aime pas le mystère. Mais une chose est sûre : l'intrus n'est pas ici.

Les croupiers avaient distribué gratuitement des jetons à tous ceux qui avaient manifesté l'envie de s'en aller pendant la fouille, et la soirée s'était poursuivie sans encombre dans la salle.

— Tu penses que ça a un rapport avec Bill ?

Clay y avait songé, mais s'en prendre à un employé ne ressemblait pas à Bill.

— C'est une possibilité que je n'écarte pas, mais je n'y crois pas. Il s'en prendrait à moi, pas au Petit.

— C'est vrai. Et puis, tout le monde le connaît ici. Il ne serait pas idiot au point de s'attaquer à toi en public.

— Sans parler du fait qu'il a menacé de révéler à Duncan Greene que sa fille venait ici. Je m'attends plus à un geste de ce type avant qu'il ne s'en prenne au personnel.

— Un flambeur mécontent, alors ?

— Nous en avons vu passer un certain nombre, c'est vrai. Mais je n'en vois aucun en particulier qui pourrait être le coupable.

Un claquement caractéristique de talons de bottines annonça l'arrivée d'une femme. Pas celle qu'aurait aimé voir Clay, bien sûr. Florence avait été renvoyée chez elle aussi vite que possible après l'agression du Petit, et il ne la laisserait pas revenir avant d'avoir la certitude que l'agression du Petit n'annonçait pas l'ouverture d'hostilités plus sérieuses.

— Vous avez trouvé qui a assommé le Petit ? demanda Anna, visiblement inquiète.

— Non. On a tout fouillé, il n'y avait personne.

— Ce n'est pas très rassurant.

— Je confirme, dit Jack.

— Nous allons rester vigilants, déclara Clay. Je ne vois pas ce qu'on pourrait faire d'autre. Comment va le Petit ?

— Il a sûrement connu pire, répondit Anna avec un sourire. Le toubib est parti il y a une heure, et sept filles adorables sont à son chevet depuis. Ça papillonne et ça joue à l'infirmière, tu verrais le tableau... À mon avis, il n'est pas près de se remettre.

— Tu me feras passer la note...

— Je n'y manquerai pas. Mais où est passée ton acolyte, la charmante Mlle Greene ?

— Je l'ai renvoyée chez elle.

Pour son bien. Il aurait pourtant tout donné pour se glisser entre les draps avec elle et lui faire l'amour jusqu'à oublier tous les cambrioleurs, tous les flics corrompus, les Duncan Greene et la kyrielle de soucis qui lui pourrissaient quotidiennement l'existence. Le pire, c'était que leur séparation risquait de durer plusieurs jours, voire plusieurs semaines. Si d'autres agressions avaient lieu ici, il ne pourrait pas la faire revenir.

Il serra les dents. Ne pas la voir pendant des semaines serait plus douloureux que la dérouillée que lui avaient infligée trois brutes dans un bar du quartier de Bowery quand il avait quatorze ans. Ils lui avaient volé sa maigre paie de la semaine, quarante dollars à peine, après lui avoir cassé plusieurs côtes.

Pourtant, il aurait préféré cela à l'absence de Florence.

— Elle envisage de revenir, maintenant que les choses se sont calmées ? demanda Anna.

— Non, pas tant que la menace n'aura pas été éloignée.

— Ce qui pourrait prendre du temps, vu la situation, fit remarquer Jack avec un petit rire.

— Tu ne peux pas la protéger tout le temps, Clay, dit Anna. C'est une grande fille, tu sais. Elle connaît les risques qu'elle court en venant ici.

Clay s'en moquait. Il tenait à ce que Florence soit en sécurité, et pour lui, cela signifiait qu'elle ne pourrait remettre les pieds ici tant qu'il n'aurait pas réglé ce problème.

— Merci, mais je sais ce que je fais.

— Alors c'est toi qui vas aller dans les beaux quartiers pour la voir ?

Dans les beaux quartiers ? Mais à quoi songeait donc Anna ? Un homme comme Clay était constamment sur ses gardes, jetait sans cesse un regard pardessus son épaule. Outre ses récents désaccords avec Bill et la police métropolitaine, il connaissait quantité de types susceptibles de vouloir lui régler son compte à la moindre occasion.

— Tu sais bien que je n'aime pas m'éloigner de la Maison de Bronze.

Anna leva les yeux au ciel.

— C'est idiot. Dans une voiture fermée, de nuit, personne ne peut te repérer, même tes nombreux ennemis.

— De jour non plus, précisa Jack. Rappelle-toi, il n'y a pas très longtemps, tu es allé au stade pour assister à un match des Giants.

— J'avais un rendez-vous là-bas. C'était pour le boulot.

— Ta relation avec Mlle Greene, c'est aussi pour le boulot, non ? dit Anna. Toutes ces sessions de travail en pleine nuit…

— C'est vrai. Dans sa chambre, ajouta Jack en souriant.

Anna pouffa.

Pendant que ses amis riaient à ses dépens, Clay repensa à ce qu'Anna avait dit. Il pouvait quitter le casino, bien sûr. Toutefois, il préférait ne le faire qu'en cas d'absolue nécessité. C'était plus sûr. Après tout, un de ses anciens associés avait été abattu par balle en plein jour à Washington Square, trois ans plus tôt. Et pourtant, il travaillait seul, dans le racket à petite échelle.

Néanmoins, la perspective de longues soirées sans Florence s'ouvrait devant lui, sinistre, tel un épais brouillard. Triste et ordinaire. Monotone. Elle avait apporté la lumière et la joie dans son univers, alors même qu'il ne le méritait pas.

Une lumière et une joie qui disparaîtraient définitivement lorsqu'elle découvrirait ce qu'il projetait de faire de la maison de sa grand-mère, ce qui ne lui laissait plus beaucoup de temps.

Il devait trouver un moyen de la voir en dehors du casino, et en sécurité. Se promener avec elle à Central Park était hors de question, mais il existait bon nombre de lieux adaptés à des rendez-vous discrets.

Et son anniversaire était le lendemain ?

Il regarda sa montre. Non, c'était aujourd'hui.

Il allait bien trouver un moyen de la surprendre.

Songeuse, Florence vida sa coupe de champagne. Ce soir, ils dînaient dans un salon privé au Sherry, son restaurant favori. Elle avait mis sa plus belle robe et commandé ses plats préférés.

D'habitude, elle aimait bien les anniversaires. Alors pourquoi avait-elle le sentiment qu'un nuage épais et sombre s'annonçait à l'horizon ?

Personne n'était vraiment d'humeur festive. Son père avait visiblement la tête ailleurs et n'avait presque rien dit de tout le dîner. Marion semblait préoccupée, perdue dans ses pensées. De son côté, Florence n'avait cessé de s'inquiéter pour Clay et de se demander quand elle le reverrait. Restaient Justine et leur mère pour animer la conversation.

Lorsque le dessert arriva, il était clair que personne ne souhaitait que la soirée se prolonge. À peine les assiettes emportées, son père se leva.

— Florence, ma chérie, je te souhaite un joyeux anniversaire. Maintenant, si cela ne te fait rien, j'ai une réunion tôt demain matin, et il vaudrait mieux que nous rentrions.

— Maman, rentrez avec papa, dit Marion. On va rester pour finir le champagne.

— Tu es sûre ? demanda leur mère, inquiète. Je n'aime pas beaucoup vous savoir seules dans un fiacre la nuit.

Florence se retint d'éclater de rire. Si sa mère avait su avec quelle régularité ses deux aînées prenaient seules des fiacres en pleine nuit, elle se serait évanouie.

— Tout ira bien, répondit Marion. Je demanderai à un portier d'aller nous chercher un fiacre dans un moment.

— Qu'en penses-tu, Duncan ? demanda Mme Greene à son mari.

— Je pense que le mieux est que votre mère et moi prenions un fiacre. George vous attendra avec la voiture et vous reconduira quand vous voudrez.

Leur décision prise, leurs parents partirent. Les serveurs s'activèrent autour des trois sœurs, débarrassèrent la table et se retirèrent. Florence se tourna alors vers Marion.

— Tu m'avais l'air drôlement pressée que les parents s'en aillent.

Un sourire énigmatique se dessina sur les lèvres de Marion, celui qu'elle avait toujours lorsqu'elle cachait quelque chose.

— Et tu verras bientôt pourquoi, sœurette.

— Mais je veux savoir, moi, dit Justine. Que se passe-t-il ?

Marion s'adossa à sa chaise, une coupe de champagne à la main.

— Peut-être que je voulais passer un peu de temps avec mes sœurs.

— Tu me dirais que tu veux vendre des huîtres à la criée dans Bowery, je serais plus convaincue, ironisa Florence. Allez, dis-moi de quoi il s'agit.

Au lieu de répondre, Marion lui tendit un petit mot.

Faites en sorte que Florence rentre seule. J'ai une surprise pour elle.

M.

Mais qui…

Ce fut soudain aussi clair qu'un full aux as par les rois. Clayton. Était-il en bas ? Elle sentit une délicieuse excitation pétiller en elle, comme le champagne qu'elle avait bu tout au long de la soirée. Dieu qu'elle était impatiente de le voir !

Mais la perplexité prit bientôt le dessus. Clay ne quittait jamais la Maison de Bronze. Venir la chercher au Sherry juste pour la ramener chez elle n'avait aucun sens.

— Quand as-tu reçu ce mot ?

Marion feignit d'examiner ses ongles.

— Pendant les entrées. Et j'ai gardé ton petit rendez-vous secret pendant tout le repas.

— Pourquoi ai-je l'impression que cela risque de me coûter quelque chose ?

— Parce que c'est exactement ce qui va arriver. Frank m'aide à tirer d'affaire une des mères que j'aide, dans les quartiers populaires. Elle a été arrêtée, et je vais devoir disparaître de temps en temps. Il faudra que tu me couvres.

— Arrêtée ? s'écria Justine, horrifiée. Mais pour quelle raison ?

— Pour meurtre. Elle a tué son mari. Frank pense pouvoir la faire acquitter, mais il a besoin de mon aide, alors...

— Le contraire m'aurait étonnée, lâcha Florence à mi-voix, ce qui lui valut un coup de coude dans les côtes. Aïe ! D'accord, d'accord, je m'arrangerai pour que papa et maman ne se doutent de rien.

— Tu es la meilleure menteuse de la famille, dit Justine à Florence. Tu as un don pour faire avaler les plus gros bobards.

— Ce n'est pas difficile. Il suffit d'avoir l'air sûr de ce qu'on avance. Les gens vous croient si vous leur parlez avec assurance. Maintenant, ajouta-t-elle en se levant, si vous voulez bien m'excuser, il faut que j'aille voir qui m'attend dehors.

— Mais je croyais que c'était Clayton Madden, dit Justine en se levant à son tour.

— Il ne quitte presque jamais la Maison de Bronze, expliqua Florence.

Maintenant qu'elle y pensait, la possibilité que Clay soit dehors était plus qu'improbable. Et, après l'agression du portier la veille au soir, celui qui l'attendait en bas avait peut-être de mauvaises intentions.

— De plus, reprit-elle, il s'est passé quelque chose d'étrange hier soir. Il est donc possible que ce soit quelqu'un d'autre, qui cherche à me piéger.

— Dans ce cas, mieux vaut que nous descendions avec toi, dit Marion. Pas question que je laisse ma sœur courir un danger, quel qu'il soit.

— Et moi pareil, renchérit Justine.

Florence fut touchée par cette expression de solidarité familiale.

— Allons-y, alors. Et si un voyou se présente, nous le mettrons hors d'état de nuire à coups d'épingles à chapeau.

Les trois sœurs quittèrent le salon privé et gagnèrent la salle principale par l'escalier. Dans le restaurant bondé se mêlaient grands bourgeois, célébrités et politiciens. Des serveurs en veste noire allaient et venaient entre les tables, les convives parlaient haut et fort. Ne prêtant aucune attention au brouhaha ambiant, Florence alla tout droit vers la porte.

Lorsqu'elle arriva dehors, elle avait le souffle court. Justine et Marion étaient derrière elle, mais elle ne les attendit pas et remonta le long de la Cinquième Avenue pour examiner les voitures garées là. Celui qui l'attendait ne la trouverait pas tremblante dans un coin. *Ne montre jamais ta peur*.

— Puis-je vous déposer quelque part, mademoiselle ? fit une voix grave derrière elle.

Elle fit volte-face et resta bouche bée. Clay se tenait là, éblouissant en habit de soirée noir, haut-de-forme en soie sur la tête, canne à la main. Il avait même mis une chemise blanche, lui qui ne portait habituellement que du noir. Il était séduisant en diable. Un mélange de tonnerre et d'éclairs, alliant énergie pure et virilité. Les mots lui manquaient. Elle resta muette, le fixant comme on fixe un tableau.

On la retrouverait dans un musée, un jour, avec pour titre *Femme en état de sidération*.

— Je savais bien que c'était vous, dit Justine, qui n'avait jamais peur de rien ni de personne. Vous êtes Clayton Madden, c'est ça ? Moi, c'est Justine.

— C'est bien ça, oui.

Il s'inclina – il s'inclina ! – sur la main de sa sœur, et Florence crut que ses yeux allaient sortir de leurs orbites.

— Et mademoiselle Marion, dit-il à Marion. Enchanté de vous revoir.

Marion eut un sourire en coin.

— Nous n'avons pas été officiellement présentés, je crois.

— C'est exact, mais je suis d'assez près ce qui se passe dans mon casino et les gens qui le fréquentent. Par ailleurs, il est assez rare qu'une femme soit droguée à ma table de roulette.

— Que fais-tu ici ? Tu devrais être à la Maison de Bronze, non ? demanda doucement Florence.

Elle s'était ressaisie, mais peinait tout de même à croire que Clay était en train de faire la conversation à ses sœurs sur la Cinquième Avenue.

Il y avait dans le regard de Clay une étincelle de gaieté qu'elle n'avait encore jamais vue et qui la faisait fondre.

— J'ai pris ma soirée, dit-il. Pour te faire la surprise.

Elle sentait rosir ses joues et savait que cela se voyait.

— Tu es venu me raccompagner chez moi ?

— À terme, oui. Mais j'ai d'autres projets, avant. Puis-je vous l'emprunter quelques heures, mesdemoiselles ? demanda-t-il en se tournant vers Marion et Justine.

— Mais je vous en prie, faites, répondit Marion. Justine et moi allons traîner encore un peu avant de rentrer, au cas où nos parents seraient encore debout.

— Et nous dirons à la femme de chambre que tu avais mal à l'estomac et que tu t'es couchée tout de suite, ajouta Justine à l'intention de Florence. Cela te laissera encore un peu plus de temps.

Florence remercia ses sœurs, avant de se tourner vers Clay.

— C'est bien toi ? Tu es vraiment ici, devant moi ?

— Suis-moi, et je te le prouverai. Ma voiture est juste là.

D'un geste, elle salua ses sœurs, puis laissa Clay l'escorter jusqu'à sa voiture. Sur la Cinquième Avenue. Devant le Sherry. En tenue de soirée. C'était décidément difficile à croire.

Il s'arrêta devant une imposante berline noire qui n'avait rien d'un véhicule de location. Incrustations en nacre et décorations à l'or fin ornaient le bois laqué. Clay l'aida à monter, puis la suivit dans l'habitacle, où il s'assit en face d'elle. Avec sa large carrure, il semblait presque trop grand pour cet intérieur capitonné.

— Je te trouve renversante, ce soir, dit-il d'une voix grave. Tu es d'une beauté à couper le souffle.

Le compliment se coula dans ses veines et y répandit une délicieuse chaleur. Jamais un homme ne l'avait regardée avec autant d'intensité que Clay. Comme s'il se consumait pour elle. La chaleur descendit lentement jusqu'au creux de son ventre, se fondit dans les pulsations de son cœur.

— Tu…

Elle n'arrivait plus à réfléchir.

— Tu es très élégant, finit-elle par articuler.

— Merci.

— Qu'est-il arrivé au « je ne jouerai pas les gentlemen avec toi » ?

Clay eut un petit sourire espiègle.

— Pour ton anniversaire, je dois pouvoir faire une exception, non ?

— Je n'étais pas sûre que tu t'en souviendrais.

— Bien sûr que je m'en souviens. Vingt-deux ans. Ce qui est toujours trop jeune, mais certainement plus vieux qu'hier.

Elle se mordit la lèvre. Qui était cet homme ? Elle découvrait une nouvelle facette de Clayton Madden.

— Où allons-nous ? Faire un tour en ville ?

— Allons… ce ne serait pas vraiment un cadeau.

— Tu m'as fait un cadeau ?

— D'une certaine façon. Mais c'est une surprise.

Elle regarda par la vitre. Ils descendaient la Cinquième Avenue en direction du sud et avaient déjà passé la 34e rue.

— Nous allons à la Maison de Bronze ?

— J'ai dit une surprise…

— Tu m'emmènes dans un endroit que je ne connais pas encore, alors ?

Clay secoua la tête en riant.

— Arrête avec tes questions. Tu arriverais à me tirer les vers du nez avant que nous n'arrivions à destination.

Elle faillit bondir d'impatience sur la banquette. Cela faisait bien longtemps qu'elle ne s'était pas amusée de la sorte.

— Vous avez trouvé qui s'est introduit dans la Maison de Bronze, hier ?

— Non.

— Et le portier, celui qui a été assommé, comment va-t-il ?

— En pleine forme. Les filles d'Anna s'occupent de le remettre sur pied, et d'après ce que je sais, il est possible qu'il prolonge sa convalescence.

Florence éclata de rire.

— Parfait. Je peux donc revenir demain.

— Non, pas encore. Je veux laisser passer quelques jours, pour voir s'il s'agissait d'une attaque isolée ou si cela faisait partie d'un plan de plus grande envergure.

— Mais, Clay...

— Ne discute pas, Florence.

D'un geste, il l'attrapa par le poignet et l'attira sur ses genoux avant de l'enlacer fermement.

— Profitons plutôt de ton anniversaire et du reste de la soirée. Je meurs d'envie de te sentir, de te toucher...

Elle se détendit contre lui. La chaleur de Clay agissait sur elle comme une drogue. Sa tête devenait lourde, et elle sentait une douce léthargie l'envahir.

— Tu m'as manqué.

— Oh, ma douce, dire que tu m'as manqué est si loin de la réalité...

Il glissa une main sous son menton et l'attira à lui jusqu'à ce que leurs bouches se rejoignent. Elle faillit soupirer d'aise en sentant contre elle ce torse massif et ces cuisses musclées. Ses lèvres souples happèrent les siennes, encore et encore, puis sa langue vint enlacer la sienne, tourner autour, la lécher et la rendre folle.

Lorsqu'ils s'écartèrent, tous deux avaient le souffle court. Florence posa la tête sur l'épaule de Clay.

— J'espère que mon cadeau d'anniversaire contient d'autres baisers comme celui-ci.

— Beaucoup, beaucoup d'autres, promit-il. Autant que tu voudras.

D'un doigt, il suivit le bord de son bustier et effleura sa peau, la faisant frissonner.

— Nous y sommes presque.

— Mmm... Par conséquent, ce doit être au nord de la 14e rue.

— Autant t'armer de patience, car tu ne réussiras jamais à deviner où je t'emmène.

— Je suis sûre du contraire. Avec un peu de temps, je parie que...

— C'est plus fort que toi, tu ne peux pas t'empêcher de jouer, dit-il en embrassant ses cheveux.

La voiture ralentit, et Florence regarda par la vitre. Ils étaient sur Broadway, un peu au nord de Madison Square Park.

— Nous allons dans un hôtel ?

Ce quartier abritait un grand nombre d'hôtels de luxe, comme le Fifth Avenue et l'Albemarle. Peut-être Clay avait-il loué une suite pour la nuit.

— D'une certaine manière, oui.

La voiture s'arrêta. Clay se pencha, ouvrit la portière et fit descendre Florence de ses genoux, puis sauta sur le trottoir.

— Viens.

Elle prit sa main et sortit à son tour. Ils se trouvaient devant l'Hoffman House, un des plus grands hôtels de New York, qui servait de quartier général officieux à Tammany Hall. La plupart des grandes décisions concernant la ville se prenaient ici.

Florence à son bras, Clay se dirigea vers l'entrée, mais au lieu de franchir les larges portes à tambour qui menaient au hall de l'hôtel, il obliqua en direction de la porte du bar. Le bar, qui était réservé aux hommes. Régulièrement, les membres des ligues de vertu exigeaient la fermeture du bar de l'Hoffman

House à cause d'un tableau scandaleux accroché à l'un de ses murs. Raison pour laquelle, sans doute, les femmes n'y étaient pas admises. Les imbéciles. Pour eux, protéger les femmes de la nudité assurait le salut de la société quand, en réalité, cela faisait le lit de la honte et de l'ignorance.

— Après toi, dit-il en tirant sur la porte.

— Mais… les femmes ne sont pas admises ici.

Il se pencha et lui murmura à l'oreille :

— La femme qui est à mon bras est autorisée à entrer, juste pour ce soir.

Le frisson de l'interdit la parcourut de haut en bas. Elle entra, se demandant ce qu'elle allait trouver. Ce fut d'abord l'élégance du lieu qui la frappa. Jamais elle n'avait vu décor plus raffiné : lambris d'acajou, plafonds très hauts et très ornementés, tapis persans, et au centre de la pièce, un bar en bois sculpté. Des tapisseries françaises recouvraient les murs, tandis que des nus en marbre et en bronze se dressaient fièrement çà et là.

Un serveur s'approcha. Derrière lui, quatre autres attendaient.

— Bienvenue, mademoiselle. Monsieur Madden. Puis-je vous conduire jusqu'à votre table ?

Florence vit alors qu'une seule table avait été préparée dans la salle, sous un dais de velours rouge. Un drap du même rouge avait été tendu sur le mur le plus proche, et un lustre en cristal éclairait le tout.

— Merci, dit Clay en prenant le bras de Florence.

Ils suivirent le serveur jusqu'à la table. Florence regardait autour d'elle, s'efforçant de ne rien manquer. Aucune femme n'avait jamais foulé ces tapis ni posé les yeux sur ces murs. Comment Clay avait-il fait pour qu'elle soit la première ?

Il tira sa chaise, et elle s'installa. Qui était ce propriétaire de casino aux manières impeccables ?

L'homme qu'elle avait en face d'elle était une succession de mystères. *Que je rêve de percer un jour.*

— Puis-je vous apporter à boire ? demanda le serveur lorsque Clay eut pris place à son tour.

— Deux cocktails maison, je vous prie. Et votre plus vieille bouteille de bordeaux.

— Très bien, Monsieur.

Le serveur s'éloigna, et Florence posa sur Clay un regard moqueur.

— Je n'ai pas le droit de choisir ce que je bois le jour de mon anniversaire ?

— Crois-moi, il faut essayer le cocktail maison. Apparemment, il fait fureur. Et puis, ajouta-t-il en se penchant vers elle, combien d'autres femmes pourront se vanter d'y avoir goûté ?

— C'est vraiment le cadeau idéal, Clay. Comment as-tu eu l'idée d'une surprise aussi originale ?

Il sourit. Les cicatrices, sur son visage, se voyaient moins lorsqu'il semblait heureux.

— Une femme qui rêve d'ouvrir son propre casino et qui serait même capable de me battre aux cartes mérite un cadeau qui sorte de l'ordinaire.

Il lui prit la main, l'effleura du bout des lèvres.

— Et tu n'as encore rien vu.

20

Florence n'eut pas le temps de demander à Clay ce qu'il voulait dire. Déjà, le serveur était de retour et plaçait devant eux les cocktails et des verres à vin. Un autre se chargea d'ouvrir la bouteille de bordeaux.

Clay leva son cocktail et attendit qu'elle fasse de même.

— À toi. Comme dit le proverbe : « Que tes poches soient pleines et ton cœur léger, puisse du soir au matin la chance t'accompagner. »

Il fit tinter son verre contre celui de Florence.

— Merci.

Charmeur, va. Sans cesser de sourire, elle porta son verre à ses lèvres et but une gorgée. Le cocktail était fort, mais délicieux. Elle y distingua le goût du gin et de l'orange.

— Qu'est-ce que c'est ?

— Gin, vermouth et orange amère. Tu aimes ?

Elle hocha la tête.

— Oui. C'est la première fois que je goûte ce genre de cocktail.

Le serveur remplit les verres de vin, puis attendit.

— Y aura-t-il autre chose, Monsieur ?

Clay se leva, tira de sa poche intérieure une liasse de billets et la lui tendit.

— Non. Si vous pouvez faire en sorte que plus personne ne nous dérange pour le restant de la soirée, nous vous en serions très reconnaissants.

— Merci, Monsieur. C'est comme si c'était fait.

Le serveur entraîna le reste du personnel hors de la salle et referma les portes derrière lui, laissant Clay et Florence seuls.

— Je ne comprends pas, dit-elle lorsqu'il se rassit. Tu as réservé tout le bar pour la soirée ?

— Oui. Tu es impressionnée, j'espère.

— Très.

— Aimerais-tu que je fasse tomber ce rideau de velours ?

Il montra la tenture rouge qui masquait le mur, en face d'eux.

— C'est le fameux tableau ? demanda-t-elle en frissonnant d'excitation.

— Oui. Es-tu certaine que tes yeux innocents sont prêts pour un tel spectacle ?

— Après la scène de la chambre au bordel d'Anna, as-tu vraiment besoin de poser la question ?

— Non, sans doute pas.

Il se pencha, l'embrassa sur la joue, et son parfum, mélange de tabac et de pin, enveloppa Florence. Elle ferma les yeux, inspira profondément. Clay était aussi enivrant que le cocktail qu'elle avait entre les mains.

Lorsqu'ils eurent vidé leurs verres, il se leva et s'approcha de la corde qui actionnait le rideau. Florence le regarda faire en songeant à la place qu'il avait prise dans sa vie. Il était plus qu'un ami et un amant. Plus qu'un mentor. Il était… tout.

La première personne à qui elle voulait parler au réveil.

Celle qu'elle voulait embrasser le matin, à midi et le soir.

La personne dont l'absence ouvrait une blessure dans son cœur.

Seigneur, suis-je en train de tomber amoureuse ?

Non. Le moment ne pouvait pas être plus mal choisi pour ce genre de pensées. Son avenir tout entier reposait sur son indépendance et sa capacité à faire ses propres choix. Elle dirigerait son propre casino et ne laisserait personne se mettre en travers de son chemin, pas même Clay.

Clay qui, par ailleurs, ne lui avait pas vraiment juré un amour éternel. À vrai dire, il avait même exprimé le contraire. « Je ne vois ce genre de choses qu'à court terme. » Il l'avait prévenue, en quelque sorte.

Alors non, elle n'était pas bête au point de tomber amoureuse d'un homme qui ne lui rendrait jamais son amour. Du moins l'espérait-elle.

Elle repenserait à tout cela plus tard. Ce soir, c'était son anniversaire ; ils étaient ici, ensemble, et elle comptait bien profiter du moment présent.

Il tira sur la corde et le rideau s'ouvrit, révélant un tableau de belles proportions, qui devait faire au moins deux mètres cinquante de hauteur. L'œil ne savait pas où se poser. Le lustre éclairait de mille feux un nombre impressionnant de corps nus.

— Fichtre. C'est quelque chose, en effet.

Au lieu de retourner s'asseoir, Clay rejoignit Florence, l'incita à se lever et se glissa derrière elle pour l'asseoir sur ses genoux. Elle se cala contre son large torse, et ils regardèrent le tableau ensemble.

Au bord d'une rivière, quatre femmes aux formes voluptueuses entouraient un satyre. Elles le taquinaient, essayaient de l'entraîner dans l'eau, mais il ne se laissait pas faire. Seins et fesses s'offraient au regard, mais pour l'essentiel, les parties intimes étaient couvertes. Tout bien considéré, cette scène n'était pas si scandaleuse – Florence avait sous son lit des cartes érotiques bien plus suggestives que cela. Mais le tableau était beau et célébrait la force féminine autant que la puissance masculine.

— Il s'intitule *Nymphes et Satyre* et a été peint par Bouguereau, un Français, dit Clay. Est-ce qu'il te plaît, ma petite voyeuse ?

— Je le trouve magnifique. Mais je me pose des questions sur le tollé qu'il a provoqué. Il n'est pas aussi choquant que je l'imaginais.

— C'est toujours comme ça.

— Alors pourquoi ne pas laisser les femmes venir ici et le voir ?

— Peut-être que ces messieurs craignent que cela ne leur donne des idées.

Il avait posé une main sur sa taille et la caressait doucement, en suivait la courbe comme s'il s'agissait du geste le plus naturel du monde.

— L'idée de capturer un satyre, tu veux dire ?

— Non, d'attaquer pour se défendre. Tu ne vois pas ce qui est en train de se passer, dans cette scène ?

Florence l'étudia de plus près.

— On dirait que les nymphes essaient d'obtenir du plaisir de la part du satyre et qu'il se défend.

— Pas tout à fait. Dans la mythologie, les nymphes sont souvent associées aux rivières et aux forêts. Les satyres sont des créatures hédonistes à la recherche du plaisir, généralement représentées en érection. Celui-ci a été pris en train d'épier un groupe de nymphes prenant leur bain. On voit les autres nymphes, au fond, qui observent la scène. Les plus courageuses, au premier plan, vont le mettre à l'eau pour refroidir ses ardeurs.

— Elles se sont unies pour le punir.

— Exactement.

Le souffle de Clay réchauffa son cou un court instant avant que ses lèvres ne caressent le même endroit.

— Une nymphe seule ne peut rien faire, mais ensemble, elles deviennent invincibles.

— Et c'est pour cela que tu penses que cette toile risque de donner des idées aux femmes.

Elle soupira sous l'effet du baiser de Clay, qui laissait courir ses lèvres sur son cou. Une onde de chaleur se répandait en elle.

— Est-ce que cela t'en donne ?

Il glissa la main sur son ventre, remonta jusqu'à sa poitrine, épousa l'arrondi de son sein, et elle se cambra. Maudites soient ces épaisseurs de tissu qui les séparaient l'un de l'autre !

Dans son dos, elle sentit son érection et bougea un peu, juste pour l'exciter.

— Il semble que cela t'en ait donné à toi, des idées.

— Il me semble aussi. Mais quand je suis avec toi, il est rare que je n'en aie pas.

D'un rapide coup de langue, il remonta le long de son cou, puis la mordilla, avant de reprendre l'analyse du tableau.

— D'après toi, que se passe-t-il ensuite ?

Elle gémit, agrippa les avant-bras de Clay pour se stabiliser et ferma les yeux.

— Elles poussent le satyre dans l'eau.

— Allons, allons. Tu peux faire mieux, non ?

D'un doigt, il suivit le bord de son décolleté, et elle sentit ses seins se tendre sous la légèreté de cette caresse.

— Les nymphes doivent-elles renoncer au plaisir ou le satyre doit-il les satisfaire ?

— Toutes ?

— Peut-être pas, murmura Clay à son oreille tandis que ses mains descendaient sur ses jupes, qu'il tira lentement vers le haut. Peut-être qu'une nymphe en particulier a attiré son regard, la blonde aux yeux brun-vert qui n'a peur de rien.

Elle se sentait envoûtée, comme s'il lui avait jeté un sort. Il était difficile de se souvenir qu'ils se trouvaient dans un bar, et pas dans la chambre de Clay. Mais quand il dénuda ses genoux, elle arrêta ses mains.

— Et si le serveur revient ?

— Les portes sont verrouillées. Personne ne nous dérangera. Détends-toi, ma belle.

Elle sentit l'air frais sur ses cuisses lorsqu'il remonta ses jupes jusqu'à sa taille.

— Bien. Où en étions-nous ?

— À la nymphe blonde, murmura Florence.

— Ah oui, la nymphe courageuse, qui n'a pas peur des traits disgracieux du satyre, ni de ses airs lubriques. Pour une raison étrange, elle le préfère à tous les autres.

Délicatement, il lui écarta les cuisses et la plaça à cheval sur lui.

— Et lui la trouve si belle qu'il ne se sent pas digne d'elle.

— Mais c'est ridicule...

— Chut, souffla-t-il en glissant une main entre ses jambes, cherchant l'ouverture de sa culotte. C'est moi qui raconte l'histoire.

De longs doigts se coulèrent entre les boucles de sa toison intime.

— Mmm... Je sens ton odeur, tu es excitée.

Une nouvelle fois, il planta les dents dans la peau de son cou, lui arrachant un gémissement.

— Tu disais ?

— Pardon. Cette nymphe blonde est futée, beaucoup plus intelligente que le satyre.

Les doigts de Clay se firent plus insistants, parcourant les plis moites de son sexe sans jamais caresser l'endroit qu'elle aurait voulu satisfaire, la tourmentant sans répit.

— Elle l'entraîne à l'écart des autres nymphes et des autres satyres, consciente qu'il ne pourra pas lui résister.

Un doigt effleura son clitoris, et elle se tendit. *Encore, s'il te plaît.*

Il lécha sa gorge, l'embrassa à pleine bouche. Sa paume se referma sur son sexe, et elle se cambra pour l'amener où elle voulait le sentir.

— Clay...

— Une fois seule avec lui, reprit-il, la nymphe devient joueuse et coquine, et s'allume alors l'étincelle de joie qui manquait à la vie solitaire du satyre.

Un doigt la pénétra lentement, la combla.

— Oh oui..., murmura Florence en fermant les yeux.

Sa tête tomba en arrière, sur l'épaule de Clay. Elle ne pouvait plus bouger ni penser, elle ne pouvait que désirer. Déjà, son sexe s'impatientait, en réclamait plus.

— Enfin, la nymphe laisse le satyre la toucher, et il connaît l'expérience la plus délicieuse et la plus érotique de son existence.

Du plat de la main, il caressa son clitoris, et son souffle se fit haletant.

— Le satyre est plus excité que jamais. Et quand elle écarte les cuisses pour le laisser entrer en elle, il manque mourir de plaisir tant elle est chaude et étroite. Son sexe enserre sa queue, qui va et vient en elle, chaque fois un peu plus loin.

Clay introduisit un autre doigt en elle, et Florence se cambra de nouveau. Peu à peu, il accéléra le rythme de ses va-et-vient, sans cesser d'appuyer sa paume sur son clitoris. Elle sentit la vague monter, gagner en puissance.

— La nymphe jouit si fort que ses ongles zèbrent le dos du satyre. Elle se contracte autour de lui, comprime son sexe pour en obtenir la semence. Content de l'avoir satisfaite, il se concentre sur son propre orgasme et la besogne avec frénésie jusqu'à ce que son sperme jaillisse.

Sous l'effet des paroles coquines et des caresses osées, Florence perdit le contrôle et s'agrippa à Clay. Lorsqu'il recourba le doigt qui était le plus loin en elle, l'orgasme l'emporta instantanément vers des sommets qui lui firent oublier tout le reste. Agitée de soubresauts, elle s'abandonna aux délices du plaisir jusqu'à ce que, épuisée, elle retombe contre Clay.

Il déposa dans son cou une multitude de petits baisers tendres.

— Joyeux anniversaire, ma belle, murmura-t-il contre sa peau.

— Merci, Clay, répondit-elle dans un souffle.

— Je t'en prie. C'était pour toi autant que pour moi.

Il retira ses doigts et les glissa entre ses lèvres d'un air gourmand. Fermant les yeux, il laissa échapper un gémissement, comme s'il la savourait.

Florence ramena une jambe sur le côté pour se lover contre lui. Clay était tendu, tel un homme au bord de l'explosion. Elle fit glisser une main sur son torse, puis vers son entrejambe.

— C'est à mon tour de te raconter une histoire, non ?

— Non, soupira Clay. Si nous étions seuls au casino, je n'hésiterais pas une seconde. Mais là, nous sommes dans un lieu public et je ne peux pas faire tout ce que je voudrais à ton corps nu, donc je vais te ramener chez toi.

— Tu en es sûr ?

— Certain.

Il la mit debout et se leva à son tour.

— Et puis, je tenais vraiment à ce que ce soit ta soirée.

— Eh bien, tu auras droit au même traitement pour ton anniversaire.

Une expression étrange, indéchiffrable, passa sur le visage de Clay. Baissant la tête, il déposa un rapide baiser sur ses lèvres.

— Vivement mon anniversaire, alors. En attendant, je te raccompagne chez toi.

Clay et Florence se dirigèrent vers la sortie. Elle avait les lèvres encore rouges de ses baisers, et quelques mèches folles s'étaient libérées de son chignon. Jamais il ne l'avait trouvée aussi belle. S'il avait pu la garder auprès de lui pour l'éternité, il n'aurait pas hésité.

Pourtant, aucun homme ne la méritait moins que lui. Il avait passé l'essentiel de son existence à la frange de la légalité et avait dû faire un certain nombre de choses dont il n'était pas très fier. Aujourd'hui, il dirigeait un empire bâti sur la cupidité et la corruption, mais dont des centaines de personnes dépendaient pour vivre.

Un jour, une fois vengé de Duncan Greene, peut-être pourrait-il laisser de côté salles de billard et tripots, oublier tricheurs et pots-de-vin pour enfin mener une vie normale et ne plus devoir regarder par-dessus son épaule en permanence.

Mais Florence serait loin depuis longtemps.

Il ignora l'étau qui lui serrait la poitrine et tendit la main vers la porte. Florence l'arrêta. Elle lui caressa la joue, et ils se regardèrent un long moment. Jamais il ne s'était senti aussi apaisé, aussi compris qu'avec elle. Un besoin étrange le saisit – la prendre dans ses bras, monter avec elle dans le premier train pour la côte ouest et fuir l'existence qu'il s'était bâtie.

— Clay… Merci, dit-elle d'une voix encore éraillée par le plaisir. C'était… c'était absolument parfait.

— Je voulais t'offrir quelque chose d'unique. J'espère que tu ne l'oublieras jamais.

J'espère que tu ne m'oublieras jamais.

Elle se hissa sur la pointe des pieds et l'embrassa.

— Impossible. Je m'en souviendrai toute ma vie. Tu as fait de cette soirée un anniversaire inoubliable.

Le compliment lui fit battre le cœur, et le désir l'enflamma de plus belle. Il fallait qu'ils s'en aillent d'ici au plus vite, sinon il prendrait une suite à l'hôtel et ils ne partiraient jamais. Ouvrant la porte, il s'effaça pour la laisser passer. Lorsqu'il voulut la suivre, il faillit la heurter. Elle s'était immobilisée sur le seuil.

— Florence...

Puis il vit pourquoi elle ne bougeait plus.

Duncan Greene et Gros Bill attendaient sur le trottoir, juste à côté de la voiture de Clay. Duncan grimaçait de fureur. Le sourire de Bill, en revanche, indiquait qu'il savourait à l'avance ce qui allait se passer. Le salaud avait parlé à Duncan de la liaison entre Florence et Clay.

C'était la fin, donc. Ce soir marquait la fin de sa relation avec elle. Cette idée lui donna envie de cogner quelque chose.

Tu le savais, pourtant, que ce jour arriverait.

Oui, il le savait. Et il n'avait jamais vraiment espéré l'éviter.

Je voulais plus de temps.

Cette pensée s'envola dans l'air frais de Manhattan, telle une brume légère et inatteignable.

Clay passa devant Florence et fourra ses mains dans ses poches.

— Bonsoir, messieurs, dit-il en plantant son regard dans celui de Duncan.

— Faites demi-tour et retournez d'où vous venez, ordonna Duncan sans desserrer les dents. Je refuse d'avoir cette conversation dans la rue.

— Papa…, intervint Florence, enfin sortie de sa stupeur.

— À l'intérieur, j'ai dit ! rétorqua sèchement Duncan. Immédiatement, Florence.

Tournant les talons, elle disparut dans le bar. Clay attendit sans bouger que Bill passe devant lui d'un pas guilleret.

— Je vous avais prévenu, dit le chef adjoint de la police. Mais vous ne m'avez pas écouté.

Clay ne prit même pas la peine de répondre. Il s'occuperait de Gros Bill plus tard. Pour le moment, Duncan était plus important.

Celui-ci s'avança, les poings serrés, raide de colère.

— Entrez là-dedans avant que je ne vous brise la mâchoire, grogna-t-il.

— Essayez seulement, répliqua Clay. Mais je préfère vous prévenir : je ne me bats pas selon les règles du marquis de Queensberry. Les règles que je suis, je les ai apprises dans les rues du Lower East Side, où un type comme vous n'aurait pas tenu une seule journée.

Duncan agita un doigt sous le nez de Clay.

— À l'intérieur, Madden, répéta-t-il. Sinon je vous fais arrêter par Bill ici, en pleine rue.

— Pour quel motif ?

— Peu importe. Il fera ce que je lui demanderai, et vous irez passer quelques semaines en taule. Est-ce vraiment le dernier souvenir que vous voulez laisser à ma fille ?

Clay le fusilla du regard, furieux que Duncan ait joué la seule carte qu'il ne pouvait pas contrer. *Florence*. Il fit demi-tour, ouvrit la porte d'un coup sec et entra. Florence se tenait debout au centre de la salle, livide, les bras serrés autour de sa taille. Son regard allait et venait entre Clay et Duncan, qui venait de refermer la porte derrière lui.

Son père balaya la salle d'un regard contrarié, notant la table pour deux, les cocktails, le vin. N'importe quel imbécile pouvait en déduire ce qui s'était passé ici ce soir – en dehors de l'orgasme de Florence sous les caresses de Clay.

Ce souvenir-là appartenait à Clay, qui entendait le savourer durant les longues nuits solitaires qui l'attendaient.

— Papa, je peux tout vous expliquer.

Duncan croisa les bras.

— Vraiment, Florence ? Parce que je ne suis pas d'humeur à gober tes mensonges. Pas cette fois.

La gorge serrée, elle ne répondit pas. Devant son père, elle semblait rapetisser, et ce spectacle réveilla quelque chose en Clay, qui se plaça devant elle.

— Déversez votre colère sur moi, Duncan, pas sur elle.

— Ah, mais ne vous en faites pas, il y en aura aussi pour vous, Madden ! Comment avez-vous osé toucher à ma fille ?

Le ton était monté de plusieurs crans, pour finir proche du rugissement. Le visage de Duncan était cramoisi.

Clay resta calme, détendu. Il avait affronté suffisamment d'hommes en colère pour savoir qu'il devait garder la tête froide.

— Quoi que vous imaginiez, je vous assure que vous vous trompez. Je tiens à elle.

— Menteur. Vous vous servez d'elle pour vous venger, c'est tout. Vous ruinez sa réputation pour m'atteindre.

— Non, papa, intervint Florence en venant se mettre à côté de Clay. J'ai demandé à Clay de me donner des conseils. Depuis quelques semaines, il m'apprend à gérer un casino.

Son père vacilla.

— Tu es allée chercher des conseils auprès de ce criminel ? Non, mais tu as perdu la tête ?

Cette fois, Clay se tendit et fit un pas en avant.

— Si vous lui criez encore dessus comme ça, je vous fous mon poing dans la gueule. Que vous soyez son père n'y changera rien.

Duncan ne le regarda pas. Il fixait sa fille.

— Réfléchis, Florence. Tu n'as donc pas compris que c'est lui qui veut démolir la maison de ta grand-mère pour construire à la place un autre casino ? Il faut te faire un dessin ?

— Un autre casino ? Je ne comprends pas.

— Il se sert de toi pour se venger de moi.

— Vous pensez que Clay cherche à démolir la maison de bonne-maman ? Mais c'est ridicule !

Elle éclata de rire et se tourna vers Clay.

Celui-ci ne riait pas. Il se tenait là, prêt à encaisser le coup. Les accusations de Duncan étaient fondées, et tout le monde le savait. Sauf Florence.

Bientôt, elle comprendrait tout ce qu'il lui avait caché, saurait quel monstre il était. Elle découvrirait que la vengeance comptait plus pour lui que tout le reste. Plus qu'elle.

« Les choses auraient pu se passer autrement. »

Faux. Il n'y avait jamais eu d'autre solution. Il attendit, la gorge brûlée par les explications qu'il ne donnerait pas. Il était trop tard pour faire machine arrière.

Et quand Florence comprit ce que cela signifiait, il lut sur son visage qu'il était sur le point de la perdre pour toujours.

Le silence se fit, lourd. Le genre de silence où tout le monde a compris la fin sauf une personne qui continue à essayer de comprendre et qui passe pour l'idiot de service.

L'idiote, en l'occurrence.

La vérité était là, dans la déception et le dégoût de son père. Dans l'expression satisfaite du chef adjoint de la police. Dans le regard vide de Clay.

Il n'avait même pas essayé de se défendre.

Parce qu'il sait que c'est impossible.

Le ventre noué, elle regarda autour d'elle, avec le sentiment que l'élégante et romantique mise en scène de cette soirée se moquait d'elle. Comment cet homme si tendre, si attentionné, avait-il pu manigancer dans son dos pour mettre la main sur la maison de sa grand-mère ? Elle lui avait dit à quel point cet endroit comptait pour elle et pour son avenir. Comment avait-il pu l'écouter et mener son projet à bien malgré tout ?

Peut-être avait-elle mal compris. Peut-être son père se trompait-il.

— Non, murmura-t-elle en secouant violemment la tête. Ce n'est pas possible. La maison de ma grand-mère ?

Clay ne dit rien. Il fixait Duncan d'un regard insondable. Les deux hommes semblaient engagés dans une épreuve de force – et Florence était prise en étau.

Il fallait qu'elle parle à Clay. Seule. Il y avait forcément une autre explication que celle de son père.

— Papa, j'aimerais être seule avec Clay quelques instants.

— Moi vivant, jamais ! répondit son père. Tu vas monter immédiatement dans la voiture, sinon je t'y traîne moi-même.

— Moi vivant, jamais vous ne la forcerez, intervint Clay.

— Que vous mouriez ne me pose aucun problème, rétorqua Duncan en retirant son manteau. D'ailleurs, je vais peut-être remédier à cela tout de suite et vous étrangler à mains nues, ici et maintenant.

— Papa, arrêtez ! s'écria Florence qui s'interposa entre les deux hommes, tournant le dos à Clay. Cinq minutes, c'est tout ce que je vous demande.

— Je refuse de te laisser seule avec lui.

— J'ai passé toute la soirée seule avec lui. Quelques minutes de plus n'y changeront rien.

Duncan, mains sur les hanches, était visiblement à bout.

— Très bien. Cinq minutes. Mais, avant cela, j'ai deux mots à vous dire, Madden. Séduire ma fille était un procédé vraiment minable, même pour vous. Alors écoutez-moi bien : si je vous retrouve ne serait-ce qu'une fois à moins de trois mètres d'elle, je vous règle votre compte.

Clay eut un sourire narquois.

— Vous avez déjà essayé il y a vingt ans, Greene. Ça n'a pas marché à l'époque et ça ne marchera pas aujourd'hui, je vous le garantis.

— Je vous ai déjà dit que ce n'était pas ma faute !

— Mais de quoi parlez-vous, à la fin ? s'écria Florence en les regardant l'un et l'autre. Que s'est-il passé il y a vingt ans ?

Il y eut un silence. Clay regardait son père, vibrant littéralement de rage.

— Pourquoi ne lui racontez-vous pas ? Je suis sûr qu'elle appréciera votre grandeur d'âme.

— Laissez-la tranquille, et laissez la maison de ma mère tranquille, grogna Duncan d'un air menaçant.

— C'est trop tard. Les demandes de permis de construire ont été déposées, et j'envisage de démarrer les travaux d'ici un mois. Le quartier risque d'être bruyant et poussiéreux assez vite.

— Je n'en serais pas si sûr, si j'étais vous.

Duncan affichait un sourire arrogant.

— Cinq minutes, Florence. Et je reviens te chercher.

Duncan et Bill se retirèrent, claquant la porte derrière eux. Florence était perdue. Que venait-il de se passer exactement ?

Les mains nouées devant elle, elle se tourna vers l'homme qui avait fini par compter plus que tout pour elle.

— C'est vrai, n'est-ce pas ? C'est toi qui fais démolir toutes les maisons autour de celle de ma grand-mère pour pouvoir construire un casino ?

— Je ne t'ai jamais menti, dit-il d'une voix sourde. Je n'ai jamais...

— Tout ce que tu m'as dit, c'était que ta vengeance ne visait ni à ruiner mon père ni à l'éliminer. En quoi ce que tu fais est-il moins cruel ? C'est la maison de ma grand-mère, Clay.

— C'est tout ce que mérite ton père.

— Ah, je vois. Tu vas briser le cœur de ma grand-mère et saboter mon avenir, mais tu vas quand même trouver un moyen de te justifier.

Il la fixa d'un regard plein de ressentiment.

— Je n'ai pas besoin de me justifier. Ni devant toi ni devant personne.

Elle ouvrit la bouche, encaissa la cruauté de ces propos comme un coup de poing et se sentit vaciller sous le choc.

Sa réaction émut sans doute Clay, qui passa une main dans ses cheveux, visiblement mal à l'aise.

— Je ne me suis pas servi de toi pour me venger, dit-il d'un ton plus doux. Ce projet, cela fait des années que je l'ai initié.

— Comment veux-tu que je te croie ?

— Je ne t'ai jamais menti.

— Mentir par omission, c'est mentir.

— Jack mis à part, tu étais celle qui en savait le plus sur ma vengeance. Et ce qui s'est passé entre nous était vrai, sans faux-semblants.

Elle n'était pas sûre de pouvoir le croire. Mais, avant toute chose, il fallait qu'elle sache ce qui opposait Clay et son père.

— Je ne comprends toujours pas ce qui s'est passé il y a vingt ans. Qu'a donc fait mon père de si terrible pour que tu planifies ta vengeance...

On tambourina à la porte du bar.

— C'est l'heure ! Sortez ou je défonce cette porte !

Son père. Mais elle ne quitta pas Clay du regard.

— Tu me dois une explication.

— Il n'y en a pas. Et si tu espères découvrir que je suis le héros de ce mélodrame, tu risques d'être déçue.

— Maintenant ! hurla son père. Je te laisse dix secondes, Florence. Neuf. Huit...

Le compte à rebours s'égrena. Elle était bien placée pour savoir que Duncan Greene ne bluffait jamais. Son père défoncerait la porte dès qu'il aurait fini de compter. L'espace de quelques instants, elle fut tentée de le laisser faire. Mais elle était la première femme à pénétrer dans le bar de l'Hoffman House, et si Duncan Greene démolissait cet endroit ce soir, c'était à elle que le monde entier en voudrait. Plus aucune femme ne pourrait espérer être jamais admise en ces lieux.

Nous n'en avons pas terminé. J'ai besoin de réponses et je les aurai.

Florence se dirigea vers la porte. Au moment de poser la main sur la poignée, elle se tourna vers Clay.

— Je n'ai jamais voulu de héros. Ce que je cherchais, c'était un partenaire.

Elle tourna la poignée, ouvrit la porte d'un coup sec et sortit.

21

— On fait moins le malin, maintenant, hein ?

Clay se retourna et scruta la pénombre. Gros Bill. Bon sang. Il avait presque oublié que le flic véreux jouait un rôle dans ce cauchemar.

— C'est le moment où vous fanfaronnez ? Si c'est le cas, vous pouvez garder vos commentaires.

Bill quitta le mur de brique auquel il était adossé et s'approcha.

— Je vous l'avais dit. Je vous avais dit que si vous me preniez ma maison, vous le regretteriez. Vous avez foutu mon mariage en l'air. Vous méritez tout ce qui s'est passé ce soir.

Clay se retint de se ruer sur l'officier de police pour l'étrangler.

— Cela ne vous ramènera ni votre femme ni votre maison. Je ne vois pas en quoi ce qui s'est passé ce soir vous a rendu service.

Bill avançait, bedaine en avant, pour occuper l'espace. Une posture classique d'intimidation à laquelle Clay recourait souvent, mais en redressant les épaules.

Bras croisés, il le regarda avancer.

— Vous avez abattu votre seul atout, Bill. Vous l'avez joué, et vous avez perdu. Vous n'avez plus rien contre moi, désormais.

— Je peux encore vous arrêter et vous faire condamner.

— Mes avocats me sortiraient de là en moins d'une heure. Ce serait une perte de temps pour tout le monde.

— À une heure aussi avancée de la nuit, trouver un juge pour vous relâcher ne serait pas facile. Je suis tenté de le faire, juste parce que j'en ai le pouvoir.

— C'est complètement ridicule.

Clay n'était pas d'humeur à supporter ces foutaises. C'était la deuxième fois qu'il devait écourter une soirée en compagnie de Florence à cause de Bill – celle de son anniversaire, rien de moins. Tout s'était déroulé à la perfection, et maintenant, Florence ne lui adresserait plus jamais la parole.

« C'est la maison de ma grand-mère, Clay. »

Tournant les talons, il se dirigea vers sa voiture. Au moins allait-il pouvoir rentrer et travailler.

— C'était trop facile, aussi, lança Bill. Tout ce que j'ai eu à faire, pour trouver votre point faible, ça a été de ficher la pagaille au casino, et zou, la petite souris est sortie de son trou.

Clay se figea et se retourna lentement.

— Qu'est-ce que vous voulez dire par « ficher la pagaille au casino » ?

— Votre gars, à la porte de derrière. Il n'a rien vu venir. Et vous, vous avez cru que quelqu'un s'était introduit dans l'immeuble, alors vous avez vite renvoyé votre maîtresse chez elle, pour la protéger. C'est comme ça que j'ai su que vous la baisiez.

L'agression de John le Petit avait été orchestrée par Bill ? Bon sang. Il n'y avait pas eu d'intrusion. Bill voulait juste voir si Florence était à l'intérieur pour pouvoir, une fois sûr de son coup, révéler leur liaison au grand jour.

Hors de lui, Clay se jeta sur Bill. Ils tombèrent à terre tous les deux. Clay était rapide et eut le temps de flanquer deux droites dans la mâchoire de Bill avant que celui-ci ne réagisse. Ils roulèrent sur le trottoir. L'espace d'un instant, Bill eut le dessus et en profita pour frapper Clay à la gorge. Étourdi, celui-ci ne se débattit pas quand Bill le retourna sur le ventre et lui fit une clé.

— Coups et blessures sur un policier en exercice. Cette fois, je vous arrête. Vraiment.

Clay tenta de se dégager, mais Bill lui maintenait les deux bras en arrière et avait calé un genou dans le creux de ses reins.

— Je ferai bien pire, la prochaine fois, grogna-t-il. Je vous…

— Ce sont des menaces ? Parfait, j'ajoute ça aux chefs d'accusation.

Poussant un rugissement, Clay tenta de renverser Bill, mais le cœur n'y était pas vraiment. Elle était partie. *Partie*. Il avait souvent imaginé ce moment, mais sans jamais entrevoir la douleur qu'il ressentirait.

Malgré sa colère, il cessa de se débattre. Bill en profita pour lui donner un violent coup de pied dans les reins qui le laissa pratiquement inconscient. Lorsqu'il retrouva son souffle, Bill s'était relevé et le tirait pour le mettre debout. Sans le lâcher, il le conduisit jusqu'à un fiacre qui attendait là.

— Oh, je sens que je vais boire du petit-lait. Le célèbre Clayton Madden va passer la nuit en cellule. On n'a pas fini d'en parler.

— Pauvre connard prétentieux, lâcha Clay d'une voix dénuée de tout sentiment.

Il pouvait toujours essayer de l'humilier, ce n'était pas la première fois que Clay était arrêté. Sans doute pas la dernière non plus. Il savait comment fonctionnait le système. Plus on faisait de bruit, plus les flics tapaient fort, parce que cela leur donnait de quoi justifier leur violence. S'il restait calme, il pourrait faire prévenir ses avocats et retrouver la liberté rapidement.

Mais finalement, à quoi bon ? Son orgueil mis à part, rien ne le poussait à se dépêcher.

Libre, il retrouverait son lit froid – et qui le resterait, maintenant que Florence était sortie de sa vie. La Maison de Bronze ne ferait que lui rappeler son sourire espiègle et ses yeux rieurs. Il l'entendrait au détour de chaque couloir, et ce murmure le tourmenterait jusqu'à la fin des temps. C'était trop déprimant.

Peut-être Gros Bill lui avait-il rendu service. Il préférait de loin passer la nuit en cellule, à essayer de fuir le souvenir de la femme qu'il avait perdue.

Le trajet du retour se fit dans un silence pesant.

Florence sentait la colère de son père planer dans l'habitacle. Duncan Greene regardait par la vitre, muet, mâchoire contractée. Dehors, progressivement, les maisons devenaient plus grandes, plus imposantes, plus distantes les unes des autres. Le silence convenait tout à fait à Florence. Elle avait ainsi un peu de temps pour réfléchir. Questions et reproches se succédaient dans son esprit, revenant sans cesse à la charge. Elle oscillait entre colère et tristesse.

« Ce qui s'est passé entre nous était vrai, sans faux-semblants. »

Comment pouvait-il dire cela, lui qui avait gardé son secret tout ce temps ? Pas un instant il n'avait dévié de son objectif, même après qu'elle lui avait confié l'importance que la maison de sa grand-mère avait pour elle. Quel genre d'homme se comportait de la sorte ?

Un homme qui se fiche complètement de toi, assurément.

Sa gorge se serra, et elle craignit de fondre en larmes devant son père.

« La nymphe devient joueuse et coquine, et s'allume alors l'étincelle de joie qui manquait à la vie solitaire du satyre. »

Des mensonges, et encore des mensonges.

Bientôt, la voiture s'arrêta sous le portique de la résidence Greene. Impatiente d'être seule, Florence ouvrit la portière et installa le marchepied sans attendre le valet. Elle descendit et se hâta vers l'entrée de l'hôtel particulier.

Le silence régnait dans la maison à cette heure tardive. La voix de son père, descendu juste derrière elle, lui parvint, haute et claire.

— Florence, j'ai à te parler. Ce ne sera pas long.

Sans attendre sa réponse, il obliqua en direction de son bureau.

L'estomac noué, elle le suivit. Situé à l'arrière de la maison, le bureau était la chasse gardée de son père. Il aimait y être seul pour travailler et se montrait particulièrement irritable si on l'interrompait. Florence y avait passé plus de temps que ses sœurs, néanmoins, puisque c'était dans ce sanctuaire masculin que Duncan Greene se plaisait à réprimander ses filles pour leurs écarts de conduite.

Elle soupira.

La pièce était un tombeau, sombre et silencieux, le téléscripteur muet jusqu'au matin. Une bandelette de papier gisait à ses pieds, attendant d'être lue. Florence prit place dans un des fauteuils qui faisaient face au bureau tandis que Duncan s'installait derrière celui-ci.

— Au cas où je n'aurais pas été assez clair tout à l'heure, je t'interdis de revoir Clayton Madden et de remettre les pieds à la Maison de Bronze.

Elle ouvrit la bouche pour protester, mais son père l'arrêta d'une main.

— Ce n'est pas négociable, jeune fille. Tu n'avais rien à faire dans un casino, et encore moins dans les bras de cet homme. Ta mère en aurait une crise cardiaque, si elle savait.

— Vous n'allez pas le lui dire ?

— Non, elle ne s'en remettrait pas. Mais tu vas tout arrêter. Plus de virées secrètes avec Madden et plus de soirées au casino. Est-ce clair ?

— Que s'est-il passé entre Madden et vous, il y a vingt ans ?

— Cela ne te regarde pas. Disons juste que j'ai trouvé un moyen de faire échouer son projet. Il ne mettra pas la main sur la maison de ta grand-mère.

C'était un soulagement.

— Comment avez-vous fait ?

— Tu te rappelles les documents que ta grand-mère t'a confiés l'autre jour ? Il se trouve que la ville a prévu de bâtir une école dans ce pâté de maisons et de faire jouer son droit de préemption sur la propriété et le terrain qui l'entoure. D'ailleurs, M. Crain doit passer ce matin pour me faire signer les papiers. Madden n'aura rien – et j'ai hâte de voir sa tête quand je le lui annoncerai.

Une école ? Donc la maison serait démolie de toute façon ?

— Mais cela ne change rien pour bonne-maman, si ?

— Ta grand-mère a déjà accepté. Elle ira s'installer dans notre maison de Newport. Sa maison est vendue au profit d'une bonne cause. Et, surtout, Clayton Madden n'obtient absolument rien.

— Mais pourquoi…

— Permets-moi de garder pour moi les raisons qui font que je m'en réjouis, Florence. Nous sommes ici pour parler de toi et de ton comportement imprudent et inconvenant. À partir de maintenant, je ne veux plus entendre parler de Clayton Madden, ni de jeux d'argent, ni de virée je ne sais où dans les bas-fonds en pleine nuit.

— Papa, non. Je voudrais ouvrir un casino réservé aux femmes…

— C'est hors de question. Ma fille ne se lancera pas dans une entreprise aussi méprisable. Tu pourrais être arrêtée, Florence !

— Il y a peu de risques que cela m'arrive. Contourner la loi est possible.

— Oui, à coups de pots-de-vin et de dessous-de-table, des méthodes que Clayton Madden affectionne, j'en suis sûr. Je t'interdis de prendre ce chemin. Déjà que Marion cherche à faire annuler ses fiançailles avec Chauncey, je ne veux pas d'une seconde fille qui se fiche ouvertement des conseils de son père. Tu feras ce que je te dis de faire, Florence, conclut-il en pointant son index sur sa fille.

— En d'autres termes, je vais épouser un homme immature et égoïste du genre de Chauncey, faire des enfants et tenir mon ménage jusqu'à ce que je me ratatine et que je meure d'avoir vécu dans une cage dorée.

— À t'entendre, toutes ces choses sont abjectes. Il n'y a pas de honte à fonder une famille.

— Si, il y en a quand cela empêche les femmes de choisir leur avenir !

Incapable de se maîtriser, Florence avait terminé sa phrase en hurlant.

— Pour qu'elles finissent en prison ? hurla son père en retour.

— Si j'étais un garçon, vous me laisseriez faire ce que je veux.

— Tu te trompes. Être un homme, c'est devoir endosser des responsabilités que tu n'imagines même pas. Être un père encore plus. Et tant que tu vivras sous mon toit...

— Alors j'irai vivre ailleurs.

Il la regarda, dubitatif.

— Avec quelles ressources ? As-tu seulement idée de la difficulté qu'il y a à vivre seul ?

— Je vous ai dit que je voulais ouvrir un casino.

— Moi vivant, jamais je ne laisserai une chose pareille arriver.

— Papa, ce n'est pas juste.

Il se pencha vers elle, les yeux plissés.

— Juste ? Tu trouves ça juste qu'un officier de police vienne ici me dire que ma fille couche avec un propriétaire de casino, un voyou notoire ? J'apprends ensuite que tu fais le mur tous les soirs pour le rejoindre. Tu imagines la peur et l'inquiétude qui ont été les miennes ces dernières heures ? Tu trouves ça juste, Florence ?

— Jamais il ne me ferait de mal.

— Tu es enceinte de lui ?

Elle retint un cri d'étonnement. Si elle n'avait pas été déjà assise, elle serait tombée à la renverse.

— Non ! répondit-elle avec véhémence.

Elle venait d'avoir ses règles.

— Dieu merci, grommela son père en se passant une main sur le visage. Mais ne fais pas comme si la question te surprenait. Dieu sait depuis combien de temps dure cette histoire. C'est à croire que tu veux ma mort, Florence. Comment as-tu pu imaginer une seule seconde que tout cela était une bonne idée ?

— C'est ce que je veux, papa. Je n'ai pas envie de me marier et de devenir mère de famille. Je veux créer et diriger ma propre entreprise. Et il se trouve que je suis assez douée pour les jeux de cartes et le jeu en général.

Il secoua la tête et la regarda avec un sourire condescendant.

— Essorer les vieilles dames à la partie hebdomadaire d'écarté qu'organise ta grand-mère n'a rien à voir avec la gestion d'un casino.

Seigneur, il ne la comprendrait donc jamais ?

— Je sais bien. Mais si vous me laissiez simplement une chance de...

— As-tu seulement pensé au scandale ? Cela tuerait ta mère. Non, cette conversation est terminée. M. Connors a demandé s'il pouvait te faire la cour, et je trouve que c'est une excellente idée. Je dirai à ta mère de l'inv...

Cette fois, c'en était trop. Florence se leva d'un bond.

— Si vous me forcez à me marier, jamais je ne vous le pardonnerai.

Duncan soupira longuement.

— Il arrive qu'un parent soit contraint de prendre une décision pour son enfant afin de protéger ses intérêts. Tu me comprendras quand tu auras toi-même des enfants. Si cela te contrarie, j'en suis désolé. Mais tu me remercieras plus tard.

— Non. Jamais.

Tournant les talons, elle quitta le bureau en se mordant la lèvre pour retenir ses larmes. Son père ne la comprendrait jamais. Il la trouvait imprudente et irresponsable et n'approuverait jamais aucun de ses choix. Essayer de le convaincre était une perte de temps.

Elle allait donc devoir se débrouiller seule.

— Qu'est-ce qui s'est passé hier soir ?

Florence sursauta en entendant la voix derrière elle. D'où avait bien pu jaillir sa sœur ?

— Justine ! Tu m'as fait une peur bleue !

La plus jeune des sœurs Greene lui prit la main et l'entraîna dans la pénombre de la galerie des portraits, tout près de l'entrée principale.

— Je t'ai appelée, j'ai cru que tu m'avais entendue.

— Non, je n'ai rien entendu. Tu me suivais ?

— Oui. J'aimerais bien savoir ce qui se passe. Papa était d'une humeur de chien au petit déjeuner, et maman m'a dit qu'elle ignorait pourquoi. Je l'ai entendu sortir hier soir, puis vous êtes rentrés ensemble. Que s'est-il passé ?

Florence grimaça. Autant cracher le morceau.

Elle s'installa sur une banquette toute proche.

— Papa a découvert que Clay et moi étions ensemble hier soir.

— Aïe. Il a dû être furieux.

— C'était horrible. Nous étions au bar de l'Hoffman House.

— Mais… ils ne laissent pas entrer les femmes.

— Clay avait tout organisé. Après avoir quitté le Sherry, nous sommes allés là-bas, et il m'a montré le tableau.

— Il n'y avait que vous deux ?

Florence répondit d'un signe de tête, la gorge serrée sous l'effet de la tristesse. Et de la colère, aussi.

— C'était tellement romantique… J'ai cru…

Oublie tout cela. Elle s'était trompée.

— J'ai vu la façon dont il te regardait, hier soir, dans la rue. Il t'aime, c'est sûr.

— Justine, le projet immobilier dans le quartier de bonne-maman, c'est lui.

Justine cligna des yeux, visiblement déconcertée.

— C'est Clayton Madden qui rachète toutes les maisons et les démolit les unes après les autres ? Mais pourquoi ?

— Je ne sais pas. C'est en lien avec une revanche qu'il veut prendre sur papa.

— Il n'y va pas de main morte, dis donc. Une histoire de transaction qui ne s'est pas faite comme prévu ?

— Aucune idée. Mais papa m'a interdit d'ouvrir mon propre casino et de revoir Clay.

— Oh, tu sais comme il est. Toujours dans l'excès. Il changera d'avis quand il se sera calmé.

— Ça m'étonnerait. Il veut que M. Connors me fasse la cour.

— M. Connors ? Mais… il est vieux !

— Ne t'inquiète pas. De toute façon, il n'est pas arrivé, le jour où j'accepterai une chose pareille. Plutôt m'enfuir. Je ne veux pas me marier.

— Sauf si c'est avec Clayton Madden.

Florence leva les yeux au ciel. Justine était persuadée que l'amour résolvait tous les problèmes.

— Je ne veux pas épouser Clay.

— Menteuse. Tu as des sentiments pour lui, c'est évident. Marion et moi, on en a parlé pendant tout le trajet du retour, hier soir.

Justine et sa perspicacité…

— Mes sentiments pour Clay n'entrent pas en ligne de compte. Il a essayé de faire démolir la maison de notre grand-mère !

Le simple fait de le dire ravivait l'amertume en elle.

— À sa décharge, ce n'est pas comme s'il n'avait pas proposé à bonne-maman de vendre. Il a procédé de la même façon pour toutes les autres maisons. Il a fait les choses dans les règles.

— Sauf que, pour la forcer à s'en aller, il avait l'intention de bâtir un casino tout autour de sa maison.

— Je ne dis pas que j'approuve, mais bonne-maman a suffisamment d'argent pour aller s'installer où elle veut. Elle pourrait même acheter un terrain ailleurs dans Manhattan et faire reconstruire sa maison à l'identique. Être riche résout beaucoup de problèmes, tout de même.

Justine donnait de son temps à un grand nombre d'organisations caritatives et luttait pour la mise en place de services d'aide aux plus démunis. Elle rappelait sans arrêt à ses sœurs tous les privilèges dont elles jouissaient parce que leur famille était fortunée.

— D'après papa, la maison va finalement être transformée en école. Clay n'aura pas la vengeance dont il rêvait.

— Tu étais au courant ?

— Pour la vengeance ? Oui. Le soir de notre rencontre, Clay m'a expliqué qu'il cherchait à se venger de papa.

— Tu le savais donc depuis le début.

— Oui, mais il n'était pas obligé de me laisser… *Tomber amoureuse de lui.*

— Ah ah ! Tu étais sur le point de l'avouer, je me trompe ? s'exclama Justine, triomphante. En as-tu parlé à Clay ? Si ça se trouve, il a été aussi séduit par toi que tu l'as été par lui.

— On n'est pas dans un roman sentimental, Justine, dit Florence en se levant. Clay aurait dû tout me raconter.

— Mais toi, pourquoi n'as-tu pas parlé de cette histoire de vengeance à papa ?

— J'ai cru que je pourrais l'empêcher. Qu'avec le temps, Clay finirait par m'apprécier et comprendre que mon père était un homme bien.

— Donc, toi aussi, tu avais ton petit projet. Dont tu n'as pas touché mot à Clay.

— Arrête de prendre son parti, à la fin ! lâcha Florence, agacée. Tu es tellement naïve. La vie, ce n'est pas que des fleurs et des petits oiseaux, figure-toi. Certaines personnes sont méchantes et dangereuses.

Justine croisa les bras.

— Parce que tu crois vraiment que je ne suis pas au courant, avec tout ce que je vois dans les quartiers populaires ? Les maladies, la faim, les drogués ? Les gamins aux pieds couverts d'engelures parce que leurs parents ne peuvent pas leur payer de chaussures ? Les femmes forcées de vendre leur corps pour nourrir leur famille ? Le choléra, la syphilis, les mâchoires nécrosées par le phosphore ? Je la connais, la laideur de notre monde. Alors, s'il te plaît, ne me traite pas de naïve.

Florence eut honte. Comment avait-elle pu oublier ?

— Pardonne-moi. Tu as raison. C'est juste que je suis… je suis triste.

Elle resta les bras ballants, soudain accablée par cette tristesse.

— Il te rendait heureuse, n'est-ce pas ?

Comme Florence répondait d'un hochement de tête, Justine reprit :

— Alors laisse-lui au moins une chance de s'expliquer.

Florence ne voulait plus le voir, mais Justine avait peut-être raison. Que s'était-il passé entre Clay et son père, vingt ans auparavant ? Clay n'était qu'un gamin à l'époque, et elle ne voyait pas comment son chemin avait pu croiser celui de Duncan Greene.

Pourtant, il était arrivé quelque chose. Et ce quelque chose l'empêchait aujourd'hui d'envisager l'avenir aux côtés de Clay.

— Je vais y réfléchir, dit-elle avant d'observer sa benjamine d'un œil interrogateur. Depuis quand es-tu devenue une adulte raisonnable ?

— Depuis que je regarde mes sœurs aînées se débattre avec leurs problèmes, je suppose. Écoute, Florence, ajouta Justine en lui prenant la main. Le mieux, c'est de laisser papa et bonne-maman se défendre tout seuls. Tu n'as pas à les protéger ni à mener leurs combats. Et même si ouvrir un casino pour femmes n'est pas l'idée que je me fais de la réussite, c'est ton rêve. Alors fonce et réalise-le. Nous serons toujours derrière toi, nous te soutiendrons.

Florence serra la main de Justine entre les siennes. Marion aurait sans doute tenu le même discours, et elle leur en était reconnaissante.

— Merci. Je ne sais pas ce que je ferais sans vous.

Justine éclata de rire.

— Franchement, moi non plus.

Des voix graves, masculines, leur parvinrent soudain du couloir qui venait du bureau de leur père. Les deux sœurs se fondirent dans l'ombre d'un recoin. C'était un réflexe chez elles, à force d'avoir épié tous les visiteurs que recevaient leurs parents.

— Qui ça peut bien être ? murmura Justine. Clay est peut-être venu s'excuser.

Florence faillit s'étrangler. Elle n'imaginait pas Clay se présenter chez les Greene, surtout après ce qui s'était passé la veille.

— Non, impossible.

Un homme de belle stature, presque aussi grand que son père, apparut, une sacoche en cuir sous le bras. Duncan Greene le suivait en souriant, et les deux hommes se dirigèrent vers le hall d'entrée. Qui était cet inconnu, et pourquoi Duncan Greene semblait-il si heureux ?

Florence observa l'homme lorsqu'il passa. Son visage lui disait quelque chose, pourtant elle n'avait pas souvenir de l'avoir rencontré.

— Merci d'avoir fait si vite, Crain, dit Duncan tandis que le majordome apportait ses affaires au visiteur. Je pense que je vais aller faire un tour en ville ce matin et annoncer la bonne nouvelle moi-même.

Ah oui, elle se souvenait, maintenant. Son père avait mentionné un M. Crain qui devait passer avec les papiers concernant la nouvelle école. Mais cela n'expliquait pas pourquoi cet homme lui était familier.

— C'est vous qui rendez un sacré service à notre ville, monsieur Greene. Ce quartier avait désespérément besoin d'une nouvelle école.

Les deux hommes se serrèrent la main, et Crain prit congé.

— Williams, vous ferez préparer mon coupé, dit Duncan en s'adressant au majordome. Je dois me rendre à la Maison de Bronze.

Florence eut un pincement au cœur. *Papa va voir Clay*. Elle aurait aimé pouvoir y aller elle aussi et écouter leur conversation. Peut-être cela lui aurait-il permis de comprendre enfin la cause de leur différend.

Malgré elle, son regard revint se poser sur la porte qui s'était refermée sur Crain. Quelque chose clochait. Elle avait vu cet homme récemment. Mais où ? Ces derniers temps, elle avait passé l'essentiel de son temps avec Clay à…

Elle retint son souffle, se figea tandis que la réponse se dessinait lentement dans son esprit.

La Maison de Bronze. Crain s'était présenté à la Maison de Bronze pour rencontrer Clay.

Mais cela n'avait aucun sens. Crain travaillait pour la ville. Il avait apporté à son père les documents que ce dernier devait signer à propos de l'école de la 79e rue. Pourquoi avait-il aussi rencontré Clay ?

Son instinct lui soufflait qu'il y avait un lien entre ces deux rendez-vous.

Non, tu te fais des idées. Ce n'est qu'une étrange coïncidence. Clay avait sans arrêt affaire aux responsables de la police et de la ville. Dans son domaine, c'était normal.

Pourtant…

— Qu'y a-t-il ? murmura Justine. On dirait que tu viens de voir un fantôme.

— Je ne suis pas sûre. Quelque chose me dérange. Cet homme…

— Celui qui vient de partir ?

— Oui. Il faut que je voie Clayton et que je tire tout cela au clair.

— Maintenant ?

— Oui, maintenant. Je vais passer par le parc et prendre un fiacre.

— Sois prudente, murmura Justine.

— Je suis toujours prudente, répondit Florence en remontant la galerie des portraits pour traverser la salle à manger et gagner le parc.

D'une manière ou d'une autre, elle aurait des réponses aujourd'hui.

22

Peu après midi, la routine quotidienne à la Maison de Bronze s'interrompit lorsque Clay arriva. Il avait été absent toute la nuit, retenu en cellule au quartier général de la police.

— Bon sang ! s'exclama Jack en posant la caisse de bouteilles qu'il avait entre les mains. Mais qu'est-ce qui t'est arrivé ?

Clay ignora son ami et se tourna vers l'employée la plus proche.

— Pouvez-vous m'apporter un café, s'il vous plaît ? Et ce que la cuisinière aura à me mettre sous la dent.

La fille hocha la tête et s'en alla d'un pas rapide, tandis que Clay s'asseyait péniblement sur une chaise. Il avait mal partout. Pas seulement à cause des coups de Bill, mais aussi parce qu'il avait passé la nuit à chercher une position confortable sur un banc de bois dans une cellule minuscule. Il n'avait pas fermé l'œil. Et, malgré ses demandes insistantes, il n'avait été autorisé à appeler ses avocats qu'aux premières lueurs de l'aube.

Il mourait de faim et tombait de sommeil. Pire, un avenir sans Florence l'attendait désormais, et il avait le sentiment qu'un étau se resserrait autour de son cœur à chaque mouvement. C'était douloureux, épuisant. Et trop déprimant pour qu'il tente de trouver une solution.

Jack s'assit en face de lui.

— Je croyais que tu étais avec ta chère amie.

— J'étais en taule.

Jack ouvrit de grands yeux incrédules.

— Tu as été arrêté ? Pour quel motif ?

— Officiellement, pour voie de fait sur un officier de police.

— Et officieusement ?

— Pour avoir essayé de casser la gueule à Gros Bill.

— Il le méritait, j'en suis sûr. Mais il a réussi à t'arrêter. Ça, ça m'étonne.

— Il m'a collé un direct en pleine gorge.

Jack grimaça et secoua la tête.

— Ah. Encore ta défense qui pèche. La tête et le cou ne doivent jamais être à découvert, c'est pas faute de te l'avoir répété.

— Je sais. Tu me donneras des leçons de boxe, c'est d'accord, mais avant, il faut que je dorme un peu.

— Tu veux bien me raconter ce qui s'est passé ?

Clay lui décrivit le déroulement de la soirée, depuis le moment où Florence et lui étaient sortis du bar de l'Hoffman House jusqu'à son retour à la Maison de Bronze.

— Ils n'ont prévenu mes avocats que ce matin. Sinon, j'aurais été libéré bien plus tôt.

L'employée revint avec une tasse sur une soucoupe et une assiette garnie qu'elle posa devant Clay.

— Voilà, Monsieur.

— Merci, Pippa, dit Jack. Vous voulez bien nous laisser, maintenant ?

Elle quitta la salle avec les autres employés. Lorsqu'ils furent seuls, Jack se pencha vers Clay.

— Donc Greene est au courant pour sa fille et toi. Est-ce que ça change quelque chose pour nous ?

— Non. Il va lui ordonner de ne plus me voir, et on en restera là, répondit Clay en enfournant la moitié d'un petit pain, qu'il mâcha à peine avant de l'avaler.

Jack parut dubitatif.

— Ce type n'est pas du genre à tourner la page comme ça. C'est sa fille ; il voudra se venger, d'une manière ou d'une autre. Sans parler du fait que tu essaies de pousser sa mère à quitter sa maison.

— Il peut toujours essayer, il n'y arrivera pas.

— On ne peut pas se battre sur tous les fronts, Clay. Il faudra céder sur quelque chose.

Clay soupira et but son café. Jack avait raison, bien sûr. Une entreprise illégale ne pouvait pas fonctionner éternellement en toute impunité.

— Florence ne m'adressera plus jamais la parole, et la question de la maison est pratiquement réglée. Bill a abattu sa seule carte, et mes avocats ont obtenu un non-lieu.

— Tu penses que Florence ne te pardonnera pas ?

— D'avoir voulu démolir la maison de sa grand-mère ? Mets-toi à sa place.

— Et tu ne regrettes rien ?

Clay, incapable de regarder Jack, fixa son café.

— Quand le casino de la 79e rue ouvrira, non, je ne regretterai rien.

— Menteur. Elle va te manquer.

— Peu importe. Je savais que les choses finiraient comme ça. Je savais qu'elle finirait par me détester.

— T'es vraiment un sombre crétin, dit Jack en se levant. Va te coucher, va. Tu me fatigues.

— Madden ?

Clay se tourna vers l'entrée et vit Pete, le portier.

— Oui ?

— Un type vous demande. Je lui ai dit que vous étiez pas disponible, mais il a répondu que vous voudriez sûrement le voir.

— Qui est-ce ?

— Duncan Greene.

Clay se passa une main sur le visage. Il avait l'impression d'avoir cent ans. Il tombait de sommeil, il avait encore faim, et il portait ses vêtements de la veille. Mais on n'était pas à deux heures près, si ?

Il faut que tu en finisses avec cette histoire. Ensuite, tu pourras passer à autre chose et oublier Florence.

— D'accord, je vais le recevoir.

— Je viens avec toi, dit Jack. T'es pas en état de te battre une nouvelle fois. On dirait moi après ma victoire à Coney Island, en pire.

— On n'en viendra pas aux mains.

Clay se leva en lâchant un grognement. Bon sang ! Il allait dormir une semaine d'affilée après ça.

— Je ne prends pas le risque, Clay. Si Bill t'a eu, Greene peut t'avoir aussi. Il a d'autres atouts que ses poings.

— OK, OK. Tu le fais monter dans mon bureau, Pete ?

— Tout de suite.

Pete disparut, et Clay se dirigea vers l'escalier. Il marchait avec raideur et sentait l'impatience de Jack, derrière lui. Mais ce dernier ne fit aucune remarque et le laissa avancer à son rythme. Lorsqu'ils arrivèrent dans le bureau, Clay s'assit à sa place, et Jack resta debout à côté de lui.

Ils n'attendirent pas longtemps.

Quand Pete ouvrit la porte, Duncan Greene apparut, un petit sourire satisfait aux lèvres. Il portait une sacoche, qu'il posa par terre à côté de lui une fois qu'il se fut assis. La porte se referma, et Clay alla droit au but.

— Que faites-vous ici, Greene ?

— Vous avez passé une bonne fin de soirée ? demanda Duncan. Votre séjour en cellule était agréable ?

— Si vous croyez que quelques heures en cellule me dérangent, c'est que vous me connaissez bien mal. Je repose ma question : que faites-vous ici ?

— Je suis venu vous informer des dernières évolutions concernant la maison de ma mère et votre intention de construire un casino sur la 79e rue. J'aime autant vous prévenir, ça ne va pas vous plaire.

— Vraiment ?

— Vous savez, les choses auraient pu se passer autrement, dit Greene. Si quelqu'un de votre famille était venu me voir et m'avait expliqué la situation, je vous aurais indemnisés comme il se devait.

Clay eut une moue de dégoût.

— Vous croyez ? Parce que j'ai essayé de vous parler, moi. Deux fois. Et, chaque fois, on m'a mis dehors.

— Il y avait peu de chances que je m'entretienne avec un enfant de onze ans. Ce sont vos parents qui auraient dû se battre.

— Comment savez-vous qu'ils n'ont pas essayé ?

— Parce que vous me l'auriez dit, là, à l'instant.

— Vous n'avez pas la moindre idée de ce qui est arrivé à mes parents après que vous les avez mis dehors. N'essayez pas de me faire croire que le sort de ceux que vous avez jetés à la rue vous importait.

— Vous voulez faire de moi un monstre, Madden. Très bien. Mais je me souciais du sort de ces familles. On m'a assuré qu'elles avaient été correctement indemnisées.

— On vous a menti.

— Bon. Je vois que je gaspille ma salive, soupira Duncan en se penchant pour prendre sa sacoche, dont il tira une liasse de documents. J'en arrive à la raison de ma visite. En rachetant le terrain qui entoure la propriété de ma mère, vous espériez lui faire quitter sa maison, que vous auriez ensuite démolie pour bâtir votre casino. Cela n'est plus possible. J'ai vendu la propriété à la ville.

Clay se força à rester calme.

— Tiens donc. À la ville, dites-vous ?

— Oui. Elle projette de bâtir une école dans ce pâté de maisons. Tous les terrains que vous avez acquis sur la 79e rue seront préemptés, dit Duncan en jetant les papiers sur le bureau de Clay. Cette fois, vous avez perdu, Madden.

Clay ne toucha pas aux documents.

— Impossible. Je ne perds jamais.

Duncan eut un petit bruit de gorge condescendant.

— Si vous jetez un œil à ces papiers, vous verrez que le problème est réglé. La ville va construire une école à la place de la propriété de ma mère, et aucun casino ne verra jamais le jour dans le voisinage.

— Ça m'étonnerait, dit Clay en plongeant une main dans un tiroir pour en sortir à son tour une liasse de documents. Je n'ai pas besoin de regarder vos papiers parce que j'ai un double du dossier ici même. La personne qui représente la ville, M. Crain ? Il roule pour moi. L'école sur la 79e rue ? Un bobard. La ville n'a aucune intention d'en bâtir une dans ce quartier. En revanche, elle m'a bien aidé à obtenir le dernier terrain qu'il me manquait pour mon casino – pour une somme rondelette, évidemment.

Duncan se redressa et agrippa les accoudoirs de son fauteuil.

— Mais les contrats que j'ai signés...

— Sont légaux et contraignants. Sachez cependant que le BPES, ou ce que vous pensiez être le Bureau pour la Promotion de l'East Side, n'est pas une agence du gouvernement. C'est une société privée. Qui m'appartient.

Greene était au bord de l'apoplexie.

— Quoi ? Vous voulez dire que j'ai...

— Je veux dire que la maison de votre mère, c'est à moi que vous l'avez vendue.

Devant l'horreur qui se lisait sur le visage de Greene, Clay éprouva une vive satisfaction.

— Le permis de construire qui visait à bâtir tout autour de chez elle, j'en ai fait la demande uniquement pour vous acculer, poursuivit-il, sourire aux lèvres. Je voulais vous pousser à chercher d'autres solutions. Et j'ai fait en sorte d'être derrière toutes ces solutions. Vous vous êtes jeté dans mes bras, en fait. Et la maison de votre mère m'appartient, désormais.

« Vous vous êtes jeté dans mes bras, en fait. Et la maison de votre mère m'appartient, désormais. »

L'œil collé au judas dans la petite pièce adjacente au bureau de Clay, Florence se figea en entendant ces mots.

L'école ? Un mensonge. L'intervention de la ville ? Un mensonge. La préemption ? Un mensonge.

Clay avait menti sur tout.

Et elle comprenait maintenant pourquoi elle avait vu M. Crain à la Maison de Bronze et chez elle.

Seigneur. Toutes ces révélations à la fois, c'était trop. La maison de sa grand-mère... perdue. Clay savait à quel point cette maison comptait pour elle, savait qu'elle représentait son indépendance, la sécurité qui lui permettrait de poursuivre son rêve. Un rêve qu'elle allait devoir mettre de côté, maintenant.

Elle sentit la nausée lui retourner l'estomac. Son rêve s'éloignait à la vitesse de la lumière.

De l'autre côté de la cloison, le regard de Clay plongea dans le sien. Il fixait le mur comme s'il pouvait voir à travers. L'avait-il entendue ?

Elle s'en moquait, de toute façon. Clay avait eu recours à des moyens déloyaux pour obtenir la propriété de sa grand-mère, la maison de famille de son père. L'avenir de Florence.

Comment avait-il pu ?

Elle était venue jusqu'à la Maison de Bronze décidée à obtenir des réponses. Pour deux dollars supplémentaires, le cocher du fiacre avait accepté de suivre la voiture de son père. Florence avait espéré une explication rationnelle de la part de Clay, elle avait voulu croire qu'il n'était pas le monstre qu'il semblait être.

Elle s'était trompée. Clay était bien un monstre… et elle s'était comportée en parfaite idiote.

Prise de malaise, elle eut soudain l'impression que les murs se rapprochaient, que la pièce se refermait sur elle. Elle n'arrivait plus à respirer. Il fallait qu'elle sorte d'ici au plus vite, qu'elle s'en aille le plus loin possible.

Mais non, elle se refusait à fuir. Pourquoi l'aurait-elle fait ? Elle n'avait rien à se reprocher. Elle allait affronter Clay et le pousser à reconnaître la vérité devant elle.

Elle se redressa, trouva le loquet et l'actionna. La lumière, dans le couloir, l'aveugla, mais elle atteignit la porte du bureau de Clay et l'ouvrit brusquement. Le lourd battant de bois alla cogner le mur. Jack, surpris, se leva d'un bond, puis fit la grimace devant l'expression de Florence.

Clay, en revanche, resta impassible, comme s'il l'avait attendue.

— Florence ! s'exclama son père en se levant. Je t'avais dit de rester en dehors de tout ça !

Elle ne lui adressa pas un regard. Elle n'avait d'yeux que pour l'homme assis derrière son bureau. Sans savoir comment, elle réussit à rester debout, droite devant lui, malgré la douleur qui lui déchirait le cœur. Elle l'avait espéré moins impitoyable que ne le disait sa réputation, mais elle s'était trompée. Il était pire.

— Comment as-tu pu ? réussit-elle à articuler. La maison de ma grand-mère, Clay. Pendant tout ce temps... tu préparais ce... cette arnaque.

Il ne répondit pas, ne chercha pas à se défendre. Son regard sombre était vide, il acceptait la sentence. Elle aurait voulu le secouer, lui jeter quelque chose à la figure. N'importe quoi pour qu'il réagisse. N'aurait-il pas dû s'excuser ? Ramper ? Faire quelque chose ?

— Florence, ta présence ici est inconvenante, la réprimanda son père.

— Tu n'as donc rien à dire ? demanda-t-elle à Clay. Aucune explication à fournir ?

— Tout est vrai, lâcha-t-il de sa voix grave, posée. La seule explication que je puisse te donner, c'est que c'est ce que ton père mérite. Œil pour œil.

— Tu confonds tout, rétorqua-t-elle. Mon grand-père a fait bâtir cette maison pour ma grand-mère. Elle est âgée, aujourd'hui, et n'a rien à voir avec une famille qu'on a jetée à la rue il y a vingt ans. Tu voles sa maison à une vieille femme, et tu me voles mon avenir.

— Tu as raison, ce n'est pas du tout la même chose. Ta grand-mère possède trois autres maisons et a les moyens de s'offrir n'importe quelle propriété. Elle ne sera pas obligée de s'installer dans un immeuble sordide du Lower East Side.

— Vous n'êtes qu'un salaud cruel et sans cœur, cracha Duncan Greene. Pourri jusqu'à la moelle. Vous l'avez, votre revanche, mais cela ne changera rien à ce que vous êtes.

— Sans doute pas, reconnut Clay. Mais vous voir perdre votre maison de famille aura été une satisfaction immense.

Duncan saisit les contrats sur le bureau et les déchira d'un geste rageur.

Clay haussa les épaules.

— Crain en a des exemplaires signés, et à l'heure qu'il est, il les dépose auprès des services municipaux concernés. Déchirer des copies ne vous mènera pas très loin.

Florence plaqua une main sur sa bouche, trop horrifiée pour parler. Les larmes lui piquaient les yeux. La vague d'émotions qui l'envahissait se faisait de plus en plus puissante, mais elle ne voulait pas pleurer devant Clay.

Et dire qu'elle était venue ce matin dans l'espoir de le défendre !

Pauvre idiote.

— Viens, Florence, dit son père en lui prenant le bras pour l'entraîner vers la porte.

Mais elle ne bougea pas. Ses pieds étaient rivés au sol.

— Tu savais. Dès le début, tu savais ce que cette maison représentait pour moi et pourquoi j'en avais besoin. Et dès le début, tu savais que tu étais en train de me la prendre.

Clay resta immobile et silencieux. La chaleur et l'affection qu'elle avait lues sur son visage chaque jour du mois qui venait de s'écouler avaient disparu. Il semblait avoir bâti une muraille autour de lui, qui empêchait toute émotion de transparaître.

Dieu que c'était douloureux !

— C'est fini, alors, lâcha-t-elle doucement. Tu as gagné, je suppose.

Il hocha la tête.

— En effet.

Elle redressa la tête et se dirigea vers la porte. Il fallait qu'elle quitte cet endroit au plus vite. La main sur la poignée, elle s'immobilisa.

— Félicitations, Clayton, lança-t-elle par-dessus son épaule. Je me demande combien de temps il te faudra pour comprendre ce que tu as perdu.

23

Clay leva les yeux sur l'élégant hôtel particulier en pierre de taille. Le soleil de l'après-midi baignait sa façade d'une lumière dorée, un privilège dont ne pouvaient se targuer que quelques rares familles. Comme les Greene, par exemple.

La maison de famille de Duncan Greene appartenait désormais à Clay.

Pourquoi ne se sentait-il pas satisfait ?

Il avait gagné. Il possédait tout ce dont il avait rêvé enfant. Argent, pouvoir, et un casino à son nom. La maison des Greene serait bientôt démolie, sa vengeance serait enfin accomplie.

Alors pourquoi était-il accablé par cette incessante nervosité ?

« Je me demande combien de temps il te faudra pour comprendre ce que tu as perdu. »

Elle se trompait. Il l'avait compris dès le début. Chaque pas qui l'avait rapproché de son but l'avait éloigné d'elle. Chaque jour n'avait été qu'un sursis.

Et aujourd'hui, obtenir son pardon était impossible.

Cela faisait déjà deux jours, mais il voyait encore la douleur et le sentiment de trahison dans son regard, l'horreur lorsqu'elle avait compris quel être abject se cachait derrière ses costumes élégants. *C'est pour cela que je ne porte que du noir*. Parce que son âme était plus ténébreuse qu'une nuit sans lune. Balafré et hideux, l'intérieur était à l'image de l'extérieur.

« Bon débarras », voilà ce qu'elle devait se dire.

Il le savait et l'acceptait. Dans ce cas, pourquoi ne fermait-il plus l'œil de la nuit ? Pourquoi ne pouvait-il plus regarder la salle de son casino sans avoir le cœur serré ? Pourquoi sentait-il son parfum chaque fois qu'il inspirait profondément ?

Il perdait la tête.

Jack et Anna s'étaient énervés contre lui, l'avaient supplié de revenir sur sa décision, parce qu'aucune vengeance ne méritait que l'on sacrifie son bonheur futur. Mais Clay n'était pas d'accord. C'était fait. Florence le détestait, et il ne pouvait pas revenir en arrière. De toute façon, les femmes comme Florence Greene épousaient des hommes riches au sang plus bleu que le saphir. Bientôt, elle passerait à autre chose et oublierait le voyou avec qui elle avait couché pendant quelques mois.

Lui, en revanche, ne l'oublierait jamais. Cette femme s'était fait une place en lui, avait trouvé le chemin de son pauvre cœur mort et froid. Quelque chose s'était dénoué en lui le jour où il l'avait rencontrée, et il savait que plus jamais cela ne lui arriverait. Avec personne.

Il soupira. À quoi rimait cette visite ? Une convocation lui était parvenue le matin même, de la part de la personne qui occupait cet hôtel particulier, la grand-mère de Florence. Dieu sait pourquoi, Clay avait accepté de venir. À coup sûr, elle allait tenter de faire annuler la vente de sa maison.

Trop tard. Ce qui est fait est fait.

Alors pourquoi était-il venu ?

Parce que tu désespères d'avoir de ses nouvelles, d'entendre prononcer ne serait-ce que son nom.

En d'autres termes, parce qu'il était idiot.

Faisant cogner le bout de sa canne sur les marches, il gravit le perron et frappa à la porte. Un majordome très distingué vint lui ouvrir.

— Monsieur Madden. Vous êtes attendu. Veuillez me suivre.

Il retira son chapeau melon. L'entrée, tout en élégance et en sobriété, était exactement ce que l'on s'attendait à trouver dans une demeure comme celle-ci. Rien de clinquant. Des objets d'art raffinés et du bois ciré. Un immense lustre en cristal éclairait le tout. Tel était l'univers de Duncan Greene, bâti sur le dos de miséreux comme les parents de Clay.

Le majordome prit ses affaires et le fit entrer dans un salon. Lorsqu'il annonça Clay, une vieille dame se leva d'un sofa et croisa les mains devant elle. *Elle a les yeux de Florence*. Clay faillit trébucher. Il ne s'était pas attendu à cela, n'avait pas imaginé de ressemblance possible entre les deux femmes. C'était presque injuste.

Mais c'est une punition que tu mérites.

— Madame Greene, dit-il en s'inclinant avec raideur.

— Monsieur Madden. Merci d'être venu. Puis-je vous offrir un thé ? Ou quelque chose de plus fort ?

— Quelque chose de plus fort, certainement. Du bourbon, si vous en avez.

Le majordome se dirigea vers une console, et Mme Greene indiqua un fauteuil.

— Asseyez-vous, je vous en prie.

Il prit place sur une bergère délicate qui devait dater d'avant même l'existence de Broadway. L'espace d'un instant, il se demanda si elle supporterait son poids. Mais elle tint bon, et bientôt, le majordome lui tendit un verre en cristal contenant du bourbon. Étonnamment, Mme Greene prit la même chose.

— Je ne vous aurais pas imaginée buveuse de bourbon, dit-il.

— Tant d'hommes imaginent des choses fausses sur les femmes. À leurs dépens, en général.

Il songea à Florence et aux préjugés qu'il avait eus en se fondant sur sa tenue et son milieu. Comme il s'était trompé ! Il avait découvert une femme terriblement intelligente, et intrépide. Fascinante, surtout.

— Je n'en doute pas un instant.

Mme Greene but une gorgée de bourbon tout en l'observant par-dessus le bord de son verre.

— D'ailleurs, en recevant mon mot, vous vous êtes probablement dit que je désirais vous convaincre de ne pas racheter ma maison.

— C'est en effet une idée qui m'a effleuré.

— Vous vous êtes trompé. Je ne vous ferai pas changer d'avis, je n'ai aucune illusion sur ce point. Mon fils m'a expliqué vos motivations. J'aurais souhaité qu'il en aille autrement, bien sûr, mais je ne peux rien contre les sentiments qui vous ont poussé à me prendre ma maison.

Sidéré, Clay avala une longue gorgée du meilleur bourbon qu'il avait jamais bu. Moelleux et intense, meilleur encore que celui qu'il avait en général dans son bureau.

— Alors pourquoi avez-vous demandé à me voir ?

— C'est à propos de ma petite-fille.

La surprise lui coupa le souffle, et il se sentit rougir, lui qui n'avait plus rougi depuis l'enfance.

— Je vois que vous ne vous y attendiez pas, dit-elle avec un petit sourire. Je suis assez directe. Certains ont parfois du mal à s'y faire.

Un trait de caractère qu'elle partageait avec Florence, qui n'avait jamais hésité à lui dire ce qu'elle pensait.

Puisant dans des années de pratique, il effaça toute trace d'émotion de son visage.

— Votre petite-fille, dites-vous ?

— Elle est venue me voir, assez bouleversée par le rôle qu'elle a joué dans toute cette histoire. Elle se sent coupable d'avoir frayé avec l'ennemi.

« Frayé avec l'ennemi. » Quelle expression faible et vulgaire pour décrire ce qui s'était passé entre eux, et qui s'apparentait plutôt à un choc des Titans, une collision dont personne n'était sorti indemne.

— Et ?

Mme Greene haussa les sourcils.

— Je connais ma petite-fille par cœur. Et ces derniers jours, si j'observe son comportement et son apparence, il m'est assez facile d'entendre ce qu'elle ne me dit pas. Alors expliquez-moi. Pourquoi erre-t-elle comme une âme en peine à qui on aurait brisé le cœur ?

Même s'il en était la cause, entendre parler de la tristesse de Florence le bouleversa. *À quoi t'attendais-tu ? Tu as volé la maison de sa grand-mère.*

Il toussota pour se donner une contenance.

— Votre démarche est sans aucun doute louable, madame, mais cela ne vous concerne pas.

— Permettez-moi de ne pas être d'accord. Florence est ma petite-fille préférée. Je souhaite savoir ce qui s'est passé entre vous.

Restant impassible, il ne répondit pas tout de suite. Il ne pouvait tout de même pas lui dire la vérité.

— Je suis quelqu'un de très discret, madame. Je préférerais ne pas évoquer en détail la relation qui me lie à votre petite-fille.

— Qu'éprouvez-vous pour elle ?

— Pourquoi cette question ?

— Parce que je l'aime.

Moi aussi.

Il ravala ces deux mots. L'heure n'était pas aux sentiments.

— Ce n'est pas ce que je voulais dire. Pourquoi encourageriez-vous une relation entre votre petite-fille et moi ?

Mme Greene porta son verre à ses lèvres, sans quitter des yeux le visage de Clay.

— Je ne vous apprécie pas, c'est vrai. Mais j'aime Florence, et je voudrais la voir heureuse. Laissez-moi vous raconter une histoire.

Elle baissa les yeux sur son verre, fit tourner doucement le liquide ambré qu'il contenait.

— Quand je suis arrivée à New York, tout droit débarquée de l'Ohio, ma famille a été boudée par la bonne société. Nous étions riches, certes, mais notre fortune ne remontait pas à plusieurs générations. Les Greene, eux, étaient désargentés, et des fiançailles ont bientôt été arrangées entre le grand-père de Florence et moi. Au bout de quelque temps, nous sommes tombés amoureux, et il m'a défendue – contre sa famille, contre la société, contre tout ce qui se mettait en travers de notre chemin. Il aurait tout fait pour moi. Pour finir, j'ai été admise dans la bonne société, j'ai même régné dessus.

Elle se tut, l'air un peu perdu, comme prise au piège d'un souvenir trop poignant. Puis elle se ressaisit et reprit :

— C'était un homme impressionnant, mon mari. Il était loyal, déterminé, mais il avait ses propres règles. Si j'en crois ce que l'on m'a raconté, vous lui ressemblez un peu de ce point de vue. Nous savons déjà que vous vous battez bec et ongles pour obtenir ce que vous voulez, ajouta-t-elle en indiquant d'un geste la pièce, et la maison dans laquelle ils se trouvaient. Ma question est donc : êtes-vous prêt à vous battre pour ma petite-fille ?

Il soupira, se demandant comment on répondait à ce genre de question tout en restant respectueux.

Se battrait-il pour Florence s'il était possible de la reconquérir ? Oui. Oh oui, assurément. Mais son histoire était complètement différente de celle de Mme Greene et de son mari. Il y avait entre Clay et Florence un peu plus qu'une différence d'ascendance.

— Non.

— Pourquoi ?

— Je suis un criminel, pas un grand bourgeois.

— Le viol, l'assassinat, le vol… Ça, ce sont des crimes. Pas le jeu.

— Pas selon la loi de l'État de New York. Florence mérite mieux que d'être l'épouse d'un criminel.

— Même si elle rêve d'ouvrir son propre casino ?

Clay se frotta les yeux.

— Rêver de posséder quelque chose, ce n'est pas le posséder.

— Vous pensez qu'elle n'ira pas jusqu'au bout.

— Ce n'est pas ce que j'ai dit. Mais je pense qu'elle n'a pas encore pris tous les facteurs en considération. Par exemple, sa famille n'approuvera pas son choix.

— Sa famille l'aime. Elle la soutiendra, quel que soit celui-ci.

— Même quand elle sera mise au ban de la bonne société ?

— Oh, elle déteste les bien-pensants. Elle se moquera pas mal qu'on ne l'invite plus. Et les Greene sont trop influents pour être snobés. Et puis, ce serait plutôt à votre avantage, non ? Vous n'évoluez pas dans le beau monde et vous n'aimez guère sa famille. Si elle est rejetée par les deux, les choses n'en seront que plus faciles pour vous.

— Je ne vous comprends pas. Comment pouvez-vous souhaiter que je courtise votre petite-fille alors que je viens de vous arracher votre maison ?

— C'est un peu contradictoire, je vous l'accorde. Vous ne seriez pas mon premier choix pour elle.

Mon deuxième non plus. Mais, de toute façon, je suis convaincue qu'aucun homme ne serait à la hauteur de ma Florence chérie. Surtout un homme qui n'est pas prêt à se battre pour elle.

L'allusion n'échappa pas à Clay.

— Même si je le voulais, elle ne me pardonnerait pas de vous avoir pris votre maison. Elle me déteste.

— L'amour et la haine sont proches parents. Et ce qui vaut la peine nous tombe rarement tout cuit dans le bec, monsieur Madden. Vous devriez le savoir, vous qui avez travaillé dur pour obtenir tout ce que vous possédez. Je me suis laissé dire que votre fortune rivalisait avec la mienne.

— Jamais Duncan ne nous donnerait sa bénédiction.

— Et cela vous importe ?

Non, mais Florence était attachée à son père, et ne plus le voir lui manquerait. Clay se pencha en avant, les coudes sur les genoux. Cette conversation n'avait pas du tout pris le tour attendu. Il se sentait presque... optimiste.

— Je ne veux pas séparer Florence de sa famille. Je sais combien il est douloureux de perdre ceux qu'on aime.

La compassion, dans le regard de Mme Greene, lui rappela tellement Florence qu'il ferma les yeux.

— Moi aussi, je le sais. Mais il faut bien quitter le nid à un moment ou à un autre. Florence ne rêve que de cela depuis plusieurs années déjà – à sa façon, bien sûr. Et elle n'est pas loin d'y parvenir, surtout dans la mesure où j'ai décidé de financer son projet de casino pour femmes.

— Vraiment ?

C'était une nouvelle formidable. Florence devait être aux anges.

— Oui. Les jeunes femmes ont de l'ambition, de nos jours, et je pense que cette ambition mérite d'être récompensée. Je veux que ma petite-fille réussisse.

— Moi aussi.

Mme Greene le considéra d'un regard interrogateur.

— Sincèrement ? Ou bien souhaitez-vous juste vous sentir moins coupable vis-à-vis d'elle ?

— Les deux, en fait.

— Au moins êtes-vous honnête.

Elle posa son verre et se leva. Clay fit de même et fourra ses mains dans ses poches. Il ne savait trop que penser de cette femme remarquable, douairière d'une famille de Knickerbockers[1]. Elle aurait été en droit de le détester. Pourtant, elle s'était montrée compréhensive et lui avait même proposé ses conseils.

Tout cela était absurde.

Dans l'univers de Clay, la violence engendrait la violence. Si quelqu'un le provoquait, il frappait deux fois plus fort. L'indulgence et la pitié n'existaient pas. La bonté était un luxe qu'il n'avait jamais pu s'offrir.

Mais cette vieille dame le poussait à se battre pour Florence.

« J'aurais souhaité qu'il en aille autrement, bien sûr, mais je ne peux rien contre les sentiments qui vous ont poussé à me prendre ma maison. »

Quand, pour la dernière fois, lui avait-on offert quelque chose sans demander de contrepartie ? Quand un inconnu lui avait-il manifesté autant de bienveillance ?

Une telle générosité le touchait. C'était un cadeau qu'il ne méritait pas.

Il s'approcha de la vieille dame.

---

1. New-Yorkais descendant des premiers colons hollandais. Le terme désignait à cette époque l'aristocratie de Manhattan. (*N.d.T.*)

— Madame Greene, ce fut un plaisir, dit-il en lui tendant la main.

Elle lui tendit la sienne, frêle mais solide.

— J'espère vous avoir donné de quoi réfléchir.

— Vous m'avez donné bien plus que cela, répondit-il en reculant pour s'incliner. Je vous souhaite un bon après-midi, madame.

Un indescriptible chaos régnait chez les Greene.

Marion, la sœur aînée de Florence, venait de provoquer un scandale en refusant d'épouser l'homme qui lui était destiné, révélant par la même occasion sa liaison avec l'avocat de son père, un homme au passé trouble. Après enquête, il s'avérait que Frank Tripp avait menti à Marion depuis le début.

Les deux sœurs étaient apparemment tombées amoureuses de deux crapules.

Les hommes, quelle plaie…

Entrant sans frapper dans la chambre de Justine, Florence trouva sa jeune sœur assise sur son lit.

— Qu'est-ce que tu fais ? demanda-t-elle en montrant des écheveaux de laine sur le couvre-lit.

— Je tricote.

— Je vois ça, mais pourquoi ?

— C'est une couverture de bébé, pour une des femmes dont je m'occupe en ville.

— Je peux t'aider ?

N'importe quoi plutôt que de rester assise à réfléchir, une occupation qui, jusque-là, ne lui avait valu que tristesse et peine. Au point que Florence n'était pas sûre d'avoir encore des larmes.

— Bien sûr. Tu peux me tenir l'écheveau, si tu veux.

Florence prit place sur le lit, glissa ses mains dans la laine jaune et donna un peu de mou. Justine reprit son tricot, les aiguilles tintant l'une contre l'autre à un rythme soutenu.

— Tu es douée, dis donc.

— Merci. C'est une question d'entraînement. Tu aimerais que je t'apprenne ?

Hors de question. La couture, le ravaudage, le tricot, c'était pour les autres femmes, pas pour elle. Et maintenant que sa grand-mère avait accepté de financer son casino, Florence allait être bien occupée.

— Une autre fois, peut-être.

Justine eut un petit sourire en coin.

— Menteuse. Tu dis ça pour me faire plaisir, mais j'apprécie. Comment te sens-tu ?

— Ça va mieux. Mais c'est drôle, non, que Marion et moi ayons été dupées par des hommes presque au même moment ?

— Je ne trouve pas ça drôle du tout. Vous souffrez toutes les deux, et je déteste ça. Surtout, vous ne devez pas penser que vous avez mérité votre sort.

C'était pourtant le cas. Elle avait fait confiance à un homme qui n'en était pas digne.

— Résumons : Chauncey a agressé Marion, le passé trouble de Frank Tripp a été découvert, et Clay a monté une arnaque pour s'emparer de la maison de bonne-maman. J'en ai tiré la conclusion que tous les hommes étaient horribles.

— Allons, Florence, dit Justine sans lever les yeux de son tricot, tu sais que ce n'est pas vrai. Il existe des hommes bien, et un jour tu en trouveras un.

Elle n'en voulait qu'un, et il lui avait brisé le cœur.

— Non, merci. Marion et moi avons juré de ne plus jamais nous intéresser à eux.

— C'est complètement idiot. Surtout que ces deux messieurs vont tout faire pour vous reconquérir, j'en suis sûre.

Florence se retint tout juste de lever les yeux au ciel.

— Justine, tu ne lis pas l'avenir.

— Non, mais je connais les gens. Tu verras. Aucun homme digne de ce nom ne renoncerait à mes sœurs.

À dix-neuf ans, Justine avait la sagesse d'une vieille femme. Mais sa prédiction restait beaucoup trop optimiste au goût de Florence. Elle n'avait pas l'intention de pardonner à Clay, même s'il tentait de la reconquérir.

— En ce qui concerne Clay, il perdrait son temps. Bonne-maman a accepté de financer mon casino, et je vais être beaucoup trop occupée pour me lancer dans une aventure romantique, quelle qu'elle soit.

— Tu l'as dit à papa ?

— Non. Avec tout ce qui s'est passé, je n'ai pas encore eu le temps de le faire. Mais cela n'a guère d'importance. Il est persuadé que ce casino est une erreur, donc il désapprouvera la décision de bonne-maman et me fera un sermon sur la position sociale et la réputation. Un de plus.

— Et cela ne t'arrêtera pas.

— Non.

— Ses principes concernant ses filles ont été mis à rude épreuve, cette dernière semaine. Je ne l'ai jamais vu aussi contrarié. Je crois qu'il ne comprend rien à nos ambitions.

— Et toi, Justine, que veux-tu ?

— Sauver le monde, évidemment. Un mari et des enfants, aussi, je crois. Mais plus tard. Je ne suis pas pressée.

Le cliquetis régulier des aiguilles avait quelque chose d'apaisant. Florence préparait le fil pour sa sœur et regardait la couverture prendre forme, rang après rang. Elle se sentait bien, mais serait devenue folle si elle avait dû faire cela tous les jours.

— Tu reprendrais Clay, s'il renonçait à son projet ?

Florence fit la grimace. C'était une hypothèse hautement improbable, qui ne méritait même pas qu'on s'y attarde.

— Il n'en fera rien, donc inutile de se poser la question.

— Non, ce n'est pas inutile. Tu ne peux pas prédire l'avenir, ni savoir ce que Clay a en tête. Pourrais-tu lui pardonner ?

— S'il te plaît, garde ton sermon sur le pouvoir du pardon, sinon je me suicide avec une de tes aiguilles à tricoter. En plus, il ne mérite pas qu'on lui pardonne.

— Non, pas pour l'instant. Mais ta colère retombera devant ses excuses. Es-tu prête à vivre sans lui pour le restant de tes jours ?

La gorge de Florence se serra. Imaginer un avenir sans Clay lui donnait envie de se jeter sur son lit et de pleurer, mais elle avait déjà suffisamment pleuré comme ça. Au cours de la semaine qui venait de s'écouler, elle était passée par toute une gamme d'émotions, colère et douleur, tristesse et honte. Alors ces sentiments-là, terminé. Elle ne voulait plus en entendre parler. Il était temps pour elle de prendre son avenir en main.

La porte s'ouvrit, et sa mère apparut. Il y avait dans son regard une agitation que Florence n'avait jamais vue.

— Florence, descends immédiatement dans le bureau de ton père.

Un sentiment de malaise étreignit Florence. Elle n'avait pas le courage d'endurer un nouveau sermon. Rester assise avec Justine, écouter le cliquetis des aiguilles à tricoter lui faisait l'effet d'un baume sur son cœur blessé. Et son père, à coup sûr, allait se mettre à crier.

— Ça ne peut pas attendre, vraiment ?

L'expression de sa mère ne changea pas d'un iota.

— Immédiatement, Florence.

— Pourquoi ?

— S'il te plaît, cesse de poser des questions et suis-moi.

Poussant un soupir résigné, Florence reposa l'écheveau dans son panier et descendit du lit pour suivre sa mère. Jamais elle ne l'avait vue se déplacer aussi vite dans les couloirs et l'escalier. Qu'était-il arrivé ?

— C'est Marion ? Tout va bien ?

— Non, ça n'a rien à voir avec Marion.

Il s'agissait donc d'elle. Florence se mordit la lèvre et se répéta que sa famille l'aimait, même si elle ne la comprenait pas. C'était ce que disait toujours sa grand-mère, en tout cas.

Sa mère entra dans le bureau de son père sans frapper. Florence la suivit. *Ce n'est qu'un sermon de plus. Tu vas tenir le coup. Bientôt, tu déménageras pour ouvrir ton propre casino. Ne les laisse pas te…*

Elle s'immobilisa.

Clay était assis dans un fauteuil, en face de son père.

Mais que faisait-il ici ? Chez elle ?

Son regard oscilla entre Clay et son père. Ce dernier affichait une expression résolument sombre, les lèvres aussi pincées que s'il avait avalé un citron. Dans le bureau planait une atmosphère chargée de ressentiment et de désapprobation.

— Je… je ne comprends pas. Que se passe-t-il ? demanda-t-elle, toujours immobile.

— Entre, Florence, et assieds-toi, répondit son père en indiquant le fauteuil placé à côté de Clay. M. Madden a quelque chose à nous dire.

Ses pieds la conduisirent de l'autre côté de la pièce, mais son cerveau restait bloqué sur la présence de Clay, et sur la colère et la douleur que sa vue suscitait en elle.

Son père attendit qu'elle se soit installée, puis se tourna vers Clay.

— Bon, Madden. Elle est ici, maintenant. Finissons-en, voulez-vous ?

Clay ne la regarda pas. Il fixait son père, une expression insondable sur le visage.

— Je déteste les atermoiements, donc je vais aller droit au but. J'ai décidé de restituer sa maison à votre mère.

Florence en resta bouche bée, mais son père n'afficha aucune réaction. Il se contentait de regarder son adversaire par-dessus le large bureau en châtaignier.

— Je ne vous crois pas, dit-il enfin.

— Peu importe, répondit Clay avec un haussement d'épaules. Je lui ai déjà fait parvenir l'acte de propriété, ainsi que mes excuses.

Vraiment ? Bien sûr, le cœur de Florence se réjouissait d'une telle nouvelle. Mais rien ne pouvait effacer le fait qu'il avait triché pour s'approprier la maison. Il lui avait quand même menti. Rendre la maison n'y changeait rien.

— Où est l'entourloupe ? demanda son père.

— Il n'y en a pas. Je répare une injustice. Je n'aurais pas dû prendre cette maison.

Florence fronça les sourcils. Il agissait par bonté d'âme ?

« Vous devez comprendre que mes motivations ne sont jamais désintéressées. Je suis un égoïste forcené. »

C'était ce qu'il lui avait dit le soir de leur rencontre. Il espérait forcément obtenir quelque chose en renonçant à sa vengeance et en rendant la maison.

— Pourquoi ? murmura-t-elle.

Clay se tourna légèrement et croisa enfin son regard.

— Parce que je t'ai fait du mal.

Ah. Donc c'était elle qu'il espérait obtenir.

« Surtout que ces deux messieurs vont tout faire pour vous reconquérir, j'en suis sûre. »

Comment Justine avait-elle deviné ? Florence avait le cœur battant, mais elle s'exhorta au calme.

— J'apprécie ton geste, mais il est vain. Cependant, j'estime que tu me dois des réponses, et j'aimerais que tu me les donnes.

Un léger soubresaut agita les lèvres de Clay, qui se tourna vers son père.

— Duncan, puis-je échanger quelques mots avec votre fille ? Seul ?

— C'est hors de question.

Au ton qu'il avait employé, Florence savait que son père ne changerait pas d'avis. Mais il fallait qu'elle essaie.

— Papa, s'il vous plaît. J'aimerais pouvoir mettre toute cette histoire derrière moi, et la seule façon d'y arriver, c'est d'obtenir des réponses.

— Mon devoir est de te protéger, Florence. Ses réponses n'ont aucune importance. Cet homme n'est pas fait pour toi.

— Vous disiez exactement le contraire à propos de Chauncey pour Marion, et regardez ce qui s'est passé.

Il la regarda, visiblement blessé, mais elle ne s'excusa pas. Évoquer la situation de sa sœur ne lui plaisait guère, mais leur père s'était trompé en voulant la pousser à épouser Chauncey, qui s'était révélé être un coureur de la pire espèce.

— Florence, était-ce bien nécessaire ? intervint sa mère sur le ton du reproche.

— Mais oui ! Vous devez nous laisser prendre seules nos décisions, même si vous n'êtes pas d'accord. Les choses ont changé. Ce n'est plus comme quand vous étiez jeunes.

— Ce n'est pas si différent, dit son père. Nous aussi, nous avions des voyous qui essayaient de séduire d'innocentes jeunes filles.

— Oh, Duncan, soupira sa mère. Au cas où tu ne t'en serais pas aperçu, il l'a déjà séduite. Et si tu refuses qu'elle lui parle maintenant, elle fera le mur un peu plus tard pour aller le retrouver. Tu ne préfères pas qu'ils se voient ici plutôt que dans la rue après la tombée du jour ?

Les parents Greene échangèrent un long regard. Puis Duncan capitula dans un soupir.

— Très bien. Mais je laisse la porte ouverte et je reste dans les parages.

M. et Mme Greene se retirèrent, et Florence se retrouva seule avec Clay. Elle lissa ses jupes, préférant se concentrer sur leur étoffe plutôt que sur l'homme assis à côté d'elle.

— Je suis désolé.

Des excuses de la part de Clay ? Ça aussi, c'était inattendu. Mais il en fallait plus pour effacer la colère.

— Je ne plaisantais pas, tout à l'heure. Ce que tu essaies de faire ne sert à rien.

— Et à ton avis, j'essaie de faire quoi, exactement ?

— Tu t'es dit que, si tu rendais sa maison à ma grand-mère, je te pardonnerais.

— Et je me suis trompé ?

— Rendre la maison ne change rien au fait que tu l'as prise au départ.

— C'est vrai. Mais je ne peux pas effacer le passé, alors j'essaie de me racheter. Pour toi.

— Pourquoi ?

— Parce que je tiens à toi. Parce que... tu me manques.

Il la fixait d'un regard clair et franc, sans artifice, et ses paroles lui firent l'effet de petits cailloux tombant en pluie, provoquant autant de vaguelettes de joie qui résonnèrent partout en elle. C'était plus que ce qu'elle avait espéré. Jamais, même dans ses rêves les plus fous, elle n'avait imaginé qu'il renoncerait à sa vengeance pour elle, qu'il viendrait chez elle et lui avouerait ses sentiments.

Pourtant, cela ne suffisait pas.

— Pourquoi ne pas m'avoir dit ce qui s'était passé entre mon père et toi il y a vingt ans ?

— Je ne voulais pas que tu le saches. Si je t'avais dit ce que ton père avait fait, tu aurais essayé de plaider ma cause auprès de lui ou de me dissuader d'aller jusqu'au bout de mes plans.

— Tu as préféré me mentir. Il a fallu que j'écoute aux portes pour découvrir la vérité.

Clay se leva et se mit à aller et venir d'un pas lourd.

— Je ne t'ai jamais menti. J'ai omis de te dire certaines choses, mais je ne t'ai jamais menti.

— Nous voilà revenus au point de départ, soupira Florence en se levant à son tour. Nous perdons notre temps, là. Les quelques bricoles que tu veux bien me confier sur toi ne me suffisent pas. J'ai besoin de quelqu'un qui me fasse confiance, qui me dise la vérité, qui ne cache pas ses intentions. Je veux quelqu'un qui n'a pas essayé de voler la maison de ma grand-mère.

— Jamais tu ne me pardonneras, n'est-ce pas ?

Le désespoir la submergea. Les dégâts provoqués étaient irréparables. Plus rien ne serait comme avant.

Il ne restait que les décombres d'une histoire qui aurait pu être belle.

Elle inspira profondément, lutta pour ne pas perdre ses moyens. Elle refusait de lui laisser voir la profondeur de l'abîme dans lequel elle se sentait tomber.

— Tu parles de pardon et d'oubli, mais tu es comme englué dans le passé. Tu attachais plus d'importance à une injustice vieille de vingt ans qu'à moi. Qu'à nous. J'ai besoin de quelqu'un pour qui je compte plus que tout le reste. Je ne peux pas te pardonner ce qui s'est passé, Clay. Je ne peux pas.

Elle vit ses épaules s'affaisser, mais son regard ne changea pas, comme s'il s'était attendu à sa réaction.

— Je vois, murmura-t-il. Nous en restons donc là, je suppose.

— Je suppose, oui.

Seigneur, pourquoi était-ce aussi douloureux ? Elle ne le connaissait pas depuis si longtemps, et pourtant cet homme avait pris dans sa vie une place essentielle. Elle se mordit la lèvre, retenant ses larmes.

Il s'approcha d'elle sans rien dire. Elle se raidit, cessa de respirer. Qu'allait-il faire ?

Elle ferma les yeux lorsqu'il se pencha vers elle, pour ne pas être tentée de se blottir contre lui. Délicatement, il l'embrassa sur les cheveux.

— J'aurais donné tout ce que je possède pour avoir une seconde chance avec toi, lâcha-t-il dans un souffle. Adieu, Florence.

24

Depuis l'ombre de la galerie, Clay observait les festivités de la soirée. Autrefois, le spectacle de son petit domaine, où flambeurs et amateurs de sensations fortes dilapidaient leur fortune à des jeux qu'ils ne gagneraient jamais, lui procurait une joie et une satisfaction sans fin.

Aujourd'hui, plus rien ne le réjouissait.

Une semaine s'était écoulée depuis qu'il avait rendu sa maison à Mme Greene et vu Florence. Il l'avait trouvée tourmentée, triste. Ç'avait été un tel déchirement de la voir ainsi, elle qu'il avait connue courageuse et pleine d'audace.

C'est à cause de toi, tout ça. Tu l'as rendue malheureuse.

Et pourquoi ? Pour se venger d'un événement qui remontait à plus de vingt ans. À force de s'agripper au passé, il avait ruiné son avenir. Florence avait vu juste.

Quel idiot. Il avait trouvé la femme qu'il cherchait, avec qui il formait le couple idéal, mais, aveuglé par sa douleur, obsédé par Duncan Greene et sa vengeance, il ne l'avait pas vue. Et maintenant, il était trop tard.

« J'ai besoin de quelqu'un pour qui je compte plus que tout le reste. »

Le souvenir de ces mots le fit vaciller. La douleur qu'ils réveillaient, il la méritait. Tout comme il méritait de voir partout le fantôme de Florence, de ne plus dormir que quelques heures par nuit, passant les autres à se remémorer les moments partagés avec elle. Ses caresses lui manquaient tant qu'il en devenait fou.

Il méritait cet abîme de tristesse.

Peut-être ferait-il mieux de partir s'installer ailleurs. À Philadelphie, pour être auprès de sa mère. Plus rien ne le retenait à New York. Jack pouvait gérer le casino tandis que lui recommencerait à zéro dans un endroit qui ne lui rappellerait pas constamment Florence Greene.

En bas, dans la salle, un homme se mit à pousser des cris de joie en ramassant ses gains, et une moue de dégoût se dessina sur les lèvres de Clay. Il détestait tous ces richards trop idiots pour calculer leurs chances de gagner. « C'est toujours la maison qui gagne, au bout du compte ! » eut-il envie de leur hurler.

Tu n'as pas toujours été comme ça. Si elle était là, tu réagirais autrement.

Oui, mais elle n'était pas là. Elle ne serait plus jamais là.

Il se retourna. Il avait besoin d'un verre. De quelque chose de fort. Un claquement de talons lui fit lever la tête, mais il ne se laissa pas aller à espérer. Florence ne voulait plus le voir. Il ne pouvait s'agir que d'une autre femme, et il savait laquelle.

Anna sortit de la pénombre, ses jupes de soie froufroutant autour d'elle, mais il ne la salua pas. Il n'était pas d'humeur sociable, ce soir.

Elle l'observa, scruta son visage, haussant un sourcil délicatement interrogateur.

— Bonsoir.

Il répondit d'un hochement de tête, sans quitter des yeux la table où l'on jouait au craps, en bas. Jack était à l'affût, dans la salle, prêt à résoudre n'importe quel problème. Clay aurait dû en profiter pour faire les comptes dans son bureau. Mais cette pièce lui rappelait trop Florence.

— Comment vas-tu ?

Non, franchement, pas ça, pas maintenant.

— Je ne suis pas d'humeur à faire la conversation, Anna.

— C'est ce que je vois. Tu as une tête à faire peur, au cas où tu te poserais la question.

— Je ne me la posais pas.

— Jack s'inquiète pour toi, et moi aussi. Franchement, Clay, cela ne te ressemble pas.

— Qu'est-ce qui ne me ressemble pas ? De surveiller la salle depuis la galerie ? Il me semble pourtant que je fais ça tous les soirs.

Elle tendit une main et le pinça à travers la manche de sa veste. Il grimaça, mais ne retira pas son bras.

— Tu m'énerves, dit-elle. Je suis ici pour t'aider.

— Et comment comptes-tu t'y prendre ?

— En te harcelant jusqu'à ce que tu me parles. Tu ne peux pas te retirer comme ça derrière le rempart que tu as bâti autour de toi.

Il faillit éclater de rire. Ce rempart imaginaire ne le protégeait de rien du tout, malheureusement.

— Il n'y a rien à dire, et je ne suis pas un problème qui exige une solution. J'aimerais qu'on me laisse tranquille.

— Nous tenons trop à toi pour te laisser te morfondre ainsi.

— Me morfondre ? Tu penses que c'est ce que je fais ?

— J'en suis certaine. Tu étais persuadé que Florence te tomberait dans les bras quand tu as rendu sa maison à sa grand-mère. Mais ça n'a pas marché, et te voilà déjà prêt à renoncer ? Bon sang, tu as passé vingt ans à organiser ta vengeance contre son père, et là, tu te contentes d'une tentative pour la reconquérir ?

— Tu parles de deux choses complètement différentes. Elle m'a dit qu'elle ne pouvait pas me pardonner. Elle ne veut plus me voir.

— Je croyais que tu l'aimais.

À quoi bon prononcer ces mots ? C'était inutile, désormais. Florence ne voulait pas les entendre. Oui, ce qu'il ressentait pour elle le consumait, le bouleversait. C'était un sentiment sauvage et entier. S'agissait-il d'amour ? Si c'était le cas, il espérait ne plus jamais en faire l'expérience.

Dans la salle, le brouhaha s'intensifia. Une prise de bec entre deux joueurs provoquait un attroupement. Clay aurait voulu être en bas, pouvoir donner quelques coups de poing, évacuer un peu de l'énergie qui l'électrisait.

— Je suis tellement fatigué, dit-il à Anna. L'envie n'est plus là.

— De rester éveillé, tu veux dire ?

— Non, de tout ça, là, dit-il en indiquant d'un geste la salle et les joueurs. J'ai atteint tous les objectifs que je m'étais fixés. L'argent, le pouvoir, la vengeance…

— Et tu n'es pas heureux pour autant, n'est-ce pas ?

— Non.

En réalité, il était plus malheureux que jamais. Au moins, quand il était plus jeune, ruminer puis mettre au point sa vengeance avait été un moyen d'oublier la misère dans laquelle il grandissait. Aujourd'hui, il n'avait plus rien, sinon des regrets et le cœur en miettes.

— Si tu veux la reconquérir, tu dois trouver un moyen de réparer les choses.

— On ne peut pas défaire le passé, Anna. Tu le sais aussi bien que moi. Chaque jour, nous faisons des choix qui ont sur notre avenir un impact impossible à prédire.

— C'est vrai. Quand j'avais quinze ans, à Akron, et que j'ai laissé le fils du boucher regarder sous mes jupes, je n'imaginais pas que cela ferait un jour de moi la tenancière du bordel le plus chic de New York. Mais c'est ce qui est arrivé.

Clay se tourna vers Anna, posa une épaule contre le mur.

— Tu ne m'avais jamais raconté cette histoire. Que s'est-il passé ?

— Mon père nous a surpris, m'a traitée de traînée et m'a fichue dehors.

— Mais c'est horrible, Anna ! Je suis désolé...

— J'avoue que cela a été dur sur le moment. Mais je suis venue ici, j'ai rencontré un protecteur qui était riche et me traitait bien. J'ai découvert que j'aimais le sexe et que je pouvais en vivre. Tu connais la suite.

Oui, il la connaissait. Deux des hommes les plus riches de la ville s'étaient battus pour elle, l'un avait fini par abattre l'autre, et Anna était devenue une légende dans le quartier de Tenderloin. Sa maison close était l'un des établissements les plus célèbres de la ville et n'ouvrait ses portes qu'aux grands bourgeois et aux politiciens.

Clay soupira et se frotta les yeux d'un geste las.

— Je l'ai perdue. Elle était la seule belle chose qui me soit arrivée dans la vie, et j'ai tout foutu en l'air.

— Tu as toujours trouvé le moyen d'obtenir ce que tu désirais. Aujourd'hui, tu dois décider de la façon dont tu vas changer ton avenir.

Clay ne voyait pas comment reconquérir Florence. Jusque-là, il ne s'était jamais engagé avec une femme. Le couple, les sentiments durables, ce n'était pas son rayon. Et il avait déjà abattu sa carte maîtresse, celle de la maison rendue à sa grand-mère.

— Que ferais-tu à ma place ?

— Je ramperais à ses pieds et je me répandrais en excuses.

Il se renfrogna. Les mots, ce n'était pas son fort. Il avait toujours eu du mal à écrire ou à exprimer ses pensées. Il se sentait plus à l'aise dans l'action, ou avec les chiffres. Si leur réconciliation devait se jouer sur ses compétences oratoires, il était fichu.

— Tu peux aussi faire un geste, suggéra Anna.

— J'ai déjà essayé. Sans succès.

— Non, celui-là, c'était pour sa famille. Je te parle de faire un geste qui lui serait uniquement destiné.

Un autre geste, juste pour Florence... De quoi pouvait-elle avoir envie ? Elle avait tout, et bientôt, elle posséderait même son propre casino. Son rejet de tout ce qui était conventionnel n'en faisait pas une cliente pour les bijoux et les fourrures. Florence était unique. Il devait trouver quelque chose qui corresponde à cette personnalité hors du commun...

Mais oui, bien sûr !

C'était idéal. Même si elle ne lui parlait plus jamais, si elle refusait de lui pardonner, c'était ce qu'il devait faire. Son être tout entier le lui soufflait.

Il se pencha vers Anna et l'embrassa sur la joue.

— Merci. Pour tout.

Et, sans attendre sa réaction, il prit le chemin de son bureau.

— Je t'en prie ! l'entendit-il lancer derrière lui.

Il ne se retourna pas. Enfin, il savait quoi faire.

Et s'il échouait, ce serait en sachant qu'il avait vraiment tout fait pour la récupérer.

En chemin pour le hall d'entrée, Florence jeta au passage un coup d'œil à l'intérieur de la galerie des portraits et fut surprise d'y voir une silhouette solitaire, assise, un peu voûtée.

Intriguée, elle s'approcha.

— Papa ?

Il se passa une main sur le visage et se redressa légèrement.

— Bonjour, ma fille.

Sa voix presque blanche inquiéta Florence. Était-ce le fruit de son imagination, ou ses joues étaient-elles humides ? Elle prit place à l'autre bout du canapé.

— Tout va bien ?

Il laissa échapper un rire amer.

— Oh, tout va pour le mieux. Marion est amoureuse de mon avocat, le jeune homme que j'ai failli la forcer à épouser est un goujat, et tu t'es entichée d'un voyou notoire. Oui, vraiment, tout va bien.

— Je me suis excusée – à plusieurs reprises – d'avoir approché M. Madden. Si j'avais su…

— Oublie ce qu'il a fait, Florence. Je te parle de ce qu'il est et de ce que tu aspires à devenir. Tu n'as pas idée des dangers que tu as courus en fréquentant ces quartiers et ce casino. Pas une seconde tu n'as pensé à ta sécurité, et à notre douleur à nous, tes parents, s'il t'était arrivé quelque chose.

— Mais il ne m'est rien arrivé. Je fais attention, papa.

— Tu ne peux pas tout prévoir. La vie nous réserve souvent des surprises – comme des filles qui rejettent les traditions et les convenances au nom de leur indépendance.

Florence prit une profonde inspiration, décidée à garder son calme et à ne pas être sur la défensive.

— Les choses changent, vous le savez bien. Elles évoluent peu à peu. Aujourd'hui, les femmes veulent avoir le choix.

— Je comprends, mais certains d'entre nous ne sont pas prêts à accepter ce changement. Certains d'entre nous aimeraient guider leurs filles sur la voie d'un avenir sûr, au côté d'hommes qui les respecteront et ne leur briseront pas le cœur. Ce que l'on veut, au fond, c'est vous garder à l'abri de tout, dans notre petit monde, auprès de nous.

— Mais votre version de mon avenir m'étoufferait petit à petit, jusqu'à ce que je n'en puisse plus. Parce que cela ne me correspond pas, papa.

— Je m'en aperçois. En fait, je me rends compte que je ne sais rien de mes filles.

Il tendit le bras, lui prit la main et soupira.

— Quand est-ce arrivé ? Il me semble qu'hier à peine, je soignais tes genoux écorchés et je t'apprenais à monter à cheval. Quelle erreur ai-je donc commise pour que les choses tournent aussi mal ?

La gorge serrée, Florence retint ses larmes. Son père était l'homme le plus sûr de lui et le plus arrogant qu'elle connût. Pas une seule fois elle ne l'avait entendu douter.

— Vous n'avez pas commis d'erreur. À vrai dire, vous avez fait tout ce qu'il fallait. Maman et vous avez élevé trois jeunes femmes fortes, qui savent ce qu'elles veulent et sont bien dans leur peau. Marion est d'une intelligence redoutable, et Justine est la personne la plus douce et la plus attentionnée que je connaisse. Rendez-vous compte : vous n'avez pas élevé des filles qui vont suivre le mouvement. Vous avez élevé des filles qui vont changer le monde.

Un faible sourire éclaira le visage de son père.

— Comme Jeanne d'Arc ?

— Exactement. « Ne montrez jamais votre peur. » Vous vous souvenez ?

— Oui, je me souviens.

Il serra la main de Florence un peu plus fort entre les siennes et l'attira plus près de lui.

— Tu sais, quoi qu'en pense Marion, je me suis toujours moqué de n'avoir eu que des filles et pas de garçons. Toutes les trois, vous avez illuminé ma vie, avec votre mère.

— Même moi ?

— Même toi, dit-il avant de l'embrasser sur les cheveux. C'est toi qui me ressembles le plus, tu sais. Têtue, volontaire. Qui ne tient pas en place. Je crois même que c'est pour cela que je me dispute plus souvent avec toi qu'avec tes sœurs. Et c'est sans doute pour cela aussi que tu es la préférée de ta grand-mère.

Pour Florence, c'était une véritable révélation.

— Moi qui avais toujours l'impression de vous décevoir…

— Mon père voulait que j'aille à Yale, je suis allé à Harvard. Il trouvait que pratiquer la boxe et le base-ball, c'était s'abaisser. Quand je lui ai présenté ta mère, il m'a dit, après, qu'elle était trop banale et que je me lasserais vite d'elle.

— C'est horrible.

— Je te raconte cela parce que les enfants qui ont beaucoup de caractère déçoivent souvent leurs parents. Je n'entrais pas dans le moule qu'il avait préparé pour moi, mais il m'aimait malgré tout. De la même façon que je t'aime.

— Même si j'ouvre un casino ?

— Y a-t-il quelque chose que je puisse faire pour t'en empêcher ?

— Non.

Il soupira.

— Alors autant que je m'y fasse, non ? Mais ne t'attends pas à des miracles, non plus. Je suis un vieux monsieur qui a ses habitudes.

Florence posa la tête sur son épaule.

— Je vous aime, papa.

Ils restèrent assis en silence un long moment.

— La voie que tu as choisie ne sera pas facile, dit enfin son père. J'aimerais pouvoir t'épargner les difficultés que tu vas rencontrer.

— Je sais. Mais la vie que vous me destiniez aurait été tellement pire. Je m'en sortirai. Je vous le jure.

— Et Madden et toi, c'est terminé ?

Elle hocha la tête sans le regarder. La douleur était encore trop vive pour qu'elle puisse en parler.

— S'il te rendait heureuse, j'en suis désolé. Mais je pense qu'un homme comme Clayton Madden aurait fini par étouffer ton énergie. Il est trop sombre pour toi, trop austère.

Il se trompait. Clay avait été parfait. Et il avait un côté plus léger que peu de gens connaissaient. Il avait été drôle et doux avec elle, avait compris son ambition et son intrépidité.

Pourquoi avait-il fallu qu'il manigance cette histoire de maison dans son dos ?

La pendule sonna trois coups, et Florence se redressa brusquement.

— Ô mon Dieu ! Il faut que j'y aille.

Elle se leva, lissa ses jupes. Son père eut un petit rire.

— Toujours pressée. Exactement comme moi à ton âge.

Elle sourit et se baissa pour l'embrasser sur la joue.

— Je vous aime, répéta-t-elle.

— Moi aussi, je t'aime. Je suppose que tu ne vas pas me dire où tu te rends ?

Elle éclata de rire et lui fit un petit signe de la main en se hâtant vers la porte d'entrée.

— Vous n'avez pas envie de le savoir, croyez-moi.

Elle ne se rendait pas dans les bas-fonds, pourtant, bien au contraire. Elle avait prévu de rencontrer Mme Mansfield, une des meilleures architectes de la ville, pour lui parler de son casino. Elles n'avaient pas rendez-vous, mais Florence savait que l'architecte passait tous les après-midi sur le chantier de l'hôtel Mansfield, et elle voulait tenter de lui voler quelques minutes.

Dehors, elle cherchait un fiacre quand une silhouette descendit d'une élégante voiture noire garée à l'angle de l'avenue.

Jack le Chauve.

Elle fut heureuse de le voir, même si son cœur se mit à battre au souvenir de Clay. Cette douleur idiote disparaîtrait-elle un jour ? En souriant, elle se dirigea vers la voiture.

Jack semblait circonspect, mais il se détendit en voyant qu'elle faisait le premier pas.

— Mademoiselle Greene.

— Bonjour, Jack. Que faites-vous dans le quartier ?

— Je voulais vous voir.

— Oh. Pourquoi ?

— Il aimerait vous parler.

Les battements de son cœur redoublèrent.

— Non.

— Il savait que vous répondriez cela. Attendez un instant.

Jack se tourna, chercha quelque chose à l'intérieur de la voiture et en sortit plusieurs feuillets, qu'il lui tendit.

— Tenez. Il m'a demandé de vous donner ça.

Elle regarda les feuillets comme s'ils étaient empoisonnés. De quoi s'agissait-il ? Lui avait-il écrit une lettre ?

— Qu'est-ce que c'est ?

— Lisez.

— Jack, je ne peux pas…

— Florence, vous n'avez jamais eu peur. Ne commencez pas maintenant.

Elle poussa un long soupir. Il avait raison. Quel que soit le contenu de ces papiers, elle ne changerait pas d'avis. Elle était passée à autre chose. Clay faisait partie de son passé, désormais.

Elle tendit la main, prit les quelques feuillets. En constatant qu'il s'agissait de documents officiels et non d'une lettre, elle se détendit un peu.

— Je ne comprends pas, dit-elle en levant les yeux vers Jack.

— Lisez, vous allez comprendre.

Elle lut le premier paragraphe. Puis le relut. Seigneur Dieu.

Non, non, non. C'était incroyable.

Comment pouvait-il faire cela ?

Elle ne savait plus quoi penser, ni comment réagir. L'incrédulité céda la place à la confusion, puis à la colère. Ses jambes se dérobèrent sous elle. Un bras puissant se glissa sous le sien pour l'empêcher de tomber.

— Ne vous faites pas mal, murmura Jack.

Florence le regarda en battant des paupières et réussit à articuler quelques mots.

— Il faut que je le voie. Maintenant.

— C'est bien ce que je pensais, répondit Jack en ouvrant la portière, sans lâcher Florence. Allons-y.

25

Des regards curieux suivirent Florence et Jack lorsqu'ils entrèrent dans la Maison de Bronze. Elle les ignora et s'engagea dans l'escalier qui menait aux étages. Son cœur battait à tout rompre, sa poitrine menaçait d'exploser. Elle avait envie d'étrangler Clay. Non, de lui hurler ses quatre vérités et ensuite de l'étrangler.

Arrivée devant la porte de son appartement, elle entra sans prendre la peine de frapper. Un désordre inqualifiable l'accueillit. Il y avait des caisses, des malles partout. Clay… déménageait ? *Mais qu'est-ce que c'est que ça ?*

D'un mouvement du poignet, elle poussa la porte en arrière. Celle-ci se referma en claquant, et l'instant d'après, Clay apparut sur le seuil de sa chambre. Il faisait peur à voir. Il semblait n'avoir pas fermé l'œil depuis plusieurs jours. Non, depuis un mois. Les cheveux ébouriffés, il n'était pas rasé, et les cernes sous ses yeux trahissaient épuisement et désespoir.

Le voir ainsi la troubla, mais elle était trop en colère pour s'en soucier.

— Je n'en veux pas.

Il mit ses mains dans ses poches.

— Mais si, tu en veux. N'importe qui d'un peu sensé en voudrait.

— N'importe qui sauf moi, apparemment. Tu ne peux pas me donner la Maison de Bronze.

— Je peux, et je l'ai fait. Je ne suis plus le propriétaire majoritaire de l'établissement où tu te trouves en ce moment même. La propriétaire majoritaire, désormais, c'est toi.

— C'est ridicule. Je ne veux pas devenir propriétaire de ton casino.

— Il y a quelque temps, j'ai juré sur la Maison de Bronze que jamais je ne te ferais souffrir. Or j'ai rompu cette promesse.

Cette soirée, au New Belfast Athletic Club… Il lui semblait que cela faisait des lustres.

— J'avais oublié cette conversation, et quand bien même, je refuse. Ce casino est à toi. C'est un succès grâce à toi.

— Alors prendre ma place ne devrait te poser aucun problème.

Elle écarta les bras, puis les laissa retomber, exaspérée.

— Mais pas du tout ! Je ne veux pas de ta place, je veux me faire la mienne. Je gérerai mon casino à ma façon. En partant de rien, comme tu l'as fait.

— Mais pour des femmes.

— Oui, uniquement pour des femmes. Je refuse de posséder un casino qui ne me laisserait pas entrer.

Clay soupira et regarda le mur, mâchoire contractée.

— C'est logique.

— Parfait. Alors garde ton acte de propriété, dit Florence en jetant les papiers sur le sol. Et continue à essorer les grands bourgeois tout en intimidant les tricheurs.

— Non, j'ai décidé d'arrêter.

— Arrêter ? Que veux-tu dire ?

Clay alla jusqu'au sofa et y prit une pile de livres qu'il rangea dans une malle.

— Je veux dire que je me retire des affaires. Je passe à autre chose. Ailleurs.

Un sentiment de panique noua la gorge de Florence. Le souffle court, elle fut soudain prise de tournis. Parlait-il sérieusement ?

— Ailleurs... c'est-à-dire ? Tu quittes New York ?

— Ma mère vit à Philadelphie. Je vais peut-être aller m'y installer quelque temps.

Florence porta une main à sa bouche, sous le choc. Si furieuse fût-elle contre lui, pas un instant elle n'avait imaginé qu'il puisse partir. Il faisait partie de cette ville, comme l'East River ou Five Points. Tous ceux qui avaient fait rouler les dés sur une table verte au moins une fois dans Manhattan connaissaient son nom.

— Et la Maison de Bronze ?

Il haussa les épaules.

— C'est à Jack qu'elle revient. Il ne va pas en vouloir, mais il la mérite. Sans lui, jamais je ne serais allé aussi loin.

— Alors c'est tout ? Tu t'en vas, et c'est fini ?

D'un geste brusque, il rabattit le couvercle de la malle, qui se referma dans un claquement sec.

— Que voudrais-tu que je fasse, Florence ? J'ai essayé de te reconquérir, et j'ai échoué. Plus rien ne me retient ici. Je deviens fou à force de penser à toi. Je n'arrive pas à cesser de t'aimer, et j'en perds la raison.

Un bourdonnement se mit à résonner entre les tempes de Florence. Elle n'en croyait pas ses oreilles.

— Tu m'aimes ?

Il eut un rire amer.

— Je t'ai donné mon casino, Florence. Je donnerais jusqu'à ma dernière chemise si cela pouvait te convaincre de me revenir.

— Tu m'aimes.

Il la regarda d'un air sombre, mains sur les hanches.

— Il me semblait que ce point avait été réglé. Oui.

— J'avais besoin d'être sûre que je t'avais bien entendu. Pourquoi ne me l'as-tu jamais dit ?

— Cela aurait changé les choses ?

— Bien sûr. Je n'ai jamais su quels étaient tes sentiments pour moi. J'étais convaincue qu'il ne pouvait rien y avoir de plus entre nous que ce que nous connaissions. Qu'éprouver de vrais sentiments l'un pour l'autre était impossible.

— Et en achetant la maison de ta grand-mère, j'ai réduit cette possibilité à néant.

— « En achetant », répéta-t-elle avec ironie. Quelle façon polie de décrire ce qui s'est passé. Tu voulais plutôt dire « en volant », non ?

— En volant, si tu veux. Je me suis excusé, tout de même. Auprès d'elle et de toi.

Il se tut un instant et la regarda.

— Tu as ses yeux.

Ses yeux ?

— Tu as rencontré ma grand-mère ? Quand ?

— Elle ne t'a rien dit ? C'était avant que je ne vienne vous voir, ton père et toi. Elle m'a fait savoir qu'elle désirait me parler, et j'ai accepté. J'ai d'abord cru que c'était pour me supplier de ne pas prendre sa maison. Mais ce n'était pas cela du tout. Elle voulait que nous parlions de toi.

— De moi ? Mais pourquoi ?

Et surtout, pourquoi ni sa grand-mère ni son père ne lui avaient-ils parlé de cet entretien ?

— Elle m'a demandé ce que j'éprouvais pour toi et comment j'envisageais de te reconquérir.

Florence s'assit lentement sur une petite bergère déjà recouverte d'un drap. Alors là, c'était la meilleure. Comment Mme Greene avait-elle su que

Florence et Clay éprouvaient des sentiments l'un pour l'autre ? Florence ne lui avait parlé de rien, lui expliquant juste que Clay lui donnait des conseils pour le casino. Pourtant, sa grand-mère avait tout compris.

Elle regarda Clay. Elle avait encore du mal à l'imaginer conversant avec la doyenne de la famille Greene.

— Que lui as-tu dit ?

— Que tu me détestais et que tu ne me pardonnerais jamais. Ce en quoi je ne me trompais pas, tu noteras.

Le détestait-elle ? Quelques heures plus tôt, elle l'aurait affirmé haut et fort, oui. Mais, à présent, elle n'était plus sûre de rien. Elle était énervée et en colère, certes. Mais d'autres émotions l'animaient maintenant, et d'autres sentiments aussi, puissants, qu'elle ne parvenait pas à exprimer.

Il l'aimait.

Cet homme intelligent et fort l'aimait. Au fond d'elle-même, elle n'en doutait pas. Jamais il n'avait insisté pour qu'elle se comporte en lady, discrète et respectant les convenances. Il l'avait acceptée telle qu'elle était, avec ses défauts. Il l'avait soutenue et protégée.

« Une fois seule avec lui, la nymphe devient joueuse et coquine, et s'allume alors l'étincelle de joie qui manquait à la vie solitaire du satyre. »

Lui aussi avait été son étincelle de joie. Elle l'aimait depuis des semaines. Sans doute depuis ce fameux soir, à la maison close.

Mais qu'allaient-ils pouvoir faire, maintenant ?

— C'est pour cela que tu lui as rendu sa maison ? demanda-t-elle. Parce que tu l'as rencontrée et que tu as eu des remords ?

Il s'appuya sur le dossier d'une chaise et lui parut plus immense encore.

— Non. Je me suis rendu compte que j'avais obtenu tout ce que j'avais toujours désiré quand j'étais enfant et que, malgré cela, j'étais malheureux. Parce que je t'avais perdue. Faire passer mon besoin de vengeance avant notre avenir a été la plus grosse erreur de ma vie.

— Tu le penses vraiment ?

— Absolument. Tu étais tout ce dont j'avais besoin. Ma moitié, parfaite. Mais j'étais trop idiot, trop égoïste pour m'en apercevoir.

Le cœur battant sous le coup de l'émotion, elle sentit sa gorge se serrer.

— J'étais ?

— Tu l'es. Aujourd'hui et pour toujours, Florence. Aucune autre femme ne m'a jamais apporté autant de joie. Aucune ne m'a jamais compris comme toi. Mon âme sombre, mes balafres ne t'ont jamais rebutée. Sans toi, je vis dans les ténèbres. Chaque souffle me rappelle à quel point tu me manques.

— Et pourtant, tu es prêt à renoncer. Tu pars.

— Tu mérites mieux que moi. Je t'ordonne, même, de trouver mieux que moi. Ta famille ne m'acceptera jamais. La bonne société ne m'acceptera jamais. Être avec moi, ce serait pour toi renoncer à tout ce que tu connais. Je ne peux pas t'infliger cela.

— Je suis capable de prendre mes décisions toute seule, Clay. Ne me dis pas ce que je dois faire de ma vie, j'ai l'impression d'entendre mon père.

Il soupira et secoua la tête.

— Tu as raison. Pardonne-moi. Je t'ai dit ce que je ressentais. Maintenant, c'est ton tour. Que veux-tu, Florence ?

Que voulait-elle ? Entre sa colère, sa tristesse et son projet de casino, elle n'avait pas vraiment pris le temps d'y penser. Revenir en arrière était impossible, elle en était consciente, mais elle était sûre d'une chose : la vie était devant elle, pas derrière.

« Es-tu prête à vivre sans lui pour le restant de tes jours ? »

Les paroles de Justine lui revinrent à l'esprit, et la réponse à cette question fut soudain évidente. Non, elle ne l'était pas. Mais pardonner à Clay, c'était prendre un énorme risque, faire un pari qu'elle pouvait perdre. Il n'était pas impossible qu'il la blesse encore. De même qu'elle aussi pouvait le blesser. Les jeux de hasard ne garantissaient jamais de résultat, et l'amour encore moins. Toute entreprise comportait un risque.

Pourtant, elle n'arrivait pas à prononcer les mots du pardon. Jusque-là, elle avait pris ses décisions rapidement, sans jamais revenir dessus. Elle suivait son instinct, et tant pis si elle blessait son entourage. Mais, à force d'agir ainsi, elle avait failli détruire sa famille.

Pour aller de l'avant, elle devait apprendre la patience et dompter son impulsivité. Réfléchir avant de sauter.

Clay lui avait offert son casino et avait rendu sa maison à sa grand-mère. Mais il avait résolu de quitter la ville. De la quitter. Or elle voulait être certaine qu'il serait prêt à tout pour la reconquérir. Elle avait besoin d'actes, pas de promesses.

Soudain, elle eut une idée. C'était horrible, vraiment. Tout ce que Clay détestait.

C'était parfait.

Elle poussa un soupir, plongea son regard dans celui de Clay.

— Très bien. J'ai toujours aimé le risque, de toute façon.

Pour la première fois depuis qu'elle était arrivée, une lueur d'espoir éclaira les yeux de Clay. Un espoir auquel se mêlait un peu de crainte.

— Vraiment ?

— Oui. Mais tu vas devoir me prouver que tu es sincère.

— Je ne t'ai jamais menti.

— Tu joues sur les mots, et tu le sais.

— Que veux-tu que je fasse, alors ?

Elle redressa la tête.

— Tiens-toi prêt, c'est tout. Je t'envoie mes instructions demain.

Perché sur un immense étalon bai, Clay baissa les yeux sur sa redingote vert printemps.

— Je me sens ridicule à souhait, grommela-t-il.

— Je ne vois pas de quoi vous vous plaignez, répliqua sèchement Duncan Greene. C'est vous qui avez le plus grand cheval.

Florence Greene avait un sacré sens de l'humour. À moins qu'elle ne prenne simplement plaisir à torturer Clay. Pour lui prouver son attachement, il avait reçu l'ordre de se joindre à Duncan Greene pour une promenade à cheval dans Central Park. Très tôt le matin. Vêtu de tout sauf de noir.

Cette femme était décidément cruelle et fantasque.

Pourtant, il avait accepté. C'était important pour elle, et il entendait aller jusqu'au bout, même si les choses promettaient de ne pas être simples avec son père. Et, pour le moment, elles ne l'étaient pas, loin de là.

Les deux hommes se supportaient à peine. Leurs regards s'étaient tout juste croisés, et ils n'avaient échangé que quelques mots. Le seul fait que Duncan ait accepté lui aussi cette promenade était un miracle en soi.

— Comment a-t-elle réussi à vous faire participer à cette farce ? demanda finalement Clay, trop curieux pour ne pas poser la question.

— Elle n'a pas réussi. J'ai refusé, mais ma femme a insisté. D'après elle, les jeunes femmes auraient besoin d'admirer leur père ; pardonner, c'est donner l'exemple, et patati et patata.

Clay ne put retenir un sourire narquois.

— Ces femmes vous feraient passer par le chas d'une aiguille.

— Sans doute, oui. Mais je les aime plus que tout. Ce qui m'amène à évoquer l'autre raison de ma présence ici. Si vous abîmez ne serait-ce qu'un cheveu de Florence, je vous pulvérise et je vous enterre par petits morceaux là où personne ne vous retrouvera jamais.

— C'est absurde. Jamais je ne lui ferais de mal.

— Veillez-y, c'est tout. Parce que je vous aurai à l'œil, Madden. Le fait que vous ayez renoncé à votre casino a joué en votre faveur, mais les raisons qui me poussent à tolérer votre présence à ses côtés sont peu nombreuses, sachez-le.

— Et le fait que vous ayez lancé des recherches pour retrouver les familles de la 7e rue Est et les indemniser correctement est la seule raison qui me pousse à tolérer la vôtre.

— Comme je vous l'ai dit, j'étais persuadé que cela avait été fait dans le respect des prix du marché. J'ignorais que l'homme que j'avais chargé de la transaction avait mis une grande partie de la somme destinée à leur indemnisation dans sa poche.

Clay émit un grognement, puis se tut. Faire la conversation, très peu pour lui. La promenade était presque terminée, et moins il parlerait avec Greene, mieux ce serait. Dieu merci, le parc était presque désert à cette heure matinale. Il n'aurait plus fallu qu'à tout cela s'ajoutent les regards et les murmures de l'élite snob de la ville.

Le reste du trajet se fit en silence. Lorsqu'ils arrivèrent à l'entrée du parc, une belle jeune fille blonde qui ne leur était pas étrangère les attendait. Clay sentit son cœur bondir dans sa poitrine.

— Je vois que vous avez tous les deux survécu à cette épreuve, dit-elle en les observant l'un après l'autre d'un regard inquiet.

— En effet, dit Duncan en passant près d'elle sans s'arrêter, et sans un regard pour Clay. Tu es priée de ne pas trop t'attarder, Florence.

— J'arrive tout de suite, papa. Merci d'avoir accepté.

— Espérons que tu ne me le feras pas regretter. N'oubliez pas ce que je vous ai dit, Madden.

Clay arrêta son cheval et mit pied à terre. Puis il prit les rênes et s'approcha de son bourreau, qui ne le quittait pas des yeux.

— Alors ? C'était horrible ?

L'étincelle, dans son regard brun-vert, la trahit.

— Tu savais que ça le serait, et c'est pour cela que tu as suggéré cette promenade.

Elle pinça les lèvres, retenant un sourire. Côte à côte, ils se dirigèrent vers la sortie du parc.

— Tu es éblouissant dans cette redingote verte.

C'était la seule qu'il possédait qui ne fût pas noire.

— J'envisage de me faire tailler une nouvelle garde-robe. Que des couleurs vives.

— Violet ?

— Si tu veux.

Il disait vrai. Il était prêt à s'habiller comme un parfait dandy anglais si cela lui permettait de la garder.

— J'ai du mal à croire que tu aies accepté, tu sais. Tu as fait du cheval au parc en matinée, et avec mon père, qui plus est.

— Je serais prêt à tout pour toi. Absolument tout.
— Je n'en doute plus après ce matin.
— Cela signifie-t-il que j'ai réussi ton test ?
Elle se rembrunit, comme si elle regrettait tout à coup ce qu'elle avait exigé de lui.
— Il fallait que je sois sûre, Clay. L'enjeu était trop important pour que je prenne une décision sur un coup de tête.
Il s'arrêta et lui fit face. Il aurait pu la toucher, mais il n'osait pas. Pas encore.
— Ne t'excuse pas. Tu m'as donné une nouvelle chance. Cela valait toutes les humiliations du monde.
— Je veux juste que tu me promettes d'être toujours honnête avec moi.
Il posa une main sur son cœur et sentit un frisson le parcourir.
— Je jure sur ma vie que jamais plus je ne te cacherai quoi que ce soit. Je t'aime et je veux passer le reste de ma vie à faire de toi la femme la plus heureuse de Manhattan.
Elle fit un pas en avant, et il la sentit, toute proche. Les passants, s'il en arrivait, seraient scandalisés par une attitude aussi inconvenante, mais peu importait.
Elle se mordit la lèvre.
— Moi aussi, je t'aime. Et je veux passer le reste de ma vie à faire de toi l'homme le plus heureux de Manhattan.
Le soulagement de Clay fut tel qu'il tremblait presque lorsqu'il prit le visage de Florence entre ses mains.
— Reste à mes côtés. Rien ne me rendra plus heureux.
— Pour un homme de peu de mots, tu sais trouver ceux qui servent le mieux ton propos.
— C'est la vérité. Et il faut que tu saches que jamais je ne te laisserai partir. Tu es à moi, souffla-t-il

en déposant un baiser sur le front de Florence. Je ne crois pas à la chance, mais elle veillait sur moi le soir où tu es entrée pour la première fois à la Maison de Bronze.

— Elle veillait sur nous deux.

Il la prit par le bras, et ils se dirigèrent vers la Cinquième Avenue.

— Comment ne pas être d'accord avec toi ?

Il comprenait maintenant pourquoi les femmes de la famille Greene obtenaient toujours ce qu'elles voulaient. Il était amoureux fou et n'aurait rien pu lui refuser.

— Tu ne peux pas, alors n'essaie même pas, dit-elle en passant le bras derrière Clay pour lui donner une petite tape sur les fesses – en plein jour !

26

La Maison d'Argent,
angle de la 18e rue et de la Septième Avenue,
1894

Les rires réjouissaient toujours Florence.

Elle se tenait dans la galerie en souriant, observant la salle où évoluait une clientèle exclusivement féminine. Ces dames buvaient, pariaient et, surtout, s'amusaient.

Son rêve était devenu réalité.

Un an plus tôt, la Maison d'Argent avait ouvert, et le succès avait été immédiat. En clin d'œil à la Maison de Bronze, Florence avait choisi ce nom parce que « l'argent vaut plus que le bronze ».

Pour le moment, environ soixante-dix habituées fréquentaient son établissement, des femmes de tous âges et de tous milieux. Le casino marchait si bien qu'elle avait pu rembourser la totalité de ce que lui avait prêté sa grand-mère au bout de huit mois seulement. Désormais, elle était seule et unique propriétaire de l'établissement.

Ses parents n'approuvaient pas son choix, mais ne le désapprouvaient pas ouvertement non plus. Ils se contentaient de faire comme si la Maison d'Argent n'existait pas, ce qui convenait tout à fait à Florence. Elle habitait avec Clay au dernier étage de l'immeuble, ce que ses parents, en revanche, désapprouvaient ouvertement, mais le mariage n'était toujours pas dans ses projets. Ni elle ni Clay n'avaient besoin de paraître en société. De temps à autre, elle croisait des amis de ses parents qui la snobaient, ou des partisans de ligues de vertu qui manifestaient devant le casino, mais son bonheur était sa plus belle revanche face à ces tristes sires.

Et heureuse, elle l'était.

Ses sœurs et sa grand-mère étaient toutes des clientes assidues, de même qu'un grand nombre de connaissances de Florence. À vrai dire, le succès avait été tel qu'elle avait dû refuser du monde. Ce n'était pas plus mal. D'ici quelques années, elle ouvrirait plus largement ses portes, mais en attendant, elle cultivait le côté sélect de son casino, ce qui lui permettait d'asseoir la réputation de l'établissement et lui laissait un peu de temps pour apprendre ce qu'elle avait besoin de savoir en matière de gestion.

Dieu merci, elle avait un excellent professeur.

Clay avait confié la Maison de Bronze à Jack, qui faisait fructifier leur empire. Il gérait encore quelques cercles de jeu de taille modeste, mais avait récemment décidé d'investir dans le base-ball. Une équipe venait de se monter en ville, et il faisait désormais partie de ses propriétaires. Avec son sens aigu de la gestion financière et son intuition en matière d'activités de loisir, il était comme un poisson dans l'eau dans ce milieu, et Florence était heureuse de le voir se passionner de nouveau pour un projet.

Il était son partenaire dans tous les domaines et l'avait soutenue dans chacune de ses décisions à propos de la Maison d'Argent, sans jamais l'influencer, mais en donnant son opinion chaque fois qu'on la lui demandait. C'était pour elle une chance incroyable d'avoir un homme comme lui dans sa vie, à la fois amant et ami.

En bas, un groupe de femmes poussa des cris de joie autour de la table de roulette. Elles fêtaient l'anniversaire de l'une d'elles, ce qui arrivait assez régulièrement à la Maison d'Argent, et l'humeur était aux réjouissances. Les bourses seraient sans doute bien légères au petit matin. Florence faillit se frotter les mains.

— Florence ?

Elle tourna la tête et vit Pippa. Cousine éloignée de Jack, Pippa avait travaillé à la Maison de Bronze jusqu'à ce que Florence la convainque de la rejoindre à la Maison d'Argent. Sa vivacité d'esprit et son efficacité étaient exactement ce dont Florence avait besoin.

— Oui ?

— M. Madden demande que vous le rejoigniez dans le bureau.

Elle semblait se retenir de rire, et cela étonna Florence. D'ordinaire, c'était une fille très sérieuse.

— Maintenant ?

— Oui. Il m'a dit que vous deviez prendre le reste de la soirée et que, si vous discutiez, il viendrait vous chercher lui-même.

Florence se mordit la lèvre pour ne pas éclater de rire. Clay n'était pas autorisé à se promener dans les locaux pendant les heures d'ouverture. Pas d'hommes, jamais, et pas d'exception à la règle. Même si Florence aimait Clay à la folie.

— Il n'oserait pas.

— Je ne sais pas, répondit Pippa. Il avait l'air très déterminé.

— Je ne pensais pas qu'il serait ici ce soir.

Clay devait participer à un dîner en ville concernant la nouvelle équipe de base-ball. Il était donc déjà rentré ?

— Il avait l'air très impatient. Je crois qu'il vous prépare une surprise.

— Ah bon ?

Une surprise ? Florence sentit une délicieuse chaleur se répandre au creux de son ventre tandis qu'elle repensait aux multiples façons dont Clay l'avait surprise ces dernières années. C'était un homme très créatif, quand il voulait.

— Bon. Il vaut mieux que j'y aille, alors. Tu n'oublieras pas de...

— De faire porter une bouteille de champagne au groupe qui fête un anniversaire, cadeau de la maison. Je sais, dit Pippa en poussant doucement Florence vers le couloir qui longeait la galerie. Je m'occupe de tout, ne vous inquiétez pas.

— Je n'en doute pas un seul instant. Merci, Pippa, pour tout. L'année qui vient de s'écouler n'aurait pas été possible sans toi.

— C'est le boulot le plus chouette qui soit, vous savez. Jamais un homme dans les parages. Le paradis, quoi !

— C'est agréable, n'est-ce pas ?

Tout le personnel était féminin. Croupières, serveuses, barmaids, même l'entrée était gardée par des femmes. Clay n'aimait pas trop cela, disant qu'elle avait besoin de gros costauds intimidants à la porte, pour le cas où il y aurait du grabuge. Mais, jusqu'à présent, les seuls qui aient donné du fil à retordre à Florence étaient les fournisseurs, persuadés que les femmes étaient trop idiotes pour savoir compter.

— Tu me préviens s'il y a un problème, d'accord ?

— Il n'y en aura pas. À demain, Florence, dit Pippa en lui faisant un petit geste de la main.

Le bureau n'était pas loin – la Maison d'Argent était plus petite que la Maison de Bronze. Mais, en matière de décoration, rien n'avait été laissé au hasard. Là où Clay avait un peu lésiné, surtout pour la partie privée, Florence avait donné carte blanche à Eva Mansfield pour la totalité des pièces, et l'architecte s'était surpassée. Partout, elle avait gardé à l'esprit que des femmes fréquenteraient les lieux. Les trois petits salons où ces dames se repoudraient le nez disposaient de quatre toilettes chacun, les lustres étaient en cristal, et un peu partout étaient exposées des œuvres d'art d'un grand raffinement.

Avant tout, Florence avait souhaité que la Maison d'Argent soit un lieu agréable et reposant pour les femmes. L'endroit était spacieux ; les lumières douces ; les sièges confortables. Un salon de thé servait collations et boissons toute la journée et jusque tard dans la nuit. Le casino proposait divers jeux d'argent, et pour celles qui avaient besoin d'un endroit où dormir, quelques chambres avaient été aménagées à l'étage. Elles ne désemplissaient pas, preuve que l'idée avait été bonne.

Florence entra dans son bureau. La lumière était éteinte, mais sur le manteau de la cheminée et sur sa table de travail, une série de bougies éclairaient la pièce d'une lumière chaude. La table était recouverte d'une nappe, et deux couverts étaient dressés. Clay se tenait là, les mains dans les poches. Elle referma la porte derrière elle.

— Qu'est-ce que c'est ?

— Nous avons quelque chose à fêter.

— Ah bon ?

— Bien sûr. Quel jour sommes-nous ? Tu as oublié ?

— Je n'ai rien oublié du tout. Mais je n'étais pas certaine que toi, en revanche...

— Il y a un an, tu ouvrais la Maison d'Argent. Comment pourrais-je l'oublier ?

Clay la regarda approcher avec un regard intense qui la fit frissonner.

Elle posa une main sur son large torse.

— Jamais je n'y serais arrivée sans toi, mon amour.

Il eut un petit sourire et la prit par la taille.

— Bien sûr que tu y serais arrivée.

— C'est vrai. J'y serais arrivée, mais je suis vraiment très contente que tu aies été là.

Il se pencha et l'embrassa délicatement sur les lèvres. Qu'un homme aussi fort et imposant embrasse avec autant de douceur ne cessait de l'émerveiller.

— Je t'aime, murmura-t-il. Et je suis fier de toi.

— Merci, souffla-t-elle, le cœur battant.

— Et maintenant, ta surprise.

Il se dirigea vers le mur opposé au bureau, sur lequel avait été accroché un tableau dissimulé sous une grande toile. Était-ce un portrait ? D'un geste, Clay attrapa la toile et la tira, révélant une scène érotique qu'ils avaient tous les deux déjà vue.

— Je l'ai acheté au propriétaire de l'Hoffman House.

Nymphes et Satyre. Florence mit une main devant sa bouche. Ce tableau faisait resurgir tant de souvenirs ! Et, au-delà de son côté provocateur, il était riche de sens, désormais. Pour eux deux.

— Je suis ta nymphe.

— Et moi, ton satyre.

Clay, qui l'avait rejointe, se glissa derrière elle et referma ses bras autour de ses épaules. Elle se laissa envelopper par la chaleur de ce corps si attirant.

— Nous pourrons désormais l'étudier à loisir. Pour toujours.

— C'est merveilleux, Clay. Je le trouve magnifique. Merci.

Il l'embrassa sur les cheveux.

— Il te plaît, alors ? Jusqu'à quel point ?

— Au point de te laisser soulever mes jupes et me prendre sur le bureau pendant que nous le regardons.

Elle perçut son petit hoquet de surprise.

— Bon Dieu, Florence. Je suis le plus chanceux des hommes.

— Oui, on peut le dire, souffla-t-elle en se frottant contre son membre, qu'elle sentait durcir dans son dos. Et je ne te quitterai jamais.

— Moi non plus, je ne te quitterai jamais. Mariage ou pas, tu es coincée avec moi.

— Même si je ne veux pas d'enfants ?

Elle utilisait un diaphragme pour se prémunir contre toute grossesse, mais ils n'avaient jamais vraiment évoqué le sujet. Cependant, plus le temps passait, plus elle avait le sentiment que la maternité n'était pas pour elle.

— Je me fiche qu'on ait des enfants ou pas. Ta présence à mes côtés me suffit pour être heureux.

Elle se retourna pour le regarder.

— Juste heureux ?

— Aux anges, dit-il en l'embrassant dans le cou. Comblé. Je nage dans le bonheur.

— Mmm… Je ne suis pas convaincue.

— Alors viens, douce nymphe, et penche-toi sur le bureau. Je vais m'empresser de te le prouver.

Remerciements

Les jeux d'argent étaient interdits à New York à l'époque du Gilded Age, mais ils étaient assez répandus, et très populaires. Les plus fortunés jouaient discrètement dans des clubs privés, tandis que tripots et cercles de jeu pullulaient dans les bas-fonds. Ne pratiquant pas les jeux d'argent moi-même, j'ai dû beaucoup me renseigner sur les probabilités, les règles et les différentes façons de tricher, principalement sur blackjackage.com.

Merci à Diana et à Michele, qui ont lu une première (et beaucoup plus courte) version de ce roman et m'ont fait comprendre qu'elle n'était pas terrible. Écrire serait une activité horriblement solitaire sans elles. Merci aussi à Sarah, à Sophie, à Julie, à Sonali, à Lenora, à Eva et à Megan pour leur amitié et leur soutien. Vous êtes toutes formidables, et vous m'inspirez beaucoup.

Merci à Tessa Woodward pour son enthousiasme et ses conseils. Travailler avec toi est un tel plaisir ! Merci à toute l'équipe chez Avon/HarperCollins, en particulier à Elle, à Pam, à Kayleigh et à Angela. Et merci à Laura Bradford, qui est toujours là pour moi.

Un grand bravo aux Gilded Lilies, sur Facebook ! Merci de partager mon enthousiasme pour cette époque et d'aimer mes histoires un peu fofolles.

Merci à toutes mes lectrices, aux blogueuses et aux libraires qui parlent de mes livres et de la romance en général. Vous êtes des superstars.

Et, comme toujours, merci à ma famille, pour son amour et son soutien.

AVENTURES & PASSIONS

1er septembre

Suzanne Enoch

Les MacTaggert - L'héritier du clan

Inédit

Perséphone Jones est intelligente, riche, indépendante. Coqueluche de la scène théâtrale de Londres, elle cache sa noble naissance. Lorsque Coll MacTaggert, vicomte Glendarril, prétend qu'il veut lui donner son nom pour éviter que sa mère ne lui impose une épouse, la jeune fille refuse tout net. Cet Écossais ne manque pas de culot ! Cependant, la jeune femme comprend que Coll peut la protéger des menaces qui pèsent sur sa vie et accepte son aide. Alors que le Highlander inspire bientôt à Perséphone de profonds sentiments, elle ne peut se résoudre à lui révéler son secret.

✦

Kate Bateman

Les célibataires de Bow Street - Princesse sans couronne

Inédit

La princesse Anastasia Denisova a dû fuir Paris pour se cacher à Londres sous le nom d'Anna Brown. Poursuivie par son cousin, le comte Petrov, un traître qui veut l'épouser pour tirer parti de son rang et la spolier de sa fortune, elle accepte la protection de Sebastian Wolff, comte de Mowbray et agent de Bow Street. Celui-ci l'installe dans une maison de jeu malfamée où elle ne risque pas d'être reconnue. Si leurs fréquentes rencontres attisent la flamme qui les consume, une menace plane au-dessus de leur amour : le comte Petrov a retrouvé la trace d'Anastasia...

Mia Vincy

Longhope Abbey - Les tribulations de Thea

Inédit

Thea Knight, jeune fille espiègle, n'est pas du genre à se plier aux diktats de la bonne société et entend bien se venger de ceux qui l'ont fait souffrir. Pour cela, elle se fait passer pour sa sœur et s'impose trois principes pour parvenir à ses fins. Le premier : commettre des méfaits pour une bonne cause. Le deuxième : tromper les puissants et les méchants. Le dernier : s'amuser de ces facéties. Forte de ses résolutions, la jeune Thea ne pouvait pas prévoir que celui qu'elle vient d'épouser, le comte de Luxborough, Rafe Landcross, un séduisant misanthrope sans fortune, serait si difficile à duper et si facile à aimer...

✦

Beverly Jenkins

Tempête

Inédit

Le Dr Colton Lee a perdu sa femme et cherche une nouvelle épouse pour s'occuper de sa famille. Il y a peu de candidates pour cette vie difficile dans le Wyoming sauvage. Lorsque Regan Carmichael se présente, indépendante et fière, aussi à l'aise en robe qu'en pantalon, le jeune homme se demande s'il n'a pas commis une erreur. Mais la détermination et l'énergie de Regan ne tardent pas à lui redonner espoir et à faire naître en lui un désir grandissant. Malgré l'adversité des siens, Colton Lee est prêt à courir tous les risques pour faire de ce mariage une véritable union, corps et âme.

Lisa Kleypas

La ronde des saisons - Scandale au printemps

Parmi les quatre amies qui semblaient vouées à rester vieilles filles, Daisy Bowman est désormais la seule célibataire. Son père, impatient de rentrer en Amérique où ses affaires l'appellent, lui lance un ultimatum : soit elle déniche un riche époux, soit il la marie à Matthew Swift, son associé. Daisy bondit. Quoi ? Ce Bostonien hautain et sans humour ? Plutôt convoler avec le premier venu, ce qu'elle ne se prive pas de dire au principal intéressé. Mais Matthew Swift se révèle infiniment séduisant et inspire bientôt à Daisy de folles pensées. Alors qu'elle brûle d'entendre sa déclaration, Matthew lui avoue qu'il ne pourra jamais l'épouser...

Regency

1er septembre

Mary Balogh

La lady au parapluie noir

Inédit

En une nuit, la vie de Giles Fairhaven, le vicomte Kincade, a basculé ! Depuis le vol de sa bourse dans une auberge, son agression par trois vauriens et sa rencontre avec un petit bout de femme en chemise de nuit, tout va de travers. Comment imaginer que Daisy Morrison parviendrait à mettre en déroute ses assaillants avec un parapluie ? Lorsque, furieux, il recroise à Londres la jolie effrontée, elle lui demande le plus naturellement du monde de trouver au plus vite un riche époux pour sa jeune sœur, Rose. Inexplicablement, Giles accepte, sans savoir qu'il met le doigt dans un irrésistible engrenage.

✦

Suzanne Allain

La liste de Mr Malcolm

Inédit

Jeremy sait ce qu'il veut ! Aussi, quand il décide de trouver une épouse, il élabore une liste des qualités que devra présenter la future Mrs Malcolm. Furieuse d'apprendre qu'elle ne correspond pas à ses critères, Julia Thistlewaite demande à une ancienne camarade de pensionnat, Selina Dalton, d'être l'instrument de sa vengeance. Le plan est simple : guidée par Julia, la ravissante Selina devra apparaître comme la femme idéale aux yeux du goujat. Puis, quand celui-ci déclarera sa flamme, elle l'éconduira sans pitié...

13260

Composition
FACOMPO

Achevé d'imprimer en Italie
par GRAFICA VENETA
le 18 juillet 2021

Dépôt légal : août 2021
EAN 9782290256831
OTP L21EPSN002333N001

ÉDITIONS J'AI LU
87, quai Panhard-et-Levassor, 75013 Paris

Diffusion France et étranger : Flammarion